白と黒の革命

Seichō Matsumoto

松本清張

P+D BOOKS
小学館

目次

第一章　茶のみ話から

1

重要な話が——その端緒になるものが、何でもないときに相手の口から出ることがある。その場の雰囲気から先方は気をゆるし、一時的に慎重さを忘れる。とくに当面の用件で気詰りな話が終ったあとは、たがいがほっとなるものだが、その弛緩《しかん》した気分に誘われて、つい、口が軽くなりがちである。日常よく経験するところだが、この場合でも先方は、紅茶を飲み、小皿の菓子を割りながらの雑談にちょっと活気をつけるつもりだったのだろう。聞き手に世間話的な興味はあっても、話題に利害関係を持たないとみて話すほうは気をゆるしたのである。

今年の四月初め、梅が見頃をすぎた一日の午後、私の知り合いである村山次郎が、ニューヨークにいるペルシア絨毯《じゆうたん》の商人をつれてきた。エドモンド・ハムザビというアメリカ在住のユダヤ系イラン人である。色は浅黒いが、頭は半分以上白髪で、瘠《や》せぎすの上品な紳士だった。ものの言いかたも静かで、どこか知的だった。

私は目下仕事の上で、中世イランのサファヴィー朝の中でも英主といわれるシャー・アッバース（在位一五八八―一六二九）の事績を調べていて、それに関連して絨毯のことを知りたく思っていた。これまで本で得た知識だと、イスファハンを首都としたイスラム・シーア派国家のアッバース王は、そこに建設した壮麗な宮殿やモスクの内部を飾るために画家・織り師を集めて美術的意匠による絨毯を創造させ、これを保護した。王の命令で、それまでの遊牧民の素朴な文様からモスクの天井のタイル壁画と同じ模様を中心に華麗に織りあげたが、その花卉文様《かきもんよう》には「シャー・アッバースの花」とよばれるパターンがあるくらいだという。

エドモンド・ハムザビは過去二十年くらいニューヨークに住んでいる。カーペット販売を手びろく営んでいるということで、部厚いカラー写真入りの目録を見せてイスファハン絨毯の講釈をした。村山次郎は大手総合商社富士産業の海外支店長をながくつとめた男だが、アメリカでハムザビと知り合ったといい、かねて私が洩らしていた希望に沿って目下東京に滞在中のそのイラン人を同伴し、通訳もしてくれたのである。

ハムザビは長い商売だけにさすがペルシア絨毯に詳しく、その由来と、イスファハン、タブリーズ、コム、ナイン、カシャーンなど各産地の特色――色彩と文様《パターン》の特徴から織り糸の染色、こみいった織り方にいたる技術面にまでふれた。彼の風丰《ふうぼう》は商人らしくみえず、事実、その身振り入りの説明は美術家のようだった。指は揃って長く、繊細であった。

雑談に入ったのはそのあとである。話題はどうしても最近のイランのイスラム革命になる。むろんそれを持ち出したのは私のほうからで、訊いてみたかったのは反国王運動の原因と背景である。それも世間話として気楽な質問だった。

そんなわけで彼の答えに私はかくべつ目新しさを期待したのではなかった。新聞や雑誌で言われているように、シャー・パーレビの近代化政策の急激な遂行とイラン国民の現実生活との乖離《かいり》と衝突に王制崩壊の原因があった、とやはり説明されるものと思っていた。さらには石油の収入によるシャー一家と王族など一部特権階級の腐敗と国民所得の貧困、軍事費が歳出の四〇パーセントを超えるという法外な予算による国民経済への圧迫、莫大な石油収入が国民になんら還元されるところのない不公平、それら民衆の不満が爆発して過激なデモとなり政府側の民衆銃撃という異常事態が思ってもみなかった革命に発展した、と話されるものと思っていた。

ところが、おだやかなペルシア絨毯商人の茶のみ話は、こちらが予想していた常識的な答えとはまるきり違っていた。

「言われていることは皮相な観察です。真相はそうじゃありませんね」

ハムザビは細長い顔にうっすらと笑いを泛《うか》べていった。

「ははあ。どういうことですか?」

「わたしが話しても、すぐには信じられないかもわかりません」

相手はジュウイッシュ・イラニアンである。アメリカに二十年も住んでいるが、本国の様子はかえって在外同胞のほうが客観的につかんでいると思われた。他の例からみてもそうである。

「いや、わたしは新聞雑誌などによるとおりいっぺんの知識しか持ってないのですよ。ですから、なにを聞いても信じこむほうです」

ハムザビはちょっと躊《ため》い、私の顔にその落ちくぼんだ眼の光を何秒間か当てていたが、こいつは国際感覚もなく、イランには世間なみ以上の興味もなく、何を言っても無害無毒の人間と考えたらしく、話しだす前に紅茶で舌をちょっと潤《うるお》した。

「こんどのイラン革命は、石油値上げ路線に一方的に突走るシャー・パーレビの傲慢《ごうまん》にアメリカのメジャーが懲罰を与えたことから起ったのです。革命のそもそもの原因は、そこにあるのです」

村山の通訳によってまったく予想外の内容がハムザビの口から出た。二十分にわたったその話は、これまでマスコミに報じられているイラン革命の「分析」とはまるきり違っていた。はじめ、私は、この男は鬼面人をおどろかす思いつきを言ってこの場の話を面白くさせようとしたのかと思った。

「……わたしもはじめて聞く話です」

通訳したあと、村山自身が茫然とした表情で私に言ったものである。ついこの間まで大手商社の海外支店長として国際情勢に精通した男が呆れているのだった。当のハムザビは唇の上に消えかかるような曖昧《あいまい》な微笑をつづけているので、よけいにいま言った話が本気なのかどうかわからなかった。話そのものがとほうもなく規模が大きいのである。

イラン商人と村山の乗った車の音が家の前から消え去ったあとも、彼の話がそれほど私の心に残っていたわけではなかった。が、風呂に入っているうちにその奇抜な話がしだいに胸に蘇ってきた。突飛すぎる話が湯の底から泡のように浮び上ってきたといえる。

あれは彼の法螺《ほら》だったのだろうか。

そう考えるようになったのは、そのナンセンスともみえる話に捨てがたい芯《しん》のようなものがあると私に感じられてきたからだ。他の「解説」にはない説得力が含まれている。そう聞かされると、荒唐無稽の話のようだが、なるほどそういう線もないではない。盲点を衝かれたときによく感じることで、その説明によって何かはじめて截然《せつぜん》と納得できるといったものがあった。

いくらイラン通でもそれを日本人から聞いたのだったら、私には何も心に残らなかったろう。話し手がユダヤ系イラン人であること、本国には商用で年二回ぐらい帰っていて当然に外国人ではわからぬ情報を耳にしているであろうこと、そのうえでアメリカの居処から、やはり在米イラン人仲間と情報を交換して、客観的に精密な分析を加えているであろうことなどが私の気持に強くきた。そうして彼は日本人の家で、ほんとうはしゃべってはいけないことなのに、お茶の時間に気をゆるしてうかつにそれを洩らしてしまったという推測が、ますます真実味をもっているように私には思われだした。

それと、彼の語った内容が、いまのところどの新聞にも雑誌にも一行も出ていないことが、私に魅力であった。だいぶん前だがテヘラン支店勤務も経験し、現在はその商社の顧問となっている村山が、ハムザビの話を通訳して茫乎《ぼうこ》としていたのである。

風呂を出た私は、ちょっと昂奮して書棚をかきまわした。今年のはじめに発行された海外資料の本が送られてきていたはずである。たしかそれにごく最近のイラン情勢が出ていたのを思い出した。

ようやくそれを見つけた。

《――シャー・パーレビのいわゆる「白い革命」による急激な経済面開発の歪みは、経済面だけでなく、社会・政治面にもあらわれた。世襲君主制政治は、経済開発の目的を王制政治の維持強化に置く。これが一般国民を近代化路線そのものへ反撥させた。

シャー（シャーはペルシア語で「国王」を意味する）ならびに王族が国家収益を私腹し、スイス銀行その他海外銀行に預金しているのも王制維持の一環であり、国民に不信をもたれる理由である。モノ不足や物価の上昇、停電などが国民の不満をつのらせ、反政府暴動や工場労働者のストライキが多発している。

一九七七年から反政府運動が高まりを見せている。当初は知識人グループの間にひろがっていたが、一九七八年に入ると政治色の強い反政府暴動に発展、イラン全土にひろがった。暴動は一部の反政府勢力（共産主義者や宗教論者）の煽動によるものと伝えられていいるが、これが一般大衆をもまきこんだ大規模な反政府暴動に発展している。ストライキのスローガンは賃金の引上げ要求が多い。物価上昇（インフレ・年間五〇％を超す）が激しいため一般国民の生活苦は改善されず、近年の賃金上昇は三〇パーセントを超すにもかかわらず、不満が高まっている。

イランでは一九七三年度にはじまる第五次経済開発計画の実践をすすめてきたが、成果は政府が予期したとおりにはなっていない。第六次計画はまだ五里霧中の状態にある。石油部門が予想外の低成長で、第五次計画の失敗原因は、石油部門の不振にあったといえる。

国王はあらゆる方法で国民のナショナリズム高揚につとめている。アケメネス朝の創始者キュロス大王（在位五五九―五二九B・C）の戴冠の年にさかのぼって、一九七六年には二千五百年の式典を催した。しかしイラン人は西欧志向の強い国民である。

『インシャッラー』（アッラーの神の思召し）は、しばしば責任のがれに利用される。果して宿命論は、イスラム教の教えなのか。インシャッラーは砂漠という苛酷な自然の中で培《つちか》われた宗教以前のものである。

イランでは筋肉労働の職業が最下層を占めている。工場労働は輸入労働者にまかせている。筋肉労働は、農業を含めて汚いもの、下賤なものとみなされた。軽蔑する工場労働でも、車が欲しいし、テレビが欲しい、しかし、他に良い仕事がないとなると、これをせざるを得ない。かれらも物質的欲望には屈するのである。しかし、工場労働をきらう者は、サービス業におもむく》（中東経済研究所「中東に於ける日系合弁企業」より）

この一九七八年のはじめに書かれた報告を読んでも、「白色革命」といわれる国王の急激な近代化路線が貧困な国民の反撥を招き、反体制暴動となり王制を崩壊させたという従来の見方と変りはなかった。

それにしても国王とその政府とがまだ健在な七八年のはじめに「シャーならびに王族が国家収益を私腹し、スイス銀行その他海外銀行に預金している」とは、思い切ったことをこの経済関係の刊行物は書いたものである。

エドモンド・ハムザビの言葉は、私の脳裏にこびりついてはなれなかった。もちろん私は国際情勢に疎《うと》いし、イランの情勢にも暗い。私のイラン革命の知識といったら、新聞の外電をとびとびに読んだ程度の貧弱さであった。だが、あとで考えると、これがかえってよかったのかもしれない。あまり予備知識がありすぎると、ハムザビの奇矯な話をその場の座興として一笑に付したであろうから。

2

私はハムザビが帰国するまでにもう一度彼に会いたいと考えた。翌朝村山次郎に電話すると、そんなにあの話にあなたが興味をもつとは知らなかったと彼は電話口で笑った。

「たしかに話としてはおもしろい。しかし真実性となるとたぶんに怪しいですな。もしそうだとしてもこれはたしかめようがないですからね。なにしろ話がよほど大風呂敷です」

「もう一度そのへんをよく聞いてみたいんです。ところで、あなたはハムザビさんとはどこで知り合ったのですか？」

「五年前にボストンで会いました。ある外国商社マンの紹介だったが、いきなりカーペット取引の話をもち出されました。富士産業はそういうのは扱わないので、話はそれきりになったが、三日前にふいに彼から電話がかかってきて、奥さん同伴でいま東京に来ているというのです。で、ペルシア絨毯のことが知りたいというあなたの話を思い出して、お宅に連れて行ったのですが、ただ、それだけの関係でしてね。それ以上にはエドモンド・ハムザビの人物を知りません。ニューヨークの立派な商店街で二十年間もカーペット専門の店舗をかまえているという商人だから、いい加減な男ではないと信じますがね」

「彼は、いつアメリカに帰るのですか？」

「明後日の夕方だと言っていました」

私にとって都合の悪いことに、今日はほかの用事で塞がっているし、明日は前からの約束で大阪へ行く必要があった。しかし日帰りすることにきめた。

「ハムザビさんにわたしはまた会いたいのです。昨日の話が妙に忘れられないのですよ。で、明後日、出発前に時間を割《さ》いてもらって、もう一度聞き直したいのですがね」

私は村山に同行をたのんだ。

「ぼくはかまいません。それに、あの話はぼくにも興味がありすぎるくらいですから行きましょう。いま、先方の都合を聞いてみましょう」

折返しての電話で、ハムザビ夫妻は今朝から日光に行っていて明日の晩に帰る予定だというホテルの返事を伝えた。かまわないから、明後日の午前十一時ごろにいきなりホテルへ行こうと村山は言った。

もちろん私は石油のことにも、メジャーといわれる世界の石油資本のことにも素人である。それで街へ出たついでに本屋でイラン関係の本を買い、翌日大阪へ行ってもそこで本を買った。急なことだし、十分ではなかったが、基礎知識程度の概説書は求められた。私は、家でも、大阪のホテルでも、帰りの新幹線の中でもそれを読んだ。

約束の日の午前十一時、私が赤坂のホテルへ行くと、村山はさきに来ていて、フロントのところに立っていた。

「ハムザビ夫妻は二時間前にチェック・アウトをしています。けど、荷物はポーターに保管をたのんで置いているから、たぶん買いものにでも出かけたのでしょう。彼の乗るニューヨーク行は成田発六時ということでしたから、まだ時間は十分にあります」

ハムザビが戻ってくるまでにわれわれもここで昼食をとることにし、フロントの係には彼あてのメッセージを頼み、地下の軽食堂へ降りた。

「ぼくもね、一昨日のハムザビの話を眉つばものに聞いていたが、ちょっと思いあたるところがないでもないのです」

せまい食卓に対《むか》い合ってから村山はまわりに聞えぬように低い声で言った。時間が時間なので食堂はかなり混んでいた。

「それは何ですか」

「シャー・パーレビはいまモロッコに滞在しているが、アメリカと結びつきの強い彼が、どうしてアメリカに亡命先を求めないで、そんなところへ行ったかということです。しかも、シャーは、新聞報道だと、出国にあたって、アメリカに裏切られた、と言っていますね」

「どういう意味ですか？」

「わかりません。アメリカが彼に冷たかったというのでしょうか。しかし、シャーは一九五三年に一時は国外へ脱出したがアメリカの後楯による軍部のクーデターでふたたび戻ってきた経験から、こんども、心ひそかに帰国を期待しているでしょうね」

私の読んだ本にはこういう記述があった。

《——第二次大戦直後のイラン国内は、物資の欠乏、インフレなどにより経済的には疲弊し、したがって政情は不安定であった。先代皇帝レザー・シャー（一九四一年独ソ戦の勃発後イランは中立を宣言したが、英ソによる国内在住ドイツ人追放の要求に応じなかったため南北から英ソ両軍の侵入をうけ、レザー・シャーは抗戦の責《せめ》を負い退位した。彼はインド洋上の孤島モーリシャスに流され、一九四四年南アのヨハネスブルグに没した）の独裁的執政にたいし、国民の間に不満と反撥が高まり、それに乗じて共産党の勢力が伸長するとともに、一方においては急進的な民族主義者も擡頭した。彼らは、国民経済再建のために石油の国有化を主張し、モサデク首相は一九五一年石油国有化を宣言した。

しかし、これにたいして西欧諸国からの圧力は強くなり、イランはいっそうの経済困難に追い込まれた。そして一九五三年皇帝を擁立する親西欧勢力のクーデターがおこり、皇帝が一時国外に脱出し難を避けるような事件もおきたが、軍部の力によってモサデク内閣は倒され、皇帝は帰還した》（日本国際問題研究所発行・外務省中近東アフリカ局監修『世界各国便覧叢書・イラン帝国』）

「一九五三年の軍部のクーデターというのも、じつはＣＩＡ（米中央情報局）の謀略によるものだったことは、すでに事実として公表されています」

村山はトーストをかじりながら言った。

「一九〇一年いらい半世紀にわたった英国のイラン石油支配は一九五一年のモサデク首相の石油産業国有化宣言で終止符がうたれたのですが、このとき国営イラン石油公社（National Iranian Oil Company）略称ＮＩＯＣが設立され、同社がイランの石油事業を接収しました。

そのためアングロ・イラニアン、現在のブリティッシュ・ペトロリアム石油会社の外国人は引きあげました。で、イランの石油生産量はしだいに低下してとうとう操業を休止しました。イランの外貨収入は激減したうえ、アメリカの財政援助は中止されるわイラン石油の国外販売はボイコットされるわで、経済的な圧迫からイランの経済は瀕死の危機におちいったのです。一方、民族主義派の〝国民戦線派〟を率いるモサデクにたいしてシャー・パーレビの弾圧がたかまって、シャーの意志をうけた軍部のクーデターとなったのです。このクーデターにはいまいったようにCIAの謀略があったのです。ぼくはあのころテヘランの支店にいましたからね、そのときにそれを聞いていましたよ」

クーデター後のイランの国際情勢も本に書かれている。

《——新たに政権をとったザヘディ将軍は西欧接近政策をとったので、英国との関係はしだいにやわらぎ、アメリカの調停もあり一九五四年一〇月この問題はようやく解決した。この結果、イランは石油の国有化は認められたが、これまでのアングロ・イラニアン石油会社にかわってメジャーの英国・米国・オランダ・フランスの八大石油会社によって構成されるコンソーシアム（国際石油借款団）が設立され、同社の利権を継承することになった。一九五五年四月、米国の独立系石油九社がこれに参加した》（日本エネルギー経済研究所高垣節夫氏の執筆解説による）

「メジャーとかイラン・コンソーシアムとはどういう組織なんですか」

「メジャー、つまり国際石油資本というのは、米国系のエクソン、モービル、テキサコ、ソーカル、ガルフと、英国系のブリティッシュ・ペトロリアム、英国とオランダ系のロイヤル・ダッチ・シェルの七社です。世に七人姉妹《セブン・シスターズ》とも俗称されています。これにフランス石油を加えて、八大メジャーということもあります。これらメジャーは各産油国ごとに資本を投下して、原油を確保している。イランの場合は、八大メジャーが資本を出しあって、コンソーシアムすなわち現地の共同事業体をつくっている。イラン民族資本を入れていっしょになってつくった原油採掘・石油精製などの共同事業団体です。サウジアラビアの場合は米国系四メジャーの子会社とサウジ資本との共同事業体で、アラビアン・アメリカン・オイル・カンパニー（Arabian American Oil Company）、略してアラムコといっています。どちらも、メジャーの機能につながっていて、石油をあまり採りすぎてそれが市場にだぶついて値下りしないように、またその石油が需要国に不足しないようにして、石油の値段を適当なところで維持するなどの調節機関です。つまりメジャーと産油国間の共通の利益を図ったものです」

村山は、石油には素人の私のために、長い説明をした。

「するとそのときのCIAのクーデター謀略は、イギリス石油資本権益のイラン復帰とともにアメリカ石油資本のイラン割込みが狙いだったんですか」

私はきいた。

「そういうことです。あとしばらくは、イランと英米の関係はうまくいっていましたからね。

しかし、シャー・パーレビのほうが役者が一枚上でした」

村山は笑った。

「やがて、石油の独占欲の強いシャーとコンソーシアムとのあいだに対立がおこり、シャーは利権区域の強行接収をほのめかしたりして一時は険悪な様相となりました。が、数カ月にわたる交渉の末に、一九六七年末、コンソーシアム側もついに譲歩して暫定的な妥協が成立し、イランの要求する増産率一七パーセントは事実上確保されました」

「シャーの勝ちですね」

「そうなんです。これを見た他の産油国のイラク、リビア、アルジェリアでも石油の国有化路線を急進的にすすめる。サウジアラビアもメジャーに資本参加を要求する。一九七二年にサウジアラビアのリアドで二五パーセントの事業参加が締結されたので、リアド協定といっていますが、これがサウジの漸進的な国有化につながります。もっともサウジはアメリカのメジャー側に協調的ですがね。これはサウジがアメリカの経済援助や軍事援助を必要とするからです。だが、いずれにしても、産油国がこうした目ざめかたをしたのは、もとはといえばシャー・パーレビの石油政策からです」

「えらいものですね。シャーの強気が他の産油国を引張ってゆく」

「そのとおりです。たいへんなものです。そこへ一九七三年十月に第四次中東戦争が勃発しました」

「原油の値がまたたくうちに四倍となりましたね」

「その激烈な値上げも、イランが他の大産油国サウジアラビアなどの先頭に立ってコンソーシアムから勝ち取ったものです。サウジは渋っていたようですが、結局、強気なシャーに引きずられました」

「シャーは、どうして一方的に自国の石油の大幅な値上げができたのですかね？」

「それには、ぐあいのいいことに、第四次中東戦争の起る五カ月前の五月に、シャーはコンソーシアムの抵抗を押しきって新石油協定を結ばせてました。この協定で、従来コンソーシアムによって操業されていた諸施設はすべて国営のNIOCがひきつぐことになって、シャーは念願の全面石油国有化を達成することができました。そういうようにメジャーの各石油会社を排除した全面的な国有化が五カ月前にできあがっていたからこそ、それを基盤にしてシャーは中東戦争を機に強引に石油の大幅値上げができたんです。それ以前だったら、コンソーシアムの強い抵抗に遇って成功しなかったでしょうね」

「第四次中東戦争がシャーに幸いしたわけですな」

「彼はそれで有頂天になっていました。というのは、シャーはその前年の七二年から、アメリカからの兵器の購入をはじめ急速な軍備拡張をすすめていました。イランを中東第一の軍事国にしたいというシャー念願の富国強兵策を遂行するには金がかかる。その費用を石油価格の大幅値上げで出そうという狙いです。もっともその増収ぶんの何割かはシャーが自分の懐に入れる目的もありましたが。しかし、これをメジャー側からみると、石油価格を一方的につりあげるシャーは、いとも驕慢な男に映ったのでしょうね」

「ハムザビさんがそう言っていましたね」

「ハムザビの言うとおりです」

村山はここで煙草をくわえ、思案するように眼を遠くへ投げていた。

「ぼくはね、石油が武器になると発見したのは、シャー・パーレビだと思いますよ」

しばらくして彼は私に言った。

「というのはね、それまでイランにしてもサウジアラビアにしても、自国に自然に埋蔵されている石油をアメリカやイギリスの資本国に掘らせて、出てきた石油をただ売っていればよかったのですからね。イランで石油が発見されたのは一九〇八年です。それまでは何もない砂漠の国でした。サウジアラビアも同じでした。それが石油を売るというだけで、座して多額の金が入ってくるようになった。国王や王族や上層階級は金持になり、贅沢になった。だからかれらはメジャーというお顧客《とくい》に感謝していた。メジャーの言いなりになっていた」

「まだ目ざめなかったのですね」

「それが目ざめたのは、国王や王族が外国に旅行して、先進国の発展をじっさいに見てからでしょうね。すべての工業は石油によって動いている。戦闘機も爆撃機も大砲も軍艦も石油なしには動かない。列車も自動車も同じだ。また石油化学の発達で、洋服も日用品も薬品もそれで出来るようになったが、石油なしにはそれらは存在しない。農業も漁業もみんな石油だ。石油のおかげで文明国になり先進国になり得た。ところが、その石油は先進国では生産されてないし、あっても不足している。こっちで石油を売らなかったらどうなるか。かれらの経済組織も社会生活もたちまち崩壊して、石炭だけの時代に戻るしかない。だから、いくら石油の値段を上げても、先進国は頭を下げて欲しい石油をもらいにくる。もうお顧客《とくい》の言いなりにはなっていられない。石油の値段は売り主の産油国が思いどおりに決めよう。また、かれらが欲しがる石油を与えるかわりに自国に有利な条件をつくろう。どんな無理難題を吹きかけても、かれらは石油のためにそれを呑む。石油は自分らの武器になる、と気がついた。それがシャー・パーレビだと思いますよ」

その推定は当っていると私は思った。

「ある意味では、パーレビは偉い男ですね」

「非常に聡明です。かれは自分でもその自信を持っています。若いとき、自分は神の子だという霊感を受けたと自叙伝にも書いていますから。奇跡によって三度の暗殺から脱《のが》れたと自慢しています」

「それで鼻柱が強いのですね」

「シャー・パーレビは、国民に強い民族意識をもたせるという口実から、七一年にアケメネス朝ペルシアの始祖キュロス大王に遡《さかのぼ》るイラン建国二千五百年を祝う盛大な祝典を催しましたが、政府は一九七六年からそれまでの太陽暦・太陰暦折衷のイラン暦をやめて、キュロス大王の戴冠の年に遡る新イラン暦を採用しました。パーレビ国王には、キュロスのように『われは神の子、諸王の王』という意識が強いといわれていますね」

村山はもう一枚のパンにバターを塗った。

3

「石油を全面国有化し、石油収入を大幅に増やしているのに、どうしてイランの財政はそんなに赤字だったのですかね。第五次経済開発も不振、第六次計画も五里霧中の状態だったそうじゃありませんか」

私はすすったコーヒー茶碗をおいた。

「イラン政府の公表によると、石油部門が予想外に低成長で、第五次計画の失敗は、そこに原因があったといっていましたね」

村山次郎はうなずいて答えた。

「そんなに石油生産が不振で、そのための赤字財政なのに、国王や王族は依然として国家収益を横取りして私腹を肥やす。それをスイス銀行その他の海外銀行に預金するという度胸はどこからきているのですかね」

「そこが摩訶《まか》不思議ですね。国王と王族だけじゃない。その腹心の高官や将軍たちも政府収入を横領して、スイス銀行に預けていたといいますね。これらスイス銀行の預金は、億ドル単位の額に上るだろうという噂です」

「どういう方法でそれができるんですかね？」

「メジャーからの石油代金は国営イラン石油公社（ＮＩＯＣ）に入ってくる。この公社の首脳部がまたシャーの腹心で、シャーの要求どおり石油代金の頭をはねてさし出している。ＮＩＯＣは、宮廷のトンネル会社のようなものです。シャーが公社の大株主で、実権を握っていましたからね。大蔵大臣のアンスリーという男も、シャーの腰巾着でした」

「石油生産量が落ちると、それに見合ってシャーの取りぶんも少なくなるのですか？」

「いや。そうじゃないでしょう。石油収入が減少しても、シャーは取るだけのものは取ったでしょうね。収入額の比率によるんじゃなくて、取りぶんの絶対額は変らなかったと思います。莫大な賄賂もその中に入っています」

「それはＮＩＯＣだけで操作できたのですか」

「パーレビ財団というのがあって、表むきはシャーの援助をうけている慈善団体となっています。が、この財団はホテル、セメント工場、製糖工場、イラン国立保険会社、銀行、商船会社、その他各種の工業・商業企業に投資しています。だが、財団が行なった新しい投資や投資内容の変更には一言の発表もないばかりか、財団の資産額、年間所得の内訳の公表を財団は一切拒否しています。ぼくがテヘラン支店につとめるずっと以前からそうでした。推計すら不可能です。その理事五人はシャーが直接に任命する。つまりシャーの忠実な臣下です。真実に近いと思われる噂では、同じく忠実な臣下であるＮＩＯＣの総裁とこの財団の理事たちは、シャーの命令で、一方は隠し資金入金のトンネル、一方はその隠し預金の管理機関といわれています。シャーはこの二つの隠れミノ的な機関を操って厖大《ぼうだい》な資産をきずきあげたといわれています」

「ひどい話ですね」

「政府に金がない、保有外貨が足りない。それを埋め合せるという海外からの借款もどこへ行ったかわかったもんじゃありません。インフレが加速度で増進するわけですよ。第五次建設計画が達成できなかったのはインフレが一つの原因だという理屈のすりかえが行なわれた。そういうシャーの不正は国民にわかっていますからね。石油収入はみんな国王一派の懐に入ってしまい、自分たちには少しも還元されない、相変らず貧乏だしインフレで苦しむばかりだという不平不満が反国王感情となって募ってきた」

「政府は秘密警察を使っていたそうですね」

「ＳＡＶＡＫ《サバク》（国家公安情報機関）。ＳＡＶＡＫはペルシア語の綴りによる頭文字の組み合せ）を国民の間に張りめぐらせていた。政府は治安維持法のような法令をつくって、三人以上の集会は禁止、違反者は逮捕して投獄していた。処刑された者も多数だということです。ＳＡＶＡ

Kの人数はどれくらいだったかわからないが、その協力者を含めると、あるいは二十五万人とも三十万人ともいわれ、国民の三人に一人はSAVAKだったというくらいです」

「それじゃだれも口がきけなかった」

「親戚の者でも身内の者でも秘密警察員かわかりませんからね。そういう秘密警察制度をつくったのは地下の共産党にたいする警戒からです。イランでは以前に共産党が合法政党として活躍していたんです」

それも読んだものに載っていた。

《ツデー党（イラン共産党）は一九四九年二月、現皇帝の狙撃事件に関係して非合法化され、一九五六年ごろには国内組織は壊滅し、現在指導部は東独にあるといわれている》

「しかし、SAVAKの捜索は、国内に残り少ない共産党分子だけではなく、国王に反感を抱く広範な民衆が対象でした」

村山はコーヒーの残りを飲み終って言った。

「シャー・パーレビは秘密警察組織で国民の不満エネルギーが抑えられると思っていたのですかね？」

「その自信があったのでしょうね。一般国民だけではない、寺院《モスク》の指導者の反対運動も抑圧できると思っていたのでしょう。シャーの近代化路線とイスラム教徒とは当然に衝突します。同じイスラム教でも、イランは他のアラブ国家に多い正統派のスンニ派と違って急進的ですからね。歴史的にみても、イランはアラブに征服されたのちイスラム教を信じるようになったけれど、アラブ出身のカリフ王朝にたいする反撥からシーア派を信奉する者がふえた。かれらは秘密結社をつくり、反乱をくりかえしています。シャーの近代化の『白い革命』は、伝統的なイスラム教の信仰を国民のあいだに薄めてゆくという危機感があった。そこへ『白い革命』による農地改革で、寺院付属の土地、つまり荘園がとり上げられたので、よけいにシャーに敵愾心《てきがいしん》を燃やしたのです。こんどの革命の最大の指導者アヤトラ・ホメイニ師も前に投獄された。アヤトラというのは坊さんのなかでもとくべつ高い地位の称だそうです。だから、一九六三年の聖都コムでのアヤトラ・ホメイニ逮捕では、全国主要都市で三日間にわたる大暴動が起った。国王は軍隊を出動させて鎮圧にあたらせたが、そのとき民衆の千人以上が銃弾で斃《たお》れたといわれています」

「こんどの革命前の民衆殺傷と事態は同じですね」

「その前ぶれのようなものです。ホメイニはトルコに追放されたが、その息子二人は殺されたといわれています」

4

ここに来て一時間半以上経った。ハムザビ夫婦は、そろそろ買いものからホテルに戻ってくるころである。私は、エドモンド・ハムザビの三日前にのこした言葉の価値をもう一度測って決定しなければならない。その価値判断には、これまでのものを集約した次の材料がその測尺になると思われた。

——イランの石油国有化をはじめて断行したモサデク首相（当時）は、挙国一致体制を強化するという名目で、さらに強大な権力を国王に要求した。

——そのため国王の反撥を買い、ザヘディ将軍による軍部クーデターで、モサデクは倒された。これはCIAの謀略であった。国王はそのとき「避難」と称してローマに行っていたが、クーデター成功後に帰国した。

——国王はイランの石油生産について英米仏資本のコンソーシアムと対立したが、ついにこれを押し切って石油増産の自主独立路線へ踏み出した。イランはOPEC（石油輸出国機構）の音頭取りとなった。

——メジャーはイランの急進的な石油政策に困惑していた。この影響が他のOPEC加盟の産油国に波及して、「産油国と消費国との調停機能」がかなり失われるのを憂慮していた。

——シャー・パーレビはまずアメリカに亡命先を求めなかった。出国にあたって彼は「アメリカに裏切られた」と言った。

……こうした材料をならべた結果、エドモンド・ハムザビの言葉はけっしてでたらめではなく、価値あるものとの判断になった。むろんそれは私の頭の中ではおぼろげなものだったが。地下の軽食堂には、時間が時間なので客の出入りが多かった。だが、外国人の姿はまじってなかった。うしろをふりかえったが、そこにも外国人は見あたらなかった。私たちは食事も終ったので、ぼつぼつフロントに上るつもりでいた。

このとき、村山が私の肘をつついたので、彼の視線の方角を辿《たど》ると、半分頭の白い、瘠せぎすな男が、まる顔で小柄な褐色の髪の女性といっしょにレジの前に立ち、いましも金を払っているところだった。なんのことはない、エドモンド・ハムザビ夫婦はこの食堂にさっきから居たのだった。食堂の奥が鉤《かぎ》の手になっているため、その奥に坐っていたのがわれわれの眼につかなかっただけである。

村山が近づくとハムザビは三日前と同じ静かな笑顔をふりむけたが、そのうしろに私が立っているのに気づくと、意外そうに眼をみはった。ここであなたをお待ちしていたのだと村山が言った。

四人は、もう一度、新しいテーブルについた。ハムザビの妻は夫の横にならんだが、小さなわりに顔の造作の大きいところはイラン人の特徴をあらわしていた。彼女は愛想がよかった。

あらためてお会いしに来たのはペルシア絨毯のことではない、と村山が通訳してくれた。

「おとといのイラン革命の話はとても興味深かった。念のためにお訊ねするけれど、あの話は真実に近いですか」

「そうとってもらって結構だ」

ハムザビは、これも三日前の雑談と同じ調子で、りきみもせずに肯定した。

「その話はすでに、アメリカでひろく知られていることですか」

「ほとんどが知ってないだろう。その証拠に、アメリカの新聞にも週刊誌にも出ていないから
ね。これはごく少数の人間にしか分っていないのだ。日本人も気がつかないだろう?」

「もちろん日本人は知らない。それで私は昂奮している」

「なぜ? あなたとイランとは何か関係があるのか」

ハムザビはちらりと鋭い眼を私に向けた。

「なにも関係はない。私は文筆業だ。あなたから聞いた話を書きたいという意欲に駆られてき
た。もうすこし詳しく教えてもらいたい」

「わたしは、話したこと以上は知らない。こまかなことは何もわからない」

ハムザビは、芸術家のように荘重に首を振った。

「あなたは、こんどのシャー追放のきっかけとなった七八年九月八日のテヘランでの民衆蜂起
には、その裏に相当な金が動いていたと話した」

「噂を言ったまでだ」

「しかし、それと同じことが一九五三年八月のモサデク政権を倒したときのクーデターの前に
起っている。このときは、今回とは逆にシャー擁護のための暴動がバザールを中心に発生した。

わたしはそれを本で読んでいる」

《——王室権威の侵蝕は、一九五三年八月十六日、シャーがモサデクを罷免しようとして失敗した時頂点に達した。即座にモサデクは、シャーが彼を倒そうとしたと発表した。シャーは数カ月間、亡命の準備をしていたが、今や現実のこととなり、まずバグダードへ、次いでローマへと向かった。次の日、テヘランでシャーの地位は奪われた。しかし、運命は目まぐるしく変化し、三日以内に流れはモサデクに不利な方向へと変った。

米CIAによる外からの支援、軍部内のシャーに忠実な部隊、さらにバザールで金を払ってかき集められた暴徒の連合した力で、テヘランの支配は回復された。これは、シャーの国外脱出で生れた不安と混乱に巧みに乗じたものだった。シャーは亡命先のローマから『心暖かく、熱狂的な歓迎』を受けて帰国することができるようになった。

モサデク転覆は主としてCIAがお膳立てをしたが、実行責任者、後にCIA内部でミスター・イランと呼ばれたカーミット・ルーズベルトはCIAの役割を決して隠さなかった。しかし、シャーはモサデク打倒を、シャーを支持する忠誠心の自発的な表明だったと描き出す方を好んだ》

《振り返って見ると、モサデクに対するアメリカの態度と、チリのアジェンデ大統領の崩壊との間には際立った類似性がある。この二人は、（アメリカにとって）危険すぎて黙って見過せないと思える道に歩み出した人物である》（ロバート・グレアム『イラン　石油王国の崩壊』

宝利尚一他訳）

《国王が国外に亡命したその三日後、ＣＩＡの指導のもとに国王支持派勢力がころはよしと、モサデク派軍隊との市街戦に打って出たのだ。こうしてモサデクは首相の座を追われ、国王配下のザヘディ将軍が政権を握って、国王は亡命先からやや複雑な気持で首都に凱旋してきた。祖国に凱旋できたのは自分の力ではなく、ＣＩＡの勝利のおかげだということを意識していたのだが、国王はあえてこれを公《おおやけ》に口にすることはなかった。この秘密作戦の経費は、ある筋によれば七〇万ドルを超えたという》（アンソニー・サンプソン『セブン・シスターズ』大原進・青木栄一訳）

「ＣＩＡならどんな手の汚れることでもやる」

と、ジュウイッシュ・イラニアンのカーペット商人は言った。

「アジアでは、旧南ヴェトナムの大統領ゴ・ジン・ジエムをクーデターの兵士に殺させたし、インドネシアで共産党のアイジット議長をクーデター軍に殺害させ、大統領スカルノを軟禁状態にさせ、カンボジアからシアヌークを追いだしたからね。チリのアジェンデもそうだ」

「しかし、イラン革命のばあいはそれとは違うようにあなたは言った。シャーを追放する導火線となったテヘランの暴動はこんどもＣＩＡの工作だろうが、その背後には巨大なメジャーが存在していたという話だった。わたしはそれに強く惹かれる。シャーが『アメリカに裏切られた』といって亡命先をアメリカに求めない本当の意味も、あなたの三日前の話ではじめて解ける気がする」

「わたしは想像を言っただけだが」

「しかし、わたしは多少の専門書を含めイラン関係の本を読んで、ますますあなたの話に思いあたるところがある。今回だけはＣＩＡがその工作をやり損《そこ》なったことをね。メジャーもイラン情勢の見とおしを誤ったのだ」

「あんたはそれを書くつもりでいるのか」

「書くかどうかわからない。それはデータとその裏づけしだいだ。それをもっと詳しく教えてもらえないだろうか。出どころがあなただとは決して言わないし、その秘密は守るが」

「わたしも風聞を耳にするだけでね。なにぶんにも相手がメジャーでは巨大すぎてとらえどころがない。それに連中の内部での打合せは極秘で外部には出ない。わたしにもあんたに話した以上のことはわからない」

私の家で気軽に紅茶を啜りながら、いくらかその場のサービスのつもりで大事なことをうっかりと口走った後悔がはじめてエドモンド・ハムザビに出たように思われたが、それはそれほど際立ったものではなかった。表情はあまり動かず、言葉も静かであった。かえって傍の細君が夫の横顔を気づかわしげに見ていた。

まわりは昼食をとる客でざわざわしていた。気軽で、日常的な雑駁《ざつぱく》とした空気の中で、この小さなテーブルのまわりには異様な感じの静寂があった。通訳する村山の口調も沈んで重かった。

「あなたの耳に入った風聞というのは、アメリカのイラン人社会でとり沙汰されていること か」

「それだけではない。ほかにも、どこからともなく入ってくる」

私はねばって言った。

「ハムザビさん。もしわたしがニューヨークへ行ったら、どこへ行ったらその情報がとれるか、その心当り先についてヒントをもらえないだろうか。あなたから紹介してもらうのはたぶん不可能だろうから」

拒絶されるかもしれないと思っていたが、ハムザビはくぼんだ眼にちょっと光を見せただけで、

「いいだろう」

と、案外なことに、まるで商談をしめくくるような調子であっさりとうなずいた。

「わたしの口から出たと絶対に言わないこと、これが条件ならね」

「もちろん」

私はすばやく手をさし伸べたが、握り返したハムザビの掌と長い指にはあまり反応がなかった。

「ニューヨークのわたしの店を訪ねておいで」

だが、彼は明瞭にそう言った。

5

成田を発つまでの二週間、私はいくつかの準備をした。

その一つは、ニューヨークでの通訳をさがしておくことである。これもまた村山の厄介になった。彼の会社のニューヨーク支店で、社員ではないが、適当な人間を雇っておくということだった。一週間後に、その連絡があり、八代という日本人留学生がきまったという報告を伝えてくれた。留学生といっても彼は日本の某大学の建築科を出たのち、自費でニューヨークの建築専門の学校に入り、留年のままずでに六年経っているということだった。内容が内容だけに、わたしにも通訳は商社員でないほうがよかった。

次の準備は、イラン革命が発生するまでの新聞記事を集めて切抜帖に貼る、できるだけこんどの旅行目的関係の本を買い集めて読むことなどだった。重要と思われる記述には傍線を引き、そのページはすべて複写にした。そうして見やすいようにそれを編集して自分なりの年表を作った。

それらの本を読めば読むほど、エドモンド・ハムザビの言ったことがしだいに真実味を増してくるように思われた。いわゆる目的意識をもって読まなければわからないことだが、普通にはうっかりと見のがしそうな活字の数行にも、大事な意味が埋没していた。他の本の記述や新聞報道とつき合せるとき、それらはさらに相互の照り返しを受けて光を増した。国際関係に暗く、とくに面倒な国際石油問題を理解するのに私はてこずったが、それでも辛抱づよく読んでいった。読書の忍耐を支えたのは、活字の下から湧き上ってくる興味であった。

各種書籍の個々ばらばらな記述を一つ一つ帰納してゆくと、そこに体系的な法則のようなものが浮んできた。この法則を演繹《えんえき》して、ふたたびばらばらな記述に当てはめてみるとき、その活字は現実性に息づき、政治哲学的な意味さえもってくるのだった。

出発予定の五日前にニューヨークのハムザビに訪問の日を電報で知らせると、彼からは、待っている、との返事がきた。私は予定どおり成田を午前七時に発った。

ニューヨーク直行機の十四時間は長かったが、私は持参のコピー綴りを読み返したり、資料をみて自分でつくったイランの「年表」を眺めたり、またメモしたりすることで、それほど退屈しないですんだ。

機内では夕食が運ばれ、ころあいをみて映画が上映された。私は、席のすぐ横についているランプと、ちらちらするスクリーンの光の中で、資料を繰った。シャー・パーレビの「自叙伝」などは神がかりした自慢話で面白かった。

それによるとパーレビは、分っているだけでも五回の暗殺未遂事件と危険な空中衝突事件一回から、驚くばかりの幸運さで逃れている。つまり、シャー・レザー・パーレビは、その幼時に、マホメットの子孫であるイマームたちの加護を幻覚の中で体得しただけでなく、自身の皇帝戴冠式には、イスラム時代よりは遙か以前の、アケメネス朝ペルシアのキュロス大王やダレイオス王（在位五二二—四八六B・C）のように、シャー・ハン・シャー（諸王の王）の称号を自己に加えることを披露した。イスラム宗教と古代イランの権威という二つながらの神性を彼は身につけたという。

この「神聖皇帝」は、それまでのイギリスに代って自己の「保護者兼保証人」となったアメリカの助言によって一九五七年に設立されたSAVAKをフルに使い、皇帝の権限やパーレビ宮廷の利益を冒す分子の排除を行なった。この秘密警察の設立は、前政権モサデクの野心に懲りていたシャーの心に適ったので、その育成には熱心だった。モサデクの国民戦線の残党や、ツデー党（イラン共産党）の地下組織狩りにSAVAKは役立った。

のみならず、シャーは気に入らない政府組織や側近にもSAVAKの鉾先《ほこさき》をむかわせた。たとえば一九六〇年代、シャーはアメリカの圧力から、気の合わないアリー・アミーニをやむなく首相にしたことがある。アミーニはシャーの軍事面の浪費を抑え、厳しい汚職追放運動を開始しようとした。しかし政界から国民戦線が排除され、すべての反対派が弾圧されたため、アミーニの力の基盤も弱まり、シャーは一九六三年の初め彼を首相の座から追った。

急進的な考えをもっていたハッサン・アルサンジャーニ農相も、農民のために土地改革を遂行しようとして農民の間にあまり人気が出すぎたためシャーの嫉妬を買って罷免され、『忠実な』側近としてモサデクの後をうけて首相となったザヘディ将軍は、その後ジュネーブへ引退させられ、SAVAKの第二代長官だったパクラバン将軍はシャーの反対派の面倒を見すぎたかどでパキスタン大使に左遷され、SAVAKの初代長官バクチアル将軍は権力的な野心を持つと見られて国外に追い出された。彼は一九七〇年八月、国境から約三十二キロのイラク領内で死亡した。公式発表では、狩猟中の事故だったというが、その後、シャーは、SAVAKがバクチアルを「排除」したことを認めた。——

夜が明け、朝食をとる前後も、眩しい光を含んだ雲の下からのぞく茶色の砂漠や緑の沃野の移り変りが窓にあるときも、私は資料を手から放さなかった。それはペルシア絨毯商エドモンド・ハムザビが示唆してくれるであろう各訪問先での談話にそなえての用意だった。

6

ケネディ空港の税関出口には、黒い髪の毛のもじゃもじゃした、口髭と顎鬚《あごひげ》の濃い、背の高い青年が私を迎えて立っていた。頰の張った赤茶色の顔で、もし彼の眼が糸のように細くなかったらイラン人と見紛うくらいだった。これは機内でイラン関係の資料を読み過ぎたせいばかりではなさそうである。村山をとおして富士産業ニューヨーク支店が手配してくれた通訳の八代恭二だった。彼は関西弁の訛《なま》りをもっていた。

予約したセントラル・パーク南側のホテルまでは、タクシーでかなりの時間がかかった。ニューヨークが初めての私に八代は沿道の説明をしてくれた。彼は黒の上下をきていたが、埃がしみこんだように色褪《いろあ》せていた。赤い紐のループ・タイもくたびれていた。しかし、言葉も態度も叮寧《ていねい》で、三十を越してはいるが、すれからしでないところが見えた。和歌山県出身で、日本ではH大学の建築科にまだ大学院生としての籍があり、某有力教授の指導をうけていると語り、アメリカの建築学をもう少し勉強して来年あたりに帰国するのだと語った。学資も生活費も通訳のアルバイトによっているようだった。

ホテルはこぢんまりとした古い建物であった。細長い廊下は十字路ごとに両側に茶褐色の勝った大きな油絵が掲げてあり、うす暗い中で額ぶちの金色が宗教画のように部分的に光っていた。通された部屋は旧式だけにゆったりとしていて、まるで古めかしいロンドンのホテルのようだった。窓のすぐ前はセントラル・パークの森で、窓辺に鳩がきていた。四月のはじめだった。

荷物の運び入れを手伝ってくれた八代に、ハムザビへ電話をかけてもらった。二時間後に店へ来てほしいという先方の返事だった。

八代を誘って階下の食堂に降りた。ここの飾りつけは海賊船の甲板を模していて、マストに見立てた天井にむけて縄梯子《なわばしご》やロープがいくつも張りめぐらされていた。

そこでコーヒーをのみながら、八代に通訳してもらう心得を私は言い渡した。それにはある程度、私の秘密な意図をうちあけねばならなかった。八代は細い眼を見開いて聞いた。彼は、イランの革命にはそんな裏があったのですか、はじめて聞く話です、と髭にかこまれた口をしばらくあんぐりと開けたままでいた。建築学の自費留学生だが、商社からたのまれて通訳をしているだけに、貿易関係に軽い知識があるようだった。

これからいろいろな人に会って話を引き出すのだが、その内容は絶対に他に洩らさないでほしい、と私は言外に彼を臨時雇いにしている商社への内密を頼んだ。八代は、ぼくはただ機械的に通訳するだけだし、またその内容は職業上知り得た秘密だからかならずその秘密は守ると誓った。その言葉に嘘はないように思われた。私は礼を言い、約束の通訳料のほかにお礼金を出したいと申し入れた。

二時間後、私たちは華やかな商店のならぶ五番街のはずれにある三十数階のビルの前に着いた。このへんは比較的地味な場所である。ビルの出入口わきにならんでいる無数の名札のなかに「ハムザビ・カーペット・カンパニー」の名が十一階に所在していた。

エレベーターをおりると、そこのフロアの三室を占めてハムザビのカーペット商が店舗を開いていた。ショーウインドウも何もなく廊下からは普通の事務所に見えるのだが、重いドアを開けると、百花繚乱といった状《さま》がいちどきに私の眼を襲った。広い部屋だが、床いっぱいにさまざまな文様の絨毯が拡げられ、それは三方の壁にも窓だけを残して隙間がないほどに懸けられてあった。一面にちりばめられたその豪華な色彩に眼が眩《くら》み、しばらくはそこにいる三人の人影が見えないくらいだった。

ご遠慮なくカーペットを靴のまま踏んでこちらへどうぞ、と中の男がわれわれに言った。黒い口髭をいかめしく生やした店員が笑っていた。頬骨の張った店員二人もイラン人で、二人がかりでカーペットを筒形にゆっくり捲いていた。客は一人もいなかった。

私が名刺を出すと、髭の店員はそれを持って隣のドアを押して消えた。一分と経たないうちに、エドモンド・ハムザビの半白の頭と瘠せぎすの身体とが現れた。彼の出現で、にわかに三週間前の東京とつながった。事実、彼は私を見てもわずかにほほ笑んだだけで、べつに遠来の客を迎える表情でもなかった。握手にもとりたてて感情を見せなかった。

「このペルシア・カーペットを見てほしい。一級品ばかりだ」

ハムザビは画廊の主人か博物館の館員のようなしぐさで私にいった。

「素晴らしい」

私は眺めてほめた。

八代がすばやく私たちの間に立った。

「ここに懸けてあるのがイスファハン産だ。色と模様がほかの産地のものとはまったく違う。非常にオーソドックスだ。このブルーはなんともいえない鮮かさと深みをもっている。このプルシャン・ブルーこそイスファハン絨毯の特色だ。メダリオン（中央部）には、黒地に浮き出た極楽鳥・鹿・青い鳥などがさまざまな花が咲き誇る中を遊ぶさまが左右対称《シンメトリック》に織り出されている。ボーダー（周囲）は、オアシスを表現するブルーでこれにも百花と鹿と鳥とがとり合せてある。エッジ（端）をイスファハン・レッドとよぶ臙脂《えんじ》色で全体をひきしめているが、この臙脂がまたイスファハン絨毯の特徴なのだ」

彼は私を引張って足を横に移した。

「こっちのはメダリオンいっぱいに八弁のロータス（蓮）が咲き誇るのを図象化している。まるで太陽のようではないか。なんと繊細なスパイラル（曲線）模様であることか。これは『シャー・アッバース大王の百合の花』が蕾《つぼみ》から開花へと成熟する状態を描いている。ボーダーを色濃くし、メダリオンの色調をうすめて美事に遠近感を出して、まるで華麗なモスクの礼拝堂の天井を下から仰ぎ見ているような心理にさせる。傑作だ。わかるだろう？」

ハムザビは芸術家のような細長い指を次に挙げた。

「こっちのほうは、唐草に極楽鳥などの鳥類が巧みにからませてある。ボーダーにも二本のガードル（副縁）にも鳥と花とが組み合せてある。図柄はまことに繊細だ。紺とブラウンのとりあわせは、イスファハン的な色使いで、じつにしっとりと落ちついている」

ハムザビは美術評論家的な身ぶりで、床にひろげた絨毯の一枚をさした。そこには何枚ものカーペットが縦横《たてよこ》、斜めに端を重ねていた。

「これはナインの絨毯だ。メダリオンがないかわり中央空間いっぱいに楽しい図柄がひろがっている。繰り返し描かれている動物は、マホメットをメッカに案内したと言われる聖犬だ。それと鹿が駆けている。紺と煉瓦色の配色が絶妙ではないか。ナイン産の特徴をそのまま織り上げた象徴的な名品だ」

また絨毯の上を歩いた。

「メダリオンはデイジー（ひな菊）の花を真上から見たロゼット模様だが、まわり一面に鹿・鳥・草・花が配置され、フラワーポットまで織りこまれている絵柄は、砂漠の中でペルシア人が求めた心が表現されてある。優雅でデリケートなこの図柄は、高級品を丹念に仕上げるナインの代表的な名品だ」

私は心の中でじりじりしてきた。早く目的の話に入りたいのだが、講義に興が乗っているハムザビの機嫌を損ねてはとの懸念から、仕方なしに彼が指さす次なる絨毯に眼を移した。

「こっちのはタブリーズ産だ。緋色や朱色が多く使われてグリーンとの対照で色調がずっと派手になる。ね、わかるね。コーナーにはウイロー（しだれ柳）、ボーダーにはアッバースの花と生命の樹々がならんでいる。それに、こっちのほうは文様ではなく細密画《ミニチュア》だ。貴人と婦女の歓楽図や行楽図、ボーダーもペルセポリスの柱と頭柱飾りの二面の牡牛、壺、杯、それにキュロス大王の墓まで配置されてある。非常にリアルな写実画だ。タブリーズは昔から有名な細密画の製作地だからね」

その上を歩いて位置を変えた。

「こっちはヤラメ産だ。幾何学模様が特徴でね。朱と紺、臙脂と群青、ベージュとグリーンの配色などで多彩だ。菱形は遊牧民のテントで、その周囲にパターン化した花が規律をもって咲き誇っている。いかにもカーペットらしい模様だ」

通訳の八代は当然ハムザビの傍を歩いていた。彼の長身はくねくねとゆらぎ、その上体を前こごみにさせていた。彼の着古した服は、この華美な絨毯の上で黒い塵埃《ごみ》のようだった。

「これはバルーチ産だ。緋色と朱とがベースカラーだから眼もあやな鮮かさだね。花や羊が抽象化してある。これがバルーチ産の特色だ」

私は苛立ってきた。いったいこの男は何を考えているのだろうか。日本からわざわざカーペットを買いに来たと思っているのだろうか。美術絨毯の講釈はもう結構だった。

だが、ハムザビは床の隅へまた私を引張って行った。

「これはトルクメン産だ。イランの北方で、ソ連の国境に近い土地で織られている。やはり幾何学文様だが、菱形の連続は花でもあり羊でもあり、また聖樹でもある。聖樹を囲む階段状の線が強いアクセントになっている。同じトルクメンでも、こっちのほうは……」

「ミスター・ハムザビ」私はたまりかねて言った。「カーペットはあとでゆっくり見せてもらう。その前に、あなたが東京のぼくの家やホテルで語った話を聞きたいのだが」

ハムザビは、はじめて美術評論家の顔を変えた。

「よろしい。こっちへおいでなさい」

隣室は彼のプライベート・ルームだった。壁には各地産の絨毯の見本が額装され、掲げてあった。大きな机の前にある肘掛の回転椅子に彼は坐り、私と八代とを客用のクッションにならばせた。私は東京から持参した京人形の箱をさし出したのだが、彼はその包装の紐も解かずに無造作にサイドテーブルの上に押しやった。

そのいささか礼を失した動作も、これからはじまる話にハムザビが緊張しているためと考えられた。私も生唾《なまつば》を呑む思いであった。

「東京で約束したように、あなたの興味深いイランの話に沿って、然るべき取材先を教えてもらいたいのだが」

笑顔をつくって私は切り出した。

ハムザビは両手の長い指を組み合せ、東京で見せたと同じ静かな微笑を口辺に泛《うか》べた。が、しばらくその口から言葉が出なかった。彼は落ちくぼんだ眼蓋を何秒間か閉じたのち、おもむろに唇を動かした。

「微妙な問題だ。わたしがあんたに話したのは、わたしの一つの臆測だからね。取材先を教えてくれと頼まれても、具体的にどこへ行ったらよかろうとは言えない」

私はいきなり突き放された気持になった。だが、彼が慎重なのは当然だと思い直した。

「出どころがあなたとは絶対に言わないのだが」

「もちろんそうだとも。だが、各方面にあんたが当ることじたいが非常に困難なのだ。それに、どこへ行っても相手にしてくれないだろう。夢みたいな話だといってね」

「ぼくは、夢みたいな話とは思っていない。あなたが帰ったあと、イランの石油関係の資料を調べたところ、シャー・パーレビの強気な石油政策とメジャーとの闘争がくっきりと読みとれた」

と、私はつづけた。

「あなたは東京で私にこう言った。……メジャーは、シャーの驕慢を懲らしめるために、CIAを使ってイランの暴動を起させた。CIAのやり方は、一九五三年八月にモサデクを引き倒すときにテヘランのバザールの民衆に七十万ドルといわれる金をばらまいて暴動を起させたことでわかっている。こんどの革命のきっかけとなったテヘランの下町を中心にした暴動も、その手口は同じだ。ただ、今回のメジャーとCIAとの失敗は、シャーに対する民衆の不平不満をあまりに軽視しすぎて、民衆のエネルギーの爆発を十分に見通せなかったことにある。その見通しを誤ったために、CIAの計画が実行の段階でCIA自身の手ではブレーキが利かなくなり、ついにホメイニにイランを奪取されてしまった、とね」

このくだりの通訳では、通訳者自身が初めて聞くことなので、その内容の衝撃で言葉がどもりがちだった。

「わたしは、たんなる想像をあんたに述べただけだ」

カーペット商は冷静に言った。そこで私も言った。

「想像とすれば、非常に慧眼《けいがん》だ。鋭い洞察力だと感嘆する。日本では世間のだれもがこのことに気づいていない。アメリカでもおそらくそうだろう。まだ、何も報道されていないというからね」

読んだ資料の一つが私の眼に浮んできた。

《一国の利益を図るべき情報組織がその任務達成に失敗するのは、情報蒐集の手落ちよりも、むしろ入手した情報の評価に過誤があるからだ。イラン駐在のCIAは、永年、ある若いアメリカ人を傭《やと》っていた。この『間諜』は、国中をくまなく回って見聞したことをこまかに書き綴った。テヘランにいた彼の上司は、彼の報告を読んで、深く満足し、おそらくそれからワシントンに送ったと思われるが、ワシントンではだれの眼にも入っていなかったようである。

その後、たまたま彼が機密とはまったく無縁と思われる報告書の一部をニューヨークの出版社に見せたところ、CIAの許可さえあれば出版契約を結びたいという申出があった。もちろんCIAがこれを許可するはずもなく、過去数カ月にわたって大いに役立つはずの彼の情報はすべて闇から闇へ葬られてしまった。――CIAのファイルの中には同様の貴重な報告書が山ほどあるにちがいないが、書庫の奥深くにしまいこまれたままなのだ。一九七三年までイラン駐在のCIA情報分析部長をつとめたジェームス・リーフが最近『タイムズ』に語ったのだが、彼はシャーの安泰にかかわる危機寸前の情報を大量にワシントンへ送ってあったという。これらの情報はテヘランその他の主要地域で政府内部の連絡を定期的に傍受したものだったという。せっかくの貴重な情報がまったくだれの役にも立たなかったわけだ》（「ザ・ニューヨーカー」一九七九年一月二十二日号）

しかし、ＣＩＡ本部はそのように見せかけて、実はその報告書を「機密」のファイルに綴じこんで金庫に格納し、マスコミの眼から遮断したかもしれないのである。

7

「あなたが東京で話したことから、ぼくなりに勉強した」

ハムザビを見つめながら私は言った。

「ぼくが読んで理解するかぎりでは、こういうことだった。一九六七年、さきに締結されたコンソーシアムの生産制限の秘密協定なるものをシャーは発見して激怒した。これは石油増産を望むイランだけには知らせずに、各産油国の石油生産量をふやさないように抑えたものだ。石油の値崩れを防ぐカルテルだが、この秘密協定をシャーに密告したのがＣＦＰ（フランス国営石油公社）だったことはもうかくれもない事実として推定されている。ＣＦＰはイラン以外の石油利権が少ない。それでイランの石油をもっと多く割り当ててもらいたいため、シャーのご機嫌をとったというわけだ。この秘密協定の存在を知ったシャーは、怒り狂ってコンソーシアム攻撃の火ぶたを切った。コンソーシアム攻撃は、メジャーがイランに石油増産をさせないための憤激でもある。コンソーシアムはシャーの抗議でついにその利権の四分の一を放棄せざるをえなくなった。つまり、つづく六六年、六七年は、あくまでも増産を要求するシャーのメジャーにたいする大攻勢となった。この攻防戦は、アメリカ国務省の調停でメジャー側がしぶしぶイランの増産を認めることになった。苦しんだメジャーは窮余の策として、四月一日を基点とするイランのペルシア暦と、一月一日を新年とする西洋暦とのズレを利用して、イランに三カ月分の増産を与えた。けれどもシャーの対メジャー攻撃はそれだけでおさまらずに、まだまだつづいた」

《一九七一年二月十四日、公示価格を〇・三ドル引上げ、さらに七五年までに〇・五ドルの値上げを決めたテヘラン協定が成立した。公示価格の値上げは、それに見合う課税の増収になるので、産油国をうるおす。

この協定の成立にいたってOPECと石油会社側との関係はそれまでの位置が転倒した。OPECが圧倒的優位に立ち、石油会社側はなすすべもない状態であった。なかでもシャー・パーレビの戦闘的スタンドプレーはまさに得意の絶頂にあるかにみえた。シャーは二時間半に及ぶ誇らしげな記者会見で、石油会社側が英・米の政府の支援を求めたのは、経済帝国主義の見本だときめつけ、さらに『石油の王者（メジャー）の行動に警戒せよと以前に言われたことがあったが、いまのメジャーにはもはや昔日の力はない』と揚言した》

「あんたの言うことは事実経過とそう違っていない。が、だからといって今回メジャーが在イランのCIAを動かして暴動を起させ、シャーを恐怖させたという『事実』の証明にはならない」

ハムザビは、組み合せた指の節をぽきぽきと鳴らした。

「あなたから東京でその『臆測』の話を聞いたときわたしは、メジャーにそんな大きな謀略ができるだろうかと疑った。ところがメジャーはどれだけ資金を持っているか分らない。セブン・シスターズ、つまりエクソン、モービル、ソーカル、テキサコ、ガルフの米系五社と、英蘭系のシェル、英系のBPの七大石油会社の国際石油資本を合せただけでも、およその推定で数十兆ドルに達するだろう。これだけの資力があるのだから、札束にものいわせて大統領も動かせるし、CIAをも自在に働かせることができる。ついこの前の七八年九月八日のテヘランの騒動でも、バザールの商人らに相当な額の金が流れたという風聞と思い合せることができる。あなたは東京でわたしに言ったことを、ここで『想像だ』と言い直しているが、あれは事実を衝いていると思う」

「メジャーからみて、シャー・パーレビはたしかに驕慢に映った。この先、シャーが石油を武器に何をしでかすかわからないという危惧がメジャーにはあった」

「シャーの驕慢とは、メジャーからいうと、具体的にどういうことか?」

「だいたい四つある。第一はシャーの激烈な原油の値上げだ。彼はOPECの先頭に立ってイラン・コンソーシアムと渡り合い、これを屈伏させた。彼によってそれまでの石油の価格秩序は完全に崩された。これは原油代をコントロールするコンソーシアムと連結したメジャーにとっては危機である」

ハムザビは言い出した。

「第二に、シャーの石油戦術は、自分の主張が容れられなければ共産国や他の国への輸出量を大量に増加させるとメジャーへの脅迫に出た。

第三に、厖大な予算を軍備面に当ててきたことにより、それも主としてアメリカから購入した武器で軍事大国になったとシャーは信じ、ペルシア湾を独力で守ると言い出したことだ……」

話を聞きながら、それに関連した資料があったのを私は思い出した。

《――兵器購入に対するアメリカの無償援助こそ、一九五〇年代半ばからシャーが着手したイラン軍増強に貢献した最大の要因だった。しかし、石油収入が増大するにつれ、シャーはこの依存関係を解消しようと努めた。一九七一年の秋、シャーは世界に向ってこう宣言した。「われわれは今や先進国である。我々は自らの足で立ち上ろうとしているのだ」。

彼はアメリカがすべての無償援助を停止するようはっきり求めた。財政自立の強化とアメリカの無償援助打ち切りは重大な結果をもたらした。一九七二年までにシャーはあらゆる分野にわたって軍事テクノロジーを貪欲に求めていた。

軍備増強は外交政策の選択に重要な機能を果している。これは、石油の富を武器とする外交政策の柔軟性と信頼性が増大するからだ。これは、石油の富を武器とする外交と結びついた時、特に力を発揮する。この領域では、イランの軍事的有効性が未知数であることは問題にならない。その力はイスラエルに対しイランが自主的な態度を維持することも可能にした。一九七二年と一九七六年の間にイラン軍の兵力は十九万一千から三十万に膨れ上ったた。これは年間平均一一パーセントの増加であり、中東地域でこれ以上の兵力増強を見たのは一九七三年のアラブ・イスラエル戦争後のシリアだけである。シリアの場合は、戦争の直接的結果だった。イランの場合は単に歩兵部隊が増えたのではなく、最新鋭近代兵器を取り扱う要員が必要になったからである》

シャーがイランの軍備を誇るにもかかわらず、アメリカの支援なしには戦争の勝利は絶対に望めない。それは資料が数々のデータを示している。イラン空軍はアメリカからのF14型戦闘機を多数持ち、国産の中距離ミサイルの開発をめざし、海軍のスプルーアンス級駆逐艦はイギリスから購入したものの、その堂々たる装備にもかかわらず、その戦闘実力は貧弱である。主な原因は兵員の技術未熟にある、という。この状態では自力でペルシア湾を守ることは不可能だ。

シャーがそれを承知の上で、ペルシア湾を独力で守ると洩らしたのは、アメリカからの離脱を図ったことであり、それはとりもなおさず、自力でペルシア湾を守れない以上、その支援をソ連へ求める意志となる。

すくなくともアメリカにはそのように受けとれる。これは中東をソ連に渡したくないアメリカを少なからず狼狽させたろう。アメリカからソ連へと、シャーの振子が震動したとき、シャーはアメリカの安全を脅かす危険分子となる。しかも石油を背景に「巧妙な外交」を自負するシャーの「思い上った気紛《きまぐ》れ」が、いつなんどき振子をソ連に傾け放しにするかわからないのである。

「第四に」

と、ハムザビは最後をつけ足した。

「シャーは神の次には自分が位置していると発言したことだ」

「なるほどね」

私はうなずいた。

この場合の「神」とはイスラム教の唯一神アッラーである。マホメットの女婿アリの子孫としてのイマームの血をうけてないのをシャーは絶えず負い目に感じていた。彼の父レザー・ハーンはカジャール王朝時代、コサック騎兵隊の士官で、氏素姓《うじ》のない人間だった。そこでシャーは自己をいきなり神の次座に据えたのだ。

また一方、アケメネス朝ペルシアのキュロス大王やダレイオス大王が好きなシャーは、この二人の偉大な大王の玉座の上にアフラ・マズダ（ゾロアスター教の主神）が翼をひろげて空中を飛翔しているペルセポリスの有名な彫刻が頭いっぱいにあったと思われる。パーレビは、キュロスやダレイオスのように「世界の王・王の中の王《シャー・ハン・シャー》」を神から授与されたと信じこむにいたったようだ。

《——成功する人間は、神によって選ばれそのように運命づけられているのだという見解を、シャーは強く是認している》

《——シャーは、先導者、国民の父として落ち着いたポーズを取っている。王妃と皇太子と三位一体のようなトリオで並んでいる彼の写真は全国至るところで見られる。特に象徴的なシャーの公式写真は、彼が山頂から、少し下の、見えないところにいる国民に手を振っているように撮られている。学校の教科書は、君主への忠誠の教えと、パーレビ王朝の業績を、長々と繰り返している》

いま、ハムザビの挙げた四つの理由——、アメリカ政府とメジャーから見たシャーの「驕慢無礼」の理由は、いちいち私に納得できた。

しかし、問題はその先である。シャーのその天狗鼻をへし折るために、果してメジャーがアメリカ政府を激励し、政府はまた国防総省《ペンタゴン》を後楯にしてイランにいるＣＩＡを動かして暴動の火つけをさせたのだろうか。その裏づけがぜひとも欲しい。

「それでは、もう一つ訊きたい。アヤトラ・ホメイニは亡命先のパリからイランに無事に帰国した。これには民衆デモの過激化が背景にあるが、一方では事前に軍部とホメイニ派との妥協があったと思われる。それなのにホメイニ派は将軍たちや高官らを処刑した。これはホメイニ派に妥協した彼らにたいする背信行為ではないか」

私は言った。

「シャーは国外に脱出する二、三カ月前、軍のあらゆる武器を使ってホメイニ派を殺戮《さつりく》する計画だった」

ハムザビはまた組み合せた指を鳴らしながら答えた。

「だが、これを知ったアメリカ政府は、将官クラスの軍人を使者にしてシャーのもとに遣《や》り、この軍の計画を放棄させた。あとは悪いようにしないとそのアメリカの将官に言われて、軍部内の高級将校は逃げなかった。これは当の経緯《いきさつ》に介在したわたしの友人から聞いた。シャーもまた、前回のようにCIAのお膳立てで、一時的休暇のつもりで国外へ出た。王妃と観光旅行みたいな気持でね。ところが、CIAもアメリカも今回は無力だった。残留した将軍連や高官たちが、ホメイニ派からむざむざと殺されたのはそのためだ」

私は、NATOの米軍副司令官がその当時ブラッセルからテヘランに飛んで行ったという新聞記事を思い出した。CIAが付けた火は、燃え上った火勢が強くなりすぎて、CIA自身はむろんのこと、カーターまでが茫然と立ちすくんでいたさまが眼に映る。

「では、これからホメイニをかくまったフランスがイランで有利な立場になるのだね」

「あんたは、そう思うか」

すかさずハムザビは反問した。

「常識としては、そう思うほかはないが」

「常識ではわからないのが、謀略だ。外交の裏側だ。そして商売のかけひきだ」

ハムザビは回転椅子の背に上体を伸ばした。彼はこのときばかりは、瞬間だがちょっと得意げになり、私を揶揄《からか》うような眼つきを見せた。

「どういうことですか、ハムザビさん?」

「たしかにフランスはホメイニをかくまった。前に、イラン・コンソーシアムの秘密協定をフランス石油公社がシャーにたれこんで原油の供給増量を企てたくらいだからね。こんどはホメイニをパリで丁重に保護申し上げたことで、フランスは恩を売ったと考えているので、イランから石油を前回とは比較にならぬほど取れると思っている。しかし、アメリカのほうは、それよりずっと賢い」

「というと?」

「ホメイニをパリからイランへ行かせたのはフランスではない。ホメイニを連れ戻したのは……」

ここでハムザビは一呼吸した。

「メジャーとホワイトハウスかもしれないよ」

あまりの奇想天外の言葉にあきれはしたものの、興奮も感じた。

「だが、これはわたしのまったくの想像だ。とくべつに情報を入手しているわけではない」

ひと膝乗り出した私の姿勢をたしなめるように彼は言って、上体を前こごみに戻した。

「臆測だから、わたしのイマジネーションの翼はひろがるね。空想の先をもう一つ言うとね、シャーはそのうち時機を見てイランに戻ってくるよ。いまのイランは王制が戻ってこないことには、どうしようもないからね。新皇帝は、いまアメリカにいる皇太子だろうね。父親のパーレビは皇帝の後見役だ。そしてうしろから皇帝を操るだろう」

外国語には、日本の平安朝時代に成立した『院政』という言葉はない。

「それでは、イランは王制復活のもとで皇帝とアヤトラ・ホメイニとの二頭政治になるのか」

「そんなことが考えられるかね。こんどはまたシャーと入れ替りに、ホメイニが外へ出て行く番だよ」

じつのところ、私はハムザビの夢みたいな奇語についてゆけなくなっていた。

八代も通訳しておいて、いちいち自分で茫然となっていた。ちょうど私の家で村山がそうだったように。

「それじゃ、イランの宗教界がおさまるまい。第一、そんなにアメリカの勝手気儘になるのか。イランの知識階級も黙ってはいまい」

「知識階級だって？」

ハムザビは侮蔑の表情を見せた。

「そんなものは無力だ。いままでがそうであったように、これからもね。インテリはいつの世にも行動する勇気がない。思い切り吠え立てるということもない。陰に坐って、聞き取れぬような低い、嗄《しやが》れた声で呟いているだけだ。お国だって、そうじゃないのか」

「……」

「イランのインテリはSAVAKに恐怖していたからね」

このSAVAKの言葉が通訳の八代に通じなかったので、私が説明した。

「しかし、そんなことになったら、イランの国民がおさまるまい。ふたたび大変なことになるよ」

「はてね」

ハムザビは懐疑の眼をみせた。そして首を傾《かし》げた末に、

「もっとも、その前に内戦が起るかもしれないがね」

といった。

「内戦だって？　もっと詳しく話してもらえないだろうか」

「まったくの想像でね。空想だ。まだわたしのフィクションの細部《デイテール》は完成していないのでね」

ハムザビは前の冷静な微笑にもどった。

「たとえ空想にしても、たいへんな想像力だ」

すぐには彼の当て推量に賛成したわけでもなく、またその話を分析したわけでもなかったが、私の欲しいのは他の取材先についての彼の示唆《しさ》であった。

「あなたから紹介してもらったというとあなたに迷惑をかけるから、ぼくが独自で取材しにゆきたい。そういう取材先をいろいろ教えてほしいのだが」

「その友人はイランにいる。テヘランに居るよ」

ハムザビは茶化すように答えた。

「アメリカでぼくが訪問できる先を」

「わたしは想像を述べたまでだ。想像だから、一つ一つを立証することはむつかしい。心当りの取材先を挙げろといわれても、それはわたしには不可能だ。東京のあんたの家で、わたしは、これは臆測だということを、はっきり説明したはずだ。今も、それに変りはない」

ハムザビは組んだ両手を解き、カーペットの見本が入っている額縁の上にある電気時計の針に眼を投げた。私は出口のドアを開けられたと思った。

今にして想えば、ここに来たとたんにハムザビがペルシア絨毯の講釈を長々としていたのは、彼が無責任にも私のニューヨーク行きを承諾しておきながら、いざ私の姿を見て当惑し、その対処を思案するまでの時間かせぎかと考えられた。

しかし、そうではなかった。ハムザビは次の部屋に出ると、またもや美術家の態度で、各地産の絨毯を次々と指して、このうちのどれかを買わないか、イランは騒動で観光客が行かなくなって絨毯の売れ行きがとまり、いまが値下りの買いどきだと、厚顔にもしきりにすすめだしたのだった。

のこのこと日本からニューヨークくんだりまで来たのは、おれのせいではなく、おまえが悪いのだ、と言いたげであった。

そう言えば、私の読んだ資料にこういうのがあった。

《自尊心の強いイラン人は、自分の罪を認めることを拒《こば》む。常に、相手が悪いからだと主張する。車の追い越しで対向車とぶつかったとき、対向車がこっちを避けなかったからだという。柵をつくるときに傍のタンクの壁を傷つけると、柵の棒が勝手にタンクのほうへ飛んで行ったのだという。ある大企業のマネージャーがある日、自分の旋盤のわきに漫然とたたずんでいる機械工を見つけた。その機械工が説明するには、旋盤が動かない、という。そのうちマネージャーは、この男が偶然機械を止めてしまい、再始動させる方法を忘れたことを悟られるのを恐れているのだと気がついたのである》

出口で握手したとき、ハムザビの掌は冷たく、その姿勢は芸術家のように傲然としていた。うしろを、肥った黒人の雇い女が捲いた絨毯を担いで横切った。

8

セントラル・パーク南側のホテルに私と八代は戻った。

茶を喫《の》みに、海賊船《ヴァイキング》スタイルの食堂に行った。疲れている私を見て、八代は遠慮がちに言った。

「ニューヨークにイラン協会というのがあると聞いています。電話帳を調べて、そこへ電話してみましょうか。だれかひっかかるかわかりまへん」

彼は私の落胆に同情していた。通訳のぶんを心得ているらしく、ハムザビから聞いた話について彼のほうからは私に語りかけなかった。青年の思いのほかの礼儀正しさに私は感心した。

やがて、長身の上体をゆらゆらさせながら戻ってきた八代は私にかがみこむようにして、報告した。

「イラン協会はがら空きで、みんなイランに帰ってしもうたそうです。管理人らしい女が、すごい南部訛りでそう言いました」

私はあまり期待もしてなかった。その私の様子が大儀そうに彼の眼に映ったとみえ、だいぶんお疲れの様子ですね、こっちへ着かれた匆々《そうそう》ですから無理もありません、夕食にはまだ間があるけど、部屋でお寝《やす》みになったらどうですか、と八代はすすめた。ハムザビのところで目的を達せずに私が失望しているのは彼にもわかっていた。

これからの予定について私は彼と打合せをしなければならないので、そうもゆかなかった。ハムザビの話のうち、アメリカ政府とメジャーがホメイニを再び国外に出して、シャーを呼び戻すとか、そのために内戦がはじまるとかいう話は荒唐無稽にすぎるが、その前の話、つまりシャーのつけあがりをメジャーが懲らし、言うことをきかせるためにCIAを使って暴動を起させたが、その薬がききすぎて革命にまでなった、という点についてはなんとか裏づけを取りたかった。

八代が通訳したのだから、彼には秘密でもなんでもなくなっていた。ただ口外しないことだけは約束させてある。

きみはどう思うかと私が一応訊いたときに彼は椅子を前にすすめ、

「ハムザビさんの話は、たいへんおもろうおました。ぼくはあの騒ぎを新聞で読んだだけで、深いことは分りませんが、面白い見方だと思いました」

と、活気のある口吻で答えた。

「話が少々面白すぎはしないかね」

「ハムザビ氏は自分の空想だと何度もくりかえしていましたね。最後のほうの話はいかにも彼の空想のようで眉唾ものですが、前半の話はCIAの失敗としてありそうなことのように思われます。CIAもこのごろは質が落ちてよく失敗をやらかすという話を聞きますから。ただ、イランの国王の驕慢にメジャーが懲罰を加えるためにCIAを使ったという点は、ぼくはメジャーのことも石油のことも不案内ですから、よくわからないながらも、ハムザビ氏の話で、腑に落ちる思いをしました」

「どういうことだね」

「イラン人の自尊心が高いということです。そのためにアメリカ人社会からイラン人はあまり好感情をもたれていませんね。イラン人は実力が伴わないくせに高慢ぶっているんです、率直にいって」

私は心の中で、それを資料と合せた。

「ただし、イラン人でも若い人はそうではありませんね。ぼくは留学生仲間から間接的にイラン人留学生のことを聞いていますが、評判は悪くないです。こんど、王制が転覆してホメイニの新政権ができたというので、そういう留学生連中がみんな喜んで帰国したんですな。イラン協会が空っぽやいうところをみると」

八代は心がたかぶると、関西弁が出るようだった。彼の口髭にコーヒーの雫《しずく》が宿っていた。

「というと、イランの留学生は今まで帰国をよろこばなかったのかね？」

「仲間の話ですが、これまでは帰国に気乗りがしなかったようですね」

「なぜだろう。留学生は本国に帰ると、イラン政府に優遇されてエリート官僚となり、給与も破格だそうじゃないか」

私はそうした資料を読んでいた。まるで明治政府における海外留学生の遇し方だという印象が残っていた。

「そういう面もあったようです。けど、これも又聞きですが、イラン政府の甘い勧誘に乗って、留学期間を切りあげて帰国した者のなかには、向うの警察にひどい目にあわされるのがあったということです。とくに西ドイツに留学していた学生はですね」

《イランのツデー党（共産党）は東ドイツに本拠を置いているといわれている》という文章が、読んだ資料の中にあったのを私は思い出した。

「それは赤い留学生狩りかね？」

「そうだということです。イランの秘密警察、何とかいいましたね、ハムザビ氏は？」

「SAVAKだ」

「そのSAVAKが西独のイラン大使館に手を回して、本国では急に人材を必要とするからとか何とかいってマークした留学生を呼び返す。留学生たちが帰国するとテヘラン空港にSAVAKが待っていて連行し、そのまま牢獄に入れられる。親兄弟も面会が許されないということです。それだけならまだいいほうで、あとがひどい話です」

「どういうこと？」

「こっちにいる体制に批判的な留学生の話ですから本当かどうかはわかりませんが、聞いたとおりを言いますと、共産主義者と目された留学生は軍のヘリコプターに乗せられてテヘラン南方の砂漠の上に運ばれる。その砂漠には何とかという名前の塩湖があり、それは底なし沼のようになっている。その塩湖へ帰国留学生をヘリコプターの上から、どぼんどぼんと落すのやそうです」

SAVAKの悪名は世界じゅうにひろがっている。カーター米大統領の「人権外交」で、シャーは自由の扉を少しばかり開けはしたものの、すぐにそれを閉めてしまった、と資料は記述していた。

《SAVAKと軍組織との関係は今もって完全には明らかになっていない。この機関の運営に設立当初から当ってきた四人の人物はすべて軍出身者である。前司令官のネーマットラー・ナシリ将軍は近衛部隊の司令官から転出してきた。SAVAKの幹部要員が軍出身者であることも知られている》

疲労から次第に重たげな眼蓋になる私を見て、八代は、とにかく部屋に入っておやすみくださいとすすめ、

「イラン問題のことで、ぼくにもなんぼか心当りがないでもありませんから、これからその先を極力あたってみます。明日の朝十時にこのホテルに参ります」

と、たのもしげに言った。

夕食もとらず、四時ごろから翌朝の八時すぎまで私はぐっすりと寝込んだ。

十時に、八代の電話が部屋にかかり、ロビーに降りると、髭もじゃの彼が昨日と同じ赤い紐

のループ・タイを結んで、にこにこして立っていた。

「よくお寝みになられたようですね。昨日よりお顔の色がずっとよろしですわ」

真向いの椅子にかけてから八代は言いだした。

「昨日、あれから二口ほど当ってみました。一つは、トルコ人の家具屋です。仕入れの関係上、イラン人を知っていますからね。イラン人の骨董屋の名前を教えてくれました。もう一つは、ぼくがいま通っている大学のＦ教授です。話をぼかして質問してみると、そういう問題だったらワシントンのある大学にいる女性教授がいいだろうと言いました。彼女は国際問題の専攻だそうです。ぼくにはこっちのほうが有望のように思われますけど。ニューヨークにいてもこうした問題の掘り下げはできないと思いますよ、やはり政治の中枢地のワシントンでないと。こっちはイラン人の骨董屋に話だけを聞くことにして、午後にでもワシントンに行きましょうか」

その提案に私は同意した。

イラン人の骨董屋はエンパイア・ステート・ビルの近くにあった。この辺は雑多な店がごたごたと集り、食べ物の屋台もならんでいて、摩天楼の下に蝟集《いしゅう》して動かない川の浮遊物のようだった。

イラン人の骨董屋は、古道具屋と土産物屋をいっしょにしたみたいな店で、そのへんにならんでいるものを一瞥《いちべつ》しても、アンティークと名乗るのはおこがましかった。ルリスタンの青銅器は無格好な出来に人工の青銅をつけたものであり、ササン朝の銀の皿にしても銀壺にしても下手な細工で、細密画《ミニチユア》はおそろしく拙劣な画だった。しかもアメリカ人に好まれそうな派手な模様や色づけをしたまがいものばかりである。

壁にはアヤトラ・ホメイニの写真が掲げてあった。額縁と写真の寸法が合わないのは、前にはパーレビ国王のそれがはまっていたと思われる。それにならんで、煤《すす》けた壁が額縁二つぶんだけ窓を開けたようにきれいなのは、王妃と皇太子の写真額のとりはずされたあとと思われた。

八代が切り出した話に、五十近くの、眼のまるい、鼻の大きくて隆《たか》い、ちょっと伎楽面の酔胡王の顔に似た店主は、話を半分までも聞かないうちに憤りだした。

「いったい何を知りたいのだ？　おれの名を誰に聞いてきた？　イランに何が起っているかを知りたければ新聞を読め」

イラン人のいまの本当の気持を知りたいのだが、と私が言うと、彼は拳を振りまわした。

「おれはホメイニを支持する。おれはシーア派だ。ホメイニは民衆のものだ。シャーの政府は電話の架設を庶民が頼んでも、てんで相手にしてくれなかったが、いまは役所のほうからサービスしてくれる。おれも、そのうちにイランに帰りたいと思っている。シャーは民衆を苦しめた」

彼は訛りのある英語で怒号したが、その眼は逆に臆病そうにこちらを警戒していた。表に出るとき背中から彼の声が追った。

「どうだ、ここにあるイランの骨董品を買わないか。みんなほんものだ。安くしとくぞ」

やはりイラン人はつきあいにくいですなあと八代は車に戻ってから言った。彼ら小さな商人からイランでのメジャーの暗躍について話を聞き出そうとしたことじたいが無理な考えだったのを、私はさとった。

それをさらに感じさせたのは、八代の案内でメジャーの石油会社を外から見物して回ったときである。マンハッタンの中心部、ロックフェラー・センターに接するビル群にある五十三階の「エクソン」の本社。車を降りて入口をのぞくとホールの天井に無数の月と星とが吊り下げられて燦《きら》めいている。株主数三十万人、子会社群は百カ国に。公表された一九七四年度の総資産三百十三億ドル、純益三十一億ドル（前年比七億ドル増）。

パーク・アヴェニュー五五の「モービル」の本社。四十二階建。七四年度の総資産百四十億ドル、同純益十億ドル（前年比二億ドル増）。この二つに「ソーカル」を加えて「ロックフェラー家の三人娘」といわれているという。

ピッツバーグにあるという摩天楼によく似た形のビルの「ガルフ」本社。七四年度の総資産百二十五億ドル、同純益十億七千万ドル（前年比二億七千万ドル増）。

「テキサコ」本社。七四年度の総資産百七十二億ドル、同純益十五億九千万ドル（前年比三億ドル増）。

急仰角の視野に数分間固定していただけで首の痛さがしばらくは癒《なお》らなかった。狭い空間の頂上に春の浮雲を乗せ、層々と積み上げられた夥しい桝目の窓がこっちの身体を吸いこむように圧倒してくる。これがメジャーそのものなのだ。壮大な建築物はメジャーの巨大な組織を象徴している。ここから彼らの「策謀」をどう引き出そうというのか。私は無力感に打ちひしがれ、高層ビルの黒い影がいっぱいに横たわる地に叩きつけられた思いだった。

私たちが満員の列車でワシントンに着いたのが午後五時であった。いつもはこんなに混まないのにと車中で八代はふしぎがっていたが、ワシントンじゅうのホテルが一室もとれないことからその理由がわかった。桜の花見に各地から観光客が集ってきているのだった。どのホテルも、たとえ一晩八十ドル出したとしても部屋を提供してくれなかった。

八代は最後に断わられたホテルからいろいろなところに電話していたが、そのうち、笑いながら私のところへ戻ってきた。

「このワシントンにぼくの学校友だちがいるんですが、いま電話してホテルがとれなくて困っているというと、それなら自分が借りている間借りの部屋があるから、五、六日くらいそこを使ってくれていい。ただし、ほかの間借人と共同生活だ。それにあんまりきれいではない。それでよかったらどうぞと言ってくれました」

野宿もできないし、途方に暮れていたときなので私もほっとした。

「もう一つ、国際関係論の女性教授も連絡がとれました。明日の午前十一時に自宅へ来てくれということでした。いまは大学をやめて、第三世界協会というのを主宰していると言ってました。好都合にも、今から行く家の連中の理論的指導者でもあるそうです」

第三世界は、いうまでもなくアジア・アフリカ・ラテンアメリカその他の地域の発展途上国をさすが、第三世界協会なるものは、第三世界中心の反体制運動の政治的集団なのか、それとも単なる友好団体なのか、とっさにはわかりかねた。そうは思ったが、とにかく、

「ありがとう、ありがとう」

と、八代の努力に感謝した。

夕食を済ませ、タクシーで該当番地に行くと、二軒つづきの古い長屋であった。近所に黒人の居住地域がある。黒人は白人が逃げ出した家に住んでいる。その長屋の一軒の二階に上ると、長髪のアメリカ青年がドアから出てきて八代と肩を叩き合った。私とも愛想よく握手した。

ここは共同生活で、この二階だけでもフランスの詩人、会社づとめの女、商店員などが居り、階下は医学生の部屋と、共同炊事の台所、それに食堂である。炊事当番は回りもちだが、あんたらは四、五日しかいないし、ぼくのお客ということでみなに言って炊事当番は免除してもらった、ぼくは今晩から泊りがけで友人と山登りに出かけるから、ゆっくり使ってくれ、とドアの鍵を八代に渡して部屋主は階段をせかせかと降りて行った。

一つしかないベッドを私が使用し、長椅子に毛布を敷いて八代が横たわることになった。彼は布製のバッグを開けて皺だらけだが洗濯したパジャマをとり出し、くたびれた黒の上着と赤のループ・タイをハンガーに叮寧にかけ、失礼します、と私に断わってズボンを脱ぎ、シャツ

と、青の縞の入ったパンツ一枚になってパジャマと着かえた。窓の外にはいつまでも車の音が聞えた。

「八代君。きみのご両親は和歌山県に元気にしておられるのですか」

私は横たわったままで長椅子の彼にきいた。べつに立派なホテルに泊ろうとは思わないが、黒くよごれた低い天井を見ているとさすがに佗しくなり、通訳という縁だけだが、彼に親近感を覚えてきた。

「ぼくの田舎は蜜柑で有名な田辺市の端です。父が十年前に死んで、いまは六十になる母がひとりで住み、小さな蜜柑畠をやっています。兄も弟もなく、縁《かた》づいた妹が粉河《こかわ》という町からときどき母の様子を見に来てくれます」

昼間元気のいい八代もしんみりした口調で言った。

「それじゃお母さんもきみが一日も早く帰ってくるのを首を長くして待っておられるだろうね」

「大学を出たらはじめはどこかの建築事務所に入り、早く一級建築士の資格をとって自立しようかと思いましたが、教授に学校に残れといわれました。べつに建築学をやるつもりはありませんが、これからはますます日本もアメリカ建築だと思って、こっちへきて大学に入ったんです。こっちの学問はむずかしくて、留年していますが、卒業見込みがなかったら、あきらめて来年あたりに帰国しようかと思っています。母がいろいろな日本のものを送ってくれるので、こっちでもうすこし頑張るのが心苦しくなりました。母は手紙ではなんにも書いておりませんけど、ぼくの帰りを待っているのはわかりきっていますから」

彼の声は心なしか潤んでいた。

学資も生活費も十分でない彼は、アルバイトに通訳をしている。それに時間をとられ、勉強する時間が削られて留年を重ねることになったのであろう。が、いわゆる留学生くずれといったようなところは見えず、見かけによらず真面目な青年のようだった。

「けど、こんどあなたの通訳をしてぼくも勉強になり、興味をおぼえました。取材はできるだけ手伝わせていただきます」

おやすみ、を言い合ったのちも、私は外の車の騒音と、明日からの取材の前途を思ってしばらくは睡られなかった。

ハムザビの茶飲み話にひっかかって、わざわざ遠くアメリカまで来た軽率さが後悔された。すばらしい材料だと思いハムザビを当てにしてきたのが間違いだった。が、ハムザビを責めることはできない。イラン人の特性といわれる自尊心と無責任の点は別にしても、この国にやってきた責任は私の無謀にあるのだ。

それに、なんの有力な伝手《つて》もないのにいきなりやってきて見当違いなところを当っても、まともな反応が得られるわけはなかった。かりに当る先が妥当だとしても、このような大きな問題を誰が正確に答えてくれるだろうか。みんな判りはしないのだ。だれにも知らされてないことである。かりにだれかがその片鱗を知っていたとしても沈黙を守るだけであろう。知っているだけに口に出すのが恐ろしいのである。SAVAKの幻影は消えたが、CIAの見えざる網がある。

もしかすると——と私は思い直した。エドモンド・ハムザビも怕《こわ》がっているのではないか。

9

約束どおり、午前十一時にパトリシア・イングルトン女史の家を私は八代と訪れた。こぢんまりとした家だが、瀟洒《しょうしゃ》な応接間であった。四十すぎの、整った顔だちの女性だった。金髪が豊かで瞳が絵具を融《と》いたように蒼かった。

予想したとおり彼女はアフリカ、東南アジア問題が専門で、イランのことには詳しくなかった。

「ここに一カ月ぐらい居られるならなんとか適当な人を紹介するけど、短時日では無理ね。ご存知のように、アメリカの知識階級の人にはずっと前から面会のアポイントメントをとっておかなければならないから」

彼女は煙草を始終手からはなさなかった。

「でも、今晩、友人の家でパーティがあるから、そのときにイラン人の経済通に会うので話してみてあげます。ミスター・ジュラブチというの。この人はもとイランの金融機関にもいたので詳しいと思うわ。あなた方に会うのを承諾したら電話します。どこにかけたらいいかしら?」

案外に親切であった。

その日は半日、ワシントンを見物するしかなかった。桜祭りには物見高い車の列が延々とつづいていた。

翌朝の食堂では共同生活者とはじめての会食であった。一人用の小箱のケロッグ(コーンフレーク)にミルクをかけての朝食。私だけがとくべつにトーストに卵、コーヒーをもらった。

「夕食も外でとらずにここで食べたら? 今日はわたしが炊事当番だけど、羊肉《マトン》のシチューにしたいの。」「日本人は羊肉はきらいかしら?」

会社でタイプを打っているという顔の小さい女が訊いた。

十時にパトリシア・イングルトン女史から電話がきた。電話も共同使用なので、鼻の手術が終ったばかりという三十歳くらいのフランス詩人が繃帯した鼻の頭で呼びにきた。

ジュラブチは官庁街の美しい彼のオフィスで私たちを迎えた。白髪の多い、日焼けしたような顔の、身だしなみのいい紳士だった。六十歳ぐらいとみえた。

「昨夜のパーティでパトリシアから話があった。わたしはイランの経済のことはよく知っている。だが、政治的な話は困るよ。それを抜きにしてなら話す」

ジュラブチは、そのあと表情も変えずに言った。

「あんたはジャーナリストのようだが、談話料はいくら出すかね」

百ドルではどうだろうか、と八代が言うと、この気品のあるイラン紳士は、にやりと笑った。

「ワシントン・ポストは一時間で二百ドルくれたよ」

アメリカの新聞記者が談話料など出さないことは知っていたが、私は言い値を承諾した。

「さて、イラン問題を語るとき、経済だけを抜き出して話すわけにはいかない。取材源を匿《かく》すなら、すこし政治のことも話そう」

彼は私がさし出した百ドル紙幣二枚をポケットに入れると、たったいま言った言葉とは違ったことを話しだした。

「イスラム共和国の憲法が発布されると、新政府ができることになる。かりにそこまでゆけるとしてだな、ホメイニはなんとか持ちこたえよう。たしかにいまのイランはインフレだが、そんなものは、石油をまた売ればよい。その理由はここに手書き《ハンド・ライト》したもののコピーがあるからさしあげる。あとで読みなさい」

彼は紙片二枚をくれた。

「しかし、ホメイニは、憲法にイスラムの古い戒律をもりこもうとするだろうから、かならず強い反対がある。だがそれは中産階級や知識階級からであって、一般の民衆はイスラム教徒だし、シャーの圧政を憎んでいたから、ホメイニの言うままになる。新憲法も成立するだろう。

それにホメイニは強気だ。ホメイニは当分のあいだ大丈夫だろう。混乱も五年くらい経てば元にもどる。

シャー時代はインフレだった。農地改革で農民は貧困化し、土地を追い出され、その土地は一部の金持が握った。農民は都市に流入した。農地は荒れた。自分のものではない農地なんてだれも愛着をもたない。そこで農産物を輸入する。もう悪循環だ。ホメイニは、戒律に反するからといって冷凍肉輸入を禁止したが、いま、生きたままの牛がニュージーランドからもトルコからも来る。もう防ぎきれない。

イランはホメイニだけが治めているのではない。彼の下には数人の宗教的リーダーがいる。その中には、十七年間も牢屋にいた人もいる。ホメイニはずっとパリに居たのでピンボケのところがある。しかし数人のリーダーたちがチェックしているから問題はなかろう。いまのテヘランの臨時政府の首班バザルガンも公明な人物だ。

いま、イランには問題が二つある。一つは、西南部のアラブ人、西北部のクルド族の自治権拡大要求だ。遊牧民族のクルド族は、イランとイラクとトルコとに分れて居住している。シャーはこれまで、イラク政府にも自治権拡大を要求して反抗しているクルド族を武器援助してきた。ところがイランでイスラム革命が成功すると、こんどはイラン国内のクルド族が自治権の拡大を要求しはじめた。その最も激しいのがクルディスタン地区だ。

もう一つは、正式な政府の大統領に誰がなるかだ。いまの暫定政府のバザルガン首相がなるとよい。彼は民衆に尊敬されている。だが彼は就任を拒むだろう。もしヤズディ副首相が大統領になると問題だ。彼には民衆の人気がまったくない。この問題をホメイニがどうさばくかが大きな課題だ。

シャーがCIAの援助で再びイランの土を踏むことは絶対にあり得ない。王族の誰もイランに戻り得ることはない。だが、いまいった二つの問題が解決されず、近く成立予定の正式な政府がうまくやらないと、武力クーデターがおこる可能性もある。しかし、イランの民衆は二度とシャーを自分たちの帽子にすることはなかろう。

軍の指揮官は、民衆デモに対する発砲を命じ、兵隊がためらうとなにしてる、こうするんだ、と兵からマシンガンを取って婦人も子供も殺した。わたしはこれをイスファハンで目撃した。いまの革命政権はたしかにシャーの将軍連と高官ら多数を処刑した。普通、革命はもっと血が流れるものだ。だが、わずか七十四人しかまだ処刑されていない。シャーは最小限度にみても六万五千人の民衆を殺している。

わたしはリパブリカンで、かならずしもホメイニ支持ではない。女性の権利を認めないことなど、わたしは反対だ。わたしは婦人の権利のために長年闘ってきた。わたしの父はシャー反対運動に加わって捕われ、獄死した。兄弟、親類も闘った。ホメイニ支持ではないが、シャーの復帰はありえない。……しかし、ホメイニが五年以上いつまで生きられるか疑問だ」

ジュラブチがくれた手書きの資料のコピーをあとで読むと、この話の骨子をまとめたものだった。

　間借りの家に戻って三時間後だった。パトリシア女史から電話がかかってきた。

　会見の結果はどうでしたか、と訊いたらしく、まあまあ《ソー・ソー》でしたと八代が答えた。なおもしばらく話していたが、その電話を切ると、彼は明るい顔で私に言った。

「女史は、いますぐ自分の家に来てくれというてます。ちゅうのんは、ＣＩＡの中東担当官の話を聞かせてあげるいうてますがな」

「へええ。そのＣＩＡの係官に会わせてくれるのか」

「いや、直接やのうて、彼女が聞いてくれた話を取りつぐというてます。ＣＩＡの担当者はとても日本人には会わんから、彼女がさっき先方と会って雑談のかたちで聞いてくれたというのですわ。あの女史は顔が美しいから、いろいろな人に好意をもたれてるのですな。美人はトクでんな。そういえば、彼女、われわれがここに宿をとっているせいか、えらく協力的でんな」

　間接的だが、現職のＣＩＡ中東担当官の話が聞けるというところから八代は急に気持が高揚したらしく、関西弁を出した。

　パトリシアの家を再訪すると、煙草をつづけさまに吸いながら若づくりの中年美女は言った。

「そのＣＩＡ中東担当官の名前は立場上、言えないけど、彼の言うことには信用がおけると思うわ、人がらも誠実だから。そのつもりで聞いてね」

　前置きして、彼女はその話をこうとりついだ。

——CIAはパリのホメイニの家に盗聴器を仕掛けるつもりだった。だが、それが発覚したときのことをおそれて中止した。カーターの人権外交がその背景にあった。こんどのイランの騒ぎにCIAがおくれをとったのは、ホメイニ派の電話が盗聴できなかったことが原因の一つになっている。

シャーは今回の反国王運動が起ってからノイローゼにかかり、不眠症となった。その鎮静剤にバルビタールを常用するようになった。この薬を服用すると、神経はたかぶらなくなるが、意志の決定ができなくなる。もう年でもあるし、CIAがシャーを立てて捲き返しに出るということは不可能だ。

イランの海軍が現政権側に立っていないのは事実だが、提督は処刑されたか自宅監禁かされている。錦の御旗を掲げるアドミラルをCIAが見つけようとしても困難である。それに、再クーデターとなるとやはり地上軍が必要だが、現在地上軍は能力を失っている。たとえばイランに八つの工場の権益を持つウェスティング・ハウス社（アメリカの電機メーカー）などは、現政権の転覆を望んでいることは事実で、シャーの復辟《ふくへき》運動が起ったときは力を与えるだろう。しかし、その復辟運動がおこる可能性はまことに少ない。……

その晩の間借りの家での食事にはタイピストの作った羊肉の辛いシチューが出た。残念だが、明日の朝、われわれはここを引きあげなければならない、と私は共同生活者たちにあいさつした。炊事当番の義務を果せなかったのは申しわけない、ついてはほんの気持だけのものだが料理材料を買うときの足しにしていただきたいと私が三十ドルを出すと、みんなは両手をひろげ、そんな心づかいをするにはおよばない、自分たちはそれぞれの金を出し合っているのがたのしいのだから、とどうしてもうけとらない。そして、うすうす私がなんの目的で来たのかに気づいていて、ワシントンでの取材はうまくいったのか、ニューヨークでの成功を祈るなどと口々に言った。

「こんなふうに若い男女が一つ屋根の下に共同生活をしていますが、風紀がみだれるということはありません。そこがニューヨークなどと違ってワシントンのいいところですね」

八代がささやいた。

短い滞在の、最後の夕食会を終って二階の部屋にひき上げると、ドアに音が鳴って、フランス詩人が鼻の頭を白く蔽《おお》った顔で、いくらかおずおずした様子で入ってきた。彼の来訪も突然だったが、言うことも思いがけなかった。明日、ニューヨークへ発つ前に時間があったら、プレス・クラブに行ってみないか、知っているアメリカの新聞記者がいるから紹介してもいい、役に立つかどうかわからないがね、というのだった。

どうやらこの「第三世界協会」は、政治集団ではなく、「第三世界の革命思想」の研究団体のようだった。家賃も物価も高いワシントンでの共同生活が、その貧しい研究団体事業の一つらしかった。ここにフランス詩人が居るのは縁のないことではない。知識人や学生を革命の部隊だと説くサルトルやマルクーゼのグループに、この詩人は属しているのかもしれなかった。

プレス・クラブには外部の人間は入れない、だが、事務局次長はフランス人で、この人にわたしから電話しておくので、臨時会員証を交付してくれるはずだ、中に入ってこの新聞記者をさがすがいい、とジョルジュ・オルレという名前の自分の名刺二枚に、事務局次長とアメリカ新聞記者宛の紹介文字を左ぎっちょで書いてくれた。彼も私が何を取材しているかを知っていた。

われわれの感謝の言葉を背に、詩人は、鼻を抑え、首を前に曲げて出て行った。

翌日午前十一時、プレス・クラブの事務局に行くと、写真で見るアンドレ・マルローのような顔をした事務局次長がすぐに臨時会員証を二枚渡してくれた。

そこで待っていると、事務局員が、栗色の髪の毛をていねいに分けた、背の低い、小肥りの四十男を探して連れてきてくれた。

彼はジョルジュ・オルレの名刺を熟視したうえ、私の質問に、無愛想な顔ながら、案外に長くしゃべった。

「たしかにカーターは前にシャーを支持した。だが混乱がつづくと、あれはイランの国内問題だからといってシャーを見捨てた。シャーはカーターを恨んでいるだろう。そうしたアメリカの態度はいわゆる『人権外交』で共産圏に強い態度で出ている以上、イランにも同様なことを要求せざるをえなかったのだ。そのため、シャーがイランの国民にちょっとした自由の曙光を与えたところ、それが激しい反国王運動へと爆発してしまった。たしかにアメリカにも責任がある」

八代のは同時通訳に近いものだった。

「CIAは過去の悪名から、露骨な活動はできなかった。やむをえないだろう。なにせ『人権外交』だからな。シャーは今でも『国軍のなかの親衛隊を使って、もっと反体制運動を弾圧すれば、自分は国に留まることができた』と言っているようだね。シャーの復辟については、その可能性を考えたこともないよ。

シャーはいま逃亡先で、複数のアメリカ人に護衛されている。これをみてもアメリカとシャーの関係がわかるだろう。去年の暮にカーターが皇太子と会った。面接テストだったが、落第したらしい。もし皇太子が英明であれば、パーレビの退位で収拾をつけようとしたのかもしれないがね。

アメリカはイラン革命についてあまり騒ぎまわれない事情にある。共産主義者やソ連がイラン革命の下手人だという声は強めていない。このへんからも、だれがほんとうの黒子《くろこ》であったか、おのずと分るというものだ。とにかくアメリカにとってはヴェトナム戦争の苦い教訓があるからな。現在は、じっとして様子を眺めているしかないだろう。

メジャーの陰謀説は、いま、あなたからはじめて聞く。話としては面白いが、どうだろう。かりにそれがあったとしても、表面には絶対に出てこない。しかし、面白い話にはちがいないね」

この日は午後から雨になった。空港は超満員であった。三機目の「シャトル」（ワシントン—ニューヨーク間をバスなみに頻繁《ひんぱん》に飛んでいる旅客機）にようやく席がとれた。

——話は、それなりにいろいろと聞いた。ハムザビから得た暗示は、まったく否定的でもなかった。しかし、触れそうになると、逃げてゆくのである。その発展は絶望に近かった。もともと仮想なのである。そこからは具体的なものは何も引き出せない。メジャーは、大気のように厚い層で重く地球を蔽っているが、空気をつかむことはできなかった。

八代も隣席で黙然として手で口髭の癖を直していた。彼も憂鬱に沈んでいた。前の席に肥った中年女が二人すわって声高に話し合っていた。その耳ざわりなしゃべり声は機が空港の滑走路に停止してもまだつづいていた。ニューヨークも雨だった。

こんどは低い中央停車場《セントラル・ステーション》と高層の航空本社ビルが近くに見えるホテルに入った。縁起をかつぐわけではないが、前の「海賊船食堂」のあるホテルとは気分を変えることにした。

ここの一階食堂は、大衆食堂のように混雑していた。日本人客もよく眼についた。八代がどこかに行って居ないので、私がひとりで夕食をとっていると、その食事が済んだときに、八代の長身がいつものゆらゆらとした歩き方で傍に寄ってきた。見上げると、彼は髭の間から白い歯を出して、にこにこしていた。

「じつは、F教授に電話したのです。ワシントンの第三世界協会の美人女史のほうがもひとつあんじょういかなかったと報告したのです。そしたら、教授は電話口でしばらく考えるように黙ってましたが、イランのことやったらええ人がいるのを思い出したというのです」

八代はそれを言う前から声が笑いに崩れかけていた。

「ほう、どういう人かね」

また学者かとすこし私がうんざりしていると、その表情を読んだように彼は一歩寄ってきた。

「こんどは毛色が違います。教授が言うには、二年前にイランの貴族と名乗る人の家の新築を頼まれて設計してあげたことがある。なんでもパーレビのごく側近の息子やそうです。たいへんなお金持で、豪壮な家を建てたというてました。設計が気に入られて感謝され、いまもたまにその家のパーティに招待されて行くのやそうです。そういうことを教授が言うもんですから、先生、なんでもっと早くそれを思い出してくれはらしまへんでしたかというと、うん、じつはな、なるべくなら先方が先方だけにきみらを行かせたくなかったんやが、日本からわざわざ来やはった人が困ってはると聞いたら知らん顔もでけん、そいで教えてやるんやと、こうですわ」

興奮していう八代の関西弁を聞いていると、アメリカ人の教授まで大阪弁を使っているみたいだった。

「まあものになるかどうかわからへんけど、行くだけは行ってみい、わしの紹介やいうたら、会うだけでも会ってくれるはずやから、と教授は言いました。……こんどこそ、なんやしらんうまいこといきそうな気がしますわ」
八代は喜色満面だった。

第二章　彷徨

1

午前十一時から私と通訳の八代とは、国連のビルに近い高級スポーツクラブで、アリ・モスタファビを待ちうけた。この名が、八代の師事する大学の建築科教授の紹介で会える相手であった。

昨日あれから八代はモスタファビに直接電話して今日の面会のアポイントメントをとりつけたのだが、先方の指定がこの時間とこの場所だった。

彼は、教授の設計で立派な邸宅を建てたということだったが、そこには私たちを訪問させなかった。初対面の人間と会う時は外の場所を択《えら》ぶ上流階級のしきたりに沿っているようだった。

アリ・モスタファビ氏の身分について教授から若干の修正があった、と八代は私に告げた。

氏は国王の側近の息子ではなく、王族につながる人物だというのである。自分が紹介した責任上、先方に対して礼を失しないようにと心配して教授から八代にあらためて電話があったという。

イランの王室は、シャー・パーレビの家族とシャーの姉妹に限定されているが、父のシャー・レザー・ハーンには複数の夫人がいて、彼女たちが生んだ数多くの子らは王室の正規なメンバーに入っていない。彼らはあきらかにパーレビの異母兄弟や姉妹だが、「殿下」ではなかった。アリ・モスタファビとシャーとの続柄はよくわからないが、王族につながる人物ということだから、前国王のそうした夫人たちの息子か孫の一人といったところではあるまいか。これは私と八代とで話し合った推測である。ほかに訊き合せる先とてはなかった。

金持階級のための施設であるスポーツクラブは、ビルの十三階の全フロアを占めていた。黒人美女の受付嬢に訪問の趣を通じると、とほうもなく広いロビーを指示された。ロビーの後方中央には、ゆるやかに曲折した幅広の階段が空中に浮んだように伸びていて、ここからは見えぬ階上に達していた。ロビーを仕切った大きな装飾ガラスの外側にはもう一つ広間があり、そこには固定自転車に跨《また》がってペダルを踏む人の姿が動いていた。奥のほうに室内プールがあるらしく、水着の女性がちらちらしていた。

飾り立てられた豪華なロビーでも一時間以上待っているとさすがに私の眼も飽いてくる。立ったり腰かけたりして結局はクッションに臀《しり》を据え、時計を見い見いしていると、濃紺のツィードにうす鼠色の替ズボンという服装の中年男が入ってきて、われわれ日本人に遠くから顔をむけた。磨き上げた黒マーブルの床に投影した彼の姿は、水上を歩むかのように近づいてきた。八代はすばやく立ち上り、あきらかにアリ・モスタファビと知れる相手に恭々《うやうや》しく一揖《いちゆう》した。まるで〝Your Imperial Highness（殿下）〟とでも呼びかけるような敬礼で、くたびれた黒い洋服の身体を前に直角に折った。

モスタファビは額が禿げ上り、両側に残った髪はちぢれていた。眉はうすく、顴骨《かんこつ》が出ていて、眼玉は大きく、鈎鼻《かぎばな》であった。ツィードの上衣はいくらか型がくずれ、ズボンの折り目もきちんとしてなかったが、そのことは彼の威厳を損なわないのみならず「平民的」な面を示していた。

「教授にはわが家の建築のことでお世話になった。教授の紹介では、あんたがたの面会申込みを断わることもできなかった」

モスタファビは握手のあと、面白くない顔つきでクッションにゆっくりかけて言った。

「いったい、わたしに何を訊きたいというのだね？　わたしの時間はあまりないのだが」

シャーが追放された真相を伺いたいのです、と私は〝王族〟に遠慮がちに言った。八代がそれをもっと慎みぶかく通訳した。

その質問は、米記者だけでなくニューヨーク駐在の各国記者から山ほど受けたことだとモスタファビはうんざり顔で呟いた。おりから近づいてきたミニスカートの女の子に、〝王族〟はマンハッタンカクテルを三つ持ってくるようにと貴族的な口調で命じた。

アリ・モスタファビは四十すぎと思われた。年齢からしてレザー・ハーンの息子ではない。そのあとつぎで国王となった二代目ムハメッド・レザー・シャー（パーレビ）は姉のアシュラフと共に双子として一九一九年十月二十六日に生れている。モスタファビは、一九三六年か三七年の生れらしいから、レザー・ハーンの第何番目かの夫人の息子ではなく、その孫にあたるのであろう。つまりシャーの甥ということになる。けれどもレザー・ハーンには異腹の子がたくさん居たろうから、さらにその孫となると数多くふえる。王室にくみ入れられない王族の増殖である。モスタファビ氏がそのどこに位置しているかわからないが、シャー・パーレビの縁のうすい甥の一人らしいことはおぼろげに想像できた。

そのことは、モスタファビの顔が、写真で見るシャー・パーレビに似ているようでもあり、似ていないようでもある曖昧《あいまい》さと共通していた。

「わたしは以前からニューヨークとテヘランを二、三カ月に一度のわりで往復していた。五年前、わたしはシャーに対する民衆の反感を知った。当時の政権の腐敗ぶりもよくわかっていた」

モスタファビはもの馴れた口調で、そのためか気乗りのしない声で言い出した。八代はメモに鉛筆を走らせ、ひと句切りごとに通訳したが、〝王族〟を意識した彼の様子はいくらか儀典掛のような荘重さがあった。

「去年の一月、聖都コムで大デモがあった。この大デモから反体制運動がもり上ったのだ。私はこのデモを実際に見た。すぐにニューヨークに帰ってきたが、これがアメリカの新聞には全然報道されてなかった」

空中階段から女の子が銀盆を捧げて降りてきて、われわれの前の低いテーブルにカクテルのグラスを置いた。その腰の屈めかたが一瞬ペルシアの王族にかしずく侍女のように映った。モスタファビは高尚な手つきでグラスを持った。彼の英語に訛りがなくて正確なのが私などにもわかった。その教養から推しても彼が王族の一人であるのは間違いなさそうだった。

「シャーはそのあと十二の都市に戒厳令を布いた。それでも民衆はくり出してきた。去年の九月、テヘランでいちばん大きなシャーヤドの広場には四千人が集った。わたしの友人三人が目撃したのをあとで聞いたが、シャー側はヘリコプターから機関銃で民衆を大量に殺した。奴らの出鼻をくじいてやったとシャーはいった。八日の血の金曜日だ。過去イランには残虐な王がいたが、シャーはかれら以上だ。イランは史上最もひどい悪党に指導されてきた。シャー一家がいなければ、現在のイランは石油で豊かな国になったのに」

意外なことにモスタファビは、怠惰なものの言い方にも似合わず、そうして自分が〝王族〟にもかかわらず、口をきわめてパーレビ国王を罵った。宗家の悪口を言うのは、不遇な別家の悲憤からであろうか。それとも時流に合せて反国王・ホメイニ支持のゼスチュアなのか。

「シャーとその腹心とは十五年間、私腹を肥やしてきた。かれらの腐敗のためにわが国を発展させることができず、とうとう破産させてしまった。シャーの言う〝白い革命〟の近代化路線のお題目は立派に聞える。わたしもイランの正当な近代化には賛成する。しかし、シャーは民衆に奉仕しなかった。国民を飢餓に陥れ、シャー一家は汚職で何百億ドルもの富をつくってこれを国外に隠匿した。まさに国を売るの行為だ。ぶつぶつと不平を言う者は、民衆の中にもぐりこませたSAVAKを使って逮捕させた。政敵は土牢の中に抛《ほう》りこむか、拷問死させた。裁判は公開されず秘密のうちに処刑を行なわせた。国外に逃げた政敵はこれを追跡させて暗殺した。テヘランにはヨーロッパやアメリカの都市なみの近代的な高層建築が立ちならんでいる。だが、それは見せかけで、シャーによる中世的な暗黒政治と恐怖政治が行なわれていた」

化粧ガラスの障壁の向うでは固定自転車に乗った男が臀を上げて懸命にペダルを踏んで二つの銀輪を虚しく回していた。奥の入口には赤い水着の女が見え隠れしていた。

話の句切りごとに八代が通訳する間、モスタファビは静かにカクテルに口をつけていた。彼はグラスが空になると、通りかかったサービスの女の子に鷹揚《おうよう》に代りを命じた。彼の知った紳士や婦人が前を通過しては会釈した。そのたびに彼は洗練された微笑みを返した。どこまでも華麗な背景の中でである。

彼の単調だった声は、カクテルの軽い酔いがまわってきたせいか、それともこれから言うことが日本人に興味深い話に聞えると思ってか、その退屈げな語調がいくらか活気あるものに変った。

「わたしの祖父はソ連とイギリスのために不名誉な退位を強制され、モーリシャスに亡命させられた。一九四一年の夏、独ソ戦がはじまってすぐのことだ」

モスタファビは、はっきりと祖父といった。この人はやはりまぎれもないレザー・ハーンの孫であったのだ。私と、通訳のメモをとっている八代とは、この高貴なお方の横顔をあらためてそっと見ないではいられなかった。

「祖父はモーリシャスからヨハネスブルグに移され、一九四四年その地で死んだ。島流しされて悶死したナポレオン一世と同じだ。ナポレオンは平民から軍人となり、貴族政治をうち破って、次いでヨーロッパを席捲した。祖父もカスピ海南岸の農民の子で、軍人となり、トルコ系のカジャール王朝を倒してイラン人によるイラン帝国をたてた。ナポレオンが皇帝となったように祖父も皇帝となった。しかし、祖父はナポレオンを手本にしたのではない。模範は二千五百年前につくられたアケメネス朝ペルシアだ。祖父はキュロス大王またはダレイオス一世になることを目指していたのだ。祖父は侵略的な意味ではなく、古代ペルシア王朝のように中東の盟主を心がけていた。祖父は偉大な人物だった。ソ連とイギリスが侵入して占領しなかったなら、いまは栄光あるイラン大帝国になっていたろうに」

お代りのカクテルを、ひざまずくような姿勢の女の子からモスタファビは優雅な手つきでうけとっている。

私は読んだ資料のうち、

《王座についたレザー・ハーンがパーレビという呼称を選んだことは非常に意味のあることだった。これはレザー・ハーンの、自らをイランの過去の栄光と結びつけ、同時に自らの王朝に正当性の意識を与えたいという願いを象徴していた。パーレビ語は、アレキサンダー大王の後にペルシアを支配したパルティア人（註。パルティア王国＝前二四八～後二二六＝がササン朝ペルシア時代）が話していた言葉であり、現在のペルシア語の基礎と考えられている》（ロバート・グレアム『イラン　石油王国の崩壊』宝利尚一他訳）

という文章を思い出していた。

「ところが、あとをついだパーレビが出来損ないの子で、気位ばかり高く、貪欲残忍な性格だ。祖父が理想とした中東の盟主を心がけたまではいいが、彼のような人間にはどだい無理な話で、彼のその理想はとんでもない野望になった。これはパーレビを子供のころから見ているクイーンも歎いていた」

クイーンという言葉に通訳する八代がどぎまぎしていると、

「わたしの祖母のことだ」

と、モスタファビは鷹揚に註を入れた。

これでいよいよ彼の祖母がレザー・ハーンの複数の夫人の一人であったことを私は知らされた。

彼はつづけて、シャーの悪口をならべたてた。話すにつれて宗家の当主への積年の鬱憤がひとりでに高まったようだった。彼の舌は滑らかとなり、言葉は活気を帯びて速くなった。〝王族〟は自分の言葉に酔うほうらしかった。

「シャー・パーレビはごますりの側近集団にとりまかれ、かれらの追従《ついしょう》でますます驕慢となった。彼は生れながらに自分が神の次座に居ると妄想し、諸王の王《シャー・ハン・シャー》と神聖皇帝として国民に臨んだ。皇帝と王妃と皇太子の三位一体の肖像は、官庁、学校など公共施設はもとよりのこと、ホテル、レストラン、飲食店、商店、路傍の茶店《チャイハナ》にいたるまで掲げられていた。皇帝は三軍の最高指揮官としての軍服礼装で、王妃は王冠と緑色の綬を斜めに佩《は》いたイブニングドレスで、十歳代の皇太子は勲章の数こそ父皇帝には及ばないがこれも金モールに飾られた士官の礼服で母后の傍にちょこんと立っている、といったおさだまりの左右対称構図だ。皇帝は威厳に満ちた顔で、王妃は『国母』として慈愛の微笑を泛《うか》べた表情で、皇太子はあどけないなかに稟質《ひんしつ》を想わせる顔で、ともにならんでいる。国民に皇帝と王室の尊厳を植えつける目的のこの写真は、場所に応じて寸法《サイズ》が異なって出来ていた。公式の写真ではあまりに固ぐるしい印象に偏《かたよ》っていると思ってか、三人の平服姿もあった。背広の皇帝パーレビは、椅子に坐すファラ王妃と佇む皇太子との間に落ちついたポーズで立ち、アフタヌーンドレスの王妃は簡素なデザインだが豪奢な首飾りをつけ、皇太子はいたずら坊主がよそゆきの服を着せられたときの恰好で姿勢が曲っている。王室一家の団欒《だんらん》で国民に親しみをもたせようという狙いだが、そこにいかに『平民的な微笑』を泛べていようと、その目的が露骨なだけに反撥を起させ、背景にある王室一家の富裕な生活ぶりに憎悪を感じさせるだけの効果しかなかった。けれどもこうしたカラー写真を掲げておかないと、ホテルやレストランなどは即日営業停止、経営者は逮捕される法令となっていた。イランのどの地方都市に行っても、そこのロータリーには皇帝のマントを翻した軍服姿の銅像や、前皇帝のレザー・ハーンの騎馬姿のそれが立っていた。このような御尊影の洪水でシャーはその神聖皇帝の権威を、これでもかこれでもかと国民に押しつけていたのだ。新聞のフロント・ページには頻繁にシャーやシャー一家の写真が大きく掲載された。むろん政府情報局の命令だ。そうしないことにはシャーは自己が不安だったのだ」

モスタファビは専権的だった宗家の繁栄に呪いの言葉をつづけた。

もっとも宗家が国王の座から落ちた現在、正確には彼もまた王族ではなくなっていたのである。

2

この〝王族〟はどのような手段でいまの資産を築きあげたのだろうか、という一抹の疑問が私の頭から離れなかった。まだその邸宅を見たことはないが、八代が教わっている大学の教授が設計をした建築だというし、金持階級の専用らしいこの贅沢なスポーツクラブの会員であるから、彼がアメリカで豊かな暮しをしていることに間違いはない。

まさかイラン政府から彼が〝王族〟としての体面を保つだけの生活費が送金されていたとは思えないので、たぶん前国王レザー・ハーンの遺産がその第何番目かの夫人、モスタファビの言う「クイーン」である彼の祖母に贈られ、それを資本《もとで》にした何かの事業が成功したのであろうと推察した。もちろん、そんな立ち入ったことは当人に質問できなかった。

「或る人から出た推測で、真偽にほどはわからないが……」

私は切り出した。約束した面会時間の一時間に近づいていたので、早くこちらの知りたい答えを引き出さねばならなかった。通訳が入るので、倍の時間がかかるのである。

――その或る人の説とは、シャーが倒れた原因をメジャーの策謀にはじまったとしている。つまりシャーの独断専行がコンソーシアムを麻痺《まひ》させ、産油国カルテルのＯＰＥＣの内部を混乱に陥れ、ひいてはメジャーのカルテルの危機を招来した。そこで、このさいシャーに懲罰と教訓を与えて彼を反省させ、ふたたびメジャーに服従させるように仕向けようとした。そのためにメジャーはカーター大統領に圧力をかけ、大統領はＣＩＡを使ってイラン国内に反国王の民衆デモを起させた。だが、ＣＩＡは情勢を読み違い、予想以上の激しい民衆蜂起に手綱がきかなくなり、逆に王制転覆を茫然として傍観せざるを得なくなった。

推説はそう言うのだが、どうだろうか、と私は〝王族〟に訊いた。

「ナンセンスだ」

アリ・モスタファビは一言のもとにこれを斥けた。のみならずグラスをテーブルの上に槌で叩くように置いたのでカクテルの液体が揺れてこぼれた。

「だれがそんなことを言ったか知らないが、ばかげた話だ。あまりにメジャーの実情を知らない者の痴言《たわごと》だ。メジャーは八社もある。アメリカ石油会社のエクソン、ガルフ、テキサコ、モービル、ソーカル、イギリス石油会社のＢＰ、それからシェル、このいわゆる七人姉妹《セブン・シスターズ》に、フランス国営石油公社のＣＦＰを加えることもある。イラン国王の傲慢な跳ね上りに懲罰を加えることをカーターに頼むメジャーの秘密決議がどこの会合でなされたというのか。その秘密会議はどこの社の代表が主唱して召集したというのか。その決議の提案者はだれなのか。その中心人物はだれだというのか。わかっているならこっちが教えてもらいたいね」

読んだ資料の文章を私は思い出した。

《——七大石油会社が実際にカルテルを結んでいないと主張しても、何らかの形で一致した行動をとって、石油価格がつねに上るように世界中の供給を押えたり、うまく調整しているのではないか、という疑いを増す結果になった。巨大石油産業のことを研究しているある著名な学者が述べているように「明らかに供給量が何らかの統制計画のもとに置かれているようだ……。しかし、それが〝中央〟統制的な形で実際に行なわれているという証拠は全くない」のである。この点は、七大石油会社という運命共同体の背後に隠された大きなナゾであった》（アンソニー・サンプソン『セブン・シスターズ』）

メジャーのカルテル行為は、かれらの否定にもかかわらず隠れもない事実だが、その世界市場でのカルテルを操っている奥の院に座す人物はだれであるのか。まだだれもがその実体を解くことのできないミステリーなのである。

返事に詰っている私を、モスタファビは憐れむような眼で見て言った。

「百歩譲って、仮りにメジャーの『中央』がそのような秘密会議を召集したところで、共同決議ができるわけはない。アメリカ系石油会社とイギリス系石油会社のイラン原油への需要依存度が違うからだ。BPはイラン原油の四〇パーセントを手に入れている。シェルは一三パーセントだ。ところがアメリカ系石油会社はわずか一ケタだ。イギリス系石油会社は、シャー懲罰という危険な賭けの決議にうっかり賛成しておいてあとでこれが洩れたときのシャーの激怒を想像すると、その恐怖が先に立つだろう。とくにBPはシャーによって息の根を止められるだろう。この秘密決議がシャーにわからないで済むという保証はどこにもない。曾《かつ》て二十年間も外部に洩れなかったシャーにとって不利なコンソーシアムの秘密協定がシャーに判って、シャーがアメリカの石油会社に怒鳴りこみに行き、イラン・コンソーシアムが全面的にシャーに屈伏したことがある。この例外は秘密協定をフランスのCFPがシャーに密告したためだ。つまりイラン・コンソーシアムにもっとも遅れて参加したCFPは、その裏切り的内通によってシャーのご機嫌をとり、石油の供給量を増やしてもらおうとしたのだ。このように一口にメジャーといっても各石油会社間に利害関係の思惑が入りまじっているから、シャーを懲らしめて教訓を与えるといった思い切った決議がとてものことにできるわけはない」

モスタファビは声帯の厚さを思わせる野太い声であり、八代のはどちらかというと金属性の声である。その交互の声が一つの諧調となって私の耳に響いた。

「第二点だが」

と〝王族〟はつづけた。

「CIAがイランの民衆デモをうしろから仕掛けたというが、CIAにはもうその力はない。南ヴェトナム、インドネシア、チリなどの時とは違う。CIAの活動と能力は年々低下している。CIAの悪評が世界にあまり高くなったので、アメリカ議会でもCIAの予算・決算をチェックするようになった。下院予算委員会がその点検機関だ。そのバランスシートを見ると、その年、どこの国にCIAの金が使われたか一目瞭然となっている。多く使われた地域がCIAの活動した国というわけだ。ところが最近はその使った地域の金が平均している。ということはCIAがどこにも工作活動の重点を置いていないということなのだ。イランももちろんこの平均値の中に入っている。それだけCIAの活動が低下しているのだ」

夫婦づれが前を通りかかり、〝王族〟を見て立ちどまり、握手を求めに来ようとしたが、来客と対談中なのを見て笑顔だけを残して過ぎた。

「CIAの悪名がひろがりすぎたので、アメリカ政府もCIAには工作をやめさせている。そこへもってきてカーターが世界に吹聴《ふいちょう》してまわる人権外交だ。余計にCIA活動は減殺されている。あんたは、一九五三年にモサデク政権をCIAが転覆させた工作のことを頭の中に浮べているのだろうが、二十年近い前とは情勢がまるきり違うよ」

〝王族〟は知人の夫婦を眼で見送りながら、ひと息ついて言葉をついだ。

「こんどの革命はまったく民衆のエネルギーが爆発したものだ。シャーの専制、横暴、シャー一家とその腹心の汚職に対する怒り、SAVAKの弾圧、それによる虐殺・拷問への怨恨などが、貧しい被抑圧階級を立ち上らせたのだ。そこにはCIAなどが介入する余地はなかった。民衆はホメイニの呼びかけ一本に呼応したのだ。シャーの今回の出国はイラン駐在のアメリカ大使サリバンの勧告によった。シャーに一時の休暇をとるようにサリバンはすすめた。あとは悪いようにはしないとね。そのために将軍連中も外国に脱出しないで国内に踏みとどまった。だが、シャーの期待した軍部は結局役に立たなかった。たしかに機関銃や砲であと五万人ぐらい殺せば、その残忍な流血作戦に反国王運動も一時は鎮圧されただろう。だが軍そのものが内側から崩壊した。機関銃の掃射に倒されても倒されても前進してくる民衆のデモ隊になにより も兵隊が恐怖したのだ。こんなことがCIAの工作ぐらいで起り得るものかね？　放火して途中で消すつもりだったCIAが揚りすぎた火の勢いに手をつかねてしくじったというならば、それもあまりにCIAの本質を見くびっている。一九六三年にホメイニが逮捕されたとき、全国のおもな都市で史上最大の暴動が起った。十年以上前ですらそうだった。そのときの社会状況と比例して、海外に亡命していたホメイニの声望は絶対で、熱狂的だ。その情勢をCIAが把握していないはずはない。モサデクのときと違って、うっかり小細工をやるとえらいことになる、わるくするとアメリカがイランや中東から出て行かなければならなくなる、これは手をつけないでおくほうが賢明だ、くらいの判断はＣＩＡならやっているよ。ＣＩＡ工作説は、メジャー謀略説と共に、まったくバカげている」

「それではなぜ駐イラン米大使が、シャーに国外逃避をすすめ、将軍たちに国外脱出を思いとどまらせたのか」

「サリバン大使としては、シャーをしばらく国外へ出しておいて、そのあいだに帰国したホメイニと軍部との妥協を図るつもりだったのだろう。その妥協案を両者がうけ入れたフシがないでもない。ホメイニの帰国を、中立を宣言した軍部が黙認しているからね。だが、これが軍部の大きな誤算だった。まさか中東第一を誇る兵力三十万の強固な軍隊が内部崩壊するとは軍部自身も思わなかったろうからね。しかし、これはホメイニにとってもうれしい誤算だったと思う。その結果、サリバンの『勧告』にしたがって国外に逃げそこなった将軍や高官たちは銃殺された。そして、シャーもファテ王妃もホメイニの革命委員会から死刑の宣告をうけている。サリバンは、中東問題には弱かったのだ。生き残ったシャーも、処刑された将軍・高官連の霊魂も、アメリカに一ぱい喰わされたとカーター大統領を恨んでいるだろう。なにしろ軍による最後の流血作戦ができなかったもう一つの原因は、カーターの人権外交が邪魔したのだからね」

ようやくモスタファビも、しゃべり疲れてきたようだった。彼の口調はしだいに時間の経過のほうに気をとられているようになってきた。

装飾ガラスの壁の向うにも自転車の乗り手が居なくなっていた。海水着の婦人も姿を消していた。

「お話を聞くのが長くなって申し訳ない」

私は謝ってから言った。

「しかし、もう一つ、お訊ねしたい。いまイランには、テヘランのバザルガン暫定政府と、コムのホメイニ革命評議会と、二つの政府がある。イスラム共和国を宣言した現在、ホメイニの影響は強固で、永遠なものだろうか」

「その質問はアメリカの友人たちからよく受ける。アヤトラ・ホメイニに対する民衆の人気はたいへんなものだ。それはシャーに徹底して抵抗したホメイニの意志と情熱もさることながら、彼のもつイスラム神学の造詣の深さへの尊敬からだ。わたしは、宗教には関心を持っているほうで、イランに帰るたびにイスラム宗教学者や権威あるモスクの僧侶に会っていたが、かれらが一致して言うには、自分らが束になってもホメイニの学殖には及ばないと讃歎するんだな。彼は非常に頭が鋭い。とくにイスラム法基礎論では、その論理の操作がアリストテレス的な論理学の操作ではなく、実際に起きた事件や現実の場合に即している。これがたいへんにむつかしい。コーランの儀軌は神秘的で漠然としているからね。ホメイニの場合は実に綿密な思考方法でコーランにあてはめる。しかも一方、ホメイニが教えていたのは非常に精神的な、形而上学的なイスラム哲学だったのでね。学者としては超一流ということだった。しかし、ホメイニのいちばんの専門はイスラム法なのだ。これは彼らにとって単なる学問ではなく、ほんとに国家を統治してゆくための、イランのイスラム共同体を統治してゆくプリンシパルなものという考えだ。ホメイニはいまそれをイランで実現しつつある」

「ホメイニの革命評議会がその立案をし、大綱を決定して、バザルガンの暫定政府にそれを行政面で実践させるということか」

「そのとおりだ」

「けど、バザルガンは二度も辞職をホメイニに申し出ている。これはテヘランの政府が、その上層部にあたるコムの政府の方針についてゆけないからではないか。つまりホメイニのあまりに頑《かたく》なな中世的イスラム政治理念では現実の政治が不可能だからではないだろうか」

「たしかにそういう面はある。しかし、けっきょく両方がうまく合せてゆくだろう。バザルガンもホメイニなしでは一日も政府がやってゆけないのは承知だし、ホメイニにしても現実面で妥協できるものはしている。チャドル問題で婦人たちの反対に遇うと、その規定をゆるめたなどがその一例だ」

「将軍や高官連の夥《おびただ》しい処刑は、バザルガン首相もホメイニも知らなかった。それは革命評議会の実践機関である革命委員会がやったことで、首相もホメイニも事後報告を受けただけだと

いう報道があった。バザルガンもだが、ホメイニは自分の革命委員会からすでに浮き上ってい
るのではないか」
「こういう際だから、いろいろなデマは飛んでいるが、そういう現象が多少は起きているのは
事実だろう」
モスタファビはやや深刻な表情に戻って、
「わたしの耳に入った話でも、革命委員会がホメイニの呟きを先取りして、それをいかにもホ
メイニの意図のようにひけらかして急進的な実行方針をうち出し、そのためにホメイニがます
ます『狂熱的』な映像になっているという。革命委員会にはいろいろな分子が入っているから
な」
と、ものおもわしげに言った。
「それは、伝えられているように、革命委員会には過激派が入っているということか」
「それもある。しかし、彼らだけではない」
(しかし、彼らだけではない)と言ったとき、心なしかモスタファビの眉間に微妙な影とも鈍
い光ともつかぬものが通りすぎた。
モスタファビは顔のむきをちょっと変えた。遠くからだれかの視線を受けていると感じた際
の、あの眼のむけ方であった。
その正面に、一人の小肥りの紳士が、ほぼ十メートルの距離を置いて立っていた。こちらか

らは離れているので、その口髭だけが先に眼についた。

モスタファビが〝王族〟らしい気品で優雅に腰を上げたので、先方も彼にむかってつつしみ深い笑顔で真直ぐに歩いてきた。額が広く、頭髪は縮れ、銀縁の眼鏡というのが、拡大された彼の口髭の他の部分だった。五十前後の、学者ふうな型《タイプ》だった。

モスタファビは、その人物に、ドクターと呼びかけて短い話をした。二人で笑い合っている。話の途中で、聞いている相手が私のほうへちらちらと眼をむけるので、〝王族〟が私のことを紹介しているのだとわかった。あとで八代にきくと、イラン革命はメジャーの策略から端を発したという私の想像説をモスタファビは相手に取り次いで、参考意見をちょっとだけ述べてやってほしいと頼んだということだった。

「わたしは石油のことはそれほど詳しくないが」

〝王族〟は私へむき直った。

「こちらはカーク・コリンズ博士だ。石油の専門家だ。あんたの持ってきた仮説に答えてくれるそうだよ。以前にシェル石油の顧問をされていた」

コリンズ博士は、私と無愛想な握手を済ませると、その突き出た腹を私の胃の正面に据えて、早口にしゃべりだした。

「中東の産油国に何か異変が起ると、メジャーが仕掛けたという説がすぐに出てくる。七三年の第四次中東戦争で石油危機が起ったときも、メジャーの謀略説が聞かれた。メジャーが石油値段を四倍につりあげて大儲けをしたのであって、シャー・パーレビはその道具として提唱者に使われた、などという類いだ。あなたの臆測もまたその種のものだ。またぞろという感じだな。たびたびそんなことを聞くので、面白さの鮮度も落ちている。……いいかね。たしかに曾《かつ》てのメジャーの力は強大だった。しかし、現在のメジャーの力は弱まっている。それは世界の主な産油国が続々と石油の国有化をすすめているからだ。イランのモサデク政権がその民族主義から最初の石油国有化をした。それを受けたシャーがさらに自主独立路線を歩む。その後、リビアもイラクも石油国有化に成功している。このままだとアメリカ寄りといわれているサウジもどうなるかわからない。そういう事実をみると、メジャーの弱力化がよく分る。また、メジャーがシャーのはね上りに懲罰を与えようとしたという臆測も、成り立たない。オイル・ショックいらい石油が市場にだぶついてきて、シャーもおとなしくなっていたのだからね。その柔順になったシャーにたいして、どうしてメジャーが危険な賭けまでして教訓を与える必要があったろうか。メジャーがイラン革命を工作したなどというのは現実の不認識もはなはだしい。クーデターの背後にはかならずメジャーがあるという考え方、何でもメジャーが悪いという見方は、非常に単純な発想だ」

彼は独りでしゃべって、こちらが言葉をはさむどころか、八代による通訳の完了も無視した。

「そういうわけで、メジャー犯人説はどう考えても無理だ。残念ながら、その仮説は成立しないというほかはない。失礼」

ドクター・コリンズは、モスタファビと笑って握手したあと背中を回し、黒マーブルの鏡面の上を悠然と歩いて去った。

3

博士の箱のような身体の後姿を私は呆然と見送った。

カーク・コリンズが石油専門のいかなる位置にあるかは知らない。しかし、彼は私の考えを誤解している。その誤解のままに、いきなり私をやっつけておいて立ち去ったのである。

私は、イラン革命をメジャーが仕掛けたとは言っていない。メジャーがシャー・パーレビの驕慢に「懲罰《パニッシュメント》」を加え「教訓」を与えるため、CIAを動かして民衆の反国王デモを起させた、だがCIAの工作失敗によって反国王運動がひとりでに奔《はし》って、シャーの追放、王制転覆にいたった、という仮説なのだ。

メジャーが中東で最も安定したイランの王制をひっくり返したのでは、メジャーにとって元も子もなくなるではないか。アメリカの利益にとってもそうなのだ。イランをペルシア湾の「番人」にさせたのはほかならぬアメリカである。その「中東の憲兵」を自らの手で抹殺するほどメジャーも狂気じみてはいない。

一九五一年のモサデク政府による石油国有化後、シャー・パーレビのエスカレートする石油政策に煽られ、リビアもイラクも石油を国有化した。これがさらに進むと、世界の主要な石油産油国のすべてが国営によって、採油・精製・販売を一貫する自主化の方向へ行く。そうなると産油国はＯＰＥＣも、メジャーも必要としなくなる。すでにＯＰＥＣの内部では足なみが揃わずにいる。まさに、現在のそういう事態を恐れたからこそ、メジャーは事前にシャーを「懲罰」し、彼に「教訓」を与えようとしたのだ。それがモサデクの時とは違って完全に失敗し、メジャーにとっても、またアメリカにとっても思ってもみなかった最悪の中東情勢となったのだ。アメリカが四十年にわたる中東の舞台から退場せざるを得ないような仕掛けをメジャーが何でたくらもうか。「石油専門」の博士は、企図と結果とはすべて一貫した経過と考えている。結果を見てそれをことごとく「当初の企図」とする論である。その論は経過の「変化」を抜きにしている。単純すぎるではないか。それこそ単細胞の頭の考え方だ。たとえば現在中東の情勢がソ連に有利となったのを見て、「ソ連がイラン革命を仕掛けた」と言うようなものである。イラン革命とソ連とはもちろん関係はない。中東情勢の偶然の変化がソ連に利益していると見られているだけである。むしろソ連もイラン革命に当惑しているのではないか。博士は、「仮説」におけるシャーに対するメジャーの懲罰の失敗——それは直接的にはＣＩＡの失敗だが——というプロセスをまったく顧みていない。

私が異議をはさもうにもその隙あらばこそで、コリンズ博士は上着《ジャケット》の裾を翻してロビーの向うに消えてしまったのだった。

「残念なことに、コリンズさんは、あんたの推測をいささか見当違いにうけとったようだな」

八代の通訳する声に見返ると、モスタファビが口辺に上品な苦笑を泛べていた。それはコリンズへの批判であり、そのぶん私に同情的な表情であった。

「いま、博士の弁舌を聞いているうちにわたしも思いはじめたのだが、たしかにあんたの仮説にも一理がないではない」

「そう思ってくれますか、モスタファビさん」

私は〝王族〟の顔を見上げた。イラン人に多いその太い眼は細まっていた。再考を試みているような思案深げな眼つきに見えた。

「言われてみると、わたしにも思いあたることがある」

彼は両手を後に組み、頭をさげて、おもむろに黒大理石の床を歩きはじめた。それはロビーでも隅っこの、椅子の設備もない、したがって人の姿がない場所へ向ってであった。そこに装飾があることには変りなかったが。

「失敗者は、その失敗をとりかえそうとして、もう一度挑戦するものだ。その将来のためには工作の種子を温存しておくものだ」

「ＣＩＡのことを言っているのか。しかし、ＣＩＡはもう実力がなくなったとあなたは言ったではないか」

ＣＩＡの活動は低下している。世界に悪名の高いその活動も大統領や議会によって抑えられている。ＣＩＡの予算は議会のチェックを受けているのがそのあらわれだ。さきほど彼はそう言ったばかりだった。

「そうは言ったがね……」

〝王族〟は口を濁していた。そのあと、まったく別なことを、それも私の通訳の肩を引き寄せ、きわめて低い声でささやいた。

「ホメイニの革命評議会に、シャーのＳＡＶＡＫが入りこんでいる」

あっ、という思いで私は立ち止り、モスタファビの横顔を見つめた。が、彼はこつこつと歩くのをやめなかったので、私は彼のあとを追った。くたびれた洋服の八代は〝王族〟の横に鴉《からす》のようにくっついていた。

「それも……」

モスタファビは、あまりに低くしたので嗄《しやが》れ声になっていた。

「しかもその人物はホメイニ革命評議会の重要なポストに居る」

八代の通訳もささやき声となった。

咽喉が麻痺したようにすぐには私も声が出なかった。

「その人物は大物らしい。しかし、それが誰だか、わたしにはわからない。これは極秘の、しかも確実な情報だ」

「しかし」

私はやっと声を出した。

「今度の革命で、ＳＡＶＡＫは全滅しているはずではないか。処刑されるか、獄舎につながれているか、国外に逃亡しているか、さもなかったら追及をおそれ息を殺して潜伏しているのではないか」

「それは一般に顔を知られているＳＡＶＡＫ要員のことだ」

モスタファビは移動しながら注意深く眼を八方に配って言った。

「一般に顔をまったく知られていないＳＡＶＡＫ要員だってある。なにしろＳＡＶＡＫ全員は二万五千人もいたのだからね。ＳＡＶＡＫの上位者を知っているのはＳＡＶＡＫの長官と数えるくらいの者だろうね。しかも、ＳＡＶＡＫの初代長官バクチアル将軍は前首相シャプール・バクチアルの従兄弟《いとこ》だが、彼はイラクで怪死を遂げ、二代のパクラバン、三代ナシリ、四代モガダムのすべての長官が革命後の即決裁判で銃殺にされ、おもだった幹部も処刑されてしまった現在、その革命評議会にもぐりこんだ人物を知る者は居ないのだ。なにしろ民衆に顔を知られていないＳＡＶＡＫがまだ二万人はいるのだからね。ＳＡＶＡＫの幹部で衆人に顔を知られないできた者もいるのだ。そういうのが、ほんとうの大物だ」

「それはじっさいの話か。いや、ホメイニ革命評議会の幹部にＳＡＶＡＫの大物が入っているというのは？」

私のおどろきは容易におさまらなかった。

「信じてよい情報だ。ただ、その名前がわからないだけだ」

「革命評議会はそれに気がついていないのか」

「もちろんだとも。革命評議会のだれ一人として知らない。ホメイニも知らない。それにその人物は非常に有能で、評議会の方針を引張ってゆく幹部の一人だそうだ。……スパイというのはそういうものだろう、潜りこんだ内部で常に優れた才能を発揮している。これまでの歴史の例ではね」

モスタファビは、「スパイ」とはっきり言った。この情報は間違いないものだと彼は断言するのだった。

しかし、彼は急に口調を違え、表情まで変えた。

「これは他には洩らさないでほしい。絶対秘密だ。約束を守ってくれるか」

彼は熱心にそれを私たちに求めた。

「安心してもらいたい。約束は必ず守る」

私は彼の柔らかな手をかたく握った。が、彼の優しい指は反応を示さなかった。見ると、〝王族〟の顔にはなんともいえぬ苦渋の色が浮んでいた。それはあきらかに不用意にも、その場の調子に乗って迂闊《うかつ》なことを洩らしたときの表情であった。

彼は長い指を、深い皺の眉間《みけん》へ当てていた。

「モスタファビさん。どうか心配しないでもらいたい。約束は厳守する。絶対に口外しないことを誓う。この通訳の八代君にしても同じだ」

八代は私の言葉をとり次いだあと、自分も厳粛な面持で英語で神の御名の下にと誓約した。モスタファビは、その黒褐色の光る瞳で私たちの顔を順番に穴があくほど見つめた。

「わたしは、愚かな人間だ。なんということを日本人のきみたちにしゃべったものだ」

彼は自分の軽率を悔やんで言った。

「あんたが困っているのを見て、つい余計なことを言ったのがいけなかったのだ。失言だ」

絶望的なくらいにまで後悔の表情で彼は自分の額をはがゆそうに敲《たた》いた。

「わたしへの同情を感謝する」

頭をさげて私は言った。

「しかし、われわれが日本人だから、あなたはまだ安心なのだ。これがアメリカ人や中東に関係のふかい他の外国人だったら、あなたはごじぶんの〝失言〟にもっと懸念しなければならないだろう。それがひろく伝わるにちがいないからだ。幸か不幸か、一般の日本人は、一部の石油業者を除いて、中東問題にはそれほど関心を払っていない。だから、たとえあなたの〝失言〟を日本人が耳にしたところで興味を持たないだろう。それにわれわれは絶対にしゃべらないのだから」

この言葉を聞いてモスタファビの曇った顔がいささか霽《は》れたようであった。

私は躊《ため》らいながらも次を質問した。むろん小さな声だった。

「CIAはシャーの懲罰に失敗して、イランを王制破壊にまで暴走させた。ところで、失敗者はその失敗をとりかえそうとしてもう一度挑戦するものだ、そのためには将来の工作の種子を温存しておく、とあなたは言った。では、ホメイニ革命評議会の幹部にもぐりこんでいるSAVAK要員は、そのCIAの種子だということになるけれど」

モスタファビは歩きまわるのをやめ、一分間ほど黙って正面にあるアブストラクト風な壁画を眺めて立った。まわりには相変らず人の姿はなく、その群は遠くの、意匠過多なロビーの中心部にかたまって動いていた。返答を断わるのかと思い、私が〝王族〟の横顔を見つめていると、その口もとの筋肉が動いた。

「SAVAKとイラン駐在のCIAとは一体のものだからね」

アリ・モスタファビはひとりごとのように言った。その口吻は、「失言」の後悔から諦めのようなものに変り、さらに自分の言ったことは誤っていないという自負にもみられた。

「いいかね」

彼は私を見てつづけた。

「ワシントンのCIA本部は無能だった。イランには何も働きかけなかった。現地のCIAがテヘランからどんなにいい情報を送っても、本部はその正確な判断ができないままに無視していた。テヘランから送るCIAの情報源は、SAVAKのものだった。というのは、イラン駐在のＣＩＡはカーターの方針で目立った活動を禁じられていたうえに、ＣＩＡ要員自身がイラン人の間を動きまわることが困難だった。だから、どうしてもアメリカ人はＳＡＶＡＫを使うことになる。ＣＩＡと、シャーの秘密警察ＳＡＶＡＫとが一体だったというのは、こういうわけだ。そうしてＣＩＡの支部が置かれているテヘランのアメリカ大使館の歴代大使がシャーの政治顧問だった」

モスタファビはふたたびのろのろと歩き出した。

「そのようなことから、テヘランのＣＩＡはワシントンの本部が自分らの情報に一顧もしないのに、苛立っていた。もし、あんたがだれかに聞いたというメジャーのシャー懲罰説が成立するとすれば、それはメジャーがワシントンのＣＩＡ本部を動かしたのではなく、イラン現地にいるＣＩＡに直接働きかけたということになろう。なにしろテヘランのＣＩＡは本部に対して焦燥状態だったから、メジャーの申し込みをたやすく受け入れる条件にあった。それに支部の連中は、本部の無能な奴らの鼻をあかしてやろうという功名心もあったろうからね」

ここまで言うと、彼は腕の時計をのぞきこみ、にわかにそわそわしはじめた。

「これは、あくまでわたしの想像だ。べつに裏付けがあって言っているのではない。あとは、あんたたちで考えてくれ。もう、わたしは行かなければならない」

「最後の質問だが……」

「いや、もう何も訊かないでくれ」

〝王族〟は手を忙しく振って、向きを変えた。

「どうもありがとう。モスタファビさん」

私は感謝をこめて握手した。こんども彼はうわの空で握り返した。

アリ・モスタファビは黒マーブルの広いフロアに全身を投影させて優雅に歩き去っている。

それはまるで油の湖を渉《わた》って行く神秘な王族の姿にも映じた。——

彼が言ったことは本当だろうか。

ホテルへ戻るタクシーの中で、私と八代の会話もこの点に集った。

「モスタファビは、シャー・パーレビに反感は持っていても、王族の一人だから、イランには特別な情報ルートを持っているのでしょうね」

というのが八代の感想である。それには私も同感だった。

特殊な情報ルートといえば、〝王族〟の地位からして、それはSAVAKそのものにちがいない。革命後、SAVAKの組織は破壊された。シャーはその末期に世論に抗し切れずSAVAKの解散を内閣に命じたが、それは建て前にすぎなかったろう。同様に革命のあとのSAVAKの「壊滅」も表むきのものかもしれない。組織の一部が地下に残るのが秘密警察がもつ本来の性格なのである。

そうだとすれば、イランで捲き返しを図るアメリカが、旧体制のSAVAK＝CIAの結合体を温存していることは推定できそうであった。

アリ・モスタファビは、どのような収入からいまも贅沢な生活が維持できるのだろうか、というのが次の新たな疑問だった。先代国王の遺産分与を資金にしてアメリカで何か企業でもしているというのが前の私の推測だった。が、いまはその推量を少し変えねばならない。モスタファビが、現在もSAVAKからの特殊な情報を得ているとすれば、そこにはたぶんに政治的なつながりが考えられるからだ。

またしても私の頭に、前に読んだ資料の一つが浮び出た。

《——パーレビ支持の国際勢力はたしかに弱まっているが、しかし、いぜんとして、フランス・スイス・オーストリア・スペイン・イギリスに居住しているイラン王族、またこのイラン王族と利権的に結び合っている西側企業やメジャーの支持をうけている》

("Insider"No.67-6)

これにはアメリカ居住のイラン王族が脱けているが、西側企業やメジャーと利権的に結び合っている点は同じであろう。イランの王制が覆《くつがえ》ったいま、この状況は変ったものになっているが、もしメジャーやアメリカ政府がイランでの勢力挽回を考えるなら、ヨーロッパ居住のイラン王族はいざ知らず、ニューヨーク在住のイラン王族に対しては丁重な支持をつづけているにちがいない。アリ・モスタファビの〝王族〟の体面にふさわしい生活は、そうした政治色の濃い援助資金によるものではなかろうか。

——ホメイニ革命評議会に曾てのSAVAKの大物がまぎれこんでいて、しかも幹部の一人になっている。それはまだ誰にも知られていない。……〝王族〟モスタファビがうっかりと口をすべらしたこの情報は――あとで彼は一度は「失言」だといって口軽を後悔したが――それだけに、私は真実に近い感触を得た。

うっかりと口をすべらした、といえば、ペルシア絨毯商エドモンド・ハムザビが私の家にきてメジャーの火つけ説を一言したのもお茶のひとときであった。ハムザビはその場の気楽な気持から、茶のみ話のサービスのつもりで公言してはならぬことを口外した。モスタファビは、それを手がかりにニューヨークやワシントンを歩きまわって苦闘している日本人の私を見て、つい、その場の「同情」から、そうして相手がどうせ日本人だからという安心感も手伝って、「自分だけが知っていること」を洩らす気になった。

重要な話は、なんでもないときに出るものだ。

4

ホテルの食堂で八代と共に早目の夕食をすませたあと、疲れ気味の八代には帰ってもらい、私は部屋に引っこみシャワーを浴びて一寝入りした。眼がさめたのは十時ごろで、カバンの中から読み残しの資料を出して机の上にひろげていた。

すると、その中にこういう一節があった。

一九七三年五月下旬のことである。サウジアラビアで原油の採掘、石油の精製に従事している現地法人アラムコの親会社、エクソン、モービル、テキサコ、ソーカルの四社現地代表がサウジアラビアのファイサル国王を訪問した。

国王は、アメリカがイスラエル支援をやめないかぎり「あなた方はすべてを失ってしまいますよ」と警告した。これはサウジがアメリカと友好関係にあるのをエジプトのサダト大統領はじめアラブ諸国からひどく突き上げられた結果で、あなた方はすべてを失ってしまうという表現は、四社代表にとって自分たちの石油利権が危なくなることを意味するものだった。

アラムコの四社代表は時を移さず行動に入り、まず国務省を訪れ、中東問題担当次官補のジョセフ・シスコの率いるグループと会談した。しかし、シスコはそうした警告は前にも聞いたことがあるし、自分の得ている情報はそれとは違うから心配しないでいいと述べた。たとえばCIAは国王の近親者を含めた独自の情報源をもとに、ファイサルは空威張《から》りしているだけだと報告しているという。

《――アラムコの四代表は次にホワイトハウスに赴いた。キッシンジャーに会いたかったのだが、会ってくれたのはスカウクロフト将軍と、当時エネルギー問題専門家として雇われていたチャールズ・デボノを含む若干のスタッフだけで、うまくかわされた形だった。最後に四人はペンタゴンに出向き、ジェームズ・シュレジンジャーが国防長官として議会の承認待ちだったので、長官代理をしていたビル・クレメンツと会談した。クレメンツは自ら石油掘削会社をもつオイルマンで、ワシントンではオイル・ロビーのカギを握る男というのが一般の評判だった。しかし、彼は四人の訪問者に、自分もアラブについては独自の情報網をもっていると明言し、アラブは絶対に一致結束しない、石油会社側の懸念は根拠がない、ファイサル国王はアメリカに頼り切っていると主張した。その日が終ると、アラムコの四人はワシントンからサウジアラビアのジュンガース（アラムコ社長）に宛てて心もとない電報を打った。「非常に深い不信感があって、思い切った行動は（政府から）何ひとつとられる様子はない」》（前出『セブン・シスターズ』）

以上の叙述で、私に参考となることが二つあった。

一つは、メジャーが自己の利益のために国務省や国防総省《ペンタゴン》に働きかければアメリカ政府の中東政策の大転換をさせるだけの力を持っていることである。

もう一つは、アラムコ代表四人の進言に国務省もペンタゴンも耳をかさず、あるいはこれを「うまくかわし」、あるいは自分もアラブについては独自の情報源をもっていると称してこれを相手にしなかったことである。

前者は、今回の例で、「シャーを懲らしめるために」メジャーが国務省とペンタゴンにイランで「思い切った行動」に出ることを要請したという可能性を強めるものだ。後者は、現地CIAがイランの情勢をどのように報告していても、中央のCIAやペンタゴンや国務省あたりが「自分は独自な情報源を持っているから」といって、その報告を書類函の奥に放りこんだままにした独善的な行為をさらに強く推定させる。

この一節をもじって言いかえるならば、「イラン現地にいるCIAは、自分たちの送る情報にワシントンが深い不信感をもち、イランに対して思い切った行動を何ひとつとる様子がないことに、心もとない思いに駆られていた」とでも表現できよう。

かくて、七三年のサウジのときはともかく、七九年のイランの場合は、右のような不満をもつ現地CIAがメジャーから直接の要請と激励を受けて、SAVAKと組み、反国王の民衆デモを工作した推測がますます強まるのである。——秘密警察は、いかなる国でも姿を変えて民衆の中に入り、味方のようなふりをしてこれを煽動し、あぶり出しておいて一網打尽に捕えるものである。

この推測が成り立つなら、CIAの活動資金は国家予算の中に明示されていて議会のチェックを受けるという難点が解決される。メジャーはその資金を直接に現地CIAに手渡すからである。その資金は、必要なだけ無限に供給されるだろう。ハムザビが東京の私の家で話したようにメジャーの財力は想像を絶する。公表されている数字はその何割かにすぎないだろう。由来、CIAの工作資金は現地調達が伝統的なものになっている。

したがって、議会がCIAの予算を点検して、金のかかった地域がその活動地であると推定するのは、まったく意味のないことになる。たぶん、その決算報告書は、世界各地域ともに穏当な金額になっているだろう。つまり予算面では、CIAは何もしていないということを表明しているにちがいない。

イランのCIAの場合を考えよう。一九五三年のモサデク政権転覆のときは「バザールで金を払ってかき集めた暴徒の連合した力」が大いに役立った。こんどの革命の発端も、下町のバザールの民衆デモの暴動が大きな力をもった。その「かき集めた暴徒」に金を払う蔭の資金提供者には見当がつくというものだ。

では、最初にメジャーの密使がワシントンからテヘランにこっそりと入り現地CIAと接触していなければならない。いまとなっては、あのときワシントンから飛来してメヘラバード空港に降り立った人物がそうだったのか、という推察ができるのではないか。それも実に意表外の人物だったということが。——これもテヘランに入って聞いてみなければわからないことだ。

その密使をテヘランのCIAに派遣したメジャーの総帥はだれなのか。いわゆる「七人姉妹《セブン・シスターズ》」のうちイギリスのBPとシェルを除いたアメリカ五社の、各会長や各社長ではあるまい。またその連合会長でもあるまい。かれらは公的活動で業界や世間に「顔」を知られすぎた人物だからである。メジャーがカルテル行為をしているのは、かれらの否定にもかかわらず、歴然とした事実だが、さてその最高指令を出す「中心人物」は誰か、未だにはっきりしていないのである。——

電話が鳴った。時計を見ると、十一時五分だった。ホテルと国際電話局の交換台の声につづ

いて、

「もしもし、山上さんですか」

という日本語が出た。山上は私の名である。東京から村山次郎がかけてきた。このホテルに移ったことは、昨夜村山に私が電話で知らせておいたが、そのとき彼は留守だった。

「昨夜は留守して済みませんでした」

という村山と忙しい挨拶を交わしたあと、

「どうですか、そちらの取材は順調にいっていますか」

村山は訊いた。

「一、二点ちょっと面白そうな話はあったが、ぜんたいでは難航してるんですよ」

だれも横に居ないのに私は受話器を片手でかこった。

「ハムザビは、親切にほうぼうの取材先を教えてくれましたか」

それがそうではなかった、彼は何も教えるところがなかった、と答えると、どうしたのだろう、東京のホテルでハムザビと会ったときの話とは違うようだが、と村山の声は不審がった。彼には私をハムザビに紹介した手前があった。

「東京でハムザビは、じぶんのいうメジャーによるシャー懲罰説を傍証してくれる先を教えると承諾しましたね。それで、あんたはそちらに飛んだわけだが、わざわざ日本からそのことでニューヨークに行ったのに、ハムザビはその約束の責任を感じないのですかねえ?」

「あんまり感じた様子はありませんでしたね」

私は苦笑まじりにいった。

「それはひどいな。彼はジュウイッシュ・イラニアンだし、アメリカには二十年もいるんだから、いまさらインシャッラーではないと思うけどね」

「ハムザビに突放されたせいだけでもないが、こっちにきての取材には悪戦苦闘していますよ」

電話では詳しく言えないが、とこれまでの経過を私は手短かに村山に伝えた。ただし、ホメイニの革命評議会にSAVAKが入っているという話は重大すぎて電話では言えなかった。

「ぼくも、あんたが発ったあとで、あの問題をいろいろと調べたのですがね。メジャーのシャー懲罰説は、すこし一面にかたよりすぎているように思えてきたのだけど」

村山は、私の話を聞き終ったあとで言った。

「ほう、それはまたどういうことですか」

「いや、せっかくあんたがそちらへ行っているのに、水をさすようで悪いけど」

「そんなことはかまいませんが」

かんたんに言うと、と村山は話しだした。

「アメリカは以前から、パーレビ国王体制ではイランは保てない、遠からず暴動や叛乱が起きて王制は壊滅する、と判断していたというのです。そうなったときは、イランを中心に中東が大混乱に陥るが、これにどのようにアメリカは対処するか、それを研究していた。イランにどのような革命が起きても、アメリカはここに出兵して軍事的に鎮圧することはできない。イランから出て行かざるを得ないだろう。そうなったときは革命後のイランは一種の真空地帯になるので、南下したソ連に占拠される状態になる、つまり親ソ政権ができるという展望ですね。それでなくても隣国のアフガニスタンはさきのクーデターで親ソ政府ができているし、西のイラク、シリアもきわめてソ連寄りとなっている。リビア、南イエメンなどはソ連の勢力下にあるし、これに中東諸国にちらばっているPLO（パレスチナ解放機構）の勢力やPFLP（パレスチナ解放人民戦線）のゲリラ活動がからんでいる。イランが崩壊すると、ペルシア湾対岸にあるオーマンやアラブ首長国連邦は非力だからこれもソ連勢力下に押えこまれるだろう、というのです」

村山が言うのを私はメモしていた。

「アラブ首長国連邦がソ連勢力圏に入るとホルムズ海峡は押えられるし、とくにオーマンがそうなるとペルシア湾の出口をソ連によって封じられるので、西側むけのペルシア湾沿岸の石油はインド洋に出られなくなる。そうなるとアメリカにとってたいへんなことになるので、イランに下からの革命が起きない前にパーレビを国王の地位から下ろし、中立政権をつくらせることを計画したというのですがね。イランを中立化すれば、アメリカが一時退場してもソ連がそのあとに入りこむことはできない、その口実を失うというのです。つまり、アメリカとしてはイランを東西の緩衝地帯にしようという狙いが、革命工作にあったというのですね」

「はあ、なるほどね」

「ハムザビが言ったように、メジャーがシャー懲罰のためにCIAを使って反体制運動を挑発したという面もなくはないが、その要素よりもいま言ったアメリカの中東戦略の意味が大きいというのですね。だから、エジプトとイスラエルの和平と、イランの中立化とは一体をなすアメリカの中東戦略だというのです」

「アメリカはホメイニのイスラム共和国をじっさいにどう見ているというのですか」

「ホメイニ評議会もバザルガン政府も、ソ連勢力の浸透を排除していますね。ツデー党もまだ非合法政党のままです。イラン国民は過去にソ連軍に占領された経験があるので、ソ連アレルギーが強いといわれている。そういう現況はアメリカにとって不満ではないというわけですね」

「そうするとアメリカはイランを中立化のままにしておきたいということですか」

「いや、かならずしもそうではない。ホメイニやバザルガン暫定内閣ではイランはとうていやってゆけないとアメリカは見ている。そのイスラム共和政治にしても、未だに何の具体策も示されていない。行なわれているのは、イスラム法によるとかで旧体制要人らの処刑ばかりです。中世宗教社会に逆戻りしたような政治では、近代化路線を経験した国民にはとうていうけ入れがたい。新政権は政治的にも行政的にも無能力にひとしいというところから民衆の不満が募り、こんどはホメイニの排撃運動が起るだろう。そこを狙ってアメリカが捲き返しに出るという、そういう見方なんです」

私はいま書いたばかりのメモに眼を落した。

「ずいぶん大きな話になりましたね」

「そうです。それに、いまいった過程では、イランに内戦の可能性が強いことも指摘されていますよ。このままではとうていおさまりそうにはない、何かがきっと起るというんです。内戦となると、中東ぜんたいの混乱となりますからね。そこからは第三次世界大戦がすぐには引き出されないにしても、非常に危険な状態になることはたしかだというんです」

村山はそう言ったあと、

「そのほかこっちで集めた最近の関係資料を一昨日航空便で、富士産業ニューヨーク支店気付で社用の荷といっしょに送っておきました。中東の石油問題をめぐる米ソの戦略などが出ている、ちょっと面白いものがあります。支店の者がそのつどケネディ空港に指定の便に積んだのを取りに行っているから、もう支店には保管してあるはずです。明日でもそれを取りに行って、ざっと読んでみてください」

とすすめた。退職はしたが、村山は富士産業の「顧問」としてまだ社と縁があった。

「どうもありがとう。支店のアドレスと電話番号を言ってください」

書きとめているうちに、私はふと思いついた。

「富士産業のテヘラン支店は開いていますか」

革命騒ぎで、イランの日本企業は引きあげたままになっているのが多いと聞いていた。

「今年のはじめから日本に帰っていた支店員がぽつぽつテヘランに戻っていて、いまは、四、五人くらいは居るはずです。家族を日本にかえした支店長はずっとテヘランで頑張っていましたよ。佐田宗夫という男で、ぼくのもとの部下でした。いい奴です」

「ぼくがもしニューヨークからテヘランに回ったら、佐田さんに便宜をはかってもらえますか？」

「え、あんたがテヘランに？　ほんと？」

村山はおどろいて訊き返した。

「いや、まだわかりません。もしそうなったときのことですが」

反国王運動の流血デモが起る前に、ワシントンからテヘランに密使が行っている、ホメイニの革命評議会にSAVAKの大物がもぐりこんでいる、この二つの謎をさぐってみたい誘惑が私の中に動いていた。これはまだ村山にも明かせぬことだった。むろんこの線は前の考えに沿ったもので、いま村山から電話で聞いたアメリカの中東戦略図といった途方もない大きなスケールとは関係なかった。

「いまテヘランに入るのはやめたほうがいいですよ。革命騒ぎは落ちついたというけど、まだ治安が悪いということですからね」

私の物好きにあきれている村山の顔が眼の前に浮んだ。

「いや、そう決めているわけじゃありません。仮りにもしそうなったときにはお願いしたいということです」

「それはいいですけどね。わたしが本社へ言ってやって、本社からテヘラン支店にテレックスさせます。しかしまあ、できるなら止めたほうがいいですな」

「まだどうなるかわからないことですよ」

「それよりもイランのことを知りたいなら、いい人が居ますよ。あんたがそっちへ行ったあとで思い出したんですがね。イランの少数民族とその宗教を研究している毛利忠一という学者です。イスラム教だけでなく、それ以前のイラン土着民族の宗教をずっと専攻していて、イラン西北部の都市タブリーズにもかなり長く滞在していたという話です。ぼくがテヘラン支店長のときに知り合ったんですが」

「いまでもその毛利さんはイランに居られるんですか」

「いや、二年前からカナダのオタワの大学に招かれてそこの教授になっています。その人の学問と、こんどのイラン革命とは直接には関係ないけれど、古都のタブリーズに長いことといたというのが面白い。イラン西北部はクルド族など少数民族が雑居していて、これまでもクルド族はイラン政府に自治権をもつ特別区の設立を要求してきていました。こんどの革命でその自治運動がいっそうさかんになっているそうです。こういう側面からイラン革命を見るのも有益かもしれませんよ。それに、さっき話したこれからの中東情勢の推移にもクルド族の問題は小さくないと思いますよ」

村山はまた話を前の線に結びつけて、

「ニューヨークからオタワまでは一時間くらいの飛行時間ということですからね。オタワに寄って、バンクーバー経由で帰国してはどうですか」

と、彼は熱心にすすめた。

5

朝九時半、八代はホテルのロビーにきて待っていた。昨日からの約束だった。

いっしょにコーヒーショップに入った。胸に小さなリボンをつけた日本人の団体客が眼につく。八代はコーヒーだけ、私はトーストと目玉焼きとコーヒーをとった。

八代は私の顔をのぞいていった。

「お疲れのようですね。眼がすこし充血していますよ」

「昨夜は資料を読んだり考えごとをしたりして、二時ごろまで寝つかれなかったのでね」

村山からの電話のことにはふれなかったが、考えごとに耽《ふけ》っていていつまでも眼が冴えていたのはほんとうだった。その中にはテヘランに行ったものかどうかの思案も入っていた。

「あんまりくたびれていると、かえって睡れないものですね。このホテルにはマッサージ師も呼べますから、今夜は按摩《あんま》をしてもらわはったらどないでしょう?」

くたびれた洋服の八代は、顔だけはいきいきとしていた。頸の赤いループ・タイも新しいのにとりかえていた。

「きみは元気そうですね」

「昨夜は早くベッドに入りましたから。七時まで熟睡したので、疲れがとれました」

八代の眼は輝いていた。それが疲れのとれたせいだけでないことが、次の彼の行動でわかった。

彼はポケットから折りたたんだ新聞の一枚をとり出した。

「これは昨日のものですが、スタンドで買って何気なしに見たところ、こういう記事が眼につきました。そのページのぶんだけ持ってきました」

彼はワシントン・ポストをひろげて、記事の部分を指で示した。

"Bush Says: Fall of Shah Due to US's Failures"という文字である。が、それほど大きなスペースではなかった。

八代が訳文を書いていた。

《シャーの没落はアメリカの失敗とブッシュ言明す。——共和党の大統領候補として名乗りをあげているCIA元長官ジョージ・ブッシュ氏はこのほど遊説《ゆうぜい》中に次のように言明した。

『シャー・パーレビを没落させたのはアメリカの失敗だった。計算違いであった。カーターになって、石油産業と人権外交とが変な形で野合してしまった。石油産業は高慢になったシャーに言うことを聞かせようと思い、カーターはカーターで人権外交の得点を挙げようとしていた。この両者の考えが野合したのだ。外交はあらゆる面で統一された形で行なわれるべきなのに、カーターはこれを無軌道に行なった。だが必要ならば、アメリカはイランを元の状態に戻すことができる。いまでも本気になれば、アメリカの利益優先に考えるならば、中東情勢の有利な転換も石油確保もできる。私が大統領になれば、これをやる』》

一読して私はおどろいた。念のため原文に当ってみたところ訳文に誤りはなかった。

「これを見て仰天しましたよ、あまりにハムザビの言ったことと内容が一致しているんで。ぼくはいままでハムザビの言葉に半信半疑でしたけど、このブッシュの演説を読んでハムザビを見直しましたよ」

八代の声は相当昂奮していた。彼の顔がいきいきとしていたのは、この記事のためでもあったのだ。

「ブッシュはいつごろのCIA長官だったかね」

「ジョージ・ブッシュは一九七五年にフォードが大統領になったときにCIA長官に任命され、七七年一月カーター政権になって退任しとります」

「そうか」

「このブッシュ演説の〝石油産業〟いうのんはいうまでもなくメジャーですわ。カーター大統領がテヘランに行って人権外交の演説をぶったのが、七七年十二月で、シャーはやむなく弾圧をちょっぴりとゆるめました。けど、すぐにそれを締めてしもうた。締めたのはカーターの人権外交に反国王派が勢いを得たからやということです。それからは民衆の反国王運動の暴動がイランのあちこちに続発してくるようになって、とうとうシャーはこけてしまいよりました。これはアメリカの石油産業もカーターも予想もせなんだ事態の発展です。ブッシュが、メジャーが高慢になったシャーに言うことを聞かせようと思い、というのはへこますつもりでCIAと組んだことをさしとりますがな。CIA長官やった男の言葉だけに、これは真実味があります」

「そうすると、やはりシャーの懲罰工作はワシントンのCIA本部が現地に指令を出したのかな」

「そのへんはこのブッシュの演説でははっきりしませんが、人権外交との〝野合〟というならそうなりますな。けど、ワシントンからの指令があったにしても工作の実行担当はイラン現地のCIAですから、どっちにしても実際は同じことです」

現地CIAの報告をワシントン本部がネグレクトしていたために、メジャーの直接要請をうけた現地CIAがシャーへの懲罰工作を単独で行なった、という私のこれまでの推定は、ブッシュ発言によって訂正しなければならなくなった。

このへんは迷いのおきるところだが、八代が言うように実際面はあまり変らないともいえるし、またブッシュ元CIA長官の言葉も十分な説明といえないから、現地CIAの単独工作をワシントンのCIAがあとから追認した状態だったかもしれないのである。

「やっぱりハムザビの言ったことは正確だったな」

私には、あの絨毯商人がにわかに二倍にも大きな人間に映ってきた。

「ほんまです。びっくりしました」

「この記事を読んだら、〝王族〟のアリ・モスタファビも、カーク・コリンズ博士も、どんな顔をするだろうな。まさか当時のCIA長官の言葉まで、ナンセンスとかバカげている、とは言えないだろうな」

「この新聞を持ってもう一度、あの二人の顔を見に行きたいくらいです」

エドモンド・ハムザビは、よほど優れた情報源を持っていると私は思った。ユダヤ人には特殊な秘密組織があるのだろうか。

八代が言い出した。

「そやけど、アメリカが必要ならばイランをいつでももとの状況に戻すことができる、いままで

もアメリカが本気になれば中東情勢の有利な転換も石油確保もできる、自分が大統領になれば
それをやる、というのはCIA長官をつとめてきた人物だけに、妙に迫力がありますね。それ
だけに物騒ですわ。まあイランでの失敗から中東で凋落《ちょうらく》したアメリカの威信に危機感をもった
タカ派の演説とは思いますけど」
その点を割り引いてもアメリカはやはりしたたかなものだ、と私は思った。アメリカはこれ
までのようなイラン石油の重視を捨て、もっと石油の豊富なサウジアラビアに力点を変えたと
か、サウジよりも油の埋蔵量が二倍近くもあると風聞されるメキシコの存在によって中東の油
をそれほど必要としなくなったなどという意見がある。これが一部のアメリカ中東退場説にも
つながるのだが、そのようにアメリカはかんたんに中東の舞台から立ち去るだろうか。
昨夜の村山の電話は、アメリカが王制滅亡後のイランを中立化し、ひとまずソ連勢力の侵入
を防ぎ、そののちに大勢の捲き返しを図っているとの観測があることを伝えてきた。カーター
政権前のCIA長官だったブッシュの演説はそれを裏書きしているようにも思える。
「ブッシュが、必要ならばアメリカはイランを元の状態に戻すことができる、というのは王制
復活のことを言っているのですかねえ」
八代は私の見方をきいた。「元の状態」といえば私にもそうとしか考えられなかった。
「そうなると、目下一家で流浪中のシャーをよび戻して、また国王の帰国ということになるの
でしょうか」

八代はまた訊いた。

「いや、まさかパーレビでは具合が悪かろうから、皇太子を国王にするプランかもしれない。これはハムザビの説だったね。皇太子はまだ成人に達していないから、ファラ・ディバ王妃を摂政にするのだろう。ある本によると、ファラ王妃はシャーには率直になんでもものが言えるしっかり者だとあるからね。そのためにシャーに会いたい連中は王妃にとり入っていたという。しかし、王妃の摂政でもパーレビは彼女の夫、新国王の父という立場から院政をしくかもしれないね」

「それをまたアメリカが蔭で操るのですか」

「そうなると、パーレビはこんどこそ懲りて柔軟となり、アメリカの言うことはなんでも聞くだろうから、メジャーによるシャーの懲罰は、はじめて目的を達したことになる。ずいぶんと多くの犠牲をともなった迂遠な教訓の道だったがね」

私も八代もその空想をもてあそんだ。だが、それが真剣味を帯びてきたのは、革命評議会にSAVAKがもぐりこんでいるという〝王族〟の言葉につき当ったときだ。

アメリカはいつでもイランを元の状態に戻すことができるといったブッシュの言明は、まさにそのような隠密な用意が仕掛けられていることと切りはなしては考えられないのではないか。ブッシュがCIA長官だったころは、むろんイランの今日の事態は予想されていなかった。しかし、SAVAKはCIAの現地手先であった。ブッシュは長官当時のCIAのやり方をもちろん熟知している。——
八代が持ってきた新聞を読んで、私はテヘラン行きを決めた。人間は重要なことを最初に決心したとき、まわりの情景がかなり詳密にあとあとまで眼に残るものである。

6

八代が手洗いに立って、その赤い椅子は空いていた。左隣のテーブルにはイギリス人らしい老夫婦が静かにお粥《ポリッジ》をスプーンですくって口に運んでいた。奥さんがご主人の胸に挟んだナフキンの位置を直してやっている。左隣は青服の若い男女が四人、ビールを飲み咽喉の奥が見えるほど大口を開けて笑っている。アメリカ人というのはどうしてあんなに調子外れの高い声で笑うのか。ブロンドの長い髪を獅子のように左右に振っている女は鼻の先が天井をむいていた。向い側に商人らしい中年男が二人、コーヒーを横に書類をひろげて話し合っている。黄色い口髭が目立たない。その近くでは日本の婦人が三人テーブルを立った。和服の女性は片手を帯のお太鼓に遣って皺を気にしていた。上気した横顔だった。皿を運ぶ女の子の間から、ゆらゆらと歩いて戻る八代のひょろ長い、黒い姿が見えた。

ニューヨークを離れる前に、私は二つのことをしておかなければならなかった。

一つは村山の会社の支店に寄って、昨夜の彼の電話にしたがって彼が送った資料をうけとることだった。そこではほかにも頼みたいことがあった。これは自分で行く。

八代には、ハムザビにもう一度会いに行ってもらうことにした。私が彼と面会しても、もう彼の口からは何も出ないにきまっていた。もとより他言しないと約束した〝王族〟の話をハムザビにぶっつけてみることもできなかった。たとえそれを遠まわしに言ってみたところで、ハムザビから新しく明確な話が出るとは思えなかった。またぞろペルシア絨毯の講釈を聞かされるのがオチだ。ただ、八代を遣ったのは、テヘランに居る彼の友人の二、三の名前とアドレスを紹介してほしい、できれば名刺に一筆書いてもらえないか、という依頼であった。テヘランは初めてなので、できるだけたよりになるような人を知りたいというのがその理由だった。

それは事実だった。テヘランはいま失業者が増大している。シャーの土地改革（それを強制買い上げしたのもシャーの政府機関）の不合理から農地を捨てて市内に流れこんできた農民、外国系企業や工場の閉鎖によって職を失った労働者などで、その数は四十万人とも五十万人ともいわれている。政府はその失業者群を救済することができないのはもとより、その手当ての方法も知らない。しかも民衆は国軍から奪った武器をひそかに持っている。警察も機能が半ば麻痺した状態がつづいているだろう。治安は悪いはずだ。

そういうテヘラン市内に一人で私は入るのだから、できるだけその地の「知人」を得たかった。そのすべてが私の助けになるとは期待できないが、まったく無いよりはましだと思った。ハムザビにしたところで、彼のつき合い先の名前ぐらいは教えてくれるだろう。少なくとも彼には、私にそうするだけの義務があるのだ。東京での彼の言葉を信じてわざわざニューヨークに行った私にたいしてハムザビも内心では恥じらうものがあるはずである。ただ、イラン人の特性である自尊心がその詫びを表情や態度に出すのを拒んだだけであろう。

私はタクシーで富士産業の支店に行った。五番街四十八丁目の三十八階のビルで、オフィスはその二十一階の全フロアを占めていた。

四十すぎの支店次長という肥った人が応接室に出てきて、東京本社からテレックスで村山の伝言を受けていると言い、茶色の大型封筒を渡してくれた。応接間はむろん日本趣味で飾られている。

東京の村山さんからもテヘランの佐田支店長へテレックスしてもらおうと思いますが、こちらからもあなたがおいでになるということを支店長の佐田君にテレックスし、ペルシア語のできる社員をあなたに付けてもらうよう頼んでおきます、いつごろテヘランにお入りになるんですか、と次長はきいた。

それがまだきまっていないのです、じつはその前にオタワに用事があるので、そこへ寄ってからパリ経由でもテヘランに行きたいのです、と私は言った。ははあ、革命後もイランは三カ月以内の滞在だとビザが要らないので、便利は便利ですがね、しかし、取材とはいいながら、いまテヘランに入られるのはたいへんですなあ、と次長はくわえ煙草で通りいっぺんの同情を顔に見せた。

ついてはおねがいが一つあるのです、と博多人形を背にしている次長に私は言った。予定外のテヘラン行きとなると所持金が足りないので、こちらの銀行支店から二千ドル融通してもらえないかと切り出した。この総合商社は同系列の銀行を持ち、その一つである銀行の東京のある支店には、私のとぼしい普通預金口座があった。

次長は私の預金残高をきき、村山さんのご友人でもあるし、ご便宜をはからいましょう、銀行の手続きはあとでするとして、お急ぎでしょうから、社にある現金をお渡しします、といって各種別の紙幣で二千ドルを、日系秘書嬢にいいつけて出してくれた。私は感謝した。

くれぐれもお気をつけください、という次長の言葉に送られてビルを出ると、タクシーで航空会社の営業所に回った。私の持っている航空券は、東京・ニューヨーク間の往復である。

カウンターには若い日本女性の係が居て、航空機の連絡時刻表を調べてくれた。うしろの壁には図案化した世界地図の浮彫《レリーフ》りが貼りつけてあり、赤い路線が網のように引張ってあった。その丸い点の中にTEHERANの白い文字が付いている。見た眼には、ロンドンやパリやジュネーヴやアテネなどと同一だが、その現地の事情には天地の相違があった。心細さが私の脚もとから這い上った。

時刻表を開いたままにして彼女は私に顔をあげた。明日のニューヨーク発オタワ行きはこの時間で、翌日のオタワ発パリ行きはエール・フランスでこの時間です、あとパリからテヘランまでは日本、アメリカ、イギリス、フランス、スイスなど各国機が就航しています、といって、それぞれの連絡時間をメモに書いてくれた。見るとテヘラン空港着はほとんどが夜であった。

夜の空港から市内のホテルに入るまでの途中の危険が浮んだが、どの機も夜間の到着では仕方がなかった。

色白の、小柄な日本女性はカウンターの中に据えつけた小型テレビのような電算機を操作し、画面に次々と出る数字を見ては、私の行先変更の処理をきびきびした手つきで行なった。

差額料金と引きかえに部厚くなった航空券を渡してくれた彼女は、愛想よい笑いは泛べたが、愉しいご旅行を、という型どおりの挨拶のかわりに、お気をつけて、と私をまともに見てていねいに言った。

ホテルのロビーでは八代が待っていた。

「ハムザビは不在でした」

彼は私の顔を見るなり椅子から立ち上って言った。

「午後五時ごろまでには店に戻ると秘書のような女が言いました。それで一応はこちらの用件を紙に書いて渡しておいたんですが。五時すぎに電話して、もう一度彼の店へ行きましょうか」

「それでもかまわないけど」

私はどちらでもいいと思った。ハムザビを当てにしなくても、商社のテヘラン支店の世話で十分だと考えるようになっていた。

ハムザビが東京の私の家で言った話は、今となっては示唆に富むものがあったが、やはり約束を違《たが》えた彼への不信感がそれを上回っていた。遠くから来て突放された腹立ちがまだ根に残っていた。

八代とコーヒーショップに入った。

「やっぱりテヘランへ行くんですか」

そのことを彼にうちあけてから三度目の同じ質問だった。私は書き変えられた航空券を彼に見せた。

「大丈夫ですかねえ」

航空券を手に取って見ながら八代は言ったが、これも三度目の言葉だった。

「そう心配したものでもあるまい。現地に行ったら、案外何でもなかったということはよく経験するところだよ」

「それはそうですが、土地が土地、事情が事情ですからねえ」

彼は航空券の綴込みをぱらぱらとめくって眼を落していたが、

「オタワ行きが明日の十三時五分ですか。それから先のモントリオール、パリ、テヘランがみんなオープンとなっていますね。テヘラン着の時刻が決まってないと、空港に出迎えようがありませんけれど」

「いや、それはね、オタワの用事がどのくらいで済むかわからないので、あとの時刻の決めようがないからだ。オタワを出てモントリオールまで行き、そこの空港で乗継ぎの手続きをする。そのときテヘラン到着時間がわかるので、空港からこっちの商社支店へ電報を打つつもりだ。支店ではそれをテヘラン支店へテレックスしてくれるから、出迎えのほうは心配ない」

私は予定を言った。

「モントリオールからテヘランまでどのくらい時間がかかるもんですかね」

かりに直行としても十七時間ぐらい要するが、それにパリ空港で乗継ぎ機の待合せ時間などを入れると二十時間以上はかかるだろうと私はいい加減な見当で言った。

それなら連絡が十分に間に合うから大丈夫ですね、テヘランのホテルの予約もできますね、と八代は安心してくれた。

「オタワにはどうしても寄らなければなりませんか」

彼は私の道草をいぶかった。

「オタワにはイランの少数民族とその宗教を研究している日本人学者がいる。村山君がその人の話を聞いたほうがいいというので訪問する。村山君には今回世話になったから、むげにも断われないのだよ。それにその学者はイラン在住が十年以上だったというから、その人からもテヘランの知り合いを紹介してもらえたら都合がいいと思っている」

「いろいろとたいへんですね」

「そんなわけで、わたしのニューヨーク滞在も明日の朝までだ。今夜は日本料理店にでも行っていっしょに食事をしませんか」

「よろこんでおともします」

八代は率直に頭をさげた。

「ホテルの中に日本料理店があるね」

「ホテルの日本料理店は高級すぎて、おいしくないです。ぼくの知った店がありますが、料理店というよりも飲食店ですね。けど、料理はうまいですよ」

夕方七時ごろにその店へ行くが、八代はいったんアパートに帰ることになった。

「それまでにハムザビの店へ電話して、彼が戻っていたら紹介状をぼくがもらいに行ってきます」

彼は出がけに言った。

私は部屋に上って、机の上に村山次郎からきた封筒の中身をひろげた。

こういうものが眼についたので参考までに送る、という意味の走り書きの便箋一枚が印刷物のコピーといっしょに入っていた。昨夜の村山からの電話は、もちろんこれを発送したあとである。

印刷物はタイプ印刷で、市販のものではなく、特定の範囲、たとえばある会員組織の間で配布された小冊子のようである。村山が複写したのは、彼が必要と思った頁の部分だから、表紙も何もないので、筆者名も発行人名もわからない。

私は昨夜の村山の電話が伝えたこの内容の概要といったものを思い出しながら読んでいった。

《――かつてこの中東地域は非同盟主義のリーダーであったエジプトのナセルの存在もあって、米ソは公然と手を出すことはつつしまなければならなかった。また、これまで四次にわたって行なわれた中東戦争はいずれも十日前後の短期間の戦争だったが、一回の戦争で消耗する武器弾薬はおそらく百億ドルにもなり、中東は米ソによってよき市場であったから、したがって「平和でも戦争でもない状態」にある中東の外側にあって金儲けをしておればよかった。ところが、中東情勢は、いまや、米ソの対立との関り合いを念頭に置くことなくしては、これを理解することができなくなった。その背景にあるのは、いうまでもなく石油問題である。

ソ連は、一九八〇年代半ばには国内石油生産の落ちこみから石油の輸入国に転ずると見られている。このことはソ連の経済・安全保障にとって大きな打撃であり、また、これまで、一つには石油を供給することによって維持できた東欧の支配にもヒビが入ることになる。こうした問題を抱えたソ連の眼が世界最大の産油地域である中東に向けられるのは当然のことである。

アメリカとしてもこのようなソ連の立場と意図を十分に察知していたし、もし中東の産油地域がソ連の影響下ないし支配下に入ったならば、自由世界は戦わずしてソ連の軍門に降るよりほかないとの不安を抱かざるを得ない。そこで、中東にソ連の手が伸びるのを断じて許すべきではないと決意する。

このような石油をめぐる米ソの葛藤は、ソ連にとって不安な一九八〇年代半ばが近づくにつれて激化する。昨年になってから中東・北アフリカ地域が激しく揺れ動き、緊張が高まっているのはこうした事情が大きく影響している。しかも明年からは一九八〇年代、中東における石油をめぐる米ソの対立は一層激化していくものとみておいたほうが間違いがないのではないか》

次にこの印刷物は「米ソの中東戦略」を次のように説明する。

――ソ連の中東政策は、はじめのころ、親米のイスラエルと対立するアラブの支援にあるとみられてきたが、いまではソ連が中東の産油地域を手中におさめるのを目的としていることが、その地域にソ連が次々と打つ手によって明瞭となってきた。

エチオピア、南イエメンは親ソ政権であり、南イエメンの港アデンにはソ連の海軍基地があって中東・アフリカ地域に対する軍事援助物資の集積地となっている。そしてこの南イエメンを根拠地にして、隣国の北イエメンとオーマンにたいして反政府ゲリラ活動が展開されている。次にアラビア半島とペルシア湾をはさんでイランがあるが、今回のイラン革命でソ連の息のかかった左派勢力が武装したまま革命政権と対峙《たいじ》している。イランの東隣国のアフガニスタンはさきのクーデターで親ソ政権ができ、イランとパキスタンの国境地域ではソ連勢力に支持されたバルチスタン族の独立運動が行なわれている。アラビア半島の北に位置するイラク、シリアはともにソ連から軍事援助をうけ、ソ連寄りの政権ができている。ソ連は中東の石油を求めて急にピッチをあげだした。

それでは、中東における米国の対ソ戦略構想はどのようなものか。

米国の戦略は、いつ如何なる事態でも、米国および西欧が必要とする石油だけは絶対に確保するということにあり、そのためには手段を択ばないというのが米国の決意とおもわれる。今日米国が自国の石油資源は温存しておいて、国際収支の大幅赤字とそれに伴う世界経済の混乱をも意に介することなく、中東から大量の石油を輸入備蓄しているのは、米国のその戦略構想からである。

《中東においてはサウジアラビアを絶対に手放してはならないというのが米国の中東戦略構想の基本である。その場合、サウジアラビアに次ぐ産油国であるイランはどうなるのかということだが、米国としては当初はイランに軍事援助をしていたが、後にはイランの中立化を考えるようになったのではないか。というのは、イランはソ連と二千三百キロにわたって国境を接している。しかもパーレビ国王が増大する石油収入による国軍の強化と国家の近代化を図っていたにもかかわらず、実際には政情が不安定であり、いつ革命が起こるかもしれないという状況にあったことは、米国としては十分察知していたはずである。したがって、もしイランが内乱状態になったとき米国が軍事介入すればイランに隣接するソ連を刺戟し、米ソが真向から対立しそうな恐れがある。また、イランの石油にしても、同国自体の経済開発の進展や人口増加による消費増にともなって輸出が減少していくことが考えられるので、将来にはあまり期待できない。こうした諸事情を考慮して、米国としては、場合によってはイランを中立化してもやむをえないと考えるようになったとみるむきもある。

もしイランが中立化したとしても、サウジアラビアとしてはソ連との間に緩衝地帯ができるから安全だということになる。こうした考えがあったからこそ、米国はイランからの石油を漸減し、その減少分をサウジアラビアから輸入するようにしてきたものと見られる。そして、このような準備があったから、今回のイラン革命によっても、米国は石油で困るようなことはなかった》

それでは米国としては、サウジアラビアを確保するためにはどうすべきか。それにはソ連が策しているサウジアラビア包囲網を切断しなければならない。そこで浮き彫りにされてくるのが、イスラエル、イスラエル占領下のヨルダン河西岸地域、ヨルダン、サウジアラビア、オーマンにつながる線、すなわち地中海からインド洋につながる線である。ここに安全保障ベルトを構築し、その北側にあるイランその他を中立化してソ連の進出を抑止するというのが米国の戦略構想だと見られている。この戦略構想に基づいて米国が展開しているのが、イスラエルとエジプトとの平和関係樹立を目ざして展開された中東工作にほかならない。——

特別会員だけに配布する「資料」をここまで読んだとき、電話が鳴った。

「ミスター・ヤマガミか。わたしはハムザビだ」

時計を見ると四時にもなっていなかった。ハムザビは早く店に帰ったとみえる。電話の声のうしろに、絢爛《けんらん》としたペルシア絨毯の列が私の眼に映った。

「わたしの留守にきたミスター・ヤシロのメッセージを読んだ。頼まれた紹介状を書く件は承知した。イランにはいつ行くのか」

「明日の午後一時五分の便でカナダのオタワに出発する。それからイランに入る」

「それでは、今晩、わたしがホテルに紹介状を持って、あんたに会いに行く」

私の英語力でも、ペルシア絨毯商人が思いがけなく親切なことを言うのが理解できた。

ハムザビも私にたいする仕打ちを悪いと思っているにちがいなかった。せめてその申しわけの一端に自分から紹介状をホテルに持参してくるのであろう。

「ありがとう。しかし、わたしは今夜はほかに先約があって外出する」

八代との会食があった。

「だから、その紹介状はフロントに預けてもらってもけっこうだ」

「いや、あんたにも会いたいし、わたしが自分で持って行く。では、明日の午前十時にそちらのホテルのロビーで待っている」

7

私は、ハムザビの態度に腹立たしい不満は持っていたが、彼が東京の私の家で洩らした一言――メジャーがシャーの驕慢をたしなめるために与えようとした懲罰がイラン革命の思わぬ引き金となったという観測が、フォード大統領時代のCIA長官ジョージ・ブッシュの演説もあって、しだいに真実味を増してきたように思われた。私はニューヨーク、ワシントンを歩きまわっていろいろな人と会い、いたるところで否定されたけれど、その否定の仕方はそれほど論理的ではなかった。ナンセンスだ、という言葉が返ってきたように、そのほとんどが常識的な裁断か、既にかためられた概念による明快な批評かであった。情勢を深く分析した言い分が一つもなかったことに気づいた。そのことは、ハムザビに突放された私が不適当な先々を訪問して歩いた徒労の結果でもあった。

だが、直接にそれを認める返事はなかったけれど、〝王族〟アリ・モスタファビの暗示的な言葉や、ブッシュ元CIA長官の演説などは、ハムザビの東京での一言を立証するように感じられてきた。

さらにまた、ハムザビとの電話を切ったあと、読みつづけていた村山からの送付印刷物の中に注目していい資料があった。

米誌「ペントハウス」誌に掲載されたクレイグ・S・カーペル（Craig S. Karpel）という人の「陰の大統領」という論文の邦訳である。これもまたタイプ印刷物で、市販ではなく、きわめて限られた特定の読者層に頒布《はんぷ》されたものらしい。前の「米ソの勢力争いによる中東情勢の考察」といい、村山は何か特殊なところからこれらの資料を入手しているもののようである。彼が未だに関係をもっている総合商社の手を経由したものかもしれなかった。

このカーペルという人の論文を一読して、大げさにいえば、私は眼から膜が除《と》れるような思いがした。

アメリカ石油資本、金融界の頂上にあるデービッド・ロックフェラーが七三年のオイル・ショックのあと、ハーバード大学の助教授からコロンビア大学の教授に移っていたズビグニュー・ブレジンスキーと語らって、総勢約二百五十人の多国籍企業家及び金融業者から成る民間国際機関の「三極委員会」（Triangulate Commitee「三極」はアメリカ・日本・西欧）を組織し、これを背景としてロックフェラーとブレジンスキーとが共謀して「南部の田舎者」ジミー・カーターを大統領に就《つ》けた。その見返りとしてブレジンスキーは大統領の補佐官となり、ロボットのカーターを蔭から操ってアメリカの世界政策を行ない、ロックフェラーは非共産圏世界の事実上の帝王になることを決意しているのだなどとある。この二人が中東での石油問題、米ソの勢力争いを含めて現代の世界政治・経済を動かす三極委員会の「司祭」だ、と示唆している。

この資料はあとでまた私はゆっくりと読み直すことにした。が、とにかくこれまたメジャーによるシャー懲罰説を十分に補強しているように私は思われる。

たとえばこの中にある「ロックフェラーは、米国・日本および西欧の『共同体』というブレジンスキー構想に感銘を受けた。その第一段階として米国・日本および西欧の各国政府首脳会談を行なってはどうかというブレジンスキーの勧告」が、今年で五回目になる「先進国首脳会議」の実現となっているのではないか。

ある観測はアメリカは早晩中東から出て行くだろうと断言しているし、別な観測は、アメリカはソ連に対抗して中東にますます勢力の増強をはかるだろうといっている。

私の貧しい頭の中は、さまざまな資料が渦巻き混乱を起している。イラン問題に限定しただけでも見方が錯綜《さくそう》している。それが中東全体へひろげると、もっと手に負えないものになってくる。わかりにくいイスラム・アラブの世界だけに、いいようのない複雑さである。

だが、中東に石油が発見される以前は、ここが世界戦略の争点になることは少なかったろう。炎熱と砂漠の土地には先進国も、きわめて少ない局部的な戦略地の利用を別にすれば、それほどの魅力はなかった。現在のようになったのは二十世紀の初めに石油が出てからで、その石油によってアラブの部族主義が眼をさまし、米ソ勢力の間に部族国家間の集合と断絶とをくりかえしている。パレスチナ問題やイスラエルの存在問題は、アラブ諸国が利害関係に利用する「錦の御旗」であって、その象徴もじっさいはお題目化していて、政治取引に利用しているだけだという意見の資料もある。

「石油はひとたび各国の政治制度の中にうまく組みこまれてしまうと、爆発物であると同時に、問題を解決する溶剤にもなり得る」（前掲『セブン・シスターズ』）

という字句は私にはいちばん印象的だった。

考えてみると、私はエドモンド・ハムザビにほんとうは感謝しなければいけないだろう。わざわざ日本からニューヨークに行った私を、口約束に反してまるで近所の町から来た人間でもあるかのようにつき放したが、彼には彼の立場があったのだ。それは商人的な自衛と保身からであろう。愛想のよさと冷淡さとを時と場合によってペルシア絨毯の毛糸のように織り交わすのが商人の知恵なのだ。ハムザビに反感をもっていたのは間違いだったとの反省が私に起きた。彼には私の家で茶の時間にうかつに洩らした呟きが後悔となっていると思われる。それに同情しなければならないだろう。

だが、それだけにハムザビはイランの現況を知っている。私がはじめに想像したように、富裕な商人の彼はアメリカ居住のイラン人社会の重要な一角にいるように思う。それは本国にいるイラン人よりも情報が入手でき、客観的な情勢判断の可能な位置ではないか。

七時に八代が迎えにきた。ハムザビから電話があったことを言うと、

「そりゃア、あなたに素気《すげ》のうした罪ほろぼしとちがいますか」

と、彼も言った。今夜の彼は「およばれ」というので、くたびれた黒い洋服を、冴えた青い上着とグレイのズボンに更《か》え、ネクタイも普通のをちゃんとつけていた。

八代に案内されたのは下町《ダウンタウン》の小さな日本料理店で、中年の主人が板前、おかみさんが注文ききとお運びといったふうな飲食店だった。カウンターとは別にせまい小座敷があり、しきりと辞退する八代を上座にすえた。そこで私たちは、刺身と天ぷらとシャブシャブとをとって酒をくみかわした。八代には私は心から礼を言って約束の料金以外に封筒に入れたものを出した。

八代はそれに眩しそうな顔をし、

「ぼくにもこんどは勉強になりましてん。それに、来年の春にはいよいよ帰国します。紀州の母のところにはいちばん先に行って一カ月ぐらいいっしょに暮すつもりですわ。それから東京の大学にもどりますけど、そのときあなたのお宅に寄せてもらってよろしか」

と、細い眼をさらに小さくして酔った関西訛りでいった。

「どうぞ。待ってるよ。そのときはこっちで苦労した想い出話をしようよ」

「それはたのしみですなァ。けど、あなたはこれからテヘランに入りはるさかい、えらいことですな。くれぐれもお身体に気ィつけてくださいよ。あんまり無理したらあきまへんで」

「ありがとう。そうするよ」

「けど、なんでそないにまでしてハムザビの言うたことを追いかけはるのか、ぼくにはわかりまへんなあ」

「わたしにもわからないよ」

「そうでっか。ものを書きはる人は、自分でもわからんことに突っこんでいきはるのんですか」

「そりゃ、人によりけりだよ」

とにかくご無事で、と八代は言って、いい声で紀州の民謡を歌い、自分で泪《なみだ》をこぼした。知らないうちに時間が経ち、ホテルまで八代が送ってくれた。私も酔っていた。

翌朝、十時にロビーに下りるとハムザビが、来合せた八代と立ち話をしていた。彼は私を見ると、白髪まじりの頭をすぐにむけて笑顔で近づいてきた。

「これがテヘランにいるわたしの友人の名とアドレスだ」

彼は紙片を私にさし出した。例によって八代が通訳した。英字でタイプされていた。

「テヘランの状態が状態だけに、あまり多くの人には紹介したくない。この人間はわたしの友人で、同業のカーペット商人だ。イラン人だが、信頼がおけるし、わたしの紹介となれば、答えられることならなんでもあんたに言うはずだし、便宜をはかってくれる」

ハムザビは言った。出発前にホテルに会いにくるとは、東京のときの彼とこっちの立場が逆になっているなと私は思った。

「それからついでにこれを彼に渡してほしい。いい機会《おり》だから商用書類をことづけたい」

「わかった。かならず渡す」

私は封筒をうけとった。商用書類と彼が言ったように、それは軽くて、簡単な封であった。

こういう機会でも人を使うのは、やはり商人であった。

「では、お元気で」

ハムザビは私に握手の手を出した。

十分ばかり彼と話を交わしたのだが、お役に立たなくて悪かった、とか、済まなかったとかいう詫びの言葉は彼からついに聞けなかった。私は自尊心の強いイラン人の見本をそこに見る思いがした。

ケネディ空港まで見送りにきてくれる八代といっしょにタクシーに乗っているあいだも、私の眼からはエドモンド・ハムザビの、どこか突張った後姿が容易に消えなかった。

第三章　テヘランで

1

ニューヨークからオタワ行きの直行便はなく、モントリオールでカナダ国内線に乗換えである。私がドルヴァル空港の通関をすませてドアの外に出ると、出迎え人の群の中から背の低い、年寄りの日本紳士が近づき、山上さんでしょうか、と声をかけてきて、毛利です、と言った。思いがけないことにオタワに会いに行こうとする毛利忠一氏であった。

昨日東京にかけた電話で、私がオタワに到着するフライトは村山に知らせてあり、村山はそれを毛利氏に電話しているはずなので氏がオタワ空港に迎えにきてくれるのは期待していたが、飛行時間で三十分の距離とはいえ、わざわざオタワからモントリオールまで出むいてくるとは予想していなかった。

ところが、それは私の早合点で、恐縮する私にむかって毛利氏は苦笑顔で言い訳をした。

「一昨日懇意にしているイラン人がイスタンブールから電報をぼくのアパートメントに寄越して、昨日の十一時アテネ発の便でこのモントリオール空港へ到着するというので昨日迎えに出たのですが、その機には乗ってなかったので、今日ではないかと思い、じつはミラベル空港で待っていたのです。けれども今日の便にも乗っていません。それで、あなたとお会いするためミラベルからこっちへ一時間前に回って来たところです。村山さんから電話をもらっているので、あなたをぼくの家でお待ちするつもりでしたが、急にそんな電報が来たりしたものですからね、ここでお目にかかることになったしだいです」

カナダとヨーロッパ間の旅客機はこの空港から三十キロはなれたミラベル空港が専用となっている。オタワ大学の客員教授で文化人類学者の毛利忠一にとっては、はからずも同日に二つの空港に客が着くことになったようである。

教授は済まなさそうに私に言った。

「本来なら、ぼくがここからあなたとご一緒して飛行機でオタワに飛び、ぼくの家にご案内しなければならないのですが、アテネからの便が夕方にもう一本あるのです。それをぼくは待っていなければならないので、申しかねますがそれまで三時間ほどここでおつきあい願えませんでしょうか」

教授は、村山の言葉では六十一歳ということだったが、白髪頭のせいか五つ六つは老《ふ》けてみえた。四角い輪郭で、細い眼と短い鼻とがいっしょになって、そのへんがくしゃくしゃになった顔だった。ものの言いかたは速いほうである。鼻のわきにうっすらと汗が光っていて、出迎えに二つの空港をかけもちする忙しさが見えた。律義な人がらのようだった。

ここで毛利氏と話ができるなら、オタワの彼の家に行く必要はなく、初めての他家の訪問という堅苦しい面倒も省けると私は思って、よろこんで先方の申出を受けた。

「三時間というと、かなり長いですから、市内へ出てレストランに入りましょう」

そこでゆっくり話をしようというのだった。

だが、そのあとも氏は夕方の便でくるアテネからのイラン人を迎えるという。その客が到着すれば、氏にとって私が負担になるわけで、これは遠慮しなければならない。だが私にはかえって好都合で、ここで氏と話ができればそれに越したことはない。もともと村山の助言から毛利氏に会うだけのことであって、私のほうからはとくべつな用事はなく、せいぜいイランの様子を聞くという程度だった。いわば、せっかく村山が紹介してくれたので、その義理を果すといった程度の気持であった。

このあとパリ行きの便がまだあるのなら、モントリオールに私が泊る必要はないわけで、そのぶん一日でも早くテヘランに入りたかった。

その希望を言うと、

「そうですか。じゃ、そのフライトがあるかどうか聞いてみましょう」

と、毛利氏は私といっしょに航空会社のカウンターに向った。二十時発、パリ経由テヘラン行きのエール・フランス機の便があった。テヘラン着が明日の二十一時二十分になる。これだと、パリ着が明朝八時三十五分で、接続には六時間の待合せである。さいわいその席も取れた。荷物はここからミラベル空港に転送してくれる。

そのようなことで私のほうは出発まで五時間ばかりあるが、毛利氏はアテネからの飛行機が夕方五時に着くために時間があまりない。それで、モントリオール市内に出るのをやめてミラベル空港に直行し、構内のどこかで話をしようということになった。

ドルヴァルからミラベルまでの国道沿いは、黒いくらい濃密な針葉樹林の波がうねっていた。車の中で毛利氏は、私たちの紹介者である村山次郎について、テヘランでの交遊を話した。十五年前に村山は商社のテヘラン支店長であり、毛利教授はテヘラン大学の講師で、王立学術院《ロイヤル・アカデミイ》の会員であった。イランには十一年間在住し、一度日本に帰ったが、オタワに来てから二年になると氏は言った。

「イランが現在のような状態になるとは夢想もしなかったですな。まさか、あの誇り高き皇帝が退位を余儀なくされて、王制までが廃止されるとはね。ぼくはイランに長く居ただけに、未だに信じられないのです」

毛利氏はパイプをとり出して言ったが、茫乎とした眼つきで、しばらくはパイプをくわえるのを忘れたふうだった。

「先生はシャーに会われたことがありますか」

「そのころ皇帝はテヘラン大学の卒業式などには見えていましたし、いろいろな儀式にはよく出席されていましたから、お姿はたびたび拝見しました。じっさいにぼくにもお言葉を賜わったのが三度あります。ぼくはイランの少数民族の間に遺っている古い文化を研究していたので、最初はそれをご説明しました。その後の一度は、皇帝はぼくの顔を憶えておられて前に近づいてこられて握手を賜わったし、最後の一度はアゼルバイジャン州首都のタブリーズ市にお出でになったさい、ぼくは学長から依頼されて先にそこへ行き、皇帝をお迎えしてクルド族の宗教について短い御前講義をしたことがあります」

毛利教授はパーレビに対していまだに敬語を使った。「御前講義」などという言葉を聞くと私のほうに時代的錯覚が起りそうであった。

「国王は理解力に富んでおられました。頭の回転の速いお方でした。いろいろと問題はありましょうが、王制がつづけばイラン近代の英主になられたと思います。あのかたは、一市民としてでも、近代感覚のある一級のインテリだと思います」

氏はようやくパイプから煙を吐いた。

「惜しいですな、こんなことになって。ぼくは国王が海外に逃避されても、一九五三年のときのように、ほどなく帰国されると思っていましたが」

「モサデク失脚のときのクーデターですね。そのとき先生はテヘランに居られたのですか」

「テヘラン大学に奉職しておりました」

教授は角張った顎を深く引いた。

「ですから、そのときの市内の様子はよく見ておりました。市民は熱狂的に皇帝の帰国を歓迎していましたよ。皇帝もまだ若くて、そう、三十七、八歳くらいでしたかね。壮年ですよ。颯爽とされていましたな。ぼくは皇帝はイランの希望の光だと思っていましたからね。皇帝を誤らせたのは多くの兄弟や縁者たちです。この人たちがよくないことをしていました。もっともぼくは政治のことはわからないし、また無関心でしたが」

毛利教授が断わるまでもなく、その口吻からしてイランの政治や経済事情の内幕を彼に聞くのは無理だとわかった。前国王にいまだに敬語を用いることからも分るように、当時から客観的な観察があったとは考えられない。これは教授が保守的な人という意味ではなく、学問の世界に閉じこもる或る種の学者の型であろうとの判断である。

毛利教授に会うようになぜ村山が私に電話で言ったのか、わからないでもなかった。村山は十数年前にテヘランで毛利氏と知り合いになってその学殖に感服していたのであろう。そこは村山らしい考えで、急に電話の途中で教授がオタワに居るのを思いついて、ニューヨークからは近いのでイランに行く前に現地在住十余年の毛利教授の話を聞いたがよい、という親切が起きたのである。

しかし、毛利氏がイランに居たのはかなり前のことであり、現在のイランなりテヘランなりの参考にはあまり役立ちそうにないと私には思われた。村山にしても当時の毛利氏との交遊が強く記憶に残っていて、そのために思い違いが生じたと思われる。こうした錯覚は、過去に得た強い印象からしばしば引き出されるものである。

ミラベル空港は、ドルヴァルよりも新しくて大きかった。毛利氏は勝手のわかった様子で広い構内を曲ったり横切ったりして食堂に私を連れこんだ。小腹が空いていたので軽食をとることにした。

テーブルで注文を済ませると、毛利氏は腕の時計をちらりとのぞき、

「電話をかけるところがありますので、ちょっと失礼します」

と立ち上った。その低い後姿は気ぜわしい歩きかたであった。

周囲の客はカナダ人だが、尻上りのフランス語が氾濫《はんらん》していた。ケベック州がフランス語圏だったのを私は思い出した。

十分ばかりして毛利氏は、再び忙しげな足どりで戻ってきた。テーブルにすわると自分で心を落ちつかせるようにパイプをポケットからとり出したが、なにやらまだ気がかりな表情だった。アテネからくるイラン人のことを航空会社の営業カウンターに訊き合せに行ったが、それがはっきりしなかったのだろうと私は想像した。

皿が運ばれてきたので、二人とも食事にかかった。毛利氏がまだぼんやりと考えごとをしている様子なので、遠慮がちに私は訊いた。

「アテネ経由でイスタンブールからおいでになるお客さまのほうは、いかがでしたか」

「いや、それが次の便でくるかどうかよくわからないのです。たしかに昨日こっちへ着くという連絡は二日前にイスタンブールからあったのですがね」

そのイラン人は商人かもしれない、それなら商用の都合で予定変更もあり得ようと私は想像した。

「もっともその人はアテネからの便に乗ってくるとはかぎらないのです。ソフィアからかもしれないし、もしかしたらカイロから乗ってくるかもしれないのです」

イラン商人かもしれないと思ったが、教授の客なら、あるいは学者かもわからない。学術調査のようなことで各国を旅行している人かもしれなかった。

「お忙しい方なんですね」

私はフォークを使いながら言った。

「はあ。……ちょっと事情のある人でして……」

ナイフで肉を切ると同時に毛利氏の言葉もそこでポツンと切れた。下をむいた氏の額には憂いが浮んでいるようにみえた。

なんとなくぎこちない沈黙になったので、私のほうから話題を求めた。

「先生はイランの少数民族の文化をご研究ということでしたが、それはどのようなことですか。わたしは素人でよくわかりませんが、なんだか興味をそそられるようです」

教授は顔をあげた。そこにはもう前の明るい表情が戻っていた。

「さきほどちょっと口に出したように、それはクルド族の古い宗教のことです。ご承知でしょうが、クルド族はトルコとイラン西北部とイラク東北部の地帯にまたがって、これまでイラクとは自治権独立問題で絶えず紛争を起してきた遊牧民族です。古い民族で、紀元前二千年くらいにさかのぼることができます。クルディスタンというのは、イランのザグロス山脈から、トルコ東部にいたる広範な山地のクルド族の居住地帯をさしますが、この地域は紀元前二千四百年ごろの楔形《くさびがた》文字にあらわれるグディアム王国というのとほぼ一致するのです。ですからクルド族はずいぶん古い民族なんですね」

教授はいくらか講義口調でいった。

「そんなに太古から居る民族ですか」

「そうなんです。かれらはペルシア語を話します。この地域は古代から支配者がいろいろと変りましてね。十七世紀の半ばにトルコとペルシアとの間の条約で国境線がきまり、両国領として二分されましたが、十八世紀末から反乱がたびたび起り、独立戦争もやっています。けど、両国の武力でそのつどおさえこまれています」

「精悍な民族なんですね」

「激しい気性です。昔から戦闘的な性格です」

毛利氏は話に気乗りしてきたようだった。

「第一次世界大戦のときは、ロシア軍がこの地域にいるトルコ軍を攻撃したために一時は戦場となったことがあります。その後、講和条約でクルディスタンは独立を認められたが、例のトルコのケマル・パシャ、つまりアタチュルクがこの条約を破棄しました。クルディスタンがいまのようにイラン、トルコ、イラク領として三分されたのは、ご承知のようにそのあとのローザンヌ条約によってですね」

イラク領内のクルド族はふたたび自治権の拡大を要求してイラク政府と抗争した。そのゲリラ活動の背後にはイランの唆《そそのか》しがあり武器をゲリラに供給しているとしてイラクがイランを非難し、両国の対立がつづいてきていた。その程度には私も知っている。

それが四年ほど前にイランとイラクとがいちおう和解したため、クルド族の立場は苦しいものになった。こんどのイラン革命で、クルド族はイラン新政府に対して自治権の拡大を強く要求している。外電は最近しきりとそのことを報道している。

毛利氏の前で、そういう政治問題をいきなり出すのはなんとなく躊《ため》らわれたので、

「そのクルド族の古い宗教というのは、もちろんイスラム教が入ってくる以前のものでしょうね」

と私は教授の専門のほうへ話題をむけた。

「そうです。クルディスタンはいま言ったように三つの国の所属に分割されているので、ペルシア語系のクルド族は人口約三百万人で、うち約百五十万人が東部トルコ、約七十万人がイラ

ン、約五十万人がイラクです。そのほかシリアとかソ連領のアルメニアにも住んでいます。人種的にはアラビア人、アルメニア人、テュルクメン人などと特に混血していますね」
「イスラム教徒としてはスンニ派だそうですね」

「大部分がそうなんです。その点は、イラクやサウジアラビアと同じですね。ただ、ごく一部にはイランと同じシーア派がおります。だが、ぼくがやっているのは、そういう全体的なクルド族のことではなく、クルマンジュとかカルールとか、グーランとか、ルールといったような少数民族です。その宗教や方言群といったものが文化人類学者や民族学者に注目されています」

「その宗教には特徴があるのですか」

教授にとって不機嫌でないはずの、素人の質問だった。

2

「ありますね」

毛利忠一氏は微笑を見せて言い出した。

「クルディスタンに住む或る種族、ヨーロッパにはキジル・バッシュ（Kizilbash）の名で知られている種族の宗教は、ペルシアのマズダイズムと似ている点で重要なんです」

「マズダイズム？　ゾロアスター教と同じですね」

「西アジアの太陽信仰であるマズダイズムのほうがゾロアスター教の出現よりも古いのです。前七世紀に出た予言者ゾロアスターはマズダイズムを教理化したのですから。したがってゾロアスター教にはアヴェスターという教典がありますが、キジル・バッシュもやはり彼らだけの信仰書を持っていることは確実です。けれども、未だにその本は謎に包まれていて、外部には明らかにされてないのです」

「それはとても興味がもてそうですね」

「そうなんです。それにその種族じたいが興味深いのです。キジル・バッシュは〝赤毛の頭〟という意味ですが、それはかれらの髪飾りの色から来たものだろうといわれています。かれらは自分たちをアレーヴィスとよんでいます。推定百万人ぐらい居るようです。かれらの言葉はクルディッシュ語、つまりペルシア語とトルコ語の混用です。形式上はイスラム教のスンニ派に属していますが、これは迫害を避けるためでして、じっさいはイスラム教徒ではありません。自分たちが安全であることを確かめると、かれらはモスクにも行かず、お祈りもせず、清めの式にも出ません。スンニ教徒が居るとき以外は、女性もチャドルをかぶらず、ブドウ酒を常用し、断食《ラマダン》を守らず、トルコ人の風習である頭髪や陰部の体毛を剃るということもありません。かれらはトルコ人にたいして根強い憎悪の気持を持っていて、トルコ人を〝汚れた奴ら〟とみなしています」

「どうしてですか」

「過去にトルコ人に圧迫されてきたからですね。ですから、かれらがトルコ人をもてなさなければならないときは、わざと食器などをよごして出すほどです」

「ほかの者にはどうですか」

「キリスト教徒にたいしては親愛の情を示していますね。事実、かれらの部族は、キリスト教会と同じようにヒエラルキーを持った構造なんです。デーデーと呼ばれる長老をもち、その権威は世襲です。長老は神と民衆を結ぶ役割を果すものです。この僧侶の階級制は、さまざまな位の僧侶を生み、これらの僧侶団は、神の子孫とみなされて権威を与えられている二人の教主に服従を誓っています」

「キリスト教の影響もあるのですか」

「多少ありますが、それはあとからのものですよ。彼らの宗教というのは、古代バビロニアの太陽信仰の宗教にその源を発していると思われます。ですからペルシアのマズダイズムと何らかのかかわり合いがあるのですね。キジル・バッシュは小高い丘や、ある種の丘を聖なるものとみなしています」

「ジッグラトですね。聖塔というんですか」

「そうです。聖塔です。休日には羊や鳥を丘の上に持って行き、神への捧げものとして殺す風習をもっています。その丘陵上に茂る樹木、多くは松ですが、それを特殊な崇拝の対象としています」

「聖樹ですね。聖樹観念は、古代ペルシアにもインドにもあったようですね。火を崇拝する点はどうですか」

余人が加わっていれば、食事の話題としてはあまり似つかわしいものでなかった。だが、どうやら毛利教授の専門分野に私はアマチュア的な立ち入り方をしていた。

教授は、私の最後の質問にすぐには答えず、ナフキンの端で口辺を軽く拭うと、

「ちょっと失礼」

と頭をさげて椅子を引いて立ち、またもその低い、四角な背中は食堂の外に消え去った。専門分野への素人の生半可《なまはんか》な立入り方が教授の不機嫌を買ったのではないかと私はおそれたが、しかしその中座はさきほどと同じに、ヨーロッパからくるイラン人の乗客の消息をふたたび航空会社の営業カウンターへ問い合せに行ったものと思われた。

いったいどのようなイラン人がくるのだろうか。毛利氏のテヘラン在住時代に親しかった人にはちがいなかろう。商人ではなく、あるいは学者かもしれないが、さきほど氏が「ちょっと事情がありまして」と低く言ったことが、なにやら重要な意味をもつようにも思われた。

想像されるのは、今度のイラン革命で本国を脱出した人物ではなかろうかということである。昨日モントリオールに到着するという電報がイスタンブールからきたというのに、その後は当

人も来ないし、連絡がないというのも秘密めいている。そうすると、王制時代のよほどの大物が来ると思わなければならない。

さきほど毛利氏は前国王に対して敬語を使っていた。王立学術院会員だった教授としては自然の口ぐせというよりも、国王に尊敬の念を抱いている。皇帝からお言葉を賜わり、「御前講義」をしたくらいだから、教授のためにそのようなとりはからいをしてくれた要人連中とも懇意な間柄だったのだろう。もしかすると、その一人がこっそりとカナダにくるというのではなかろうか。そうだとすれば、実直な毛利氏は、かつての交誼にこたえてその人物を迎えるべく、しきりと気を揉んでいると私は想像した。

十五分ばかりすると、毛利氏はテーブルに戻ってきたが、晴れやかな顔ではなかった。

「お客さまの乗った飛行機がまだわからなくて弱っています」

教授はナフキンを膝にかけなおしながら、私に中座の詫びをかねて言った。

「それはお困りですね。こちらへ来る各社の乗客リストにもお名前がないのですか」

「ええ」

教授は曖昧《あいまい》に答えた。その言葉の濁しかたも私には気になったが、それ以上は私の立入ることではなかった。

「さきほどのご質問ですがね」

心の屈託を振り切るように教授はそのつづきを言いはじめた。

「古代マズダ教と同じようにキジル・バッシュは火を信仰しています。彼らが家を建てる時は盛大な儀式とともに火を燃やし、その火は家が壊れるまで家の中で絶やさずに燃やしつづけます。火を保存する場所はかまどの傍です。火を祀る祭壇は、岩から切り出されたものです。イランのペルセポリスに近いナクシ・イ・ルスタムにある二つの拝火壇は、岩山の裾の岩をくりぬいてできていますが、それを連想させますね」

「日本の民家でも火を燃やすかまどを信仰していますね。日本の民俗学では、柳田国男さんいらい、それを火継ぎの風習の名残として考えるのが通説になっていますが。そういったことも向うと共通性がありますね」

「なにか関連があるかもしれません。西アジアの遊牧民族のいくつかの風習が、ユーラシア大陸の草原地帯《ステップ》の交易路を通って、中国、朝鮮から古代日本に入っているという説もあるくらいですからね。キジル・バッシュは火と共に水を信仰します。川とか、とくに泉をその信仰の対象にしています。これもイラン南部のファールス地方に興《おこ》った水の女神アナーヒター信仰と似ています。さっきの拝火壇が二つあるというのも、一つは雨水への信仰、水を司《つかさど》るアナーヒターへの祭壇だという説が最近では出ているように聞きました。仏教の観音がアナーヒタの翻訳だという説を信じると、これも日本と関係がありそうです」

「ははあ、なるほどね」

「それについて面白い話があります。西側の人々は、キジル・バッシュは月の夜になると、男女が乱交パーティを行なうといって非難します。それはかれらが月がかくれるや否や、誰でもかまわず、出遇った異性と性的交渉をもつ風習があるということからです」

それも日本の八世紀にあった常陸の筑波嶺《つくばね》の嬥歌《かがい》や肥前の杵島《きじま》岳の燕楽《えんらく》に似ていると思ったが、話の腰を折ることになるので私は黙っていた。

「で、このような風習が九世紀のクルディスタンの少数民族にも見られたもので、またそれと現在のキジル・バッシュの居住区域とが一致していることから、この間の関係は無視できないと思います。これを古代信仰の〝聖なる売春行為《デーデー》〟の思想から派生したものと考える民族学者もいます。そのことは毎年一人ずつ処女を長老にささげるという風習から説明できるというんです。……しかし、どうもかれらの生活歴史もその実態もよくわかりません。たとえば、かれらだけに通じる或る種の秘密の信条があり、めったなことでは他に明かさないのです。現在にいたるまで、かれらの生活の秘密を完全に探り出した者は、欧米の学者に居ないのですよ」

「先生は、それを調査されたのではないのですか」

私はこの文化人類学者にきいてみた。

「多少はね。イラン領にいるクルド族の一首長と近づきになったので、その伝手《つて》からキジル・バッシュに近づきました。けれども全容はわかりません。そのクルド族の首長は、若いときフランスのソルボンヌ大学に留学したインテリです。ぼくが今までお話ししたことも、ある文献のほかに、バザラニー・ホンスローというその首長からの受け売りが入っています」

「バザラニー・ホン……？」

「こういう字を書きます」

教授はメモ用紙をさがしたが、適当な紙片がなかった。そこで私はとっさに、教授からもらった名刺をさし出した。あとで教授に悪かったと気がついたが、教授は気さくに自分の名刺の裏に、右から横書きではじめる蔓草《つるくさ》文様のようなアラビア文字を書き、その下に片カナで、バザラニー・ホンスローと書き添えてくれた。

私はそれをもらってふたたび名刺入れの中に収めた。なにかの参考にという軽い気持だった。

「先生がこのクルド族の首長に近づかれた目的の一つは、キジル・バッシュが確実に持っていると思われるかれらの信仰書を手に入れられることにあったのではありませんか」

食事が済み、コーヒーがきた。

「そうなんですがね。しかし、やはり駄目でした。ぼくはクルディスタンやアゼルバイジャンの山岳地帯をトルコ国境に近い西側へだいぶん入りこんだのですがね。黒い羊毛で撚《よ》ったクルド族のテントで二週間ばかり暮し、クルド族の生活はよほどよくわかりましたが、キジル・バッシュは人を寄せつけませんでしたよ。文化人類学をやる者にとっては、まことに残念ですが」

教授がパイプをくわえたとき、食堂の女の子が傍にきて、ムッシュ・モーリかときいた。

そうだ《ウィ》、と答えると、彼女は電話がかかってきていると告げた。

教授はあわててパイプをそこに抛《ほう》り出し、こんどは私にも黙って立って食堂の隅にある電話のほうへ小走りに行った。よほど待っていた電話のようであった。

長くかかるかと思われたが、教授の小さな身体は三分と経たないうちに帰ってきた。

彼は椅子に臀《しり》を半分すえただけで、そわそわとし、パイプも胸のポケットにしまった。

「たいへん申しわけないですが、ぼくは用事ができたので、これで失礼させていただきます」

早口で私に言った。

「こっちへお着きになるお客さまから連絡がありましたか」

私も教授の立場が気にかかっているところなので、挨拶を返す前に、思わずそう訊いた。

「いや、それがないのです。消息がまったく知れません。いまの電話はこちらにいる或る人からですが、その人も心配しているのです。もしかすると、身辺に不測の事故でも起ったのではないかといっているんです。ぼくはこれから彼のもとに行かなければなりません」

人間は、心の急ぐとき、あわてているときは、前後の思慮を失って、思わず大事なことを口から吐くものである。

「身辺に不測な事故ですって？」

眼をみはる私に教授は、はっとして気がついたようだった。

「いえいえ、まさか、そんなことはないと思います。あまり相手の到着がおくれるので、つまらない冗談が出ただけです。明日には無事に着くと思いますよ」

いくらか理屈の合わないことを速く言って、教授は椅子から立ち、テーブルに両手を支えておじぎをした。

「せっかくテヘランの地理などをぼくにお聞きに村山氏の紹介で見えたのに、つまらない他のことをしゃべってしまい、いっこうにお役に立ちませんでした。そのうえ、このような偶然の事情が重なって、十分なおかまいもできずに申しわけありません」

「いや、わたしこそ、お忙しいところをお邪魔して済みませんでした。おゆるしください」

「恐れ入ります」

「でも、先生のキジル・バッシュのお話は、たいへん興味深くて有益でした」

「恐縮です」

毛利教授から手をさしのべた。

「イランは政情不安から治安が十分でないと思います。テヘランに入られたら十分にお気をつけください」

「ありがとうございます」

「では、ご無事で」

教授はタクシー乗場のほうへ急いで行った。

私はあとからタクシーで市内を二時間ばかり見て回ったが、毛利氏が持ちうけるヨーロッパからのイラン人客のことがいつまでも頭に残っていた。

定刻二十時に離陸した旅客機の中では、疲れているのに浅い睡《ねむ》りだった。ビスケー湾らしい海が大陸に接近するあたりで夜が明け、パリのドゴール空港には九時前に着いた。機内でテヘランまでの乗継ぎ手続きをとり、スーツケース一つで市内へ向った。十四時三十分に出るテヘラン行きの機に乗るにはその一時間前に空港に舞い戻らなければならないので、五時間ばかりの余裕しかなかった。

以前に泊ったことのあるオペラ座前のホテルへ直行した。予約もしてなく、たとえ部屋がとれても準備中でロビーで二時間くらい待たされるかと半ば覚悟していたが、フロントでは昨日からの空部屋があるといった。

部屋の窓は、オペラ座の屋根上の青銅像と真向いであった。私は、なによりも早く村山に電話したかった。東京は夕方の六時半ごろである。彼が外出していないことを念じた。

村山の妻が出た。お父さん、パリからですよ、山上さんからですよ、と彼女の高い声が呼んでいた。

やあ、と村山の渋い声に代った。

「いつ、そっちへ着きましたか」

「たった今です。三十分ばかり前です」

「それはそれは。で、身体の調子はどうです」

「大丈夫です。今夜の九時過ぎ、二十一時二十分にエール・フランス機でテヘランに着く予定です」

「ええと、二十一時二十分ですね」

村山はメモする様子で、

「それでは、さっそく今から会社の者に言って、テヘラン支店からその時間に空港へ出迎えに行くように連絡させましょう」

「済みません」

「予定より早くパリに入られたのは、オタワに毛利さんを訪ねるのをやめたからですか」

「いや、毛利先生にはモントリオールの空港で遇いました。出迎えてもらった形です。その理由はこういうことです」

私は、いきさつを村山にざっと話した。が、到着時間のわからないそのイラン人の客に身辺の危険も考えられるといった毛利教授の呟きにはふれなかった。

ふむ、ふむ、と受話器の底から返事している村山の声の背後に茶碗や皿の音がかすかに鳴っていた。村山家は食事をとっている。電灯の下で、湯呑みと箸が鈍く光っている。湯呑みに黄色い茶が入っている。テレビの音も聞えている。東京の空気が耳から流れこんできた。外国に居て、日本をいちばん感じさせるのは家庭の夕食時のように思う。

窓からは、華麗な輪郭を朝の太陽に光らせるオペラ座の屋根が見えた。

毛利氏からはテヘランの事情を聞く間はなかったが、クルディスタンにいる少数民族の話が面白かったと私は村山に言った。

「そうでしょう、あの人はそういう話をすると夢中になるからね。紹介はしたけれど、どうやら教授はあんたの参考にはならなかったようですね」

「いや、勉強になりましたよ」

「だけど、少数民族の話だけではお役に立たなかったですね」

「そうでもありません。じつは毛利さんが迎えるはずのイラン人のお客のことですがね、これもちょっと変った話でした」

簡単のつもりが、とうとう全部を伝えた。

「たしかに変った話ですな」

語気で村山が強い関心を持ったことがわかった。そのあと言葉が切れたのは、彼もこの話の評価について思案しているからであろう。受話器に幼児の泣き声が入っている。孫が来ているらしかった。

私はじぶんの推量を述べながら視線の方向は変らなかった。空が少しずつ明るさが強まり、それに比例して屋根の端に立つ青銅の女神像は逆光で黒ずみ、琴持つアポロをのせた中央にひときわ高いドームの緑青《ろくしょう》が色を冴えさせた。こちらの窓ぎわに嵌《は》まった鉄製手すりの十八世紀ふうなパルメット文様透し彫りが近景となっている。写真の構図になりそうだと喋りながら私は思った。

「そりゃ、あんたのいうようにそのイラン人はシャーの側近にちがいない。毛利さんはテヘラン時代に上層部の人々と交際があったですからね。しかもそのカナダに飛んでくるという人は大使級の外交官経験者だと思われますね」

村山は言った。

「どういうことですか」

「シャーはこの間まで王妃や皇太子といっしょにモロッコに滞在していたが、いまはカリブ海のバハマにあるパラダイス島に一家をあげて移っている。シャーの親友のモロッコ国王ですらシャーの滞在が長びくのを迷惑がっていたように、パラダイス島にも長くは居られないようです」

パリに着いたばかりの私はまだこっちの新聞を読んでいなかった。村山はつづけた。

「で、カリブ海の島にも長く居られないとすれば、亡命シャー一家の永住の地を求めなければならない。いくら巨大な額のドルや金塊や宝石類を持ち出してもそうなると不自由なことです。なにしろ側近や警衛者を含めて三十人以上という大世帯ですからね。やはり外電の報道ですが、もと大臣クラスの人が南米やその他の各国を回ってシャー一家の落ちつき先をさがして歩いているそうです」

「では、毛利氏の客はその大物ですかね」

「なんともいえませんがね。だが、シャーの最終の亡命先がカナダという線は無視できませんね。というのは、カーター大統領にしてもこれまでの関係上、シャーをアメリカに入れないことに寝ざめの悪い思いをしているでしょうからね。シャーにしても、アメリカに裏切られたなどと憤慨はしていても、本心はアメリカに住みたいのでしょう。だが、アメリカはシャーを受け入れるとイランの革命政権を正面から敵にまわすことになり、イランの石油も来なくなるし、今後の中東戦略もまずくなる。そこで、アメリカがカナダ政府と英政府とを説得してシャーの受け入れを内々に交渉しているんじゃないですかね。英国はこれまで、BP（ブリティッシュ・ペトロリアム）とシェルとでシャーからイラン原油の五〇パーセント以上を供給してもらってきた義理がありますからね」

だが、その推測にも疑問があるように思われた。もしそうだとすれば、シャー一家を受け入れるカナダとイギリスもやはり現在のイランからの石油輸入が止まるだろう。それにアメリカ政府との交渉が裏側で行なわれているなら、シャーの使者はなにも毛利教授のところに来ることはないではないか。毛利氏が電話でだれかに呼び出されたように、彼には他の連絡仲間があるにしてもである。

だが、電話だと長くなるのでそれはいわなかった。しかし、村山は勝手につづけた。

「毛利さんのその客がソフィアやカイロやそのほかの土地からくるかもしれないというのは、それが密使だからで、カモフラージュのにおいがしますね」

「しかし、毛利さんの家には一昨日モントリオールに着くという連絡電報がイスタンブールからあったというのですがね。その後は本人も来ないし、連絡もないのです。それも行動を秘匿しているためでしょうか」

「でしょうね」

「毛利さんはね、その客の消息が絶えたのは、身辺に生命に関する事故が起ったのではないかとひどく心配していましたが」

受話器の底で村山が低く唸った。

「その危惧も考えられますな。昨日の新聞に出たテヘランからの報道ですが、革命法廷は、パーレビ国王、ファラ王妃ならびに皇太子にたいして確実に死刑を宣告したらしいですね。それにシャーはどこにいても暗殺のおそれがあるそうです。革命法廷がイランから暗殺団を組織して行くというんです。そのシャーの密使も出先の誰かに暗殺されたという想像もできないではありませんね。そうなると、中世のイランにあったアラムート山の暗殺団ですね」

ハッシシュ（アサシン）という麻薬を若者たちに与えて敵国の元首や反対派首長を暗殺させていたイスラム教の過激派・イスマイル派の「山の長老」のことは、マルコ・ポーロの『東方見聞録』にも出ている。

翼もつミューズが怪獣に化けてこちらの窓の中を覗きこんでいるようにみえた。

3

香港行きの機は、定刻をすこしおくれて午後三時すぎにドゴール空港を離陸した。テヘランまではノンストップで、あとデリー、バンコクと寄港するため欧米人客のあいだにインド人、中国人の男女が見られ、日本人もかなり多かった。私は窓ぎわにすわり、隣はアムステルダムからきたという顎鬚《あごひげ》の瘠《や》せたオランダ人で、その隣の通路側の席は中国婦人だった。両人は夫婦で、ハーグの近くのスキーフニンゲンという海岸保養地で中国料理店をひらいているという。

パリの上空を西へはなれると、すぐに雲の上だった。私は資料を入れた封筒を膝の上に置いていたが、なんとなく気分が落ちつかないので、煙草ばかり吸っていた。一時間もすると右側の雲海の上に真白い連山の頂上が断続して見え出した。反対側の席から日本人が立ってこっちの窓をのぞきに来たが、七、八人の年配の男たちは金色のバッジをつけていた。あれがモンブランだとかこっちがユングフラウだとか指さして大声で言い合ってカメラを向けたりしていた。バッジは国会議員のそれに似ているが、地方議員の一団のようだった。

揺り戻されるようにかれらが席に帰ったあと、私はようやく封筒から中のものを出す気になった。

さきに読み残した「ペントハウス」誌連載のクレイグ・S・カーペルという人の「陰の大統

領】(「カーターゲート」シリーズ)のつづきである。「ペントハウス」は女性の裸の写真が口絵に多いお色気大衆誌だが、それにこのような「堅苦しい読み物」が載った理由も、またカーペルという筆者の正体もよくわからない。

特定の少数範囲に配布する目的で邦訳した記事の内容を要約したまえがきは前にすでに読んだ。

つまり、三極委員会は世界支配を企む富豪たちのプライベート・クラブであること、ズビグニュー・ブレジンスキーがデービッド・ロックフェラーの意向をうけた形でその設立に当ったこと、彼らが最初の多国籍派の利益のため、彼らの操縦できる米大統領を必要としたこと、それに南部の田舎知事だったジミー・カーターが選ばれたこと、その見返りとしてブレジンスキーが大統領特別補佐官（国家安全保障問題担当）になったこと、彼ブレジンスキーこそは米国一般大衆の選挙によることなく米国の最高権力に近づくことに成功した、と説明されている。

いま、私はその内容を拾い読みした。

《プライベートなクラブである三極委員会の初代事務局長にブレジンスキーを任命した者は、地上最高の権力者たち——最高の権力者というには議論の余地があるかもしれない——の一人、ロックフェラーであった。デービッド・ロックフェラー、それはロックフェラー兄弟の中で最年少者で最も精力的な人物であり、チェース・マンハッタン銀行の会長であり、国際企業、金融界の総意に基づく指導者であり、三極委員会北米委員長であるなど、数々の肩書をほしいままにしている。

多国籍企業及び多国籍銀行の委員長がなぜ大統領を自ら選ぶ必要があったのか。ブレジンスキーはその底にある理由を明らかにしている。外交政策委員会会報に寄稿されたブレジンスキーの論説によると、「どのように抵抗しようとも、米国の制度は新たに生ずる国際的環境に徐々に適応していくことを余儀なくされ、米国政府は民間企業が画策した各種の協定交渉に当り、これを保証し、ある程度、保護することを要求される」。――米国の敗北に終ったヴェトナム戦争及びアラブの石油禁輸措置の余波として起った世界経済の危機によって、多国籍派は民間協定の交渉者、保護者として頼り甲斐のある大統領を擁立する必要を感じた。彼らはもはやブレジンスキーが「旧式の方法」と呼ぶものに大統領の選択を委ねることはできなくなった》

《一九七一年一月にOPECは、原油価格の引上げが認められない限り、西側諸国への石油供給を禁止すると脅迫した。同年二月に、石油会社はテヘラン協定に調印し、これにより石油価格は一バーレル当り三十五セント値上りした。この数字は、いまでこそ取るに足りないものにみえるが、当時は天文学的な数字であり、とほうもなく法外なものに思われた。これは低開発国が交渉の席上で米国を経済的に叩きのめした最初の出来事であった。産油国が一度でも値上げに成功すれば、その気になるといつでも、値上げできるし、また、値上げするだろうと消息通たちは感じている。

一九七一年の経済変動により、ブレジンスキーは「先進諸国共同体」が必要になったとの確信を強めた。このような経済同盟があってこそ、SEATO及びNATOという安全保障同盟(戦線で米国の無力さ加減をまざまざと見せつけられたいま、その権威は失墜した)を基礎とした米国の対日関係及び対西欧関係は支えられている、そう彼は痛感した。工業諸国の統一戦線を創り上げてこそ、第三世界の原材料生産諸国の要求に対抗することができ、かつ、これを抑制することができるだろう。日本の金融界の最高レベルとの関係をさらに緊密なものにしてこそ、日本の頭越しにニクソン訪中を決定したことによって生じた恐れを消すことができよう。また、欧州の金融界及び産業界の最高レベルと関係をさらに緊密化することによってこそ、金兌換《だかん》制の廃止及びドルの変動相場制の採用に驚いて欧州諸国が講じた自己防衛体制を解消することができよう。

一九七三年七月には、ブレジンスキーはコロンビア大学を去り、三極委員会事務局長に就任した。ブレジンスキーは、世界の重役陣を構成するのに最もふさわしいメンバー二百人を選抜する衝に当った。そのメンバーに選ばれた者は、次の企業の各首脳陣だった。

コカ・コーラ、バンク・オブ・アメリカ、テキサス・インスツルメント、エクソン、キャタピラー・トラクター、ヒューレット・パッカード、コンチネンタル・イリノイ・ナショナルバンク&トラストカンパニー、ブラウン・ブラザース、ハリマン&カンパニー、シェル、フィアット、バークレーズ・バンク、バンク・オブ・トウキョー(東京銀行)、セイコー、日産、日

立、ソニー、トヨタ

最も勢力ある多国籍企業のマネージャーたちをメンバーにとり入れたほか、ブレジンスキーはその三極委員会が擁立した候補者（ジミー・カーターのこと）を一九七六年にホワイトハウスに送り込む計画に不可欠の人材を集めてこの組織をひきしまったものにした。マスコミの支援を確保するため、ブレジンスキーはシカゴ・サン＝タイムズ紙の編集主幹、タイム誌の編集長、コロンビア・ブロードキャスティング・システム（ＣＢＳ）社長、ロスアンゼルス・タイムズ紙、ニューヨーク・タイムズ紙、ウォールストリート・ジャーナル紙の各取締役たちを三極委員会に引き入れた。……》

眼を窓の外に遣ると、雲海の上が紅い色にそまっていた。ただいま、ユーゴスラビアのベオグラードの上を平穏に通過中との機長の挨拶があった。

夕食が運ばれた。機内食はフランス料理よりもインドネシア料理にかぎると隣のオランダ人は私に言い、アムステルダムにきたらこのインドネシア料理店へ行けとその名前を挙げた。夫婦はしきりとブランデーを飲んでいた。

食事が終っても残照がしばらくは空にたゆたっていた。雲が切れて、下には暗い平野があり、その底から村落のとぼしい灯が動いていた。ブルガリア領に入っていて、あと一時間でソフィアの上空に、さらに四十分でトルコのイスタンブールの上に出るとテーブルの上を片づけにきたフランス娘が言った。向うの席では、どこかの県の議員団がビールのグラスを挙げてはパリの印象と、これから行くらしいバンコクの話をにぎやかにしていた。

映画がはじまったので、私は遠慮しながら読書灯をつけ、ちらちらする映画からの反射光とフランス語の台辞《せりふ》の中で資料を読みつづけた。

《チェース・マンハッタン銀行の持株会社であるニューヨークのチェース・マンハッタン・コーポレーションの会長、デービッド・ロックフェラーほど、一九七一年の出来事（註。テヘラン協定をさす。湾岸産油国六カ国による原油価格引上げに関する協定で、原油公示価格を当初一律一バーレル三十五セント引き上げ、課税率も五〇％から五五％に引き上げた）について憂慮した者はいない。国際学者であるブレジンスキーの関心は学問的なものであったが、ロックフェラーの関心は現実的なものであった。金融需要は落ちこみ、資産収益は急激に悪化しつつあった。しかし、デービッド・ロックフェラーがニクソン・ショックで受けた驚きは、米国第三位の大銀行の最高幹部としての権限を以てしても、どうにもならぬものであった。過去五年間、ロックフェラーは国際金融界及び国際企業の共同体のための筆頭のスポークスマンであり、かつ、戦略家でもあるとみなされてきた。D・ロックフェラーがこのような栄誉を受けた理由は、その富と地位ばかりでなく、世界で最も勢力のある金融資本家及び企業経営者のコンセンサスをまとめる能力の結果であった。なにしろ、彼はその一冊の名刺ファイルの中に三万五千人の世界の有力な資本家及び企業経営者を「友人」として綴じこんでいる。D・ロックフェラーにとってこれらの友人たちとのコンセンサスの根底にある主張は「貿易障壁の緩和」が望ま

しいとするものであった》
《ところが、一九七二年に入ると、発展途上国と先進国との間、日本、米国及び西欧の間、石油生産国と石油消費国との間、そのいたるところに忽然と貿易障害が現れることになった。何か対策を迅速に講じなければ、世界貿易及び世界金融の崩壊を招くのみならず、デービッド・ロックフェラーはその崩壊によって権力の座から放逐されてしまうことになる。他方、この機をとらえ、デービッド・ロックフェラーが混乱の中で秩序を取り戻すことができるならば、彼は一挙に世界権力の頂点に浮上することができよう。八年以内に彼は引退しなければならなくなっていた。

D・ロックフェラーは、引退後の年月を地方の名士としてひっそりと過すこともできたであろうが、また、非共産圏世界の事実上の支配者として、なんらの誇張なしに、地上で最も勢力のある人間として余生を過すこともできた。ロックフェラーは後者の道を歩むことに決めたが、その手立てとして選んだのが三極委員会であった》

――私は、エドモンド・ハムザビが洩らした「シャーの驕慢をたしなめるためにメジャーが彼に教訓を与えようとしたが、その懲罰工作が見通しを誤って革命を誘発した」という線に沿って、その取材のためにいまイランに入ろうとしている。

だが、クレイグ・S・カーペルの書くところによれば、一九七一年の低開発国が交渉の席上で米国を経済的に叩きのめした最初の出来事《産油国がその気になると、いつでも石油の値上げができる》という現実に「戦略家でもある」デービッド・ロックフェラーは驚愕し、憂慮し、大きな危機に自己が瀕しているのを自覚した。さらには七三年の第四次中東戦争で、イラン主導による石油価格の四倍高騰という脅迫にメジャーが屈してからは、三極委員会を結成して、これが石油産油国への石油消費国の迅速な対策のあらわれとなった、という。そうしてその脅迫者が常にイランであり、石油国有化、原油生産・精製・直接販売という一貫したセットの宣伝者、したがってメジャー排除の方向へ産油国を推し進める元凶がひきつづきシャー・パーレビであるなら、その傲慢を叩きのめしたい衝動にデービッド・ロックフェラーが駆られるのはきわめてあり得ることだろう。そこで戦略家のロックフェラーが考え出したのは、盟友でもあり「陰の大統領」でもあるポーランド生れのズビグニュー・ブレジンスキーと組んで、カーターをしてシャー懲罰の火を付けさせた、ということになる。カーペルの書く「読み物」の筋《プロット》を追えば、そういう結末になってくるのである。

そうなると——カーペルの言うことに間違いなければ——これまで厚い曇りガラスに遮られていたメジャーの奥の院に居る者、その否定のしようもないカルテル行為の指令者は、チェース・マンハッタン銀行の会長、ロックフェラー系石油資本の総本山の僧正デービッド・ロックフェラーということになり、彼の横顔が曇りガラスに明瞭なシルエットとして映ってくるのである。

したがって、その延長線にあるものは、これまで私が想定したように、テヘランの「バザールの民衆に金をばら撒《ま》いて」反国王デモを起させたのは、現地CIAの工作ではなく、ロックフェラーとブレジンスキーの二人に操られたジミー・カーターがCIA長官を大統領執務室に呼んで直接にパーレビ国王懲罰の秘密工作を命令したという、まったく違った推測である。シャーに教訓を与えることが石油産油国と石油消費国との間にある障害を除去することにつながる、というわけである。

もしカーペルの言うことが真実に近ければ、私の以前の推定――CIAのテヘラン支部の報告をワシントンのCIA本部が無視してきたために現地のCIAの忿懣《ふんまん》となり、そこにメジャーが乗じてシャーへの懲罰が唆《そそのか》された――の線はかぼそくうすれたものになってくる。

筆者クレイグ・S・カーペルというのがどういう人物か不詳だが、相当な材料をホワイトハウスの内部や共和党ならびに民主党の内側から得ているように思われる。だが、その姿勢はデービッド・ロックフェラーとズビグニュー・ブレジンスキーおよびジミー・カーターに対して批判的というよりむしろ嫌悪感を抱いているように思われる。筆者が左翼思想の持主（アメリカ人にはまだ非米活動委員会の思想的残滓《ざんし》があって、すぐにそうきめつけたがるが）かどうかはわからないが、その見方に偏見はあるにしても、材料は客観的な価値をもっているように思われる。たとえばカーターに「人権外交」を打ちださせたブレジンスキーの教授時代の論文を詳細に当ってその矛盾を取り出して見せているところなどである。……

あと二十分以内にテヘランのメヘラバード国際空港に着陸する予定だと機内放送があった。

窓の下には暗黒の地が流れている。上に散らばる光の冴えた星群の下辺を截《き》って落しているのがトルコ東部の山岳である。ああ、この地帯がクルディスタンだと気づき、モントリオールで遇った毛利忠一教授の話が思い出された。クルド族やキジル・バッシュの黒テントの傍で燃える焚火が赤い点で見えはしないかと私は身を乗り出し、窓に顔を押しつけた。

やがて高度を下げた機の下から小さな群れの灯がとびとびに見えはじめて近づいてきたが、ひとくぎりの闇のあと、急に、光の色糸で織った大きな絨毯が翼下にひろがった。

テヘラン——

緊張して降り支度をする私に、オランダ人はすこしおどろいたようだったが、こっちをむいて別れのしるしに片眼をつむりニヤリと笑った。

4

メヘラバード国際空港に降りた男たちは、二十人にも足りなかった。女性の姿は一人もいない。革命前のテヘランは各国旅客機のクルーの交替地であったが、いまは給油だけで、そのまま飛び立って行く。入国管理部へ歩いているのは、フランス人、イギリス人、それに私で、むろんアメリカ人は一人もいなかった。ほとんどが商社の社員のようだが、カメラバッグを肩にしたラフな格好のジャーナリストらしいのも混っていた。中折帽《ソフト》をきちんと眼深《まぶか》にかむり、アタッシェ・ケースを提げた身だしなみのいいのは外交官だと知れた。

電光に照されたフィールドは広いが、ターミナル・ビルはローカル線なみの空港だった。だが、機のタラップを降りたときからの私の緊張は建物内の入国カウンターや税関を通過するたびに高まっていった。旅客の数が少ないので列をつくってならぶこともなかった。入管の係官は旅券を繰り、舐《な》めるように詳細に眼を通していた。それにはニューヨーク、モントリオールの出入国スタンプがあるので私は内心すくなからず動揺した。イランにとってアメリカは目下敵国の扱いだからである。

「イランにきた目的は？」

みごとな髭の顔を上げた係官は金色の模様飾りのついた帽子の庇《ひさし》の下から鋭い眼をむけてきいた。観光だ、と私は答えた。機内で書いた入国カードにもそう記入してある。観光目的だと三カ月間以内の滞在にはビザの必要がなかった。

観光といったとき係官の口もとに微かな苦笑が泛んだようにみえた。こんなとき名所見物に来るやつもないと追及される場合を考えて、私はイランの著名な遺跡の名を用意していたが、その質問はなかった。してみると多少の観光客は来ているようであった。

一部の飾りにイスラム式の幾何学文様の透し彫りをほどこした壁ぎわに髯面《ひげづら》の男が三、四人、よれよれのシャツの肩にカービン銃の革紐を掛け、こちらをじっと見つめて立っていた。制服でも迷彩服でもない無帽の彼らが民兵だとわかった。若い顔ばかりだった。

税関では荷物が徹底して調べられた。民衆が寄ってきて品物をのぞきこんだ。酒を持ってないかとしつこく訊いた。ボディ・チェックのとき内ポケットにあるエドモンド・ハムザビから預かった商用手紙がかさかさと鳴ったが、金属性の物品以外にかれらの関心はなかった。

税関からロビーに出ると、寂しい出迎え人の群れの中から、私の名を呼びかけて日本人が二人寄ってきた。

「ぼくは富士産業テヘラン支店次長の島田博二です。名刺はホテルに着いてからさし上げます」

顔も身体も長い、四十近くの男だった。

夜ぶんにわざわざお出迎えいただいて恐縮です、と私は頭をさげた。支店長の姿はなかった。

「これは長谷順平といって、やはり支店の者です」

次長の横にいる二十七、八くらいの小肥りの青年が一歩すすみ出た。

「長谷君は」

と島田次長が紹介した。

「二年前までペルシア語の研修生として当支店に配属されてテヘラン大学に留学していましたが、またこんど本社からこっちへ来てもらいました。山上さんがイランに滞在されるあいだ、通訳などのお世話をすることになっております」

「お役には立ちませんが」

長谷順平が若い声で言った。

いろいろとご厄介になることを私は恐縮して言ったが、富士産業のこの親切も村山のおかげだと心の中で彼に感謝した。

ロビーが広々としてみえるのは、人が集ってないからである。現在イラン人は国外に旅行することが許されていない。銃を肩にした民兵が三、四人ずつかたまって隅に立っていたり、そのへんを徘徊《はいかい》したりしていた。私といっしょに降りた外国人は出迎え人に擁せられるようにして車で次々と走り去った。

車は日本製の中型車だった。運転席にはまる顔の長谷順平が坐った。

空港前からつづく広い幅の道路をすすんだが、車は少なかった。黒々とした木立の向うに、沈黙した高層建築の市街が灯の中に浮いていた。私に生理的な身震いが起きた。

「ホテルは北の山側にあるHホテルをとっておきました。ダウンタウンにもホテルは数多くありますが、やはり山の手のほうが安全です」

横の島田次長が前方を見ながら言った。

「市内の治安はどうですか」

もっとも気がかりな点を私はまず訊いた。

「いまのところは落ちついています」

「では、新政府の統制はうまくいっているのですね」

「いまのところ、一応の秩序は回復しています」

「車がたいへん少ないようですね」

「夜間は用のない者はなるべく出ないようにというお達しです。だが、昼間は車のラッシュでたいへんです。夜間は九時以降ほとんど用事が達せられませんからね」

ほの白い高い塔が近づいてきた。大きな広場の中心に、その炉のような形の塔は四脚をひろげ、截頭形の細長い胴体を高く伸ばしていた。芸術ぶった醜悪な抽象造形だった。広場をとりまく無数の外灯が夜目にもその「白い革命」の象徴を浮き出していた。シャー・パーレビがテヘランのシンボルとして建国二千五百年を記念してつくった塔だと島田が言った。二千五百年はアケメネス王朝の創始者キュロス大王の即位の年からかぞえてのことであり、シャーの制定したイラン暦の紀元もそこから起算されてある。

「パーレビ国王の民族意識でもあり愛国心の宣揚策ですが、それにはシャーが国内の反体制派を押えこむ狙いがあったようです。またパーレビがキュロスやダレイオスのような諸王の王《シャー・ハン・シャー》を自己に擬したといわれていますが、それには氏素姓もない自己の出自に劣等感をもっていたシャーがアケメネス王家の後裔《こうえい》のように民衆に錯覚させる狙いがあったとも噂されています。いうなればパーレビの父親のレザー・ハーンというコサック騎兵だった男は、どこの馬の骨だか牛の骨だかわかりませんからね。眼に一丁字《いっていじ》のない農民の子で、気ぐらいが人一倍高いパーレビにはそれがたまらないコンプレックスになっていたそうです」

「シャーは自分が伝統のある家の生れでもなく、聖職者《ムラー》の出でもないのをひどく気にしていて、自分は神の子だという霊感を幼時から持っていたように自伝に書いていますね」

私は読んだ資料の知識で言った。

「そうです。そう書いています。けど、シャーはイスラムとはべつな信仰だったというのが革命後にわかったといわれています。かれはイスラムの信者を装っていたけれど、ほんとうはバハイという異宗教の熱心な信者だったことがわかったそうです。その証拠物件が、シャーの側近でこんどの革命裁判で処刑された高官邸の家宅捜索で出てきたという発表がありました」

「バハイというのは何ですか」

私はおどろいてきき返した。

「いわば新興宗教です。ぼくにもよくわかりませんが、なんでもフリーメイソンとかかわりがあるようなことをいっています」

私の乏しい知識では、フリーメイソンが世界人類平等主義と連帯感の上に立つ特殊な組織であり、その形態が宗教的な秘密結社とみなされていることぐらいしかわかっていなかった。が、そのフリーメイソンのことはひと昔前は喧伝《けんでん》されたが、現在では廃滅したようにかげをひそめているのである。だからその名をひさしぶりに聞いて私は時代が逆戻りしたような気がした。しかもそれと関係があるらしいバハイという新興宗教の信者にシャーがなっていたというのだから、一瞬茫然とならないわけにはゆかなかった。

「そのバハイ教には、シャーに用いられていた高官がほとんど内密に加盟していたというのですよ。まあ革命後は倒れた前の権力者を悪者に仕立てるための宣伝がおこなわれやすいですから、いまの話もどこまでが真実かどうかわかりませんがね。シャーの権力が非常に強大だったために、そのイメージを破壊するためには思い切ったPRをしなければならないのでしょうね。イランの民衆の三分の二はまだ文盲だといわれています。そうした民衆に王室の尊厳を浸透させるために、どのような地方都市の小さな広場にもシャーの銅像と父親のレザー・ハーンの銅像が立ち、役所、公共施設はいうまでもなく、ホテルから民家までシャーと王妃と皇太子の写真を掲げさせていましたからね。革命に民衆が参加したとはいえ、その意識下に滲みこんだ王室中心主義といったものの払拭には、シャーの異教信者宣伝はかなり有効なんじゃないですか」

島田は、シャー・パーレビの新興宗教信者説をあまり信じていないようだった。

が、私はバハイ教のことをまったく知らないだけに興味を唆《そそ》られた。

「いまでは革命政府がシャーの幻影を民衆の頭から追い出すのに躍起です。これを徹底しておかないと、いつの日にかまた王政復活の声にならないともかぎりませんからね」

島田は自分の話をつづけた。

「王政復活という観測もあるのですか」

私もバハイ教のことを話題からはずさねばならなかった。

「革命政府も真剣にそれを心配しているようです。それにはいろいろの要素がありますからね。ホメイニ師のいうようにイスラム共和国の構想でうまくゆくかどうか、政治の不馴れや行政の不手際、生産の停滞とインフレと失業者問題、それに国際関係など難問題をいっぱい抱えている。これを坊さんでやってゆけるかどうか。むろんはじめからホメイニ批判の層もあります。これが新しい反体制運動に成長するのではないかという強い懸念が当局者にあるわけです」

「外国ではよくいわれていることですが、シャーの〝白い革命〟によってひとたび近代化を経験した国民が、中世的なイスラム国家になじめるかどうか、むしろそのうちにこの時代錯誤にむかって反対運動が起るんじゃないかとかね」

「外国の見方はあたっているかもわかりません。大きな声ではいえませんが、われわれの商売もその暗黒時代のトンネルを早く抜けるのをねがっていますよ。その希望があるから、支店の閉鎖もせずにいまは困難に耐え、じっと我慢の子になっているんです」

島田は低く笑った。

「仮りにホメイニのイスラム共和国の体制が破れたとき、もういちどシャーを呼び戻せという声になりますか」

「それは困難だと思います。シャー・パーレビとその眷族《けんぞく》はあまりに腐敗のかぎりを尽しましたからね。だが、シャーの〝白い革命〟は正しかった、近代化は正しかったという反省が一般民衆に強く起ったばあい、こんどは、いわゆる政教分離による普通の民主主義国家の建設ということになるでしょうね。けれども、いまの革命政府にたいする非難の反動として王政復活の希望がやはり出てくる。そのばあい、パーレビ前国王はひどいことをしたからいけないが、皇太子ならよかろう、皇太子はまだ年端《としは》がゆかないからファラ王妃を当分のあいだ女帝のような地位にして摂政とする、といった保守的新構想ですね、それが国民の間から出てこないともかぎらないとホメイニ委員会も新政府も憂慮しているという声もあります。それというのが、さっき言いましたように王室の尊重観念が銅像や肖像教育あるいは規制された新聞教育によって国民の意識に滲みこんでいると革命政権はみているから、それを消すのに懸命というところです。革命裁判で、シャーと王妃と皇太子の処刑を宣告したのも、外国の新聞が伝えるように、シャー一家の亡命をうけ入れそうな諸外国への牽制ではなく、本気だと思いますよ。その禍根を断つためにね。シャー暗殺団の派遣をわざわざ公然と声明したのもその線上にあると思います」

少ない車と歩行者のほとんど絶えた道路を長谷はわれわれの車をゆっくりと走らせた。時速四十五キロぐらいだった。両側にならぶ高層建築の窓も暗く、商店はすべてシャッターを降ろしている。民家からも灯があまり洩れてなく、街路樹も、ところどころの木立も黒々とうずくまっていた。

「あまり早く走らせると、パトロールの民兵にとめられるんです」

道路沿いにならぶ家の軒の下をよれよれのシャツと着古したズボンの男たちが五、六人、カービン銃を肩に吊って歩いていた。銃は革命騒ぎのときに軍の兵器庫を開かせて「押収」したものにちがいない。

道路は上り坂にかかった。両側にならぶプラタナスの並木の茂りが空を掩《おお》っていた。並木の下には水路があり、夜のその黒い帯に街灯の光が点々と映っていた。勾配《こうばい》がかなり急なので、水勢は速いようだった。

「これはパーレビ通りといって、北の高台にむかっているメイン道路ですが、テヘランでは最も美しい街路です。明日の昼間にごらんになるとよくそれがわかりますよ。水路は樹木の灌漑用で、人工的なオアシスにしたのです。外国からの観光客でこの豊かなプラタナスの並木がつづくパーレビ通りをほめない者はありません。われわれ日本人には鈴懸《すずかけ》の並木路で、ここを通るとちょいとした郷愁に誘われます」

島田が窓の外を見ながら言った。

「いまでもパーレビ通りというんですか」

私は地図の知識で言った。

「失礼しました。むろん革命後には名が変っています。いまではモサデク通りです。さきほどの塔は、シャーヤードといっていましたが、いまではその塔の名も広場の名もアザーディです。英字の綴りでは Azadi、つまり〝自由〟と変りました。ジャレ広場はショハダ Shohada、すなわち〝殉教者〟広場です。地方都市の広場や通りにもシャーのつく名前はいっぱいあったのですが、いまではその憎たらしいシャーの名はすべて改名されています。それも民衆の記憶から王政をすっかり拭うためですね。当然といえば当然ですが、イランの場合これも王政復活の芽をつみとるためでしょう。たとえばシャー・レザー通りがエンゲラーブ、綴りは Enghelab でつまり〝革命〟に、フォージェ広場がイマーム・ホメイニ Imam Khomeini広場に、ハーク通りがパレスティン Palestine通りになったのは、つまりそこにPLOの代表部があるからで……」

島田次長がそこまで言ったとき、前方に鋭い笛が鳴り、強い光の輪が三つ四つ現れて振られた。

「検問です。なに、あわてなくともよいです」

彼は私を落ちつかせた。

長谷は車を徐行させ道路わきに停らせた。民兵五、六人が車をとり囲み、その中の二人が懐中電灯、おそらく軍用だったと思われる大型の立派なものの眩しい光を私たちの顔に当てた。私たちはパスポートを出し、島田と長谷はそれに身分証明書のようなものを添えて提示した。つづいて光で見た一人が、ジャポネかときいた。長谷が「バーレ」とペルシア語で答えた。いくつかの問答があった。トランクの荷物を開けて見せろといっています、と長谷が私に告げ、自分から先に運転席から車の外に出た。検問が終ると、若い顔の民兵は「メルシー」とわれわれに言った。

「今ではどうにか二回ぐらいで済むようになりましたが、以前はたいへんでしたよ。空港からダウンタウンのホテルへ行くのに五回も六回もきびしい関所があり、四十分で行けるところを一時間半もかかったものです」

ふたたび上り坂の鈴懸の道を走り出してから運転の長谷が言った。

灯が少なく、うす暗かったが、並木の両側は近代的な家々がならび、この辺があきらかに高級住宅地であることが知れた。対向車のヘッドライトも後続車のそれも僅かで、暗い高級住宅の前に人影をときたま見かけるだけで、通行人は一人もなかった。

「日本人クラブも、日本料理店もこのへんにありました。高級料理店で、一軒は日本の有名なデパートが経営し、一軒は東京の牛肉料理店でしたが、もちろんいまは引き揚げました」

島田が言った。

「日本料理店は、いまは一軒もないんですか」

「ダウンタウンのRホテルの中に一軒再開されました。これなどはデモ騒ぎのときに暴徒に押しかけられたものです。そのホテルの前にある東京銀行合弁の銀行が襲われたときについでにやられたんですね。どうもダウンタウンのホテルはまだ不安なので、街からは少し遠いけれどHホテルをおとりしたのです」

「予約がたいへんだったでしょう」

「予約ですって」

島田と長谷が声を合せて笑った。

「それは革命前の話です。いまは宿泊客が二十人そこそこじゃないですか。五百六十室のホテルがね」

突然、銃声が遠くで鳴った。

「下町ですよ。下町では毎晩のようにああして発砲があります。市民のほとんどが軍隊から奪い取った武器を持っていますからね」

「衝突があるんですか」

大きな衝突はないが、なかにはむしゃくしゃした連中もいるというようなことを島田は言った。

台地の上に出た。前面に、高い山塊が真黒な形で壁のようにそびえていた。

「あれがエルブルズの連山です。闇のなかでも上のほうが白く見えるでしょう。雪です」

三十数階のHホテルはそれに対い合って、立っていた。

ホテルと山との間は谷が落ちこんでいて、暗い下には空の星屑を移したように住宅の灯が輝いていた。

5

ホテルの玄関はシャッターが大半下りていて、これは閉鎖中かと思われた。廂の下の電灯も数が少なくしてある。ふつうのホテルの前で動いているはずの人間の姿はなかった。見上げると高層の窓に寥しい灯があった。前の駐車場には、わずか七、八台の車がならんでうずくまっていた。

玄関の左端、そこだけはシャッターを閉めてない、狭い入口ドア横のベルを長谷が捺《お》した。サイド・ドアのガラスからは内部の光がコンクリートの地面にこぼれ落ちていた。

ロシア軍人のような制服をきた美髭のドアマンが現れて外をのぞき、勢いよくドアを引いた。中から赤い服のポーターが五人も六人も出てきた。私はバンコクの空港前で客の荷物を奪い合う少年たちを思い出した。

ロビーには照明が半分しかついていなかった。その偏った光の下に十人以上のフロントマンが奥にならび、三十人をこすかと思われるボーイが諸所に屯《たむ》ろしていた。客の姿は私たちのほかにだれもなかった。受付《リセプション》の係は私の宿泊名簿の記入に対して丁重をきわめ、ていねいな英語を使い、恭々しくパスポートを繰り、すぐ横に待ちかまえているボーイにキイを渡した。その背後のキイ・ボックスには五百数十個のキイがうつくしく整列していたが、欠けているのはほんの二十ばかりだった。

私たちにはエレベーターの中で四人のボーイが召使のように付き従い、五階の部屋に入ってからもかれらは手分けして洋服簞笥の中やトイレ、浴室などをきびきびと点検した。ツイン・ベッドの、広々とした清潔な部屋だった。申込んだのはシングルだが、同じ値段でいいとフロントは言った。

かれらが出て行くと入れちがいにボーイ二人が入ってきて、一人が銀盆から熱い紅茶の入ったグラスと小さな砂糖皿を三つずつテーブルの上に行儀よく配り、一人が長大な楕円形の銀盆の上にのせた果物籠と、小皿とナイフ、フォークとナフキンとを三人ぶん配置した。中央に置いた果物籠にはブドウ、スイカ、メロン、サクランボ、イチジクなどが贅沢に盛り上げてあった。その華やかな色が、メヘラバード空港に着いて以来の私の緊張した神経をほぐしてくれるように思われた。

「革命騒ぎで観光客がさっぱり来なくなってからも、ホテル側は従業員をクビにすることができないのです」

島田が言った。

「このホテルの従業員は百五十人ぐらい居るでしょう。三交替制ですからね。たとえ客が一人も来なくても、従業員がみんな出勤してきます」

長谷がつけ足した。

「客にとってはまるで王侯貴族のかしずかれかたですね」

私の気持には余裕が生れた。前に置かれた小さなグラスは柄の付いた銀の受けものの中にはまっていたが、その透し彫りの間から紅茶の赤い色がこぼれていた。小皿には粗悪な角砂糖があったがスプーンはなく、仕方なく皿を傾けて紅茶に入れようとして二人を見ると、二人とも砂糖を指でつまんで紅茶に少しずつ浸しては口に入れていた。

「こちらの人は、ちょうど日本の茶菓子のように角砂糖を紅茶でやわらかくしては食べ、紅茶を飲みます。紅茶のことをチャイといいまして、イラン人の常用です」

島田が教えてくれた。そのとおりにすると、なるほど舌の上で砂糖の甘味が渋い紅茶《チャイ》に融けてゆき、こころよい味だった。

「客が少ないのに従業員の整理もできないとなると、このホテルは経営がなりたたないでしょう。その欠損ぶんを合弁のアメリカ資本が補塡《ほてん》しているのですか」

「たぶんそうでしょう。革命後はどこの外国系企業からも外国人の経営パートナー、技術者、労働者などが追い出されてしまいましたが、まだ全面的な資本の引き揚げにはなっていません。おそろしいインフレの昂進ですから民族資本ではとてもやれないし、それに外国系企業もいずれはイランの状態が正常に戻るのを期待して権利放棄をしていないのです。たとえ国有化になるにしても、出資額の補償の問題があるので、それまでなんとか頑張っているわけです」

島田が角砂糖を噛み、紅茶をすすって言った。

「外国の技術力や労働力が引きあげたあとは、工業生産が低下しているんじゃないですか」

故障した機械を修理することもできず、その機械の傍に傲然と立っている自尊心の高いイラン人旋盤工の挿話を私は思い出した。

「ひどい生産力の低下です。だからそういう部門からは失業者がどんどんふえて、その大半がこのテヘランに流れこんできているのです。それと地方で食えなくなった零細農民とが失業者群を形成しているわけです」

「新政府には失業者の救済策がないのですか」

「抜本的な対策はまったくできていません」

「失業者の生活はどうなるのですか」

「その点は、イスラム教に喜捨というのが義務づけられているので、それで最低の生活はなんとかできるようになっています。つまりいくらかでも余裕のある信者は寺院《モスク》に金品を喜捨して、モスクはそれを貧者に施すという宗教的な相互扶助ですね。これがホメイニ師の命令で行なわれています」

「民衆への配給はモスクだけでやるのですか」

「いや、ホメイニ委員会でもやっています。ホメイニ委員会は聖都のコムを中心にイラン全土の各町村ごとにあります」

「しかし、そんなに失業者群がふくれ上ってくると、窃盗とか強盗などの犯罪がふえてくるだろうし、都市の治安は悪くなるでしょうね。それに軍隊の武器が民衆の間に流れているから物騒じゃないですか」

「今のところはそういう犯罪は少ないようです。英字新聞が発行されてないので、よくわかりませんが、このテヘランでも発生は少ないと思います。たしかに失業者数は、イランの労働人口一千万人のうち三百万人とも四百万人ともいわれていますから、このテヘランへの流入はたいへんなものです。いまのところ治安が悪くないのは、この国の伝統的なイスラム法が犯罪防止に相当役立っているようです」

「盗みの刑罰には、片手を切断するというあの有名な掟ですか」

「そうです。刑罰はコーランや言い伝えの規定に沿っていて、盗みの罪もそうですが、私的な仇討ちにも片手切断の刑がおこなわれます。背教の罪は死刑です。既婚者の姦通にはその者に石を擲《な》げて打つ刑、未婚者の私通には笞打《むちうち》の刑があり、これは男性よりも女性にたいしてきびしくて笞の回数も女性に多いということです。噂ですが、最近もイスファハン市の野外でそうした未婚男女の恋愛行為が見つかって、地方革命委員会によって笞刑《ちけい》にされたということです」

「イスラム法というのは、近代刑法の観念にとらわれているわれわれにはわかりにくいものが多いのです」

長谷が代って言った。

「イスラム法は、この国ではシャリーアと呼ばれて、アッラーによって定められたイスラム教徒の踏み行なう道、つまりは人間の本分たる道のことらしいですが、それが宗教上の道徳律を超えて広く社会全般に適用されているのです。ですから、近代の法律からみると、犯罪とならないものまでもイスラム法は犯罪を構成します。それが刑事と民事の一切にわたっているからたいへんなものです。しかも、その罰を裁定するのに日本の六法全書のような法文的な規定はありません。欧米法ともいっさい関係がありません。コーランそのものが法律です。コーランに『地上に腐敗を播《ま》き散らして歩く者どもの受ける罰としては、殺されるか、磔《はりつけ》にされるか、手と足とを切り落されるか、または国外に追放される』という句があります（コーラン「メディナ啓示」三七〇）。シャー時代の将軍・高官連が処刑されたのも、シャー一家が死刑の判決をうけたのも、この『地上に腐敗を播き散らし』た者の罪にあたるのですな。それが"the corruption on earth"という英語の表現になるんですね。そしてこの『地上の腐敗』の罪が国家反逆罪にもあたるというわけです」

「厳密な犯罪規定の法文がなければ、中世にできたイスラム法は、主観によっていくらでも拡大解釈や恣意的な解釈ができると思いますが」

私は首をかしげて言った。

「その主観がイスラム教に立っていると思われるかぎり、イスラム法の精神に立脚していると いうことになるんですね。だからかれらは拡大解釈でも恣意的な解釈でもないと考えているのです」

島田が紅茶《チャイ》の残りを口に入れて、

「ただおっしゃるようにイスラム法には近代法文的な細則がありません。ですから、その適用が問題です。それについては、聖職者ホメイニはその深いイスラム教学の知識からじつにみごとに法の適用を判断するそうです。それがまことに立派で、他の聖職者が及びもつかない裁断をする。これにはだれしも感歎する。ホメイニが革命で偉くなったのは、日ごろからそのようなイスラム法の権威だったからだといわれています」

モントリオールの空港で会った毛利忠一教授も同じことを言っていた。

「しかし、別の意見では、ホメイニの学識もたいしたことはないと言っていますね。学識よりもあのカリスマ性が得をしているんだというんですが」

長谷順平が横から島田を見て言った。

「ええ、それはぼくもだいぶん聞いています。そのへんのことになると、われわれにはよくわかりませんね」

島田もうなずいていた。

「現在、革命評議会と革命委員会とがありますね。この機能区別がわたしにはよくのみこめないのですが」

私は二人に訊いた。

「革命評議会は、ホメイニの居るコムにあります。コムは、九世紀のはじめにマシャッドで毒殺されたシーア派の聖者イマーム・レザーの姉さんを祀《まつ》ったお寺があって、マシャッドに次ぐ聖地なんです。パリから帰国したホメイニはテヘランに短期間滞在しただけで、この聖地コムに移りました。そこでつくられたのが革命評議会で、ホメイニが主宰するイスラム革命政治の諮問機関です。革命評議会は聖職者だけで構成されているということですが、そのメンバーはまだ公表されていません。秘密にされています。が、その評議員たちはアヤトラ・ホメイニに統率されているということです」

島田の説明のあと、長谷がつけ加えた。

「イランの新聞を丹念に読んでも、どのアヤトラが革命評議会の構成メンバーになっているのか、いっさい報道していませんね」

二年前までテヘラン大学でペルシア語を研修していた長谷は、むろんイランの新聞が自由に読めるらしい。

島田は説明をつづけた。

「革命委員会は、いわばその下部構造で、イスラム革命を完全に遂行するための実践機関です。テヘランだけでも十四の革命委員会があります。そのほかイスファハン、シラーズ、アワーズ、アバダン、マシャッド、カズヴィン、ラシト、タブリーズなど地方の主な市や町に革命委員会が設置されてあります。その構成員はパスダーとよばれます。パスダーは無給で、パン、トマト、卵などの食料品が支給されますが、かれらは十六歳以上の志願者で、上級の地区委員会指導者の審査によってパスした者は、銃と、写真付の身分証明書などが与えられます」
「ああ、それが民兵ですか」

「そうです。空港の警備や車の検問などでごらんになりましたね。市内のパトロールや車の交通整理など革命前の警察に代って治安維持にあたっています。いまは平服ですが、そのうちカーキ色の制服が支給されるという話です。その屯所は、曾てのパーレビ財団のオフィスだとか、没収された処刑者の家屋だとか、秘密警察のSAVAKの事務所などです」

「それじゃ、たいへんな権力をもっているのですね」

「革命委員会の任務は、ホメイニ師の命令でイスラム革命を最後まで完遂させる目的の実行にあります。ペルシア語でパスダーは革命防衛隊という意味です。だから、主な仕事はシャー体制分子の摘発、SAVAKの残党狩りですね」

「SAVAKは、パスダーのその残党狩りをおそれてみんな隠れているのですか」

「いや、SAVAKとわからないでいた人間がずいぶんと多いですからね。そこが秘密警察組織の面目ですよ。ですから、SAVAKの人間で革命のどさくさに乗じて要領よく各地の革命委員会の中にもぐりこんだのがずいぶんいるという話です。志願すればパスダーになれるんですからね。ただ上級の審査の眼さえごまかせばいいわけですから」

ニューヨークで会った〝王族〟モスタファビの言葉が私の耳底で湧き上った。

（ホメイニの最高諮問機関の革命評議会に、旧SAVAKが入りこんで重要なポストに居る。その人物は大物らしい。しかし、それがだれだか、わたしにはわからない。革命裁判で歴代のSAVAK長官や幹部が処刑されたあと、現在、その人物を知る者はいない。SAVAKの幹部で衆人に顔を知られないできた者もいるのだ。そういうのがほんとうの大物だ）

〝王族〟がこっそりとそう話してくれたときの衝撃は大きく、そのときのスポーツクラブの情景まで私の眼に付随している。

しかし、それをこの商社員二人に言うのはまだ早すぎた。それに、できるなら、革命評議会の中枢部に居るというそのSAVAKの大物を私の手で突きとめてみたい、という野心のようなものもあった。

「軍隊は革命後どうなっているのですか」

「詳しいことはわれわれにもわかっていませんが、国軍として旧体制のものがだいたいひきつがれているんじゃないでしょうか。ただ、旧体制のときは十八歳から三十二歳の間の男子に二年間の兵役義務があったのが、革命後は非公式に十八歳から二十一歳までの間の男子に一年間の兵役義務が課せられるようになりました。旧体制では兵役義務兵に対して一カ月二十ドルしか与えられなかったが、これからはもっと月給を出す方針らしいです。いまの軍隊の最高指揮官はファーボドという軍人ですが、シャー体制のとき、反体制側の人間としてクビになっていたのをホメイニが軍のヘッドにすえたといいますね」

「警察組織は、どうなっているんですか」

「ええ、これは、革命前の警察官が署に戻って勤務についています。まだ、信用されていないので、パスダーつまり革命防衛隊が彼らを監視しています。政府職員は月給が一律に七千五百リアル上って、これは警察官にも適用されています。逆に税金が一律に引き下げとなっているので、一応善政としてこの点は評価されています。ただし、警察官は有給でもパスダーは無給ですから、無給のパスダーに月給取りの警察官が監視されている状態ですね」

長谷がそっと腕時計を見た。島田もそれに気づいてすこしあわてて私に言った。

「お疲れのところを、つい、長話をしましてすみません」

「いえいえ、おかげでたいへん有益な知識を得ました」

新聞などで伝えられるコムのホメイニ委員会とテヘランのバザルガン暫定政府とのぎくしゃくした関係、ホメイニ委員会が一本でなく諸勢力の相乗りによるための矛盾、ホメイニが前言を翻して、新憲法制定議会召集のための総選挙を行なわず、新憲法審議会だけの議員選出を国民の直接投票にすることなど、いろいろと内情を聞きたいことが多かったが、もう夜もふけてきたので、次にすることにした。

「あ、それから申しおくれましたが、支店長の佐田が一昨日からイスタンブール、パリ、ロンドンと出張で回っていて申しわけありません。あと二週間くらいで帰ってまいりますが、支店長からはできるだけ山上さんのご便宜をはかるようにといいつかっていますので、何でもどうぞご遠慮なく」

島田次長がいった。

佐田宗夫支店長は、村山が富士産業現役時代に「眼をかけてやった部下」で、そのことはニューヨークで東京の村山との電話でも聞いたし、ニューヨーク支店でも佐田支店長の名を言っていた。

「やはり、こちらは小説の取材ですか」

「はあ。いまのところどういうものを書くという目的はとくにありませんが、激動するイランを現地で見ておきたいという気持から来たのです」

「たしかにいまのイランは面白いですよ。われわれも本社との業務連絡の日誌をつけていますが、筆が立てばあとでそれを材料に書きたいくらいです」

「それは貴重な記録になりますね」

実際にそう思った。

「ところで、明日はどういうご予定ですか」

椅子を立ってから島田が私にきいた。

「とくにはありませんが、こういう手紙をニューヨークから預かっているので、届けに行きたいと思います」

私はポケットからエドモンド・ハムザビの封筒を出し、それにタイプされたアドレスを示した。

二人はそれをいっしょに見た。"Mr. Abdollah Ari Moradi"がその名だった。

「下町ですね。このモラーディ商会という看板はたしかに見てますよ。カーペット商ですね。明日の朝十時に長谷君が車でお迎えにきますから、その店へご案内させます」

私たちは、おやすみなさいを言い合った。

6

朝起きたのが九時前だった。

昨夜、島田と長谷とが帰ったあと、シャワーを浴びてベッドに入ったが一時間くらいは睡れなかった。ホテルじゅうが静まり返っていて、自分の足音も不気味に聞えた。部屋は表に面しているし、高くない階なのに、車の音も絶えていた。ドアのロックを確かめ、ベッドの中で息を殺している思いだった。

窓の厚いカーテンの隙間からさしこむ輝く白い光線を見たときはうれしかった。さらに、そのカーテンを開けて外の光景がとびこんできたときは、あっと思わず口の中で叫んだ。どういったらよいか、前面の雪山と、その山麓、谷間に群がる欧風の家があり、一瞬、私はスイスのどこかに居るような錯覚をした。

スイスと違うのは、その連なる雪山の山嶺に高低がなくて屛風《びようぶ》を立てたようになっていることと、近景が青い山でなく、茶褐色の岩山になっていることだった。

あれがエルブルズ山脈か。惜しいことに手前の岩山の起伏に遮られてエルブルズの波うつ稜線と中腹の一部しかあらわれていなかった。しかし、その雪は、ガラスを重ねたような青い空の下に銀紙を貼ったように浮き出ていた。その銀紙を揉んだような皺、山襞《やまひだ》に沿った雪の複雑な陰影がくっきりと見えた。右手にひときわ高い三角形の頂上をのぞかせた山がある。あれが最高峰のダマヴァンド山だろうと私は見当をつけた。

スイスのアルプスの麓なら、どこの村からでも、たとえモンブランやアイガーの嶺は眼に入らなくとも、連山の鋭い白い壁が一面に見えるものだ。それにくらべてここから望むエルブルズの山なみの平凡さはいささかもの足りないが、それでも雪の連山と山麓の瀟洒《しようしや》な「村」との対照は十分にスイス的な風景であった。

家々が整然とならぶ土地は、ホテル前の道路からすぐ谷になって下っており、別荘のような美しい家の群れがその谷間からまた向うの岩山の斜面に這い上っていた。昨夜、ここの台地上に着いたとき車で見た谷底のうつくしい灯の集いを思い出し、この住宅群だったと知った。

ヨーロッパふうな煉瓦と白壁の家々のまわりには木立ちがむらがっていて、岩山の山麓が渓流になっていることが察せられた。家々は金をかけた別荘ふうであった。空港からつづいた昨夜からの不安はこの白日の景色が消してくれ、前の道路に車が走り、眼下の駐車場に車の数がふえていることなどとともに私の安らぎに役立った。

地階の食堂へ降りにエレベーターに乗った。ほかにはだれもいなかった。二十五、六ぐらいの、顔の細い、眼ばかり大きいエレベーターボーイが、ていねいに朝の挨拶をした。彼はこの職場に懸命にしがみついているにちがいなかった。失業者が多いときである。

だだっ広い食堂には、数人の客にくらべて従業員が圧倒的に多かった。泊り客が二十人ていどだから、食堂に来ているのはその半分くらいであろう。白人が四人に、アラブ人が六人、白人はフランス人とイギリス人らしいが、いずれも商社の人間のようである。アラブ人は石油の関係者かと思われる。パレスチナ人もいるにちがいない。テヘランにはPLOの事務所が置かれている。アラブ人たちはひとところに席を占めて談笑していたが、白人はばらばらにすわって教会にでも来ているように黙々と食事していた。

トマトジュース、プレーンオムレツ、トースト、コーヒーをたのんだ。パンは小さくて色がうす黒く、ざらざらしていた。別の皿の上に、四角に切った、部厚くて固い、せんべいのようなものが積み重なっている。その表面はボール紙のように波打つ筋がならんでいた。私はヌンというのをはじめて食べたのだが、食べつけたパンらしい味はしなかった。コーヒーも吐き出したいくらいの味だった。チャイのほうがはるかにおいしかった。

食堂から幅広い短い階段を上って、ロビーに出た。天井から吊り下げられたシャンデリアは昼間見ても豪華だし、室内装飾もきれいだった。だが、客の少ないロビーは寂寥《せきりょう》としていた。横手にならぶテナント商店はどれも閉鎖していた。手もち無沙汰のフロントマンやボーイらだけがやたら多いことが、もの憂い荒廃の漂いとなっていた。今朝は玄関のシャッターが一枚も見えず、磨き上げられた広いドアのガラスは眩しい外光を十分に内部に通過させていた。いかめしい玄関の前にならんだ白い十数本のポール上に、宿泊客を歓迎する外国の国旗は一つも掲揚されてなかった。

部屋にもどって五分もすると、ロビーから長谷の電話がかかってきた。彼は正確に十時に来た。

お早うございます、と長谷は小肥りの身体を部屋に現わした。昨夜はおそくまでお邪魔しましたが、よくお寝みになれましたか、と私にきき、島田次長は支店長も不在のことだし、今日は失礼させていただきます、ともいった。

私が窓の景色を讃えると、長谷もまるい顔を窓ぎわに寄せた。

「エルブルズ山脈の最高峰は五千六百メートルのダマヴァンド山ですが、ここからだと近くの山が邪魔して、ぜんたいの形がよくわかりません。右のほうに三角形の頂上がちょっぴりのぞいているのがそれです。日本人はテヘラン富士などと呼んでいます。前の岩山の間についた道が登山口になっています。ここから下ったテヘラン市内からだとまだよくわかるのですが、それでも裾野を曳《ひ》いた富士山的な姿は見えません。テヘランがすでに海抜千五百メートルだから、このタジリッシュという町は千八百メートルくらいあるんです」

長谷は説明した。

「あの谷にならんでいる住宅はきれいですね」

「ほとんどが金持階級の避暑用の別荘です。革命後は没落した人も多いようですが。没落といえば、この前の道を右手、つまり東へ行ったところにシャーの避暑用のニアバラン宮殿があります。もちろん今は革命政府に没収されていますが」

「この雪の山脈を今朝はじめて見たときはおどろきましたよ」

「最初見た人はだれでも感歎します。エルブルズの山脈に雪が残るのは七月初めまでで、それからは赤茶けたただの岩山になります。ただ、山のこっち側はそうですが、向うの北側は雨量が多いので緑林地帯です。カスピ海側に出る道路を走るとよくわかるんですが、峠で緑地帯と砂漠地帯がはっきりと染め分けられているのは、ちょっとした奇観ですよ。カスピ海沿岸は日本の農村とよく似ているので有名ですが」

「北からくる低気圧がエルブルズ山脈という障害物につき当って停滞し、北側は雨なのに南側はからからに乾燥するわけですね」

「そうです。ところが、今日は晴れているけど、近ごろテヘランにも雨が降るようになりました」

「どういうことですか」

「それがホメイニがパリから帰国してからでしてね。年中晴れていた空が曇るようになって、ときどき雨を降らすんです。これもホメイニの神通力だという噂が流れ、無邪気な民衆はますますアヤトラ・ホメイニを尊崇して、まるでアッラーのお使いのようにいっています。気象の偶然の変化もホメイニの人気をおし上げるのに味方しているんですよ」

「カリスマ的存在には呪術性が重要な要素ですが、ホメイニはいよいよ雲の上の人になりつつあるわけですね」

「いや、新しいシャーの出現かもしれません。パーレビに代ってシャー・アヤトラ・ホメイニですかね」

長谷は表情を変えることなく日常的な口吻で言った。

「そういうことを言っているイラン人も多いのですか」

「知識階級のなかでは聞かれません。彼らのあいだには幻滅のホメイニ革命にたいして批判が強くなっています。にもかかわらず、民衆の間に伝わるホメイニに関する神秘的なエピソードが彼の権力をいっそう強力なものにしていますね」

「知識人は表立ってホメイニ反対を打ち出さないのですか」

「知識人や中産階級は、いつの世にも、またどこの国でも行動派ではありませんよ。少数の、とくべつな人々を除くと、情勢を見きわめるまでいつも臆病な批評家です」

長谷は窓ぎわを離れた。

「では、山上さん、昨夜のお話にしたがって、モラーディさんのところへおともしましょうか」

「おねがいします」

「その前に、モラーディさんにあなたがこれから訪問されることを電話で伝えておきましょう。先方の時間の都合があるでしょうから。電話番号は、今朝ぼくが電話帳で調べて控えておきましたから。……これです」

長谷は富士産業の社用便箋に書きつけたメモを私に渡した。彼はホテルの交換台に電話番号を告げ、それが先方につながると、ペルシア語で話をした。私の耳がとらえることができたのは、ニューヨークのエドモンド・ハムザビと私の姓と、このホテルの名くらいなものだった。長谷は二分間くらい話をしていたが、受話器を措《お》くと、すこし気の毒そうな顔で私のほうに戻ってきた。

「社長のモラーディさんは外出中だそうです。いま電話に出たのは秘書らしい女性ですがね。夕方までには帰るだろうから、帰ったらさっそくミスター・モラーディに伝えておくと言っていました。ホテルの部屋番号を教えてありますから、あとでモラーディさんから電話がかかってくると思います」

「どうも」

長谷はポケットからイランの煙草をとり出して一服しながら私にきいた。

「今朝の食事にヌンが出たでしょう?」

私は食べたものを話した。

「それはヌンでも、バルバリといっていちばん厚いやつです。表がトタンのように波うっているでしょう。ヌンはほかにサンガッキといってせんべいの化けものみたいに大きいのがあります。小穴が無数にあいている形が草鞋《わらじ》に似ているので、われわれは草鞋ヌンといっています。ヌンは焼き立てがとてもうまいので、それを買う客が朝早くヌン屋の前に行列をつくるくらいです。ヨーグルトは出ませんでしたか」

「いえ、こちらが注文しなかったせいか出なかったですな」

「羊のヨーグルトを水に溶かしたようなもので、甘味がなくて酸っぱいだけです。牛乳が腐ったような臭いがするので、馴れないとちょっと飲めません。ドゥーグといって、イラン人の好物です。ぼくもテヘラン大学の研修生時代に一年目でやっと常用できるようになりました」

「長谷君は、テヘラン大学に何年間在学していたんですか」

長谷の細い眼の、下ぶくれした顔を見ながら私はきいた。

「ぼくですか。ぼくはいまの会社に入って半年後にペルシア語の研修生としてテヘラン大学のイラン学部に在学させられましたが、その期間は二年間でした。海外勤務なら中東だと思っていたものですから会社にその希望をいったのです。イラン学部というのは、いわばイラノロジーとでもいいますか、歴史、宗教といったイラン文化全般を対象としたものです。普通は四年間なんです。そこで語学力がついたら経済学部などの他の学部に転科もできますし、論文を提出すれば博士号をもらえるようになっています。だが、外国の留学生は語学の修得だけですからそこまではやりません。外国人留学生はいろんな国から来ていますね。パキスタン、インド、アフガニスタン、エジプト、ブルガリアなど周辺の国々からです。あとはイタリア、フランス、アメリカなどイランに関係深い先進国からです。たいてい、四、五名から十名くらいのグループになっています。ソ連と中国の留学生は同じ期間にはダブることがない。ソ連の留学生たちが引き揚げると中国の留学生グループが入ってくる。中国の留学生が引き揚げるとソ連の留学生グループが入ってくるといった入れ替えみたいな状況でしたね。どういうわけだかわかりませんが」

「外国人留学生とイラン人学生とはいっしょですか」

「もとはそうだったらしいんですが、ぼくが入ったときはもう別々でした。イラン人学生は大学から少し離れたところに寮があり、そのまわりに柵をつくって大学職員や警察官が監視しているんです。大学の門前には日本の機動隊のような警官隊が常駐していて、学生に不穏な動きがあると見るといつでも構内に入れる態勢になっていましたね」

「学生の急進分子というのは、どういう学部のが多いですか」

「やはり理工学部とか医学部でしたね。法学部はからきし駄目です。そういう点は日本の東京大学とよく似ていましたね」

「弾圧はどういう方法ですか」

「日ごろから監視の眼がゆきとどいていて、たとえば、バスケットの試合中でも選手の一人がちょっとこいと私服に連行される。構内にはSAVAKのスパイが入っているんですね。少しでもシャー体制の批判を口にすると、それが〝壁の耳〟に入る。SAVAKの紐がついた寮の賄婦《まかないふ》とか掃除婦とかがSAVAKに密告するわけです」

「連行されて行った学生はどうなるんですか」

「もうそれきり帰ってきません。一人などはエルブルズ山中の雪どけに死体となって出てきたという話がありますが、みんなSAVAKのしわざだといっています。そのほかに土牢の中に入れられます。その場所は南部ということですがはっきりしません。土牢には蝎《さそり》が出てくるので、入れられた者は、まずこれと闘わなければならない。土牢の壁にはシャーを呪う血の文字がいっぱい書いてあるということです。拷問で、ナマ爪を剝がすのはいいほうで、肛門から熱湯を注ぎ入れたり、女性には局部に木の棒をさしこんで子宮をつついたりしたそうです。その土牢は食物を入れるせまい窓があるだけで、出入口がわからない。こんどの革命で牢番がみんな逃げて行ったため入牢者は脱出ができずに多数が餓死したろうといわれています」

「外国人の留学生にも監視がきびしいのですか」

「自国の学生のようには直接手を下すことはありませんが、こっちが知らないうちに監視されているんですね。ぼくは下町に下宿していましたが、親父さんはバザールの商人で、娘さんはやはりテヘラン大学の学生でした。ぼくのところに国の母親から手紙がくるのですが、封筒をその娘さんが見つけて、これは検閲してあるから気をつけなさいと顔色を変えて注意してくれたことがあります」

「イランの官憲に日本語がわかるんですか」

「日本語が読める外国人を傭っていたという話です」

「君はそのバザールの商人の家に、どのくらい下宿していましたか」

「二年間ずっとです。よそに移るのが面倒だったものですから」

「それではイラン人の友だちがかなりできたでしょうな」

「その娘さんの学生仲間とかその縁故先とか知合いはふえました」

「こんどこっちの支店詰めになってきても、また交際をはじめていますか」

「ええ、よく遊びに行きますよ」

私がそんなことを訊いてみたのは、長谷にたのんで広い範囲の材料を集めるための手蔓《てづる》を求めたいからだった。その下宿していた家がバザールの商人というのが興味を唆《そそ》った。が、目下それに心が動いたように見られるのを避けるため、私はテヘラン大学のほうへ質問をもどした。

「学生がそんなふうに当局に拉致《らち》されたまま戻ってこないのをみても、教授たちは黙っているのですか」

「教授連中はノンポリをきめこんでいるのもいいとこですよ。その点、日本の一部の教授たちと似ていますね。いや、日本よりはずっと危ない。うっかりしたことを言おうものなら教壇を追われるだけではすまず、生命が危ないですからね」

「その点は神学部の教授はもっとも安全ですね。イスラム教の教義やコーラン教典を講義していればいいんでしょうから」

「そうなんです。ところが、シャーの意志はかならずしも宗教を大学教育の重点に置いてないのですね。もともとテヘラン大学はパーレビ国王の父親のシャー・レザー・ハーンが創ったのですが、当時からヨーロッパふうの教育、とくにフランス流の教育をめざしたといわれています。イラン国家の人材を養成する最高の教育機関として」

「帝国大学は国家に須要《しゅよう》なる人物を養成する所、と山県有朋が東京帝国大学を創ったときに言っているけど、テヘラン大学はいよいよ東京帝国大学ですね」

「先進文明国に追い付け主義でしょう。だからシャー・レザーはイスラム教が邪魔にこそなれ有益ではないとみたのでしょうね。それがシャー・パーレビにもうけつがれているのです。そこからシャーがバハイ教などという異教の信者だったなどの説も出てくるんです」

「バハイ教は、フリーメイソンと似ているということでしたが、バハイ教についてもっと詳しいことを知りたいんですがね」

「心当りの人がおりますから、わかったことだけはお伝えいたしましょう」

「君がテヘラン大学に在学しているときに、毛利忠一という文化人類学の先生がいたのを知りませんか」

「テヘラン大学の教授だったですか」

「王立学術院の会員で、テヘラン大学の講師もしていたそうです」

「さあ。毛利先生というお名前は耳にしなかったですね。ぼくのいた頃、テヘランを離れておられたのかもしれませんね」

7

Hホテルから下町のエンゲラーブ通り（旧シャー・レザー通り）交差点までのモサデク通り（旧パーレビ通り）の道路は昨夜この長谷の同じ車で上った黒い並木の道で、いまはその黒く見えたプラタナスの葉が陽光を含んで冴えかえる新緑の発色で連なっていた。両側から繁茂した枝の逼《せま》る並木道は緑の隧道を行くようだった。太い幹の下の水路には時間を決めて灌漑水を流す。この水は山麓の別荘村付近から放水されると長谷が教えてくれた。

坂の途中にある家々は見ただけで高級住宅であった。十字路がいくつもあり、そこには高級住宅相手の、こぢんまりとしてきれいな商店街があった。まだ造成中の場所もあり、石垣の上に岩肌の断面が出たりしていた。近所に出ている人たちはみんな身なりがよかった。

「ここは中流階級以上の住宅街です」

ハンドルを握った長谷は前方から私に説明した。

「お話ししたホメイニ委員会のパスダーですがね、この上流階級や中流階級からはパスダーの志願者が出ないんです。それで無給のパスダーがこの地区の家々のドアを叩いて喜捨をとりにくるのです。かれらはパスダーの代表だと名乗り、一軒について十リアルから二十リアルくらいの喜捨をもらって引き揚げるが、威嚇的な態度ではないそうです。喜捨するほうもモスクに差し出す気持でやっているそうですがね。しかし、この山の手の階級はパスダーにも志願しないしするので、万一のときの保険料のつもりで喜捨しているのがほんとの気持ではないですかね」

「その階級は革命にも政治にも無関心というところかな」

「すくなくともそう装っていますね。かれら中産階級のほとんどはインテリゲンチャですから、非行動派の批評家ですよ。常に日和見主義者なんでしょう」

「しかし、ホメイニのイスラム共和国路線にはみんな批判的じゃないんですか」

「それを口に出す勇気がないだけです。心のなかでは近代化路線を望んでいますよ。シャーのやりかたは汚なかったけど、その方向は正しかったとね」

道路には車が溢れ、ロンドン式の二階建て青塗りのバスが運行していた。ダウンタウンの街路となると、いっそうの混雑となった。車は交通規制を無視して急速力で走り、人々は街頭に溢れていた。それほどの高層建築物はないが、たしかに中東第一の近代都市であった。

だが、この首都の殷賑《いんしん》も、どこか肝腎《かんじん》なところが抜けているような気が私にはした。その原因はすぐにわかった。外国人の顔がほとんど見えないのである。これはやはり首都として芯が抜けている感じであった。それと、果物屋の店頭にはさまざまな果実が色うつくしく盛られ、飲食店には若者が入りこみ、衣料店には黒や小紋模様のチャドルを被《かぶ》った婦人たちが立ち寄っているし、道路の両側は速力を落さずに疾走する車の切れ間を待って横断を狙う人々が群れているが、大きな商店のほとんどがシャッターを半分おろしているのである。これが大通りの店舗街となると半分くらいは鋼鉄の戸で出入口を閉じている。シャッターを半分閉じて及び腰で商売しているのが政情不安定を端的に見せていた。高級品を売る店は華やかなショーウインドウをはじめから隠しているのである。街の底に漂う頽廃といったものをここでも感じた。ただ、開いた店の陳列窓にはホメイニの写真が出ていた。

「あのホメイニの写真だって、もとはシャーと王妃の写真が飾ってあった場所ですよ。そうしないと、営業停止になるからです。ホメイニの写真の効果だって、あまり変らないでしょうね」

長谷は笑った。

「この辺は大きな貴金属商がならんでいるのですが、革命のデモ騒ぎいらい店をずっと閉めています。またペルシア古美術を商う骨董屋もあるのですが、これもみんな店仕舞いしていますね。彼らのほとんどはジュウイッシュ・イラニアンでしてね。革命騒ぎの起る一年前からロンドンとかニューヨークとかパリとかに店をつくってめぼしい骨董品はそっちへ移動させていました。ユダヤ系というのは特殊な情報網を持っているのですかね。それともユダヤ商人独特の嗅覚で、当時から、このままではおさまらない、何かが必ず起る、と嗅ぎつけていたんでしょうか」

車は広い道路を西へむかった。

「あ、あれですよ、モラーディさんのカーペット商会は」

長谷が車を徐行させながら右手を指したので、私は臀《しり》を動かして窓ぎわに寄り、外をのぞいた。この辺もシャッター半分の大きな店舗がならんでいたが、モラーディの三階建ての店もその例外ではなかった。店の外観は完全にヨーロッパ風で、なかなか立派であった。二階と三階の窓は閉じられるか、カーテンが降りるかしていた。看板が出ているが、この市の大半がそうであるように、アラビア文字だけの表示で、英語の添え書きは一字もなかった。

「なかなか大きな店ですね」

その前を通りすぎてから私は言った。

「手びろく商売をしているようですね。けど、今は観光客もこなくなってカーペットの売れ行きがだいぶん違うんじゃないですかね。あとは輸出にたよるしかないですが、そっちのほうも革命前のような自由さはないと思います。それにすべてのイラン人の国外旅行が禁止されていますから、商談に外国にでかけることもできませんしね」

ニューヨークの絨毯商エドモンド・ハムザビがモラーディ宛の商業通信を私にことづけた事情が、ここにきてみて理解できた。

が、もう一つ私には気づくことがあった。イラン人の国外旅行が禁じられている以上、モントリオールの空港で毛利教授が迎えようとしたイラン人の客が、けっして尋常の手段で出国したのではないということである。やはりあれは村山が電話で言ったとおり、目下放浪中のシャー一家の安住地をさがす元大臣級の人物という推定も強くなるのである。

「あの建物が国営イラン石油公社、ＮＩＯＣです」

「あ、あれがそう?」

真白い、高い建物があたりを威圧するようにそびえていた。十数段の石段をもつ基壇の上にあり、正面白亜の列柱は、写真で知るペルセポリス宮殿遺跡のそれのように、深い奥行を見せるギリシャ神殿風な吹抜けであった。強い太陽の光で、彫刻的な明暗が極端に出ていた。シャー・パーレビが世界を操ってきた石油政策の本拠である。彼の傲慢がここから生れた。その慢心に懲罰を与えるためのアメリカの失敗もここから生じた。これは私が読んできた資料の山からでも引出せた。

私は長谷に頼んで、その対い側の道路に、目立たぬように五分間ほど停車してもらい、ＮＩ

OCの本社を凝視した。記録の上でしか知らないものの実物に出遇ったときの感動であった。建物の前には銃を肩にした民兵がいるだけで、出入りする人の姿はなかった。さすがに気温が上っていて、車の外に出ると汗が出た。

バザールへ回った。店は半分くらい再開されていて、奥のほうは混雑しているようにみえた。入口にチャドルの主婦が四、五人で軒下にしゃがみ、大きな眼を出して話しあっている。傍に歩道橋があった。

「このへんで民衆のデモが発生したんです。一九七八年九月八日の金曜日でした。いわゆる〝黒い金曜日〟です」

それがシャーの倒される大規模な民衆デモの最初だった。が、一方ではまったく反対の場合だったが、モサデク打倒のときの、CIAの支援と「バザールで金を払ってかき集められた暴徒の連合した力」(ロバート・グレアム『イラン 石油王国の崩壊』)という資料の字句も私の脳裡に浮んでいた。

「君はそのときテヘランに居ましたか」

「いや、こっちに赴任してくる前でしたから、それは見られませんでしたが、目撃した人の話を聞いても凄いですね。この歩道橋の上にも兵隊が機関銃を据えてデモ隊を乱射したといいますからね。正確な数はいまだにわかりませんが、少なくとも千五百人以上は殺されたとみられています。この日から政府は戒厳令を出しました。死体はトラックで郊外に運ばれ、穴を掘って埋められ、街頭に流れた血は消防車が出動して、放水で血を洗い流したのだそうです」

太陽に光る血の海が眼の前にひろがった。私は戦跡にでも立っているような思いだった。チャドルの女が走り出す子供のあとをのんびりと追っていた。

「エスファンド広場では、軍のヘリコプターからの機銃射撃でデモの民衆が数百人ないし数千人が殺されました。その遺体もみんな穴に埋められました。だれも正確な数を知らないんです。新聞記事は当局の公式発表だったり、病院情報なので死傷者数は当てになりません」

「遺族の死体確認はどうなっていたんですか。デモに参加したまま家に戻ってこなければ、もしや殺されたのではないかと家族が警察などに問合せに行かなかったですか」

「警察でもそれだけの遺体の写真を一つ一つ撮っているわけではないので、分りようがありませんよ。それにそんなことを警察に問合せに行こうものなら、その家族まで危険分子の嫌疑で逮捕されますからね。とても行けたものじゃありません。夫や息子が帰宅しなかったら殺されたものと思って家族は諦めるしかなかったのです」

長谷は、これから刑務所の前を通ってみましょうかとハンドルを切った。

カジャール王朝時代の王宮跡というカスル刑務所の前には、囚人との面会を望む男女の長い列を見た。囚人はデモ隊に発砲した軍人、旧政府の腐敗役人それにＳＡＶＡＫの組織員などである。面会人には、行列していてもかならず面会できる保証はなかった。行列の横には屋台の店が出ていた。これは日本の新聞にもテヘランからの特派員報道として出ていた。

茶店《チャイハナ》に入ってひと憩《やす》みした。私が試飲のためちょっと口をつけただけで胸がむかついたドゥーグを、長谷はがぶがぶとうまそうに飲んだ。私は熱い紅茶《チャイ》に角砂糖を浸して噛んでは茶を啜った。

話に出たのは、革命裁判で元高官・元軍人の処刑があるばあい、その処刑前と処刑後との写真がテヘラン発行のペルシア語新聞に載っていることだった。ホベイダ元首相、ラビ前空軍大将ら数人の「A級政治犯罪者」のそうした写真は、外国通信社からも海外各新聞社に配給され、世界じゅうの読者をおどろかせ、かつその残酷な場面に顔をそむけさせたものだった。日本の新聞や週刊誌にもそれが掲載された。

《☆ネーマットラー・ナシリ元秘密警察長官、将軍　☆マノチェロ・コスロダド陸軍空挺部隊司令官、将軍　☆リザ・ナジ・イスファハン軍長官、将軍　☆アミール・ラヒリ首都戒厳司令官、将軍。(以上二月十五日処刑)》

《☆ネストラ・モタノディ地区陸軍司令官、准将　☆マヌチェル・マレク地区機甲旅団司令官、准将　☆パルベーズ・アミル・アフシャル近衛師団司令官、少将　☆フセイン・ハマダニアン秘密警察ケルマンシャー市責任者。(以上二月二十日処刑)》……

処刑はこの後もつづけられた。

「ああいう写真を新政権が発表した理由には、二つのことが考えられますね。一つは、われわれは彼らを確実に処刑したのだ、胡魔化しはない、ということを民衆に明示し、同時に、シャー時代の完全な終焉と革命政権の権威を誇示したことでしょうね。もう一つは、やはりイスラム法の根底になっている復讐主義でしょうね」

それがきっかけとなって、その夕方、いったん家に帰った長谷順平が彼の保存していたテヘランの英字紙やペルシア語紙の切抜きをホテルに届けにきてくれた。

これらの新聞切抜きのほか、もう一つの資料があった。その紙の上には長谷のメモが付いていた。

「山上様。――この別資料は、〝Iran Pool Report〟という、いわば〝地下発行〟の英字新聞です。特殊なルートによって入手するアングラ新聞で、発行所も発行人の正体もいっさい不明です。そのつもりでお読みください。長谷」

《四月八日(日)付。

今日のアヤデガン紙によると、元首相兼法務大臣のアミル・アッバース・ホベイダは、昨夜、革命裁判のあと処刑されたが、処刑にさきだって、回顧録を書くために一カ月の処刑猶予を申し出た。ホベイダの裁判は、昨日午後二時三十五分に開始された。

革命裁判所第二法廷が審理をはじめる前、ホベイダは目隠しをされカスル刑務所の独房から法廷へ連れてこられた。入廷したホベイダはリラックスしていて、パイプに火をつけた。

審理の前に、コーランの詩節が読みあげられ、ホベイダは裁判長の発言を一つ一つ書きとめて、それに答えた。ホベイダは質問に対して直接答えることを避け、彼のしたすべての行為を制度のせいにした。裁判は四時間続いて、午後の六時半に閉廷され、その一時間後に判決が下され、ただちに処刑がおこなわれた。さらに法廷の命令により、ホベイダのすべての財産は没収される。

裁判の間、ホベイダは非常に動揺していた。革命裁判所第二部の場所は、前週に公開が約束されたにもかかわらず、きわめて少数の特権的な人たちにしか知られていなかった。

裁判は、前回のあと新たに作成された裁判資料をもとにして行なわれた。

裁判長『前回、あなたはすべて政治制度に責任をなすりつけた。今回も引きつづいて、あなたに対する容疑について弁明を聞くことにしたい。まずイスラム革命検察官をしてあなたの起訴事実を朗読せしめる』

起訴状が読みあげられ、最後に検察官は元首相アミル・アッバース・ホベイダがイラン国と国民に対して反逆罪に該当すると論告した。ついで検察官と、証人としてのホベイダとの間に一問一答が行なわれた。ホベイダは弁護人が付くのを自ら拒絶した。

検察官『十三年間の首相在職中、あなたはイラン国民に対して反逆者であっただけでなく、外国の支配を許し確立させた張本人であった。あなたの在職中、農業は破壊され、成長期の工業はあなたの手によって資本主義の国々から分割支配されてしまった。輸入第一主義の長期政策は、人々の自由を奪い、国中を抑圧した。人々はそのきびしさにおびえた。作家やジャーナリストの上にも、きびしい検閲の圧力がかけられた。すべての法律はねじまげられた。あなたはシャー・パーレビ政治の実行責任者であった』
ホベイダ『我々は体制の中でがんじがらめになっていたので、体制のためにしか働けなかった。政府の諸々の政策は、各省で専門家によって検討作成され、しかるのちに国王がそれらを批准して、議会へまわしていた。私の考えでは、上院も下院も国益に反することは承認すべきではない。また政府が国益をあやうくするような場合には、最高裁判所がそのことを指摘する義務があったと思います』
検察官『最高裁長官は、あなたの命令が出てから二十四時間以内に任命されている。あなたの親しい友人でもある彼は、あなたが法と国益に反していることを忠告しなかったのか』
ホベイダ『あなたのいわれるその人物は、もともと上院議員で、その地位を得るのに二十四時間しかかからなかったというのは事実ではない。いずれにせよ、それは過去のことだ。それらの人々は私に何も忠告しなかった。たとえば彼らはシャーの式典にはすべて出席した』
検察官『彼らは出席を望んだのではなく、式場に連れて行かれたのではないか……』
ホベイダ『そうです。彼らは出席したいとは思っていなかった。しかし、どっちみち結局は出席しなければならなかった。彼らは体制支持であることを行動で示し、体制を補強していったのです。あなたは私が首相として傍からそれを阻止すべきだったと言われる。それは正しい指摘だとは思うが、もし私がしなくても、誰かが同じことをしたでしょう』
裁判官のメンバー『いまの発言だが、もし私がしなくても誰かがした……ということは、もしシャーが民衆を殺さなくても、誰かが殺したということになるのではないか。あなたのそういう弁明はあなたの罪を軽くはしない』

ホベイダ『それが体制というものです。そして、このような体制をつくるについては私は責任がなかった。私の前と後の首相も、その体制の中で仕事をしていたのです。私はただ、それを継承したにすぎない。私は絶対に体制の創設者じゃないのです』

検察官『ホベイダさん。それは前回の審理であなたがした発言と全く同じものだ。あなたは体制そのものが悪だという。当法廷は、あなたを裁いているのではない。あなたが行政代表者だった頃の体制そのものを裁いているのだ。その体制では、人民は虫けら同然だったし、全土が完全に外国（註。アメリカをさす）の影響下に置かれていた。秘密警察SAVAKは若者たちを連行して拷問しつづけた。それでもあなたは、この体制を支持するか』

ホベイダ『私はSAVAKについては何も知らない』

検察官『しかしSAVAK長官は、あなたへの進言者だった。どうして上司のあなたがSAVAK長官の仕事について知らなかったと言えるのか』

ホベイダ『私はアムネスティ国際組織によって、かれらの拷問のことは知っていた。もちろんSAVAK長官は私に対する進言者だった。しかし、彼は私の命令を受けたことはないし、私もまた彼の報告を受けたことはない。SAVAKや農業問題政策に関係する人たちは直接、国王の管轄下に置かれていた。国王自身が彼らに直接に命令を下していたのです』

裁判長『それではあなたは何者だったのか』

ホベイダ『私はただの調整者です。聞いて下さい。イスラム法廷では容疑に対して被告である私自身が弁明できるということを聞いたとき、私は大変有難いと思った。この裁判が正義のもとに行なわれるものだということも私は承知している。だから私は正直に申し上げた。こういうことを言わせてもらえるとすれば、従来の憲法では国王があらゆるものの上位にあり、国王は首相でもあった。そしてすべての人間が、たとえば裁判長ですら彼に従わなければならなかった』

裁判長『当法廷の目的は法を適用することです。しかしあなたは前の供述と同じことを繰りかえすだけだ。何か他に言うことがあれば話しなさい』

ホベイダ『何もありません。あなたは私が細部にわたって話すことを禁じている。だから何も言うことはありません。ただ、SAVAKによって拷問された若者たちに、私はあらためて許しを乞いたい。ただし、私もまた曾てはSAVAKによって逮捕され監獄に放りこまれたものです。もし私の処刑までに、猶予があるなら、一九五一年の九月から首相在職最後の日までの回想録を書きたい』

ホベイダは、もう一度何か他に言うことはないかと聞かれたが、彼は何もないと答え、裁判は閉廷された》

《四月十一日（水）付。

日曜日に処刑された前空軍司令官ホセイン・ラビ将軍の裁判をエテラット紙が全頁を使って紹介しているが、これは革命裁判所がいかに旧体制高官の処刑を急いでいるかのよい例である。ラビは弁護士も与えられず、ただ自分自身で弁護するよう命じられた。彼は弁護を準備する時間を与えられず、また彼の横領罪や汚職が無罪であることを証明する証人や書類を集めることもできなかった。

エテラット紙の報道の最初の部分は、かなり感情的に書かれているが、ラビ前将軍の多くの容疑を立証しているとは思えない。裁判長は審理に一回だけ口をはさんだが、その一回というのは、二月暴動の口火となったドゥシャン・タッペ基地の防衛計画に関連するものだった。ラビは、抵抗した空軍技術者が逮捕されたのを前陸軍司令官アッバース・ガラバギ将軍の責任だと言った。

ラビの容疑は、一般的なものと個別的なものの二つに分類されるが、彼の逮捕は後者の理由によるものだった。ラビの容疑は以下のごとく列挙される——、地上の腐敗者、アッラーとアッラーの預言者に対する反抗、イラン国の独立と安全を弱め、国の政治制度の基礎をくずそうとしたこと、無実の人々の殺人に直接手をかしたこと、あらゆる方法を用いて暴動を抑えつけようとしたこと、イランのイスラム教徒にとって神聖なすべてのものを汚したこと、下士官を解雇しまたは人民蜂起に敵対させるために彼らを殺したこと、聖職者を共産主義者と呼んで侮辱したこと、空軍兵士や技術者をアッラーの教えから外れる方へ導こうとしたこと、空軍と人民が手を結ぶのを阻止したこと、軍事、政治、経済、文化を外国勢力や帝国主義者の支配下に置いたこと、無力な国民に対するシャーの偶像崇拝による支配を強化しようとしたこと、そして国民の真実の願いを奪いアッラーの教えの道を歩ませようとしなかったこと……などである。

そして、それらの容疑の証拠は以下のごとくである。

ハシェム・ベレンジャン将軍とキャミヤブール将軍の証言によれば、ラビは空軍兵士を逮捕、または基地供給住宅から追放した。ラビ自身の供述証言によれば、アヤトラ・ホメイニが乗った革命飛行機（パリからの帰国機）がイランに入るのを阻止しようとした。ゴラム・アリ・オベイシ将軍が空軍機でイランから国外逃亡したとき、ラビは空軍施設を利用させた。

二月九日の大量殺人のさい、戦車を出動させドゥシャン・タッペ基地に配置させる許可をラビが与えた。ドゥシャン・タッペ基地攻撃の計画を練ったバクチアル前首相の戦術会議に不当に参加した。ラビは前アメリカ大使リチャード・ヘルムズを通じてＣＩＡと関係を持っていた。ナスラトラ・シャアヤン、ナセル・モガダム（ＳＡＶＡＫの長官）の自白にあるように、国の資源を略奪するアメリカの計画にラビは加担した。彼自身の自白によると、横領や汚職で免職になった人間をまた採用して取り返しのつかない大きな国富の損失を招いた。さらにシャアヤンの自白によれば、彼らを昇進させた。南アフリカの圧制者のために、イラン―南ア間の飛行を認め、さらに彼自身が自白しているように、イスラエルに飛び、イスラエル指導者たちと政治的問題を討議した。

ラビは、合衆国のロバート・ハイザー将軍がやって来て死んだネズミの尻尾をつまみあげるようにしてシャーを国外に放り出すまで、国王がどういう人間であるか知らなかったと虚言を言った。

ドゥシャン・タッペ基地で混乱が生じたとき、ラビはそれを無視し、関係者を逮捕する命令は出さなかったと言った。「軍法会議にかけろ」と言って、彼らの逮捕を命じたのはガラバギ将軍であった。反乱が起るまで、完全な無秩序状態であり、群衆が兵器庫に侵入した。ラビは武器を取りあげるよう命令を出したが、そのさい、どちら側にも味方しなかった。すると二月九日の真夜中の十二時ちょっと前、ガラバギが電話してきて、ラビを逮捕し、軍律違反で軍法会議にかけると言った》

《四月十八日（水）付。

国王パーレビの信頼を受けていた旧国軍の連中がさらに六名、〝地上の腐敗〟の罪で、本日、射撃隊によって処刑された。六名の裁判は昨日午後七時四十五分、テヘランのイスラム革命裁判所第四法廷で終了し、処刑は本日午前二時五十分に行なわれた。

処刑されたのは陸軍大佐一人、陸軍中尉二人、軍曹二人、兵士一人である。彼らはみな九月八日〝黒い金曜日〟のバザール付近で行なわれた大虐殺に参加したため有罪とされた。革命法廷の審議は、まずコーランの詩節の朗読にはじまり、被告人の告発に移った。ケイハン紙によると、旧国軍のうち百三十八名が抑留されており、かれらの全員は人民の大虐殺に参加した罪で告発されている。

被告人全員は起訴事実を否定し、その日、殺人は行なわなかったと述べた。たとえばハジ・アッバース兵士（二十一歳）の場合は次のようなものであった。問『あなたは九月八日サマンガン通りで人民を殺したことで告発されている。有罪を認めるか』。答『いいえ、わたしは誰も殺さなかった』。問『あなたは人民を殺す命令を受けており、それを実行したか』。答『わたしは誰も殺さなかった。私は通りの左側に何もしないで立っていたのです』。裁判官『（証人に）被告人らの供述は真実か』。証人『彼らはまったく嘘を言っている』》

《革命裁判にははじめてテレビが持ちこまれたが、被告らの顔が全面的に映像に出ているのにたいし、裁判官はいずれも顔に白布の大きなマスクを当て人相をわからなくしているか、映像に映らぬように工夫されていた。これは反動勢力が裁判官に報復をするかもしれないという考慮からである》

第四章　僧衣の革命

1

長谷順平が持ってきたのは、テヘランの地下英字紙「プール・レポート」だけではなかった。新聞切抜きのほかに、彼がつとめる富士産業のテヘラン支店から東京本社宛ての日報コピーが別綴りで添えられてあった。私が、これまでの様子を知りたいと希望したので、口で話すよりはと長谷がその写しを持参してくれたのである。

日付は革命直前の去年（一九七八年）十一月十五日からのものだ。六日にアズハリ将軍によるイランの軍事政権ができてから九日目である。

《〇十一月十五日発信——⑴昨日（火）はとくに大きな変化はない。⑵新聞は発行されていない。⑶テヘラン南部、地方都市では軍隊との衝突が相当発生しているともいわれているが、詳細は不明。過日ホーラムシャハルでかなり大きな衝突があったといわれ、死者八十名とも二百名とも口コミで伝えられている。(4)NIOC(国営イラン石油公社)のストは終結したといわれ、石油生産は徐々に回復しつつある模様。十一月十二日現在の公称では日産二百三十万バーレル(昨年度平均日産五百六十六万バーレル)。(5)当事務所および派遣職員社宅周辺は山の手《アップタウン》であるため非常に平静。(6)P・T・T(電電公社)のストのため十二日から国際電話はまったくつながらない(テレックスは異常なし)。

○同十六日発信——(1)イラン中央銀行は外国為替管理を一段と強化した。(2)テヘランの両替商の交換するイラン・リアルのレートは公式相場一ドル＝七十・六〇リアルに対し、数日前は七十八～八十五リアル、昨日は九十リアルであった。ニューヨークでは一ドル＝百五十リアルの相場も出ている由。

○同十七日発信——(1)山の手の商店はほとんどが営業しているが、下町《ダウンタウン》では昨夜被害の大きかった宝石商、銀行等は休業中のところがかなりある。バザール地区では九月五日の暴動後、完全に休業。(2)最近プロジェクト工事現場で外人排斥運動がかなり発生している。もっとも被害に遇っているのは、イラン人の職場をおびやかす立場にある韓国人、フィリピン人などの労働者である。(3)テヘランで外人アドヴァイザーを多数抱えているT・C・I(通信公社)などにヤンキー・ゴー・ホーム運動が展開されている。(4)政府・官公庁の多くは依然として山猫ストライキが行なわれている。(5)当地進出の日系企業では家族の一時帰国を考えはじめている。

○同二十日発信——⑴昨十九日第七回目の陸軍記念日が大々的に催された。軍隊は九班に分れてトラックに分乗し、シャーの写真を掲げて市内の主要な通りを示威行進した。⑵昨日、地方都市マシャッドで軍隊と暴徒が衝突し、三人が死亡したと伝えられる。逆にイスファハンなどでは、シャーとイスラム教僧侶の写真を合せ掲げた官製デモが行なわれた。⑶イラン経済界の重鎮であり上院議員でもあるアリ・レザイが昨日「地上の腐敗」の罪で逮捕された。同氏はイランの大財閥シャーヤー・グループの総帥である。ほかにも経済界の大物が多数逮捕された模様である。⑷ながらくとだえていた日本の新聞がようやく今日まとめて到着した。⑸一時帰国または一般帰国のため当地日本人幼稚園に休園あるいは退園届を出した園児数は、本日現在九十一名中四十一名（四五パーセント）となった。

○同二十二日発信——⑴戒厳令が強化されているにもかかわらず、多くの政府・官公庁では山猫ストがつづいている。ストはもはや経済要求の段階を超えて、反国王体制・政治闘争の段階にある。⑵テレックスの発信もほとんどできなくなった。某企業は昨日テレックス発信のために穿孔《せんこう》済みのテープをトルコのイスタンブールまで持出し、内地に発信した。⑶電力会社も労働者がスト状態にあり、昨日は山の手《アップタウン》の住宅街で三時間から五時間の停電があった。噂によればさらに長時間の停電が計画されているらしい。その他の噂、流言蜚語《ひご》の類は際限がないので略す。新聞は発行されておらず、国営TV・ラジオ（NIRT）はまったく内容のない官製ニュースしか流していない。

○同二十七日発信――(1)テヘラン製油所の従業員が二十五日、テヘランの中心部にあるNIOC本社に押しかけ団体交渉を要求した。(2)これにたいし軍隊は催涙弾を発射してデモを抑圧した。NIOC本社前を軍用トラック四台と数十名の武装兵士が固め、ものものしい警備を行なっている。(3)イラン航空およびテヘラン国際空港従業員は再びストを決行するとの噂が流れている。(4)官公庁、電電公社、電力公社などの山猫ストがつづいているため、テレックスと電話の回線が不安定であり、また停電が散発的に発生している。
○同二十八日発信――(1)昨日テヘランのNIOC前および下町でかなりの衝突があった模様である。イスファハン、コムでも昨日またもや衝突があった。イスファハンでは、外出禁止令の時間帯が午後十一時~午前五時となっていたのが午後八時~午前六時に強化された。(2)来たる十二月十一日(月)の「アシューラの祭日」にむかって不穏な雰囲気が昂《たか》まりつつあり、市民の緊張感は増している。(3)すでにアメリカ大使館では外出にはとくに注意するよう館員に警告を出している。(4)当地の新聞は依然として発行されていない。(5)いままで静観のかまえを持していた日系企業数社も、遂に派遣員家族の一時避難(西独のハンブルクとギリシャのアテネに分散)をはじめた。
○同三十日発信――(1)軍政下での強いしめつけにもかかわらず、官公庁をはじめ各所でストが多発している。これらのストは政治的な色彩を強め、十二月十一日の「アシューラの祭日」にむけて反体制運動はしだいにもりあがりを見せている。(2)イラン航空のストが噂され、現在国内線もかなり間引きされている。空港従業員もストに合流する可能性がある。(3)日本人家族の多くが続々と一時帰国を急いでいる。国際便が利用できなくなると、その影響は大きい。(4)軍隊が警備するガソリン・ステーションは給油を待つ車が長蛇の列をなしている。数時間待ってようやく買える状態である。家庭用プロパンガスも入手がきわめて困難となっている。(5)巨額の資金を隠匿、国外送金をした政・官・財界の大物の名前をリストアップした文書が流布されているという。合計百数十名。その総額は二十億ドルに上るともいわれている。内部告発によるものと思われるが、リストの中には金融界の超大物も多数含まれているようである。イラン中央銀行では、この信憑性《しんぴょうせい》を否定しているが、いちおう事実関係を調査するといっている。その約束の実行はきわめて疑わしいとされている。(6)総体的にいえば、現在のイランの反体制運動の広がりと根深さは想像をはるかに上まわるものであり、イランの今後を予想することは困難である。(7)一時避難で帰国する日本人家族が増えている。(8)日本人小学校・中学校は生徒二百九十人中百三十人が退学・休学届を出し、幼稚園では九十一人中五十六人が退園・休園届を提出済みである。

○十二月三日発信――(1)十二月二日～三十日の間はイスラム暦の"Month of Moharram"(イスラム教における服喪の月。そのピークは十二月十一日のアシューラの祭日)にあたり、反王制運動の激化が懸念されていたが、はたせるかな、十二月一日夜、軍政下の戒厳令に挑戦するかのように、外出禁止時間に入る午後九時ごろから市内各所でデモが開始され、深夜三時ごろまでつづいた。⑵午後十時すぎから軍隊との衝突がはじまり、わが社派遣職員二名の自宅からも夜空に響く喚声と銃声とが頻繁に聞えた。⑶政府側の発表では七名が死亡したとしているが、噂では死者数百人ないし数千人と伝えられている。⑷市内はゼネスト状態である。⑸二日夜もデモが全市でくりひろげられ、これを阻止しようとする軍隊の銃声とデモ隊の絶叫とが山の手《アップタウン》のわが社派遣職員自宅付近にもはっきりと聞えた。

○同五日発信――⑴夜間のデモ隊に軍隊の発砲が市内各所で行なわれている。⑵毎日長時間の停電がつづいている。⑶中央銀行、手形交換所のストがつづき、銀行によるリアル現金の支払いは停止または制限された。ＪＩＲ銀行（東京銀行の出資先）では支払いを法人百万リアル（三百万円）、個人二千リアル（六千円）に制限していたが、遂に営業を停止した。⑷現在、事態はさらに悪化している。

○同十七日発信――⑴十一日の「アシューラの祭日」には百万人のデモだったが、秩序のある行進であった。あきらかにデモには指令がゆきわたっている。政府はなんとかこの日の危機を切りぬけたが、その後も当地情勢は混沌としており、まったくよくなっていない。⑵「アシューラの祭日」に百万人のデモが整然と行なわれたが、これはけっして体制の勝利を意味するものではなく、反体制派の強力な指導力と組織力が発揮されたとみられる。⑶次のヤマ場は、王室の財産調査の発表期限である一九七九年一月十日前後から、「アシューラ」の四十日後にあたる一月二十日ごろ（デモで反体制側が掲げた要求にたいする回答期限）になるとみられて

いる。……》

商社の本店に宛てた「日報」なので、まことに表現は地味なものである。新聞社の「テヘラン特派員発」に見られる手馴れた文章ではないかわり、駐在商社員の生活と、日ましに高まるイスラム革命の進行の現実感が出ている。かくて、イランの一塊の土と莫大な財産とを持参してのシャーとファラ王妃の国外逃亡（一月十七日）、王制の顚覆《てんぷく》（二月十一日）というキャタストロフィにむかって、「日報」の上のドラマも進んでゆくのである。——

私は小用に立った。六時半ごろだったが、手洗所の窓の正面、昏《く》れなずむ風景の上辺に切り紙を貼りつけたようなエルブルズ山脈の横長い雪があった。雪は消えかかる西日を受けてほのかな薔薇色に染まり、下半分にある麓一帯の蒼黒い夕闇とは分離していた。暗い斜面にひろがる別荘《ヴィラ》の村には家々の小さな灯がきらめいていた。昨夜、ここに到着したときに見た谿間《たにま》の光だった。

机の前に戻り「日報」のつづきを読もうとした私は、その横に置いてある「プール・レポート」へ眼が向いた。それは「日報」の前に読んでいた箇所とは違う頁だった。よくあることで、机を立った時に何かにふれて頁がめくれていたのである。

なにげなくそれを見ているうちに、その文字は私の瞳を突き抜けて脳の中枢部を刺したように感じられた。

《一九七九年五月二十四日、テヘラン革命委員会は前駐米大使ザハディの住居の家宅捜索を行なった。彼自身の手書き《ハンドライティング》による秘密文書が発見され、押収された。

ザハディのこの手書きの秘密文書は、激化する国内不安を鎮静するために七八年十一月六日にシャーが軍政を導入したことに対しアメリカが大いに満足したことを示している（このときにはイギリスもイランの軍政を支持する声明を出した）。

さらにこの文書では、前国務長官キッシンジャーが、シャーによってそれ以前に釈放された政治犯を再び監獄に放りこむべきだと提案したことを記している。

極秘文書は、テヘランへ秘密のコードによって伝達されたが、それは、これらアメリカの高官たちがイランの軍政施行に「満足している」ことを示している。

ザハディ・レポートは、シャーの特別顧問モワニアンに宛てたものだが、このレポートがシャーに廻されるように指示してある。

手紙の内容。——

①昨日（註。日時不明）ブレジンスキーと話し合いたいと思ったが、彼は不在だった。私はイラン及びインド洋担当のグリスク博士と話した。彼はこう言った。「シャーの決定は、唯一の理性的なものである。我々は、シャーがテレビを通して国民に話しかけるという方法に特に満足している。それはうまい方法だ。シャーはそのさい、石油についても、安全保障の問題についても話すべきである。それは、さらにベターだから。もちろん、その結果は三日や四日のうちには出ないだろう。シャーは、野党（註。国民戦線など）との連立政権を樹立しようとし

てベストを尽したのだが、野党がそれを受けようとしなかったのだから、他に解決策はないといえる」

②夕方の四時半（昨日）ブレジンスキーが私に話しかけてきた。彼はこう言った。「この軍政の決定は大変素晴しいもので、しかもタイミングがよく、私は非常に満足している。報告によれば、英国大使がシャーにアドヴァイスをしたということである。私は以前から、そのような考えを持っていたので（一部の人間はそれに反対していたが）、たいそう満足している。私はすぐにも大統領に、そのことを報告しようと思うが、貴方の意見はどうか」。私はブレジンスキーに、もちろんそうして欲しい、しばらくして混乱が片づけば、今度のシャーの決定はきわめて有効なものであったことが貴方にも理解できるでしょう、と答えた。それに対してブレジンスキーは私にこう言った。「軍政府が文官政府に移行するにしても、貴方がたはその時期を明確にしない方がよい。さもないと事態は悪化する」。私の意見もそれと同じだが、しかし私はそのことをシャーに報告することを忘れていた。

③夕方六時半にキッシンジャーと話した。すでに彼は話を聞いており、彼はこう言った。「私はとても満足しており、貴方がたを祝福したいと思う。しかし、軍政の決定がもう少し早く行なわれておれば、事態はこんなに悪化しなかったのではなかろうか。我々は売国奴たちに抵抗しなければならない。先に刑務所から釈放されたものたちを再び刑務所に入れるべきで、そうなれば対応はもっと容易になると確信している」

④私はCIA長官のターナーと話をした。彼は、国民戦線は馬鹿の集りであり、シャーの偉大な対応を受け入れるには骨がなさすぎる、と私に言った。「これ以外に方法はないから、私は満足している」と彼は述べ、この軍政による解決策は日々、効果を増すだろうことを期待した。最後に、彼は「シャーによろしく。私は常にシャーに奉仕したい」と私に語った。

⑤今朝、ネルソン・ロックフェラー（前副大統領）が私に電話してきて、こう言った。「まず貴方がたを祝福したい。シャーの軍政決定は、申し分のない第一歩である。昨晩、ブレジンスキーが私に電話してきて、その決定のことを知らせてくれた。彼は、英国及び米国の大使がシャーと会談したとき、英国大使が野党との連立政権のことを話題にし、歴史の教訓を学ぶべきだと述べたと言っている」。ネルソン・ロックフェラーは、シャーはシャーの満足する方法を続行するべきだと言った。ネルソンはまた、「内閣に関してシャーはネルソンのために一つ席を空けてあると言った」と話した。私はそれがジョークなのか、それとも本当にシャーがそういうことを言って、それを米国大使がネルソンに伝達したのか、いずれであるかを知らない。ネルソンは、二、三週間後のニューヨーク・タイムズが東側と西側のバランスについて記事を書くだろう、そしてその記事はお気にめすだろうと私に言った。彼はまたシャーに会いたいと私に希望した。

ネルソン・ロックフェラーがシャー宛てに直接に送った電報は次のような文句である。

「陛下、貴方にこの電文をさしあげることは私の喜びです。すこし前に、私はブレジンスキーを通して、陛下が大胆な一歩を踏み出したことを聞きました。この勇気ある健全な決定は、西側陣営を救うばかりでなく、日本をも救うでしょう。陛下と妃殿下が健やかであられんことを」

⑥昨晩、ワッセルマン上院議員とストラウス、リビコフとが参加した特別のパーティがあり、私（註。ザハディ駐米大使）はそこに出席した。リビコフは、選挙委員会のメンバーであるベイカー上院議員が彼に電話してきて、彼はかならず選挙に勝ち、上院の少数意見をリードすると話したことを言った。ベイカーはまた、彼がシャーに忠実であり、シャーのためにいかなる方法も取るということを、リビコフを通じてシャーに伝えて欲しいと言っている。リビコフは、シャーの人柄とイランの安全保障についてあれこれ話したが、特に彼は、大統領補佐官であるストラウスとワッセルマンの両人が大統領にあい、カーターにすべてを話すべきだと言った。他の者たちも貴下（註。シャーの特別顧問モワニアン）と話したい希望を持っているが、テヘランが朝早いことを考えて、貴下の仕事を邪魔しないように適当にあしらっておいた。

リビコフ夫人は、シャーの決定に満足しており、明日ワシントン時間の十一時から十二時にかけて、シャーならびに妃殿下に対して上院から電話をかけたいといっている。

遠方から貴下の足元にキスを送ります。

貴下の奴隷であるアルデシャールより》

2

当時の駐米イラン大使ザハディはたいへんな秘密文書を自宅に置いたものである。

アメリカの政府高官連やキッシンジャーなどはいずれもシャーが軍政を導入したことに「満足し」、ブレジンスキーは「この決定はたいへん素晴しいもの」とシャーを賞讃し、ターナーCIA長官は、これをシャーの「偉大な対応」とほめちぎり、「シャーによろしく。私は常にシャーに奉仕したい」と語ったと、ザハディ報告は述べているのだ。

それにもまして私の心をとらえたのは、フォード時代の副大統領でデービッド・ロックフェラーの兄ネルソン・ロックフェラーがザハディ駐米大使に電話をかけてきて、「あなたがたを祝福したい。シャーの軍政決定は申し分のない第一歩である」と言っただけでなく、ロックフェラーは直接にシャーに電報を打ち、戒厳令施行を「勇気ある決定」と意義づけ、「西側陣営のみならず日本をも救う」と激賞したことである。

ザハディ大使がシャーの特別顧問モワニアンに宛てた秘密書簡中の「昨日」が、軍政に切りかえられた一九七八年十一月六日の前日の五日にあたることは私にも推定できる。

その五日にはイランのシャリフエマミ内閣の閣僚が続々と辞表を提出した。シャーは即日参謀総長ゴラム・レザ・アズハリ将軍に組閣を命じ、軍人内閣による軍政を布かせた。多数の死傷者を出すデモと軍隊との衝突の続発、銀行や英国大使館焼打ちなど民衆反抗の激化が戒厳令だけでは抑えきれなかったからである。

その数日前には、パリに滞在中のアヤトラ・ホメイニが、「イランに内戦が起る可能性」をほのめかした。そのころからテヘランより四万五千人に上る米国人(軍事顧問団など)の脱出がはじまっていた。その前、十月末にはカーター米大統領が、「シャーの進歩的政府は世界にとって貴重だ」と賞讃したばかりであった。

文民内閣を軍事政権に切りかえ、九月八日以来の戒厳令を強化し、弾圧によってこの非常事態の乗り切りを図ったのは、じつはアメリカ政府の支持をとりつけたシャー・パーレビの決断だったのだ。ザハディ秘密書簡が示すところでは、イランの軍人内閣の設立は、キッシンジャーやブレジンスキーらがカーターにすすめ、カーターがシャーにそれを勧告したとなっている。カーターはシャーに直接電話したほか、テヘランに在るシャーの特別顧問モワニアンや駐イラン大使ウィリアム・サリバンなどを使ってシャーならびにシャー側近にこれを逼《せま》ったことが推測できる。

軍政を布いた翌七日に、軍政当局をして前SAVAK長官ナシリら十二人の政界有力者を逮捕させ、九日にパーレビ王制の大黒柱ホベイダを逮捕させたのは、これによってシャーが民衆の反抗を鎮めようとしたのである。つまりシャーへ直接向う民衆の怒りを悪名高いSAVAKの親玉やパーレビ体制のボスなどへむけさせる手段だった。シャー自身の意図か、アメリカ政府の勧告にもとづくものかはわからないが、おそらく後者の線が強かったものと思われる。それでなくてはシャーが支柱として最も頼りにしているホベイダや、王制護衛のSAVAKの前長官らを逮捕するまでには至らなかったろう。

どちらにしても国内が鎮まり、ほとぼりがさめたころにはシャーはホベイダやナシリらを「釈放」する予定だったろう。が、シャー自身がアメリカの勧告で国外に脱出したので、獄中に残されたホベイダ、ナシリなど多数の高官・将軍連はそのまま革命政権の手に移り、処刑される羽目となった。いわゆる春秋の筆法からすれば、ホベイダらはアメリカに殺されたのである。

そもそも驕慢なるシャーに「懲罰」を与えたというのもアメリカなら、その工作結果が見込み違いで手綱のきかない重大局面になると、狼狽してシャーに戒厳令を施行させ、つづいて軍事政権にきりかえさせたのもアメリカである。それがさらに内戦の様相に発展しかねなくなると、こんどはシャーを国外に逃がした。シャーもまたアメリカの七縦七擒《しちしようしちきん》に翻弄されたのである。

《イランでは伝統的に、変革への志向は他国から持ち込まれる要素に強く左右されてきた。今世紀の変り目に起きた憲法改正運動には、イギリスの後押しがあった。イギリスはまた、レザー・ハーン（シャー・パーレビの父親）をイラン陸軍司令官に指名する根回しもしたが、これは、有能な彼なら弱体なカジャール王朝を打破できると踏んだ上でのことだった。第二次大戦中、シャー・レザー・ハーンに退位の圧力をかけたのは、イギリスとソ連だった。モサデクは、その民族主義的政策を推進する上で、アメリカの支持を得ていると誤って信じていたために失敗した。そして、モサデク失脚とパーレビ復権を決定的にしたのも、アメリカとイギリスの援助があったからこそなのである》（前出『イラン　石油王国の崩壊』）

今回、シャー・パーレビを国外に逃亡させることによってイランの王制政体を結果的に崩壊させたのもアメリカである。アメリカにとっては「懲罰」の誤算からはじまる甚《はなは》だ不本意な締めくくりとなった。

ここまで見てくると、当初シャーに「懲罰」を加える工作をしたメジャーの張本人が、アメリカ石油界の総帥であることが私にはいよいよ確実なものとして浮び上ってくるように思えるのである。

私は前に、その工作担当をテヘランのＣＩＡ支部かと考えていたが、こうなるとその指揮はまさにワシントンのＣＩＡから行なわれたのである。その指令をテヘランに運ぶ密使はいなかった。米国大使とＣＩＡ支部の責任者とをテヘランから呼びよせ、密命を与えて帰任させればよかったのだ。

「ＣＩＡ支部の情報報告は、ワシントンのＣＩＡ本部の抽出しの中で埃をかぶっている」といった表現の資料を、私はあまりに読みすぎて、今までそれに影響されてきたようである。

しかし、それにしてもニューヨークのペルシア絨毯商エドモンド・ハムザビが私の家でひとこと洩らした情報の正確さに愕《おどろ》かないわけにはゆかなかった。彼はただ「メジャーがシャーに懲罰を与えるつもりでしたことが予想外の結果になった」と言っただけだった。それまでだれからも聞いたことがなく、またどの報道にもないことだったので、その詳細を聞きに私はニューヨークの彼のもとに飛んだ。が、彼は急に態度を曖昧なものに変えた。

そのために、私はずいぶんと迷わされた。わざわざ日本からアメリカにやってきた私に対するハムザビの仕打ちに。"Yes and No"だといわれるイラン人の性格を、このときくらい痛いほど感じたことはない。ニューヨークでもワシントンでも、私は嗤《わら》われた。

しかし、ハムザビが今年の三月末、最初に私の家にきて洩らした言葉は、その後に読んだブッシュ元CIA長官の言明から考えても、真実だったと思えるのだ。

ハムザビはもっと詳しい内容を知っていたかもしれない。あるいは、あの言葉以上には知らなかったかもしれない。だが、彼が確かな或る方面から、それがどこだかわからないが、その「懲罰」の話を聞いていたのは間違いない。……

突然、電話が高く鳴った。私が思わず身震いしたほどホテル中は静まり返っていた。

交換台が、ミスター・モラーディからだと伝えた。カーペット商からである。午前中に長谷が、ハムザビからあずかった商業通信文を持っている私のことをモラーディ商会の者にことづけていたので、外出から帰った主人のモラーディが私に電話してきたとみえる。偶然だが、いまのいままでハムザビのことを考えていた矢先であった。

女の声が出た。秘書らしかったが、すぐに男の声にかわった。

「わたしはモラーディである。そちらはミスター・ヤマガミか」

アブドラー・アリ・モラーディは、渋いが、レシーバーによく徹《とお》る声を持っていた。あなたはニューヨークのハムザビ君からわたし宛てのレターを預かっておられるそうだが、これからそれを頂戴しにホテルにうかがってもいいだろうか。今からだと四十分後にはそちらへ到着できると思うが。

私はその十分前にロビーに降りた。エレベーターの中はボーイだけだし、広々としたロビーに客の姿は少なかった。フロントには従業員たちがかたまっていた。革命前、このロビーは外国人と中産階級以上のイラン人とがたむろするくつろぎの場所にちがいなかった。今夜も昨夜と同じように照明の三分の二が消えていた。

夜の窓の下、玄関前に車のヘッドライトが動いた。ほどなく長身の、額の禿げ上った紳士が女伴れで玄関から入ってきた。イラン人の両人は私を見ると、遠くから微笑をつくってまっすぐに歩いてきた。

アブドラー・アリ・モラーディは、眉のせまった大きな眼と隆い鼻と引き締まった口とを卵形の顔の中に配列させていた。髭をつけてない彼の容貌は、根っからの商人といった感じだった。五十歳前後とみえた。
二十五、六くらいの女性は、これもはっきりと輪郭をつけたような大きな眼と隆い鼻梁《びりよう》とをもち、いかつい肩と鳩胸の、腰の張った身体つきであった。モラーディは秘書だと私に紹介した。電話の最初に出た女にちがいなかった。

私は内ポケットからハムザビにことづかった封筒を出して、モラーディに手渡した。モラーディは、封筒の表と裏を改めたのち、その場で封を切った。とり出したのは三枚くらいの便箋だったが、ちらりとめくれた紙の部分には、数字がいっぱい書きこまれていた。仕切書か注文書のようであった。

モラーディはそれを封筒にもどし、上着の内ポケットに入れてボタンをかけた。

「ハムザビの店ではペルシア絨毯の在庫が少なくなっているので、早く送ってくれといっている。イスファハン、コム、ナイン、タブリーズ、トルクメンその他各地産の銘柄と数量を指定しているが、目下アメリカ向けの輸出の手続きが非常に窮屈になっている。こちらの在庫品は多いのだが」

モラーディは、一語一語を区切るようにしてゆっくりと英語で言った。tの発音が消えるアメリカ人の鼻にかかった米語は私には苦手だが、モラーディの言葉はよくわかった。お互いに外国語なのである。微笑する彼の眼もとには愛嬌があった。

彼の口からイスファハン、コム、タブリーズなどの地名が出たとき、私の眼の前にはニューヨークのハムザビ商会にくりひろげられた眼もあやなペルシア絨毯が浮んだ。これはイスファハン産だ、メダリオンには黒地に極楽鳥・鹿・青い鳥などがさまざまな花、さまざまな色で咲き誇る中を左右対称に織り出され、ボーダーはオアシスを表現するブルーで、これにも百花と鹿と鳥とがとり合せてある。こちらはタブリーズ産だ、緋色や朱色が多く使われてグリーンとの対照で色調がずっと派手になる……と説明するハムザビの声がそれに重なってくる。じりじりしながらそれを聞いていたあのときの私の気持まで蘇ってくるのである。

だが、イスファハンといいコムといいタブリーズといい、これらペルシア絨毯の有名産地はすべて革命の発火点になっている。とくにコムにはイマーム・ホメイニが居て新しい権力支配を行なっている。土と乾し煉瓦でできたうす暗い民家の中で娘たちによって織られるペルシア絨毯とイスラム革命とはどう因縁するのだろうか、と一瞬とりとめのない想像が走った。

あなたは、イランにどのくらい滞在する予定かと、モラーディは両手の指を前に組み合せて私に訊いた。何日までとは決めていないが、当分はテヘランに居るつもりだと答えると、

「明晩、夕食にご招待したい」

と、唇の両端を上に曲げた微笑で言った。

ことづかってきた商業通信文を渡したくらいでご馳走になるいわれもないと辞退しようと思ったが、考えてみるとモラーディは非常に数少ないテヘランのコネになり得る一人である。これからのこともあると思い直して、私は彼の招待を受けることにした。

「ご好意を感謝する。ついては、私のほかにもう一人、ペルシア語の通訳として友人の日本商社員をいっしょに呼んでもらえないだろうか」

「けっこうだとも。どうぞ」

モラーディは傍の女秘書と二言三言相談していたが、フランス料理店にしたいが予約のこともあるので、明日午前中に店の名と場所と時刻とを電話で連絡すると言った。

彼は背中を回して出口へ歩きかけたが、ふと忘れものでもしたように二、三歩戻ってきて、空港からホテルへ向う途中の検問で、この手紙を革命防衛隊のパスダーに開封されて読まれなかったかと訊いた。私が、この封筒はポケットに入れていたが、検問ではそこまでは調べなかったと答えると、メルシー、とモラーディはフランス語で私に言った。あとで知ったことだが、現代ペルシア語の中にはメルシーが入っているのである。

あとは英語で言いわけするように、

「権力をもつパスダーは、教養が低い。連中が検問で何でも調べたがるのは困ったものだ」

と彼は呟いた。

女秘書はうしろに従った。もり上った肩と腰の張った女はショルダーバッグから大きな黒いネッカチーフをとり出していた。チャドルを着てない女は、代りとしてネッカチーフを頭から被る。女は人前で髪を見せてはならないのがコーランの教えだと長谷が言っていた。

彼らを玄関のドアまで見送って私は部屋に戻り、机上に置いた「商社日報」のつづきにもどった。

これまで読んだところは革命前の一九七八年十二月までのものだったが、以下は七九年四月半ばからのものである。

《○四月十六日発信――革命委員会による政治犯の処刑が頻繁である。革命裁判はバザルガン臨時政府には関係なく、革命委員会が独自に行なっているようである。現在までの処刑数は百数十名に上るという。

○同十七日発信――(1)「革命」の熱がさめるにつれ、我々が日ごろ接する中産階級、知識階層には、かなりの「しらけムード」や、不満が出はじめている。(2)英字紙・英語放送が全くないので、情報入手は全く困難である。(3)耳に入ってくるニュースは、豚肉・ハム・ソーセージの生産中止、酒類の生産中止、海水浴場を男女別に分離、男女共学の廃止案などである。(4)今やイランの最大の問題は、三、四百万人にも達するという失業者の対策である。現在、官公庁、大企業、工事現場等に失業者が押しかけ、「職よこせ」の要求をしている。イヤガラセも頻発している。(5)警察・軍隊が瓦解しているので、今後の治安悪化が懸念されている。(6)生産活動の回復は遅々としている。日本の電機企業、ガラス製造企業が出資している北部のラシト、カズヴィン市などの合弁会社のように早くもフル生産に戻っているところは例外的である。金融問題、労使問題、原料資材の問題が正常化していないことがネックとなっている。(7)日本人商社駐在員がようやくばらばらにテヘランに戻ってくるようになった。

○五月八日発信――(1)穏健派のアヤトラ・タレガニがコムのアヤトラ・ホメイニと妥協成り、

テヘランのリーダーに戻った。(2)サンジャビ(註。一九七八年八月、野党「民主国民戦線」を結成した)が外相を辞任した。聖職者の政治介入が不満のためだ。(3)革命評議会(Revolutionary Council)のメンバーは秘密であるが、噂では次の四名が主要メンバーの中に入っているといわれている。Ayatollah Motahari, Dr. Beheshity, Mr. Hashemi Rafsandjani, Dr. Mafteh。そして革命委員会(Revolutionary Commitee)はこの革命評議会の管制下に置かれている。(4)革命法廷の発表では、クルディスタン・ナカデー地区での暴動の嫌疑で四十一名が政府に逮捕された。

○同九日発信――(1)王制時代の大臣、将軍等二十一名が処刑された。これで約二百名が処刑された。さらに六名が処刑された。(2)このうちエラニアンというビジネスマンが含まれている。同氏はジュウイッシュ・イラニアンで、PLASCOというプラスチック製造企業の社長である。彼はイランでプラスチック産業をはじめたパイオニアともいわれている。彼の処刑理由はイスラエル政府へ資金援助をしていたという。彼の処刑は、産業人では初めてである。(3)この処刑にたいして米国で非難の声が上ったが、革命政権は直ちに反駁した。これがテヘランでの激しい反米デモにつながった。

○同十日発信――(1)最近つづく処刑にたいして、ボニアマド氏(シャー時代の議会で積極的反対を表明していた政治家)が、バザルガン首相に書簡で抗議し、聖職者の復讐に対して批判した。(2)結婚年齢を男子十五歳、女子十三歳(これまでは男子二十歳、女子十八歳。ただし裁判所の許可があれば男子十八歳、女子十五歳以上も可）に引下げた。これは思春期の青少年婦女子対策からである。⑶夜中には依然として銃声つづく。例年になく天候不順。快晴の日はない。

○同十三日発信——前国王はカスピ海の保養地に10 Billionリアル（約三百億円）をかけて大宮殿の建設をすすめていた。王子が三十歳（現在十九歳）になったとき、シャーはこの新宮殿に引込むつもりだったという。

○同十四日発信——⑴処刑に対する批判の高まる中で、ホメイニは、今後は、殺人を行なった者、拷問を行なった者、殺人を命令した者以外は、処刑の対象にしないと言明した。⑵イスラム革命法廷の首席判事アヤトラ・ハルハリ（Ayatollah Khalkhali）は、海外に脱《のが》れているパーレビ前国王、ファラ王妃、バクチアル前首相、ザハディ前駐米大使ほか約十数名を死刑にすると発表した。⑶テヘランのシャー・パーレビ通りがモサデク通りになるなど街路の名が変更され、王制色を払拭し、新体制色になった。⑷後任のヤズディ外相は、「イランは軍事的脅威に直面していないが、各種謀略がイラン及びイラン革命に対する重要な脅威になっている」ことを認めた。

○同十五日発信——⑴イラン在住のユダヤ人代表がホメイニと面談（二回目）、国際的シオニズムに対する嫌悪を表明した。⑵王制時代、メリ銀行の地下に王冠はじめ各種宝石類を保管していたが（一般公開もしていた）、シャーが国外に出たとき、これらを持って逃げたのではないかとの噂が流れた。しかし当局のチェックの結果、二つの王冠は真物であることが確認された。⑶テヘランのPLO代表部は、イラン当局との関係悪化の噂を根拠のないものとして否定し、現在きわめて友好的な関係にあることを強調した。⑷NIOC（国営イラン石油公社。革命前は、シャーの私有財産をふやすための資金吸い上げ機関でもあった）のナジ（Nazih）総裁によれば、シャー時代に三億ドルをかけてイスラエルとの間に石油パイプライン敷設を極秘裡にすすめていたという。

○同十九日発信――⑴民主国民戦線はテヘラン大学での集会に一般からの参加をよびかけた。また本日はモサデク生誕百年祭であり、"The day for freedom of Press"（報道自由の日）と名づけられた。⑵南部のホーラムシャハル港での労働者のストライキは、政府にとって一日一億リアルの損害といわれる。⑶過去一カ月のあいだに、五万五千人の労働者が政府から失業対策費をもらった。⑷PAYKAN（国産車）の価格が、革命前四十四万リアルだったのが、現在六十万リアルに値上りとなっている》

――商社の社内報告だが、これでイラン革命直前と革命後のこれまでの情勢が、だいたいつかめる。系統のない雑情報だが、それだけに日々の動きがなまなましく伝えられているように思えた。

私がベッドに入ったのは十一時すぎだった。

3

夢うつつの中に遠い銃声を聞いた。眼がさめてもそれはつづいている。音は、遠くからのように鈍いが、案外近くで聞えている。間を置いて試射でもしているようだった。カーテンを開いたが、エルブルズの雪は見えなかった。灰色の雲が垂れこめて、近くの山も半分以上が隠れていた。雲の下に霧が走っていた。小雨が降るうす暗い朝であった。九時すぎだった。

岩山と砂漠とが見せているようにエルブルズ山脈の南側、イラン全土のほとんどは乾燥地帯である。一年間の雨量はきわめて僅かで、晴れ上った毎日がつづく。建築も雨がないものとして設計されている。それがこの季節に雨の日が多くなった。ホメイニがパリから帰国していらい異例の天然現象なので、民衆はホメイニを預言者の再来のように讃歎《さんだん》しているという長谷の話を思い出した。

ホテルの前は、小雨に濡れた道を車が走っているだけである。まだ銃声に似た音はホテルの裏から聞えている。私は急いで着更えをし、エレベーターで降りた。ロビーを歩いているボーイをつかまえて、音の正体を訊いた。ボトルを割っているのです、というのが返事だった。なんのことか分らず、金を与えると裏側へ案内してくれた。外は肌寒かった。

倉庫の前だった。おびただしいブランデー、ウイスキー、シャンペンが瓶ごと破壊されていた。赤い服のソムリエや、ボーイ、雑役夫たちが七、八人くらい集って前掛けを胸に吊るし、ハンマーで瓶を片端から叩き破っている。流れ出る酒は大きな桶に受けて下水道に注いで流す。銃声に似た音は、破壊されるシャンペンの瓶が正体だった。

瓶の破片は山と積み上げられている。これから破壊をうける瓶は一方で整列していた。強烈な酒の匂いが立ち罩《こ》めていた。支配人らしい初老の男がむつかしい顔をして立っていた。ソムリエは泣き出しそうな顔をし、ボーイたちはげらげらと笑っていた。

ホメイニのお達しだ、とマネージャーは私の質問に無愛想な調子で答えた。イスラム教の戒律による政府の命令にホテルは忠実に従わなければならない。ここにある酒は外国人客用のものばかりだが、そのお目こぼしも不可能になった、と彼は捨て鉢な調子でいった。

「このホテルだけでなく、テヘランじゅうのホテルがそうなんです」

このウイスキーを少しもらって、あのエルブルズの氷を入れたら、オンザロックができるのだが、と私は不逞《ふてい》なことを考える。

十時半、まるい肩に古い赤革の書類鞄を吊り下げた長谷順平が小肥りの身体を現わした。彼は私の話を聞いて、細い眼を笑わせながら、ほかのホテルでも酒瓶の破壊を行なっていると言った。

「それだけじゃないです。各国駐在のイラン大使館でも、酒を飲むなというホメイニの命令でこのホテルと同じことをしているそうです。ワシントンのイラン大使館では、高級なシャンペンやワインのボトルが惜しげもなく壊されたそうです。これは公式に伝えられているところですがね」

「ホメイニの威光もずいぶん徹底したものですね」

「それというのが、イランの在外公館には、大使級は別として旧体制の外交官がそのまま残っているから、できるだけ本国からの嫌疑を避けようとしているんです。ホメイニ体制のイスラム国家政策は神経質なくらいですからね。ホテルにしても営業停止を喰わないためには酒瓶を一本も残さないということです。革命後もこれまではホテルの外国人客にはこっそり酒を出していたし、バザールにはヤミの酒がずいぶん出回っていたのですが」

「相当な改革だな」

「けれども」

ここで長谷は笑った。

「酒に関してはどこまで徹底できるかわかりませんよ。これまでの例からして禁酒の徹底は不可能かもしれません。空港に着く外国人には税関も特殊事情を考えてウイスキーやブランデーの瓶の持込みを二本くらいまでは認めています。それを当てこんでイラン人がどんな値段でもいいから買わせてくれと寄ってくるのです」

「ヤミ市に流すのですか」

「法外な高値で上流家庭にこっそり売りつけに行くのもあれば、バザールのヤミ市に流すのもあります。ホテルでは、これ見よがしに酒瓶を派手に割っていますが、あれはオモテ向きです。その証拠に叩き割っているのは、安ものばかりです。クモの巣が瓶にかかっている自慢のワインや、VSOPのラベルの付いたカミュやヘネシーのブランデーは、ホメイニ革命委員会の捜査をうけても絶対にわからないところに隠匿《いんとく》しているはずです。商人ならどこの国でもやることですが、この国ではそれが極端なんです。在外公館がホメイニのお達しで酒瓶を割ったといっても、それが全部の破壊でないことは察しがつきます。やはり"Yes and No"の国民性ですね」

「ははあ」

「しかし、男女共学禁止は本気にやるようです。それと、海水浴場で男女がいっしょに泳いではならないのも徹底させるようです。これらがイスラム教に反するからです。男は午前中に泳ぎ、女は午後に泳ぐということに規制されました。カスピ海や南部海岸の海水浴場の業者は、これではだれも泳ぎにくる者はないといって頭をかかえているそうです。男女がいっしょに泳げないとなると魅力がまったくありませんからね。家族づれの水泳といっても、父親は男の子をつれ、母親は女の子をつれて別々の時間に泳ぐことになります」

「男女共学禁止に、学生たちの不満は出ないかしら」

「イスラム主義の手前、いまのところ表面化していないが、不満がくすぶっているのは当然です。これも学校での魅力が半減しますからね。このホテルの地階レストランだって革命前は二十四時間営業で、若い男女がマイカーで乗りつけてきて深夜までダンスを踊ったり抱き合ったりして毎晩大騒ぎをやっていました。むろん女はチャドルなんかつけないで、ミニスカートの完全なアメリカン・スタイルでした。ぼくは研修生時代にイラン人の友だちと何回か来ましたが、ゴーゴーだの何だのって、もう乱痴気騒ぎでしたね」

「その若い人の抑えつけられたエネルギーは、いま、どうなっているんですかね」

「だから、政府は男女の結婚年齢をうんと引き下げました。裁判所の許可があれば男子は十五歳、女子は十三歳でもいいということになりました」

「読ませてもらった〝日報〟にそれが出ていましたね」

「思春期男女の対策ですよ。この国の青少年は早熟ですからね。イスラム教では独身者の自由恋愛はまったく認めていない。これも『地上の腐敗』の一つに入るんです。先般、イスファハンでその罪に問われた男女がイスファハン革命委員会によって笞打《むちうち》の刑に処せられたのは、お話ししたとおりです」

「そういう処罰は、まさか公衆の前ではやらないだろう」

「しかし、希望する者には参観をゆるすそうです。行刑は一種のみせしめですからね」

レザー・シャー統治下の五十年前までは、死刑も公衆の面前で行なわれていたようである。

私が日本から持参していま読んでいる本にイギリス王室地理協会の会員ハーマン・ノーデンと

いう人の『イラン紀行』（原名"A record of travel by the old caravan routes of Western Persia"斎藤大助訳。昭和十六年刊）がある。それによると、シラーズ市の絞首台は、市の広場の中央に立っている。処刑は頻繁に行なわれる。そのときは多数の民衆が集り、バンドが演奏される。

各市町村にはそれぞれの地方法があり、各個に法権を発動する。重罪人は首から切りとられてしまう。あるときは大砲の砲口から発射される。あるときは生き埋めにされるが、そのさい首から上は地面にさらされる。悪質のパンを売ったという罪科で、あるパン屋は木にむかって立たされ、その耳は木に釘でうちつけられる。

領主は一つには監査、一つには処罰の目的をもって、例年きまってその領地を巡回する。いかなる町も彼の到着数日前になると、彼の訪問が、街路をかけぬけてゆく騎馬の先駆者たちによって告げられ、犯罪者の処分が大声で叫ばれて行く。ある領主は絞首刑を好まなかった。首絞められた男は、首絞められただけで終る。彼は死ぬ。すぐに忘れられてしまう。しかし、腕を切断された男は、どこの村々を歩きまわっても、殺人犯として常に取扱われ、爪弾《つまはじ》きされるというのである。

腕の切断のことは、イスラム法にある。軍事革命裁判も、すべてはコーランによって刑罰を与えられている。地上に腐敗と害毒を流す罪であり、ヘロインの密輸入も、殺人も、スパイも、強姦も、売春も、拷問による致死、国家への裏切りも、すべてこの罰に該当する。

旧体制の将軍・高官連の処刑前の姿と、死刑後の死体写真とが新聞に発表されたのも、民衆の面前で見せしめの処刑執行という精神が継承されているようにみえる。

ホベイダ元首相は、回顧録を書くために死刑執行を一カ月延ばしてくれと歎願し、その代償として百万ドルを提供するといったが、法廷で拒絶された。ホベイダの供述は「プール・レポート」紙で読んだ。

新しい「プール・レポート」紙にもそのことが出ている。

《革命法廷にテレビの持込みが許されて話題となったのは前カズヴィン刑務所長のヤハヤイ少佐の裁判である。少佐は前政権の高官とはいいがたいが、公判がどのように進められるかを知る上では興味深いものであった。公判のあいだ、テレビカメラは被告と傍聴人にのみむけられ、判事の顔は映らなかった。被告に弁護の機会は与えられず、被告にたいする先入観は明らかだった。ヤハヤイ少佐が自分は組織の犠牲者にすぎないと主張すると、裁判長は、裁かれているのは組織そのものだと語った。この裁判の結果ははじめから明らかだった。

中には真の証人もいたが、多くは疑わしい者であった。証人の信憑性を確認する試みは行なわれず、「アッラーの御名において……」という型通りの言葉以外には何の宣誓もなされなかった。弁護側は証人にたいする反対尋問を許されていないようであった。最も真実を語っている証人でさえ、被告少佐が拷問の命令を発した罪を決定的に証明することはできなかった。裁判長が被告に、証人一人一人に対してではなく全員まとめてその告訴に答えるように命じると、被告は驚愕のあまり、何ら新しい言葉をつけ加えることができなかった。

この法廷がテレビで公開されたという選択そのものが、ヤハヤイ少佐が小物であった理由によることを示している。これは処刑された人間がすべて悪人であることを民衆に教えるための、みせしめのショウであった》

イスラム教徒過激派の「フェダヤーン」はホベイダ元首相の処刑を称讃し、《シャーの忠実な召使い、帝国主義の操り人形のホベイダは、自己の行なった血なまぐさい犯罪に対して正当な罰を受けた。われわれはこの革命的な判決に満足である》との声明文を発表した。

「アメリカ上院が、イランの裁判がおびただしい処刑者を出したことに、人権に反すると非難決議しましたね」

と、長谷順平が言った。

「それにたいしてホメイニの発言がイラン紙に載っています。要約すると、こういうことです。アメリカ上院の非難は理解できるし、とくにおどろくに値しない。アメリカ上院がわれわれの処刑に同意するとは期待していない。本件を米上院に持ちこんだ人物はシオニストであり、イスラエルの友人である。アメリカはイランのマーケットを失ったが、もう一度石油を取りたいと狙っている。ただし、その機会は過ぎ去った。アメリカはわが国との関係を断つと脅しをかけているが、われわれには関係がない。いまやわが国はアメリカを必要としないし、関係をもつ必要はない。……まあ、ざっとこういったところです」

その言葉が終らないうちに、長谷はくたびれた赤革の鞄からもう一枚の地元紙をとり出した。

「ヤズディ外相は、昨日対アメリカ関係に言及し、アメリカ上院の決定はかならずしもアメリカ政府の方針を反映していないし、また、イランは今でもアメリカとの友好関係を回復する用意がある、といっている。これはさきのホメイニの反アメリカ的な発言を訂正したものです」

「やはり、テヘランのバザルガン政権とコムのホメイニ院政との間には違和感があるようですね」

「何かにつけて喰い違いがあります。これはアヤトラ・タレガニやバザルガンやナジなどに代表される穏健派と、ホメイニやハルハリなどに代表される急進派との対立ということですよ。なかでも革命裁判所の首席判事アヤトラ・ハルハリは、さすがのホメイニがもてあますくらいファナティックですからね。言動が非常に過激的なんです」

4

モラーディに招待される夕方七時までには時間があまるので、長谷の提案でテヘラン南郊外のシャハル・レイの町まで車で行ってみることにした。そこの「アリの泉」では絨毯が洗濯されているという。

ホテルのある北の台地から南の下町に向うメイン道路の坂道を下る。そろそろ馴染となった鈴懸《すずかけ》の並木通りである。両側の灌漑水路の水勢は、勾配に沿ってかなり速い。曇天の下でプラタナスの緑は発色がよくなかったが、重なり合う樹の葉のトンネルは心地よい。車は混んでなく、高尚な街路の気品と静けさとをもっていた。この道路パーレビ通りはモサデク通りに改称された。

モサデク通りの改称から、革命後、元首相のモサデクがイランの英雄になったことを隣の長谷と話題にした。持ち出したのはもちろん私からである。

「一九五二年にモサデク首相がはじめてイラン石油の国有化をしたというのが再評価を受けているんですね。それと国民戦線を結成してシャーと対立し、一度はシャーを国外に追い出した彼の実績が人気を集めているんです。モサデクが晩年にシャーによって幽閉同様の身になったことも英雄視の要素になっています」

長谷は鈴懸の隧道の流れる中で言った。

「モサデクの評価については、ホメイニはあんまり認めてないようですね。持ってきてもらった例のプール・レポート紙で読んだのですが」

私がいうと、

「そうなんです」

と、長谷はうなずいた。

「ホメイニは、モサデクの石油国有化はシャーの体制下で行なわれたのであって、イスラム教的ではなかったから、革命的ではないというんですね」

「そのホメイニ発言にたいしてNIOCのナジ総裁が公然と反論しているようだけど」

《五月二十七日、テヘランで開催中の法律家会議において、NIOC総裁ナジは、ホメイニを批判し、モサデク元首相を擁護した。そのナジ演説の要旨。
(1)モサデクは愛国者であり、イランの英雄である。われわれは名誉と誇りとをもってその名を永遠に記憶する。しかるに、ホメイニ師は、モサデクの石油国有化は重要なことではなかった、とどうして言い得るのか。(2)パリでホメイニ師と面談の際、イスラム共和国とは何かと自分が質問したら、それは自由・独立・社会正義だとの答えだった。イランに帰国して、ホメイニ師のその考えが何故に変ったのか。(3)イランの政治・経済問題の解決は、イスラム教だけでは不可能である。(4)革命勝利のとき、人々は笑顔で行進したが、いまはその笑顔が人々から消えている。何故だろうか。
以上のナジ演説のほか、バザルガン首相もモサデク元首相を賞讃し、モサデクの行なった石油国有化は、イランのみならず中東産油諸国にとっても歴史的なことであったと述べ、ホメイニ発言を間接的に批判した。

さらにバザルガン首相はラジオ・テレビを通じ、自分はホメイニ師の憲法原案の内容も、新しい大統領の職務権限の内容も知らされてなく、このような状況では、たとえ選出されても自分は大統領になるつもりはないと語った。また同氏は首相の給料を辞退し、テヘラン大学の恩給だけで生活すると言った。なお、四日間にわたる法律家会議は、憲法は国民投票の前に憲法制定議会によって承認されるべきであるとの結論に達してこれを採択、決議した》

「そのプール・レポート紙にあるようなナジのホメイニ批判演説は、知識階級、中産階級層に大きな共感を呼んだのです」

長谷は言った。

「ホメイニ側からの反論は出なかったのですか」

「出ました。ホメイニの側近のアヤトラ・モファタとアヤトラ・ベヘシティとが、憲法に関するコメントを批判しました。この両人はホメイニのごますりなんです。もちろんホメイニが両人にそう言わせたのでしょう」

「ナジが演説したモサデク賞讃の点は？」

「それはさすがに触れてないですね。モサデクの石油国有化は革命的でなかったなどというホメイニのケチのつけかたには、あきらかに好ましくない私的感情が含まれていますからね」

「つまりモサデクがあまりにも英雄視されることに、ホメイニは愉快でないわけだな」

「そうなんです。たとえ故人でも、自分の人気を上まわる者に対してはだれにしても不愉快なものです。だから、モサデク系の〝民主国民戦線〟はさっそくホメイニに批判を加え、モサデクは偉大であった、と強調しました。そうして、聖職者連中が政治に口を出しすぎて、ホメイニはバザルガン政権を空洞化している、とね」

「いろいろ聞いていると、ナジはホメイニの咽喉もとに刺さった魚の骨のようだな。ホメイニ派はナジをなぜNIOCの総裁のポストから追放しないのかね」

「それができないようですな。ナジは知識層や中間層の強い支持を受けています。もしナジを追放すると、市民の間に動揺が起きて、ホメイニ体制の危機にもなりかねないですから。さすが急進派のハルハリなどの坊さんたちも、ナジに手をつけることができないようです。また、バザルガン首相はホメイニに何度も辞職を申し入れているが、ホメイニはそのつど妥協してはバザルガンを宥《なだ》めています。バザルガンは辞職という脅迫で、ホメイニの譲歩をかちとっているようです。譲歩といっても、ほんの僅かなものですが。穏健派のバザルガンも中間層の支持を得ているのです」

「知識層や中間層は、そんなにしっかりとした存在かね」

私は疑いをはさんだ。

「頼りない存在ですがね。頼りなくても、ホメイニ体制には無視できないんですな。彼らは勇気がなく、活発な意見を表立って言うことができない。首をすくめて、じっとあたりの様子をうかがっています。けれども中間層の考えは、一般民衆の感情を代表していますからね。かれらはおとなしいけれど、為政者には、その背後の民衆が怕《こわ》いのです。なにぶんにも民衆は革命後の現象に失望していますからね。革命が成功すれば、シャーの莫大な財産を分けてもらえると思っていた民衆も多いのです。だから反王制運動には情熱的に参加した。が、その革命が成就してみると、シャーの財産分与どころか、モノはなくなる、インフレは前にも増して昂進する、失業者は巷《ちまた》に溢れる、行政は麻痺《まひ》状態になっている、といったぐあいで、シャー時代よりもっと事情が悪くなっている。おやおや、こんなはずではなかった、というのが民衆の正直な感情ですよ」

「それでも知識人や中間層は動かないのかな」

「政治勢力が左右両極に分裂して、中間層は稀薄になっている、その中で知識層は自信を失っている、という分析があります。ぼくの知っているイラン紙の記者ですがね。かれの意見は、ざっとこういうことです」

——革命の指導者たちはヘゲモニー争いに気をとられている。左派は大規模な粛清をうけるのではないかと恐れている。そして革命の成功を保証していた団結が、日に日に加速度的な勢いで崩壊しつつある。いくつかの点で今の状況は、パーレビ国王体制崩壊へつながったあの状況を想い出させるものがある。

たとえば、ことを上手に処理するための中道派の場を残さなくなった。右と左への勢力の極端な分離化がある。中産階級の間に幻滅が定着したため、この分離化の現象はますます悪いほうに進んでいる。中産階級は、パーレビ時代に反国王情勢をつくりだした勢力の一つだったのだが、現在はその気力を失っている。中産階級の声は、いまや囁きぐらいにしか聞えない。

帰国のため空港へむけて市内のビジネス街を車で走り抜けるあるアメリカ婦人は、

「見てごらん、あの人たちの姿、顔を。だれ一人として幸福を感じていないわ。あの人たちは、これから先、何が起るかを知っている。わたしも知っている。一つ違うのは、あの人たちはこの国に留まり、わたしはこの国から出て行くことだわ」

と言ったという。

中産階級の人々は自分たちがイスラム革命で果した役割に見合うだけの発言権が失われているのに気づき、連中に欺《あざむ》かれたという不満を募らせている。とくに、法律家・大学生・知識人・作家といった人々にその傾向が強い。民主国民戦線の指導者マチン・ダフタリ（モサデクの孫）がこの国では民主主義的自由が脅威に晒《さら》されていると絶えず警告しているのは、中産階級の意識を反映している。ある作家はイラン紙に寄稿して、革命評議会に対する熱い期待が幻滅に変った、と書いた。民主国民戦線がますます右傾化したのには、こうした背景がある。

これらの中産階級・知識人層の意識を吸収し、それを大きな政治綱領にまとめあげたかもしれない人たちはすでに中央から追放されている。前首相のシャプール・バクチアルがその重要な一人である。中産階級の人々は、パーレビ王制が崩壊する直前のバクチアル政府当時をなつかしみ、いつかはそういう秩序ある時代が戻ることを望んでいる。

中産階級や知識人たちが革命前に望んでいたものは、国王を象徴の存在にして閉じこめておくことだった。曾てはホメイニですらそれを希望していたとかれらは発言する。しかし、ホメイニによる革命後は、建設なき破壊と混迷である、という。イラン人経営者たちは、バクチアルは「国を救うために戻ってくる」と信じているが、その可能性は少ない。バクチアルが帰国すれば、革命裁判は彼を即座に処刑するにちがいないからだ。……

長谷順平はそのような新聞記者の話を私にとりついだ。

雨はやんでいた。車が下町に近づくにつれ、車と人の数が多くなった。外国人の顔は一人も見当らない。長裾のチャドルの女も、簡易チャドルの女も歩いているが、その大きな眼は疲れているようだった。パジャマ式のシャツに折り目のないズボンという、きまりきった男たちの服装も相変らず埃っぽく、自堕落にみえる。彼らの眉は濃く、髭には威厳があった。十字路の信号で停っている車の窓へ手をさし出す年寄りがいる。このごろは乞食の数がふえたと長谷は言った。明るい声は少なかった。

《革命勝利のとき、人々は笑顔で行進したが、今はなぜ笑顔を見せないのか》という石油公社のナジ総裁の発言が思い出された。

帰国するアメリカ婦人が言ったという言葉にも惹かれる。

《見てごらん、あの人たちの姿、顔を。だれ一人として幸福を感じていないわ。あの人たちは、これから先、何が起るかを知っている》

このままでは済みそうにない。いまに、何かが起る。かならず起る。——

モサデク通りを東へ折れた。やはり大通り《アベニュー》である。新しい街路名の標識が出ている。きちんとしたものではなく、臨時の、粗末な手書きであった。

「エンゲラーブ通りですね。革命前のシャー・レザー通りです。パーレビが父親国王の名をとっていたんですね」

長谷は説明したあとに言った。

「あなたがこちらへ着かれる三日前に、アメリカ大使館が反米デモに襲撃されました。アメリカ大使館は、このもう一本北側の通りにあるんですがね。暴徒に放火されたりして大騒ぎでしたよ」

「理由は何だったの」

「カーターが革命裁判による大量の処刑を非人道的だといって非難したのに憤慨したんです。デモの指導者がやはり坊さんなのです。アヤトラ・ラフサンジャニといって、急進派のアヤトラ・ハルハリの仲間といわれています」

革命裁判所の首席判事ハルハリが狂熱的な性格で、シャー時代の軍・政・財各界にわたる大物の処刑判決は、すべて彼の指示で出ているという。たとえば国営放送は、イスラム革命法廷がモルテザ・シラニ将軍に対して「革命蜂起の際に大量虐殺を命じたとの容疑で死刑を求刑、同将軍は判決が下された数分後に銃殺された」と報道した。これで処刑者の数は三百二十五人に達したことになり、人々は息を呑んで怯えている。

革命裁判とはそういうものだ、フランス革命に較べるとわれわれの処刑ははるかに数が少ない、とホメイニは批判に答えているが、これにもハルハリの声が重なっている。

「ハルハリといえば、個人的にはユーモラスな坊さんらしいですね。彼はいつも冗談をとばして周囲の者を笑わせるそうです。裁判のときも、マッチの軸で耳の垢を掃除しながら、いい気持で被告の供述を聞いている。被告のほうでは首席判事のそうした様子を見て、たいした罪にはならないと思って安心していると、ハルハリは死刑の判決を言い渡す。たいていの被告は卒倒するそうです」

テヘランの市内をはなれると、大きな家が少なくなり、農村に近い風景となった。黄色い土ばかりだが、ポプラの木立がところどころにあった。乾し煉瓦と土の塀の中にはザクロの枝が張っていた。小さな川が流れ、岸には灌木が群がっている。

「あれを見てください」

長谷が指すほうに眼をむけると、五、六人の子供が、砂土に坐った一人の児をとり巻いていた。

「喧嘩でもしているのかな」

「いや、死刑ごっこですよ」

「死刑ごっこ?」

「子供の遊びに流行《はや》っているんです。地べたに坐らされているのが被告で、まわりにいるのが判事や証人のつもりでしょうね。クジか何かで被告になる役をきめているんです。この前も新聞に出ていましたが、イスファハンでは被告役の子供が穴の中に埋められて、ある例では、通りがかったおとながとめなければ、ほんとに死ぬところだったといいます」

「こわい話だ」

「おとなどうしの間でも、ペルシア語のサーラムは、こんにちは、ですが、サーラムと言うかわりに、〝ファルダー　ティルバラン　ショマン　ミシャヴード〟と言うのがはやっています。ティルバランは死刑です。おまえは明日死刑だぞ、といきなり言われると、冗談と分っていても、言われたほうは、どきっとして、いい気持がしないそうです」

シャハル・レイの町はさびれていた。岩山の下にある湧き水の池「アリの泉」では、男たちが絨毯を洗い、女たちはチャドルの裾をからげて食器を洗い、洗濯をしていた。傍で子供たちが騒ぎながら、泳ぎ回っている。絨毯は岩山の急斜面に何枚も乾されていた。曾てはシルクロードの要衝であり、マルコ・ポーロの『東方見聞録』に「東洋において最も美しい町バグダッドに次ぐ」と紹介されている古都シャハル・レイの、ここばかりは、暗黒時代の世相から外れているようだった。

5

シャハル・レイからテヘランに戻る車の中で、長谷は、新聞記者らがいう「バクチアル再出馬待望の空気」を私に話した。

「そのことはテヘランの市民がだれかれとなく言っていることです。ホメイニに幻滅を感じた民衆が、シャー時代最後の首相シャプール・バクチアルにもう一度出てもらったら、いまよりはマシな政治になるというんですね」

「しかし、シャーに任命されたバクチアルは民衆の抵抗にやむなく軍事内閣を文民内閣に変えたときの最後の首相だったでしょう？　それがどうしていまごろ待望されるのかね？」

「バクチアルは、ともかく反王制運動が荒れ狂う中の今年の一月、シャーの要請によって組閣しましたからね。彼は野党最大のイラン党の事務局長でした。彼は去年十二月末、組閣するにあたってシャーに四つの条件をつきつけたんです。シャーは一時国外に退去すること、国会を解散すること、SAVAKを解体すること、軍の指揮権を内閣に委譲すること、といった条件です。シャーは緊急事態だし、背に腹はかえられないから、しぶしぶとそれを呑んだのです。こうしてバクチアル内閣は今年の一月六日に発足しました。バクチアル首相の特徴は、一方ではホメイニと対決する姿勢をとったことですね。ここに新聞の切抜きを持ってきましたから、まあ、ざっと眼を通してください」

動揺する車の中では読みにくい活字だったが、私は瞳を凝らした。

《シャプール・バクチアルの素顔——シャーの二度目の王妃ソラヤ・エスファンディアリと同じイラン南部のバクチアル族の出身である。SAVAKの初代長官バクチアル将軍は従兄。このバクチアル将軍はSAVAKを非常に強力な組織に築きあげたが、一九六一年に解任された。将軍が権力的な野心をもつのをシャーが先まわりして阻止したといわれている。一年後にバクチアル将軍はイランを離れ、ヨーロッパに行くように「勧誘」された。彼は亡命し、反国王派との交流をますます強め、シャーを攻撃するためバグダッドのバース党政権と協力していたが、一九七〇年八月、国境から約三十二キロのイラク領内で、公式発表によれば狩猟中の事故なるもので死亡した。その後シャーは、バクチアルがSAVAKによって「排除」(暗殺)されたことを認めた。

将軍の従弟であるシャプール・バクチアル博士はパリ大学で国際法・政治学の学位を取得している。モサデク元首相の残した国民戦線の中では左派のバザルガンなどに対して右派とみられている。伝統を重んじるイランでは、先王レザー・シャーの出自の不明なのにくらべ、バクチアル博士の由緒ある血統は王族をしのぐ敬意を払われていた》

《シャプール・バクチアル、五つの実行を表明——さきに組閣の交渉を受けて四条件をシャーに提出したバクチアルは、さらに(1)戒厳令の段階的廃止、(2)全政治犯の釈放、(3)言論・報道の自由、(4)政治活動の自由保障、(5)腐敗・汚職の徹底追及を表明した(七九年一月一日)。

パリ亡命中のホメイニは三日声明を発し、パーレビ国王の承認により成立する内閣はいずれも非合法内閣であるとの強硬見解を明らかにした(一月四日)。

バクチアル内閣発足——首相は内相を兼任。国防相フェレイドン・ジャム将軍、外相アーマド・ミルフェンデレスキなど。全閣僚とも過去二十五年間パーレビ体制下で政府高官として名を連ねたことのない新しい顔ぶれである（一月六日）。

バクチアルを党から除名――国民戦線の構成メンバーであるイラン党の執行委員会は、同党の事務局長だったバクチアル新首相を事務局長を含むすべての地位から解任するとともに党からも除名した。これは左派によるもの（一月七日）。

バクチアル首相は、フランス国営テレビ「A2」のインタビューで「ホメイニ師に席を譲るつもりは全くない」と激しい調子で言明し、「大司教が首相にとって代るということがないのはフランスでもイランでも同じことだ」と述べた。また同首相はホメイニ帰国に関する質問に「ホメイニ師は極めて尊敬すべき人物であり、イラン人だから希望するときに帰国できる。イランに帰るか、それとも外国にとどまる方が便利だと考えるかは彼自身が決めることである」と語った（一月十八日）。

英紙デーリー・テレグラフとガーディアンが十九日報じたところによると、イランのバクチアル首相はインタビューで「ホメイニ師がイランに帰国して〝イスラム共和国〟樹立を宣言した場合、私には二つの選択しかない。一つは私がいまの地位にとどまり、法的に権力を持つのは私だ、と対抗することだ。その場合は流血の事態になるだろう。もう一つの解決策は、私が辞職し、軍隊に対して、私の政府に対する約束はもう守らないでよい、と伝えることである」と述べ、「私が首相の地位にある限り、軍隊は従順だ」とも語った（一月二十日）。

バクチアルはホメイニと会談するためのパリ行きを中止した。その理由として「一個のイラン人とイラン人の間で国家の将来に関して意見を交換するという線で合意に達していながら、ホメイニ師側が急に前提条件として首相の辞任を要求してきたためだ」と説明、これは絶対に受け入れられないと強調した（一月二十九日）。

バクチアル首相は内外記者団と会見し、ひきつづき政権を担当する決意をあらためて表明し、ホメイニの「イスラム共和国」構想を、中世的、独断的と激しく批判した（二月八日）》

「そのように、バクチアルは最後の最後までホメイニに抵抗していますね」

私が読み終ったのを見て長谷が言った。

「これらが、ホメイニ体制に失望したいまの民衆になつかしく想い出されているんです。だから、現在行方不明になっているバクチアルに再び戻ってもらいたいのですよ。バクチアルだったら、きっとよくやってくれるだろうという大きな期待からね」

「バクチアルが世直ししてくれるというわけか」

「そうなんです。イラン版の世直し大明神ですね。そんなふうに期待されているんです」

「バクチアルは、いま、どこに居るの？」

「分りません。ホメイニが帰国してバクチアル政府が崩壊したのが二月十一日、翌十二日にはパルス（イラン国営通信）が、バクチアル首相を逮捕してホメイニ本部に連行した、と流し、新聞はバクチアルがメヘラバード空港から国外脱出をしようとしたところを捕えられたとも書きました。ところが同じ十二日、ホメイニ革命評議会は〝バクチアル前首相の捜索がなお続けられている。彼がどこにいるか、われわれは知らない〟と公式声明を出しています。これじゃ、革命評議会はバクチアルをいったん逮捕したが、彼は逃亡してしまったということになる」

「どういうことだろう」

「この謎を説く想像説が二つあります。逮捕はした、しかし、バクチアルと新政権のバザルガン首相とは同じバクチアル族で親友、ホメイニもまた国民に人気をもつバクチアルを処刑することはむつかしい、そこで両人で相談してバクチアルをこっそりと釈放し、国外か地方へ逃がしたのではないか、ということ。もう一つは、逮捕は嘘で、バクチアルは逸早《いちはや》く国外へ逃げてしまった。前首相を捕えられなかったというのでは革命側もかっこうがつかないので、いまになってあわてて捜査中の声明を出したんだろうというんです」

「どっちがほんとうだろうか」

「わかりませんね。どっちの推測にも意味がありますから。いずれにしてもバクチアルのミステリーは、ホメイニの急激な人気の下降に比例した彼の人気の浮上に関連があります。だれの眼にも、中世に逆戻りした独断的なイスラム国家体制では、今後やってゆけないことがわかりきっていますからね」

「イランにはいまに何かが起る、とみんな言ってるね。バクチアルの再出現の噂もそれにからまっているのかな」

「そればかりじゃないでしょう。いろんな要素がからまっています。が、たしかにバクチアルの噂もその一つです。知識人や中産階級はとくにいまのイランの状態をよくするためにバクチアルの復活を期待していますね。この階層は、行動面では率先して何もできませんが」

招待されたフランス料理店は、通りを隔ててフランス大使館のまん前にあった。革命デモ騒ぎの最中も、またその後も、アメリカ大使館とイギリス大使館が襲撃された中でフランス大使館だけは常に安泰だった。亡命先のイラクから追放されたホメイニをパリにかくまったフランスへのイラン人の、「感謝」がみえそうである。そのせいか、このフランス料理店の空気もきわめて落着いたものだった。ワインが出ないだけで、料理は一級だった。その材料の輸入にイラン当局が特別な計らいをしているのではないかと思われるくらい豪華なメニューになっていた。向うのテーブルには大使館員らしいフランス人がひとかたまりになってすわっていた。壁の鏡がシャンデリアの光を二重に映し、店内の装飾をことごとく二倍に拡げていた。

アブドラー・アリ・モラーディは女秘書とならび、私と通訳の長谷とを愛想よくもてなしてくれた。私はニューヨークのエドモンド・ハムザビからの商用通信文をことづかってきたというだけで、この馳走を受ける心苦しさをモラーディに述べて礼を言った。

「いや、そうじゃないのです」

モラーディは眼もとを微笑させて言った。

「ここしばらくお客さまがお見えにならないので、わたしもこういう場所にくる機会がなかったのです。といってひとりでくる気持もありませんしね。今夜は、あなたがたのお蔭で、久しぶりにわたしたちもおいしいものがいただけるというわけで、こちらも感謝しています」

長谷のペルシア語の通訳はなめらかだった。モラーディの言う「客」とは外国からくる取引先のことであった。

「イランもよほど平静になったのに、どうして外国との取引が回復しないのですか」

ハムザビの顔を想って訊いた。本場で食べるキャビアがおいしい。

「二つの理由があります。一つは、テヘランの大きな絨毯商が革命前後にみんな外国へ逃げてしまったからです。ロンドンとかパリとかにね。かれらはほとんどジュウイッシュ・イラニアンで金持ですから、革命で追い出されたのです。名だたる骨董屋も同じですよ。それにかれらは絨毯輸出のライセンスを持っていました。世界じゅうのペルシア絨毯の販売業者はカルテルを組むかれらの手を通さないと商品が手に入らなかったのです。そのうえ、かれらはイラン各地の絨毯仲買人を共同的に押えていましたからね。その仲買人らはまた絨毯の織り工を、親方と職人の関係で押えていました。織り工といっても近代的な工場労働者ではなく、昔ながらの地方家内手工業ですからね。仲買人たちはそれらの織り工に生活費と糸とデザインとを供給して生産される絨毯を独占していたのです。仲買人らはまたそれぞれテヘランの絨毯輸出業者に専属していたのですから、その輸出業者が海外へ逃げてしまったいま販路を失ったわけです。

外国の取引先も輸出業者が居なくなって途方にくれている状態です」

「外国の取引先は新しい輸出業者を見つけないのですか」

「それがいまは非常に困難です。絨毯は高価ですからね。それをまとめて集荷するには大きな資本が要ります。そういう金持商人はもう居ないのです。金持というだけで、いまは民衆に睨まれますから。さいわい、わたしは金持でもなく、ジュウイッシュ・イラニアンでもないので、ここに居てなんとか商売をさせてもらっているのです。輸出ライセンスは持っていますが、海外の販路はきわめて少ないのですよ」

ニューヨークのハムザビが彼の取引先の一つである。

「それじゃ、あなたのところに海外の業者から新規の取引を望むのが殺到しているでしょうね」

「そうはなっていません。絨毯ばかりは実物を見ないでは買えないのです。客の好みがありますからね。海外の業者は取引のたびごとにこの国にやってきて、輸出業者といっしょに各生産地を回って売れそうな絨毯を択ぶのです。高価な品ですから、そうしないことにはリスクが大きいのです。ところが、革命騒ぎでそういう業者が一人も来なくなった。革命後も政情不安のニュースが利きすぎて、来る者がやはりいない。頼りにしているカーペットの輸出業者が居なくなっていますしね。これが外国との取引が未だに回復しない第二の理由です。また、じっさいに現在はカーペットの輸出手続きが非常に面倒なのです」

モラーディの話の間、女秘書はつぶらな眼のふちにほほえみの小皺を寄せ、ひろい唇からは絶えず前歯をこぼしていた。造作の大きい彼女の顔は、なかなか表情ゆたかであった。白いドレスから露《あらわ》れた褐色の肩もはずみがあって魅力的だった。

「どうして輸出が面倒なのですか。外貨をかせぐためにむしろ奨励されることではないですか」

「そのとおりですが、役所の業務が円滑でないのですね。事務の役人は革命前と同じなのですが、官庁の幹部がみんな革命後の新人で、行政に不馴れなんです。不手際のために末端のあらゆる業務が停滞しています。上層部に不満をもつ役人がサボタージュをしているとしか思えません。だらだらとした山猫ストライキをね。なにしろ予算にしたって、各省とも、明細を示すことなく直感で金額配分を要求しているんですからね。そんなドンブリ勘定では国家予算も精密に組みようがないと思いますよ。身の危険を感じた行政のテクノクラートがみんな逃げてしまっているからです。中世的なイスラム法で現代国家が運営できるとの考えは時代錯誤でナンセンスだ、と知識人は批評しています」

女秘書は笑いながらペルシア語で主人に何か言った。モラーディはうなずいて、ふたたび眼をこっちにむけた。

「こんなことが遠慮なく言えるのも、ＳＡＶＡＫという壁の耳がなくなったからですよ。それだけはありがたいですね」

ホメイニの革命評議会に曾てのＳＡＶＡＫの大物が入りこんでいる、というニューヨークの〝王族〟アリ・モスタファビの言葉がまたしても私の耳に蘇ってきた。これぱかりはうかつには口に出せないのである。が、それが何者であるかをつきとめたい気持は変らないし、その好奇心がテヘランに来てますます私の心の中に募っていた。

革命評議会の構成メンバーは相変らず秘密にされている。数人の名が知られているが、それはアヤトラ級の坊さんばかりだという。してみると、シャー時代のＳＡＶＡＫの大物はアヤトラだったのだろうか。ＳＡＶＡＫの大物がアヤトラに化けていたのではなく、アヤトラがＳＡＶＡＫに引き入れられていたのである。誘惑されたか、何か弱点を握られて脅迫されＳＡＶＡＫになったかである。もしそうだとすれば、命令者以外だれにも正体がわからなかったし、いまでも正体がわからないはずである。曾てのＳＡＶＡＫ要員は二万人、その協力者は十八万人だったともいわれている。そのうち身もとがわかって処刑されたり投獄されている者はほんの一部にすぎない。あとは息を殺して隠れている。

かれらは曾て米ＣＩＡと一体だった。隠れている彼らは、どこかに残存する旧体制派とも連絡をとり、ＣＩＡとも連絡し合っているかもしれない。

そのような地下の動きにたいしてホメイニ体制もきびしい監督の眼を光らせているであろう。ＳＡＶＡＫは消滅したとモラーディは安堵顔で言ったが、それに代って新体制による「壁の耳」ができているかもしれない。――

ボーイが入って来てモラーディにささやいた。モラーディに眼くばせを受けた秘書は立って行った。電話でもかかってきたらしかった。

話題を変えて、モラーディにシャーが信仰していたというバハイ教のことを私がきいているときだった。彼は私の質問に答えて言った。

「バハイ教はイラン人のバハーウッラーが十九世紀のはじめに創始したイスラム教シーア派の系列につながる宗教で、本部はイスラエルにあります。バハーウッラーの師のバーブという預言者が当時の皇帝暗殺計画に連坐して処刑されたのち、その宗教運動をひきつぎ、バーブが預言した〝神の顕現〟であると自ら宣言してバハイ教を創始したそうです。その教義はイスラム教に平和主義、博愛主義をとり入れたもので、人類はすべて家族であって、そこには人種や性別による差別はない、世界政府を設立して、新しい国際語を作ろう、というものです。バハーウッラーの息子のバハーは父の遺志を継いで、今世紀のはじめから世界的布教を行なってきました。その没後はハイファつまりいまのイスラエルのバーブの墓の近くに埋葬されたため、そこがバハイ教の本部になったわけです。もちろんイスラム教からするとバハイ教は異端です」

モラーディの説明だった。

「パーレビ国王や側近がバハイ教信者だったというのは本当ですか」

「七三年の第四次中東戦争後、アラブ諸国がイスラエルに経済圧力を加えたとき、シャー・パーレビだけはイスラエルに石油を送りつづけていましたからね。それもシャーがバハイ教の信者で、ハイファにバハイ教本部があるからだという風評が高かったですね。パーレビは成り上り者だからイランのシーア派に容れられず、そのためにバハイ教信者を登用していたというのです。ホベイダもナシリSAVAK長官も、陸軍首脳部の将軍も、シャーの主治医もバハイ教の信者だったというんですがね。バハイ教の教義がフリーメイソンとも似ていることから、フリーメイソンと故意に混同させて排撃しているふしもありますね。……しかし、いまメキシコにいるシャー一家をイスラエル政府が引き取るという噂も流れています。イスラエルとしては油を送りつづけてもらった恩義がシャーにあるので、そのお返しともいうのですが。そうなるとシャーのバハイ教信者説がますます強くなるでしょう」

女秘書が急いで戻ってきてモラーディに耳うちをした。

モラーディの広い額の顔が上った。

「いま、アヤトラ・ラフサンジャニが何者とも知れない数人の暗殺者に自宅で襲撃されたそうです。どうやら生命だけはとりとめる模様だということですが。アヤトラ・ラフサンジャニは、先日アメリカ大使館に放火の反米デモをかけた指揮者と見られています。どうやらこの暗殺計画には、CIAかSAVAKの報復があるようですね」

彼の顔はこわばっていた。

「三週間前には、アヤトラ・モタハリがテヘラン市内の路上で夜十一時ごろ何者かに頭を狙撃されて殺されました」

長谷は私に教え、そのことをモラーディにもペルシア語で言った。

モラーディは緊張してうなずいた。

「アヤトラ・モタハリは秘密にされている革命評議会のメンバーで、しかもその議長であったことが、このテロ行為の主体者を名乗る〝フォルガン〟(Forghan) グループによって発表されたばかりです」

彼の眼は怯えてみえた。

第五章　中世の暗黒

1

私のテヘラン滞在は、思いがけず長期のものとなった。

原因は、こんどの旅行の発端となったものがつづいて発展したからだ。ニューヨークの絨毯商で、ジュウイッシュ・イラニアンのエドモンド・ハムザビが東京の私の家に初めて訪ねてきたのが四月上旬だった。発端とは、その日の雑談で彼が何気なく洩らした「一九七九年二月のイランの〝イスラム革命〟は前年の秋にアメリカのメジャーがシャー・パーレビの驕慢（OPECの先頭に立っての石油値上げ戦術）に懲罰を与えるために政府（CIA）にさせた工作の失敗から起った」という言葉だが、当初これに抱いていた半信半疑の気持は、私がテヘランにきてから次第に消え、人々の話を聞き、現地の新聞を読みなどして、それがますます確実なものと思えるようになった。

たとえば、すでに見た「地下」発行の現地英字紙「プール・レポート」紙掲載のザハディ(前駐米イラン大使)秘密文書がある。

当時のシャー特別顧問モワニアンに宛てたザハディの手紙には、一九七八年十一月に、シャーがアズハリ国軍参謀総長を新首相に任命して軍政を施行したことにたいし、米大統領補佐官のブレジンスキーも、前国務長官のキッシンジャーも、CIA長官のターナーも、そして前副大統領のネルソン・ロックフェラーも、「たいへん素晴しい。大いに満足している」と口を揃えてシャーを賞讃したことを伝えている。

これはアメリカのメジャーと組んだCIAが「驕慢なシャー」を懲らしめるために行なった民衆煽動工作(曾てモサデク政権をCIAが転覆させたと同じ方法)が、CIAの予想を超えた民衆じたいの強烈な反体制運動に発展し、各地に暴動、デモが続発して、アメリカのブレーキがきかなくなったあとのことだ。もう一度読み返してみると、

「シャーの軍政決定は、唯一の理性的なものである」(グリスク補佐官。イラン・インド洋担当)、「この決定は大変素晴しく、しかもタイミングがよく、きわめて有効なもの」(ブレジンスキー補佐官)、「たいへん満足している。祝福したい。しかし、軍政の決定がもう少し早く行なわれていれば、事態はこんなに悪化しなかったのではないか」(キッシンジャー)、「軍政以外に方法はない。これによる解決策は日々効果を増すだろう。私は常にシャーに奉仕したい」

（ターナーＣＩＡ長官）、「軍政決定は申し分のない第一歩。シャーはその満足する方法をつづけるべきだ」（ネルソン・ロックフェラー前副大統領）などとある。これらアメリカ政府首脳部と政界大物たちの激励の言葉は、メジャーがシャーの懲罰をやり損なったあと始末を、こんどはアメリカのためにシャー自身にやらせようとしたものだ。

イラン革命運動の急激な進展に仰天した中東最大の王制国家サウジアラビアは、アメリカがイランの国王体制擁護のために動くことをワシントンに要望した。イラクもまたイラン革命の阻止をアメリカに求めたといわれている。もう一つの王制国家ヨルダンもイラン革命の進行に恐怖した。アメリカがシャーに軍政を勧告し、これを激励したのは、ただにイランから退場させられるかもしれない自己の立場を防衛するだけでなく、こうしたイラン近隣諸国の要求にも沿うことだった。とくに自国の側に最後までつなぎとめておきたい中東最大の産油国で伝統的にアメリカ寄りのサウジアラビアのために、――シャー懲罰のＣＩＡ工作の不手際は、そこまでひろがった。

軍政の決定をもうすこし早くやらせたら、事態はこんなに悪化しなかったろうに、というキッシンジャーの後悔のように、シャーの軍政導入はすでに手遅れであった。反体制の民衆デモは、多くの犠牲者（軍隊の発砲による死傷者の正確な数字は未だに不詳）を出したにもかかわらず、シャー・パーレビ一家を国外に逃亡させ、中東最強の兵力を持つ軍隊を崩壊させ、パリからアヤトラ・ホメイニを迎え入れて、国王打倒革命に成功した。

ホメイニを迎えたイラン民衆の熱狂ぶりは、私が東京に居るときに新聞の外電で読み、また写真でも見ている。

私がテヘランで会った或るイラン人は言った。

「しかし、アヤトラ・ホメイニとはどういう人物なのか、彼がパリからメヘラバード空港に到着するまでイランの大部分の民衆はまったく知らなかった。それなのに大群衆は、彼を迎えてホメイニ、ホメイニと熱狂して連呼し、七十九歳の白鬚《しらひげ》の老人の写真をプラカードに掲げて、広場に、街頭に欣喜雀躍した。まるで昔からホメイニの偉大さを熟知していたかのように」

彼は、「イラン人は単純だ」と言った。

その期待したホメイニのイスラム政策に失望した民衆はこんどはホメイニを棄てるのか、と私は彼にきいた。

「ホメイニよりベターな人物が出てくればだがね」

「バクチアルが民衆に待望されていると聞いているが」

「たしかにバクチアルの人気はたかまっている。とくに知識層にはね。だが、彼がイランに戻ってくる日はまだ遠いだろう」

「民衆の要望があってもか」

「民衆の要望以上に強い障害があるからね」

「ホメイニ派の抵抗か」

「障害はコム（ホメイニ革命評議会）ではない。このテヘランのパレスティン通りだ」

彼はそう言って、前はイスラエル大使館だったＰＬＯ代表部のある方向を室内から見下ろすように指した。

彼というのは、アブール・アーメリ博士という人物である。六十七歳で、もとテヘラン大学で地質学を教えていた。

そのアーメリに接触したのは、富士産業テヘラン支店の長谷順平である。どういう伝手《つて》で博士を知ったのか、長谷は詳しく語らない。強いて推測すれば、地質学は石油の地下資源探査と密接な関係があるので、その線から富士産業は博士の意見を参考に聞いていたとも考えられる。

アーメリ博士の家は坂道に沿った半ばヨーロッパ風の小住宅であった。ドアと窓とを固く閉じた部屋の中で、私は長谷に連れられて博士と会った。

禿げた長い頭のアーメリ博士が、すり切れたように短くなった白い口髭を震わすのは、義歯の合わない口もとで話すためだが、ホメイニの総指揮下にある革命防衛隊の耳をおそれているからでもあるようだった。博士もまた「行動する勇気のない批判者」のインテリ層の一人なのである。

「ホメイニの周辺には、五千人の革命防衛隊が警備しているといわれているが、革命防衛隊の中核はパレスチナ難民のキャンプからＰＬＯによって送り返されてきたイラン青年だ」

彼はあまり明瞭でない口調で言った。

「一九六七年ごろからSAVAKに弾圧された約六千人のイラン人が国外に逃れて行った。PLO左派は、彼らとその子供たちを、パレスチナ難民のキャンプに受け入れた。あれから十一年経つ。当時十歳ぐらいだった子供は、二十歳前後の立派な若者に成長している。かれらはキャンプで厳しい軍事訓練を受け、それによって鍛えられ、革命的青年となって、母国に戻ってきたのだ。かれらは、ソ連寄りでもなく中国寄りでもない。また急激な革命路線も好んでいない。いまのところ、ホメイニ体制を支持して、イラン革命を推進している」

「ということは、イラン革命にはPLOが強い発条《ばね》になっていたということか」

私はきいた。

「もちろんシャー体制を倒した力は、宗教団体のほか、右は民主国民戦線から左はツデー党（イラン共産党）までたくさんな小勢力があった。だが、あの血の革命に身を挺して当ったのは、PLO、とくにPFLP（パレスチナ解放人民戦線。世界同時革命を主張するゲリラ組織）のコマンド的訓練を受けたこれらキャンプ出身の青年だ。革命の成功は、かれらの戦闘力に負うところが大きい。とくに去年九月からの民衆デモはかれらが牽引力になっていた」

シャーの驕慢を打ちすえるために米国メジャーの要求によってCIAが起した反体制運動が、途中からアメリカの制禦を超える民衆の暴力《ヴァイオレンス》に発展したのは、ただたんにシャーの腐敗・圧政に怒った民衆による運動という概念的な解釈だけでは説明しきれない。その民衆の暴力的な運動には戦士的な中核がなければならぬ。その中核になったのが、機に乗じてPLOから送り返された難民キャンプ育ちのイラン青年だった、と博士は言うのである。

曾てシャー・パーレビを追放した元首相モサデクの「国民戦線」の路線をうけついでいる現在の「民主国民戦線」にしても、共産党のツデー党にしても、自分の血を流すまで身体を張る勇気はなかったとも博士はいう。この右翼と左翼は、ただ叫んで、拳を振り上げただけにすぎなかった。イラン南部に端を発したデモが各地で激しい暴動に発展したのは、これらパレスチナで軍事訓練をうけて帰還したイラン人若者のコマンドが中核にいたからだ、というのである。

私は、アーメリ博士の話で、なんだか眼から鱗《うろこ》が落ちたような思いがした。これまで何人かの人々から聞いたところでは、イランの民衆が運動面にそれほど強烈な主体性をもっていたとは思えないのだ。極端な批判者にいわせると、イラン人の性格はYes and Noで表現されるように本心を隠しており、懶惰《らんだ》であり、単純な雷同型であり、アーリア人として誇り高く振舞うけれど技術能力はさっぱりだというのである。これはひどい悪口として割引くにせよ、国王の軍隊の銃撃に倒れても倒れても先頭に立ってデモを突進させるという捨て身な姿が私にはじっさいに浮んでこなかったのだ。しかし、その前衛にパレスチナ帰りのイラン青年を置いたとき、はじめてそれが納得される。かれらは、PLO翼下で七五年に右派軍と戦闘し、七五年のシリア軍との闘争、七八年の南レバノンに入ったイスラエル軍との戦闘に参加し、そのなかで鍛練された。

七八年五月十一日のテヘランにおける反政府デモ（警官隊と衝突し、負傷者数百人）、九月八日の反国王デモ（戒厳令が布かれ、テヘランで軍隊の銃撃によって民衆の死者千人とも千五百人ともいわれる「血の金曜日」）あたりまでが、私の推測では、CIA工作によるデモの発生である。しかし、それ以降の十月二十六日の反政府デモ（シャー五十九歳の誕生日を機に暴動が再燃）、十一月二日のテヘランでの二十万人のデモ、十二月十日のアシューラに合せたテヘランでの百万人のデモなどには、PLOより送り返された多くのコマンドの参加と指揮があったのではないか。

言いかえると、九月の時点では、アメリカ（CIA）はデモの収拾をなんとかなし得たかもしれないが、十月下旬以降はこれらコマンド・グループによるデモに変質したために、CIAの手にあまってきたにちがいない。アメリカの助言によるシャーの軍政導入という力の対決は、イラン国内へのPLO浸透を対極においてこそ理解されるのである。

そう考えると、十二月十日のアシューラの日のテヘランにおける百万人デモ行進は、軍当局の挑発を避けた「非武装の行進」だった。これは従来パリに居るホメイニからの指示によるとされている。しかし、PLOの指令としても矛盾はない。いや、そのほうが合理的で、理解しやすい。PLOは七〇年のヨルダン内戦で、六千人から一万人のコマンドが虐殺される敗北をうけている。この教訓から、イランではいたずらにコマンドの血を流す猪突《ちょとつ》を避ける作戦をとったと考えても不合理ではないからである。

ＰＬＯのアラファト議長は、革命成功直後のイランを訪問してホメイニと会見した。そのとき、日ごろめったに人まえでは微笑も見せたことのない陰気な顔のアヤトラ・ホメイニが、大口を開いて呵々《かか》大笑した。それでホメイニもまた人間であったとわかったという。この挿話は、ホメイニ体制とＰＬＯとの関係をよく象徴している、とアーメリ博士は私に言った。アラファト議長の要求を呑んでホメイニは、テヘランにＰＬＯ代表部を設け（イスラエルとの断交によりイスラエル大使館あとに設置）、街路の名も「パレスティン通り」と改名）、南部油田地帯のアワーズに領事館にあたるＰＬＯの駐在事務所を置いた。

ホメイニは国内にきびしい中世イスラム教政策をとり、それをますます強化しようとしている。チャドル着用の強制は、婦人の抗議デモでゆるめはしたが、婦人への差別はかえって強まっている。男女共学の禁止、海水浴場での男女区別、独身男女の自由恋愛禁止、はては音楽までアヘン的効果の理由で禁止しようとしている。テレビ・ラジオから流れる音楽といえばイスラム教的な単調なリズムであり、イラン人の全家庭を回教寺院《モスク》化しようとしている。それだけでなく、婦人の権利を認めないイスラム教の主旨にしたがって、あらゆる職場から婦人が追放されている。公務員、民間企業の事務員、交換手などの職業からは解雇され、テレビに現れる女歌手もご法度《はっと》になる。各婦人団体はもちろん抗議しているが、聞きとどけられそうにない。婦人は家庭に帰れというイスラム教義からだが、ホメイニは婦人の権利をいっさい認めない。シャー時代に欧米の近代化の風に当った婦人層の不満は蓄積している。

一方にはテヘランの政庁（バザルガンの暫定政権）とそれに指令するコムの神殿（ホメイニ革命評議会）の二重構造による政治・行政の渋滞、相も変らぬ官吏の収賄、主だった企業の国営化による非能率、外国人技術者の追放による工場生産の低下、失業者の増大、そして依然としてつづくインフレの昂進などがある。

いまに何かが起る、と危惧と期待をもたれながらも、第二の革命がすぐには発生せず、案外に現状を維持しているのは、ホメイニ体制と連衡するPLOの存在がイランの民衆に対する無言の圧力として効果をあげているからであろう。

私のこの推測を強めるのは、それから二日後、長谷順平が新しく入手してきたあの地下新聞「プール・レポート」を読んだときだった。

《……レバノンで会った或るPLO幹部は、イラン革命とパレスチナ革命とは表裏一体の関係にあると語った。彼によれば、イラン革命＝イスラム革命は、必然的に聖地エルサレムの奪回を目ざすものであり、そのかぎりでは、手をたずさえ、ともに進める関係にある、という。

またレバノンの或る人は、イラン革命の原動力は、パレスチナ解放勢力によってつくられた、と語った。彼によれば、シャー体制下のSAVAKの圧迫により逃亡したイラン人をPLOが受け入れたのは、十年以上も前にさかのぼるが、パレスチナ側では、これらの人々とその子供らにアラブ人の名前を付け、教育・訓練した。七七年の初め、これらの人々は涙のうちにパレスチナ人と別れ、イラクやクウェートを経由してイランの南部に帰国したという。

イラン革命の初めは、これらパレスチナ離民キャンプから帰ってきたイラン人革命家によって地方から火の手が上った。このことは、レバノンのPLO幹部も認め、彼によれば、その数は六千五百人以上であった、という。

現在テヘランでは、夜のパトロールや重要場所の警備を革命防衛隊の民兵が二人一組で行なっているが、一人はなんらかの形でPLOやPFLPと関係をもっているといわれている。またPLOはテヘランの治安の指導にあたるとともに、アヤトラ・ホメイニの周辺警備にもあたっている、という》

——革命初期の段階に、パレスチナからイラクやクウェート経由で戻ったイラン青年が六千五百人、という数字の真偽はともかくとして、ゲリラ訓練をうけたかなりのイラン人コマンドが南部に帰国したことは、この記事で分る。

つまり、七八年前半からのイラン革命運動はPLOより送り返されたイラン青年らの挺身によったというのだが、それはたぶんにPLO側のあとになってからのプロパガンダなのであって、事実は前に私が推測したように、かれらの介入は、たぶんCIAが操作不能に陥ってイランから手を引きはじめた十月ごろからであろう。

その理由としては、当初パレスチナ離民のキャンプからイランに潜入できた青年の数がそれほど多かったとは思えないからである。つまりPLO側がいう六千五百人以上のイラン青年(その数字の正確さは別として)は革命騒ぎの最終的段階での数にちがいない。

イラン革命を成功させたということから中東でのＰＬＯの威信は急激に高まっている。そうして、いまやホメイニ体制のイランは、ＰＬＯに抱きこまれているように見える。

いまのイランは強大だった軍隊も警察も崩壊した国である。しかも民衆は家々に軍隊から奪った武器を隠匿しているのである。民衆による武装蜂起の条件は揃っているのに、これを抑えているのは民衆のうちにあるイスラム教の信心深さだけだろうか。

ＰＬＯはすでに戦線の分裂を自己批判した最強硬派ＰＦＬＰと友好関係に入り、その連帯を強めた。ＰＬＯはヨルダンには仲介してソ連の兵器を入れさせ、サウジアラビアには条件次第ではその防衛にＰＬＯが当ってもよいと申し入れるまでに強力となった。

イランの対岸のペルシア湾沿岸のオーマン、アラブ首長国連邦などには、イラン革命後、エジプトが代って「ペルシア湾の憲兵」となって五千人の軍隊を駐留させているが、ここにもＰＬＯの拠点がひろがっている。もしエジプトに政変が起ってサダト政権が仆《たお》れたばあい、この沿岸諸国はＰＬＯの翼下に入りそうである。

それほどＰＬＯは強大な勢力となっている。アメリカはこうしたＰＬＯを、イスラエルのためにいつまでも敵視してはいられなくなっている。英字紙はアメリカのＰＬＯ接触説をしきりに伝えている。そのためにイスラエルが焦燥し、アメリカ不信の念を抱きはじめ、孤立を脱するためエジプト政変に備えてシナイ半島のエジプト領への再出兵を用意している、と同じ英字紙は伝えている。——アメリカのメジャーが仕組んだ高慢なるシャーの懲罰というパンドラの匣《はこ》は、CIA工作の失敗によってその蓋が破れ、中から飛び出した思いもよらぬ怪物（石油戦略）が、中東、ヨーロッパ、アメリカを（したがって日本をも）徘徊している。

2

私は、Hホテルをひき払って、Rホテルに移った。

理由は、こっちのほうが宿泊料がいくらか安いこと、タクテジャムシッド通り（Kh. Takhtejamshid）という下町にあって富士産業テヘラン支店からは四百メートルの距離にあること、したがって長谷順平が私に会うのに歩いてでも来られること、このホテル内には、いまはテヘランでただ一店となっている日本料理店があることなどであった。

エルブルズ山脈と正面から対い合う高地のHホテルの静寂な環境からみるとこの下町の大通りはかなり雑踏していた。Hホテルのまわりには歩く人がほとんどなく、その前面の谷がしゃれた別荘で埋まっているように、乗用車だけの通行だった。が、Rホテルのある大通りはトラック、バス、タクシー、使い古しの自家用車がひしめき、歩道には朝から夕方まで人の流れがつづいていた。NIOCの本社も同じならびで二百メートルの距離にある。いうなればビジネス街と大きな商店街とが混合したようなところで、なんとなく東京の日本橋界隈を思わせた。

ホテル地階にある日本料理店は、去年十一月の暴動で向い側の銀行（東京銀行合弁）が焼打ちされたとき、ホテルに乱入した暴徒によって店を多少破壊された。ホテルのマネージャーが暴徒にむかって「アヤトラ・ホメイニ万歳」と叫んだところ、向うはそのまま引揚げたそうである。それ以来、女子従業員を日本へ帰し、いまでは板前など男だけが数人残っている。

この店ではコカコーラに酒をまぜて飲料水のようにして客にこっそり出していたが、それも革命委員会民兵の眼にふれそうになったので中止した。

このホテルでもウイスキー、ブランデー、ワインをことごとく水に投じた。テヘランにある多くの外資系ホテルでは、それぞれ裏口で次々とワイン・ボトルの栓が抜かれた。Rホテルではホテル自慢の三十一万二千本ものワイン瓶は、革命委員会民兵によって一本ずつ栓抜きでコルクを抜かれてボトルの中身が一滴もなくなるまで排水口に注がれた。これは瓶を割ると下水道が詰るとホテルの経営者側が主張したためである。その作業はまる五日間つづけられた。おかげで、革命委員会の監視隊員たちは、ワインの専門的な知識をもつソムリエとして世界中どこのホテル、レストランででも雇ってもらえるまでに腕を上げたにちがいない。

カラジ通りにあるスコール社のビール工場の冷凍倉庫に貯蔵されていた大量のスコール・ビールが、テヘラン第二区革命委員会の命令で破棄処分された。罐ビールはブルドーザーで圧し潰された。テヘランの有力紙「ケイハン」は、大蔵省の役人が各四万リットル入りの巨大なビールタンク二基を破壊するのを指揮し、またすべてのアルコール類は砂漠地帯に持ち出され、砂の上に撒《ま》き散らされたという記事を掲載している。

長谷は地階の料理店ですしをつまみ、アルコールを少しも含有しないビールを咽喉に流しこみながら私にそう語った。

アルコール非含有ビールの最初の製品は、現在在庫するビールを煮沸することによってアルコールを取り除き、塩・砂糖・蜂蜜などの成分を添加してつくられた。が、一方ではアルコール分のないビールの輸入がすすめられた。スイスのスコール社とクノール社（スイスのスープと飲料会社）製のものである。

シャー時代、イスラム教を国教としながらもイランは飲食を大目に見る国であった。戒律のきびしいサウジアラビアのような禁酒国からみると、イランはアルコールに寛大であった、とは私も前に人から聞いた話だった。ホメイニの命令で酒を絶たれたイランの愛酒家は何かにその代替物を見つけなければならない。

最近、麻薬が民衆にひろがりはじめたと長谷順平は私に言った。

アヘンはずっと以前からイランに多い。高原地方の水がケシ栽培に適しているからである。

ケシの作付は冬に種をまき、春に刈り入れる。アヘンは儲けが大きい。

資料によると、イランのアヘン生産を抑えるため強力な国内措置と国際措置が取られた一九二〇年代後半まで、イラン農民は世界の生産量の三〇パーセントをつくっていた。またケシの収穫は輸出額の一五パーセントをかせぎ、税収の一〇パーセントを占めた。今ではケシの収穫は国内の医薬用として厳しい管理下にあるが、成人男子のかなりの割合が依然アヘン常用者である。一九七六年に警察当局は、麻薬防止法で一万四千四百五十三人を逮捕、十七万人の麻薬中毒者を記録した（前出『イラン　石油王国の崩壊』。この統計は「イラン年鑑」によっている）。

厳重に禁じられた飲酒のために、これからイランの麻薬中毒者は大幅に増えるにちがいない。長谷順平がどこかでもらってきた資料は、現在イランのアヘン常用者は二百万人とイラン精神病学会が推定していると伝えている。イランの人口が三千六百万人であるのを考えると、十三人に一人がアヘン常用者だということになる。しかもそれが働きざかりの年齢の男に多い。

イラン精神病学会はアヤトラ・ホメイニ宛の書簡の中で、

《これまで押収されて政府に引き渡されたアヘンは生産量の十分の一にも達していない。われわれはケシが実をつける以前に摘み取ることを提案する。この国にアヘンが豊富であり、しかも簡単に手に入るためアヘンの使用者が非常にふえている》

と述べて、アヘンの使用とケシの栽培を減少するよう宗教的な勅令を出すよう要請した。

ホメイニはそれに対し、

《アヘンをヤミ値よりも高い値段で政府が買上げれば、国内で栽培されるアヘンのすべては政府のもとに集るだろう》

と答えたという。しかし、それにはとほうもない額の予算が要る。

飲酒の代替にアヘンの使用があるが、収賄には代替物がない。こればかりは唯一のものである。イランの官吏が袖の下を受けとり、それを要求するのは、シャーの「白い革命」時代でも、ホメイニの「黒い革命」の下でもなおつづいている。ホメイニは禁止事項の一つに「収賄」を挙げているが、役人は伝統的にそれを収入の一部と心得ていて、「地上の腐敗」とはけっして考えていないようである。

再開後、繁栄をとり戻したバザールを、長谷に連れられて行って私は見た。朝から晩まで日光を遮蔽して電灯が輝いている迷路のトンネルのような中に、間口の狭い、奥行きの深い商店が雑多に押し合ってならんでいるが、その陳列棚にはあきらかに輸入禁止品がならんでいた。その理由を店頭で訊くわけにはいかない。

長谷順平が五年前、テヘラン大学に在学していたころ、部屋を借りていたというバザールの商人の家へ彼に案内された。場所はバザールが近いテヘラン駅付近で、ごみごみした路地の中だが、家はこぎれいで、その内証の豊かなことが知られた。門をくぐると、前に母屋と後に別棟とがあり、中庭の植込にはザクロの木立があった。別棟には娘たちが住んでいるという。母屋の客間にはイスファハン製とナイン製の絨毯が二枚ならべて敷かれ、私と長谷とは主人とともにその上にあぐらをかいて坐った。主人はムハメッド・アリ・デズフルといって五十歳くらいで、眼のまるい、鼻の太い典型的なイラン人の顔であった。周囲の白い壁は装飾的な調度で余白がないくらいだった。

絨毯の上に大きなビニール布が敷かれ、黒いチャドルの奥さんがその上に紅茶を出し、各種の果実を出し、ちょうど昼どきにさしかかったので、食事を出した。絨毯の華やかな色彩模様がビニールの下に透けて見え、豪華な食卓になる。この昼食にはチャドルの娘三人がわれわれに参加しての家族ぐるみだった。

ビニール布の上にはさまざまなイラン料理が大皿や大鉢に盛られ、取り皿、スープ皿が人数分にならぶ。羊の肉と野菜の煮こみ、腹に詰めものをした鶏の丸焼き、牛のひき肉だんご、野菜、肉ぎれ、木の実などをたきこんだご飯が出る。私のためにフォークとナイフが揃えられたが、ほかの者は手づかみだった。飯が熱いので、子供たちは、別の皿に盛ったヌンをちぎって、それに飯を器用に包んで食べる。指についた飯粒をなめる。チャドルから顔を出した奥さんはしきりと私に食べることをすすめた。

私がこの住居をほめると主人のムハメッド・アリ・デズフルは、長谷の通訳を介して言った。

「とんでもない、わたしなどよりも、他の一部の人たちはもっと豪華なお邸に住んでいますよ」

彼は片目を小さくして私に微笑を投げた。

「シャーに盲目的に服従し、勲章をきらきらと胸に輝かしていた派手な将軍たちの家は、宮殿の周囲に集っていますが、いまではその贅沢な邸宅は、テヘランでいちばん貧しい人たちの住居になっています。つまり、孤児や所得のない人たちに貸されているが、家賃はタダ同然です。前は家賃が月何万リアル、何十万リアルもした地域です。広い家ですから、各部屋に一家族ずつが入るアパート式になっています。将軍たちの多くは処刑されたか、牢屋にぶちこまれているか、またはシャーとともに海外に逃亡するかしているので、遺された豪華な家具、調度類はみんなで使い放しです。その安い家賃も、新しい居住者が払うのではなく、喜捨などの一般援助基金からまかなわれています。もちろんこれらの邸宅は、需要を満たすには数が非常に不足していますがね」

これはホメイニ体制の社会福祉政策であろう。

しかし、テヘランには乞食が急にふえている。以前には女が子供をつれてもの乞いに歩いていたが、いまは男の乞食になり、しかもイスラム革命の市街戦で負傷した名誉ある人民戦士の乞食が多くなっている。この対策はいまのところ何もなされていないようにみえる。

バザールに革命後ホメイニのお布告《ふれ》で決めた輸入禁止品がなぜならんでいるかと私はデズフルに質問した。彼自身がバザールの商人である主人は、こんどは皮肉たっぷりな微笑に変った。彼は先ず言った。

「バザールの幹部たちのなかには熱心なイスラム教信者がいて、いまでもホメイニ支持の気持が強いのです。わたしはそれほどでもないがね。それでもバザールの中では古顔のプラスチック製品を扱う男が言っていましたよ。ホメイニの革命がなしとげたことといえば、長い年月をかけてきずきあげたイランの産業をぶちこわしてしまったことだけだね、って。

ほぼ八十人の資本家や何百人もの経営者がイランを去ったあとの空隙を、政府や従業員らが埋めて産業国家にしようとしているけれど、みんな知識や経験がないので、とうていモノにはなりませんよ。

そのうえ、政府は指導力不足という慢性の病気をかかえている。いまの混乱した経済の立ち直りはなんらかの政策や計画なしには望めないが、政府がやっていることといえば、現状に不信と混乱を増しているだけです。

つまり、政府じたいが、いま何をやっているのかよくわかってないありさまなのです。わたしの知人は、経営していた工場が大失敗して倒産したのですが、その男が最近通産大臣に任命されたんですから、開いた口がふさがりません。まったくお笑い草ですよ。

ホメイニは行政はなにもわかってはいません。このあいだ、ホメイニの機関の意向をうけてトラック業者の連合会が、外国人を陸上運送の仕事から締め出すと決議しました。冗談じゃない、そんなことをすると、商業が麻痺してしまいますよ。われわれも商売ができなくなる。イランの経済で、いちばん効率が悪い一つとされている流通状況がさらに悪くなるだけです。イラン人のトラック業者だけでは国内輸送のやりくりはとてもできないですからね。流通業界ぜんたいの改革が必要ですね。それには制度的な組織づくり、スケジュールづくりがどうしても必要です。それはイラン人にはできないことです。

一般のイラン人が考えていることといえば（わたしもイラン人だが）、うまくごまかしをやること、こすからく金を取ることなどのほか何もないのです。一般に市場に出る製品は、五人か六人の仲介人の手を渡ってきます。それにトラック業者は、バザールのブローカーのいいなりになりすぎている。たとえば、イスファハンで物が造られるとすると、それがイスファハンで発売される前に、トラックで一度テヘランに運ばれ、またイスファハンに戻ってくるわけです。それだけで、その商品はすごく高値になっています。何人もの仲介業者の手を経ているうちに、そいつらがそれぞれ儲けをしぼり取っているからです」

ムハメッド・アリ・デズフルは、皿の料理を次々と変え、よく食べながら話した。

「役人の収賄は、前よりはひどくなっていますね。革命で、政府業務だけは清潔になると思っていたんですがね。革命一カ月後、政府は官僚をアメリカに派遣して食料品輸入の折衝に当らせたのです。ところがその高級役人は向うのメーカーにすべての輸入品に二パーセントのコミッションを要求したんですね。それも五千万ドル前後のものばかりですよ。革命後の高級国家公務員がね。

収賄がいちばんひどいのは、相も変らず税関です。『輸入・輸出に関する法律』なんて、それが印刷されている紙きれ一枚の価値もありません。イランでは、法律にしたがって関税を取るのではなく、課税額は税関の役人の収賄によって決まるようなものです。税関吏の袖の下を十分にしてやれば、やつらはうまく書類をごまかしてくれるので、関税が安くて済みます。

国内産業保護のための輸入規制はあるものの、じっさいは税関の役人の収賄から、無いと同じですよ。輸入禁止品が外国からどんどん入ってきてバザールや一般市場に流されているんですな。あなたがたがバザールでごらんになったとおりですよ。

輸入タバコの収賄ときたら、すごいものですよ。バザールに出回っている外国タバコのほとんどは密輸入品だと公式には言っているけど、税関はこのタバコの輸入税で百万ドルもまる儲けしたという噂もあるくらいです。

南アフリカの商品もバザールに流れています。石油を原料にした製品です。イラン政府は、ご存知のように南アフリカとの貿易を禁止している。それなのにどうしてあきらかにイランの石油を原料とした製品が南アフリカから入ってくるのか、そのわけがわかりますか。それはですね、運送の書類をごまかして、これらの製品が、スワジランドあるいはモザンビークあたりから来ているようにみせかけているからですよ。組織的な話し合いが、こっちの税関吏と南アフリカの輸出業者との間にできているのです。が、かれらのやりかたは巧妙で、なかなか見抜けませんね」

昼食を馳走になり、食後の、バラエティに富んだ果物をすすめられるままに食べて満腹になった私は、礼を述べて長谷とともにこのバザール商人の家を辞去した。すると主人は、店に戻るので、自分の車でホテルまで送ると言ってきかなかった。

ビジネス街を通ると、大きな商店はいまだにシャッターを閉じたままだった。Rホテルのある大通りにもそれらがいくつかあって、日本橋の問屋街がさびれたような風景だった。開いた商店のショーウインドウには、たいていアヤトラ・ホメイニの肖像が飾ってあった。

店員に運転させ、助手席に坐っているムハメッド・アリ・デズフルは、それら閉じた店舗を指しながら私へふり返って言った。

「ユダヤ人富豪のハビク・L・ガニアンが〝地上の腐敗〟の罪で革命法廷首席判事アヤトラ・ハルハリによって死刑を言い渡され、処刑されてからは、テヘランの富裕なユダヤ人商人の数十人がこっそり地下に潜るか、国外に出ました。ガニアンの伜《せがれ》のフレディもその一人です。友人がフレディの家に電話したところ、出てきた声は革命委員会監視隊員のものでした。友人は監視隊員にしつこく身分を訊かれたそうです。ガニアンよりも金持のユダヤ人商人一家も居所が知れません。そのほか、この一週間のあいだにトップクラスのユダヤ人商人二十何人かが姿を消したという報道があります。

革命前のイランには、八万人のユダヤ人がいました。それがいまでは半分以下です。さらに減ってゆくでしょう。ホメイニが、民衆に対して、殺人・大量殺戮・拷問などを行なった者のみが処刑されると宣言していても、さらに多くのユダヤ人がイラン国外へ去り、または去ろうとしているようです」

3

アヤトラ・ホメイニの「敵」は、内と外とにしだいにかたまりつつあるように私には思えた。

まず国内からいえば、一部の熱狂的なイスラム教信徒と地方農村の盲目的なホメイニ信者は別として、彼の中世的戒律による締めつけは、市民層、商人層、知識階級とくに婦人層の不平と反撥をたかめさせている。婦人はホメイニに人権をまったく無視されたと憤っている。「コーラン」の教えによって、ホメイニ体制は「一夫多妻」すら認めそうである。この婦人層に対してアヤトラ・マフムード・タレガニなど穏健派の聖職者たちが同情を寄せているが、それを代表しているのは、やはり国営イラン石油公社（NIOC）の総裁ナジである。

ケイハン紙は――ペルシア語の新聞はみんな長谷順平が翻訳または口訳してくれた――アヤトラ・ホメイニがナジ総裁の数次にわたる批判にたいしてこれをたしなめた、と報道している。

同紙はまた伝えている。

《イスラム革命評議会のメンバーでホメイニの側近の一人と推測されているアヤトラ・ムハメッド・ベヘシティ博士は、イラン法律家協会会長でもありNIOC総裁でもあるハッサン・ナジを裁判にかけるように呼びかけた。アヤトラ・ベヘシティは一神教信者協会で次のように演説した。

ナジとその仲間の法律家協会は、五カ月前に愛するこの国土全体にわたる大規模なデモに何百万人もの民衆が参加した事実を忘れている。ナジとその仲間が国家反逆者かどうかについてはいまのところわたしは言及したくない。ただ、かれらを裁判にかけて、彼らが何を根拠にしてコーランだけでは諸問題が解決できないというのか、それを審理する必要がある。

ベヘシティ博士がそう述べると、聴衆は、

「そうだ、そのとおりだ」

と異口同音に三回くりかえして同調した。

アヤトラ・ベヘシティは演説をつづけた。

「これがたんに意見の表明にすぎないものだったら、それはかれらの自由である。この国には神が存在しないなどと言う人もいるくらいだから。しかし、それが意見の表現以上に何かを企てようとする下心なら、われわれはかれらを裁判にかけなければならない。それは五カ月前の殉教革命のときとケースはまったく同じだからである」

これに対して聴衆は、また、

「そうだ、そのとおりだ」

と、三回くりかえして唱和した、という》

しかし、ホメイニの追従者がどのようにナジを裁判にかけろと叫んでも、さすがのタカ派の首席判事アヤトラ・サデク・ハルハリもナジには手出しをしかねている。ホメイニにとってナジはこの上なく目障りな存在だが、石油公社総裁という栄誉ある地位から彼を追放することもできない。

ホメイニの行き過ぎたイスラム政策を批判するナジ総裁の発言に、「ホメイニがPLOに操られている」という非難が言外にこめられていたかどうかはわからない。しかし、単純に考えて現代イランを中世宗教国イランに引き戻そうとするホメイニを非難するナジのうしろには、イランの法律家・大学教授・作家・ジャーナリストらの知識階級と商人らを含める中産階級などの広範な強い支持がある。公然とは言葉に出せないこうした人々をナジは代表して言っている。——

イスラム革命の犠牲者のための慰霊大行進の中には、犠牲者の遺族と思われる喪服として似つかわしい黒チャドルの女性や子供の群れもあった。パスダーは暗緑色の新制服を着こみ、胸には毛沢東メダルを真似たようなホメイニ・メダルを付けていた。兵士たちは銃で邪魔な群衆を蹴散らして行った。

行進の群衆は「革命の歌」を合唱した。その歌詞のはじめは、

誓おう　われらの若い血潮で
誓おう　みなし子の涙で
信仰の敵を根絶やすまで

というものだった。べつに録音テープに吹込まれた「イマーム・ホメイニ讃歌」が拡声器で流された。

こうした大行進の群れの中にはPLOも入っていたろうが、曾てのシャーの秘密警察SAVAKの残党も少なからずまぎれこんでいたにちがいない。

ホメイニは国の内外に数多い敵を持ち、これと対決しなければならないが、同胞としての最大のそれは、いまエジプトを経てメキシコに亡命したシャー・パーレビである。ホメイニの国内の敵であるイラン民衆の不平不満に乗じて、シャー一味が旧将軍・旧SAVAKを使って反撃の機会を狙っているという風聞がしきりである。

一般の新聞には出ていないが、例の「プール・レポート」紙は書いている。

《イランの政治的な新しい嵐がまさに起ろうとしている。その日は、イラン人の口にのぼるところでは、来たる六月五日といわれている。コムの神権主義者と、それに対抗して連合している穏健な宗教派ならびにその急進派との間に、衝突が切迫しているとの噂が流れている。

六月五日説は、一九六三年六月五日にイラン全土で反シャーの大規模なデモが行なわれ、約四千人が軍隊によって殺害された日を記念することから割り出されたものである。巷間では、この紛争に乗じて、この日にシャー・パーレビがイランに戻ると言ったとかいう噂である》

富士産業に入ってくるベイルートのアル・サフィールという英字紙を長谷は持ってきてくれたが、それは次のように伝えている。

——九千人にのぼるSAVAKのメンバーがオーマンの沖合にあるマシラ島で、民衆暴動に備えての特別訓練をうけている。この行動はイラン革命の指導者たちを排除するための準備だとされている。これらSAVAK要員たちは、イスラエル情報局であるモサッド、アメリカのCIA、そしてエジプトの情報局などによって作成された計画にもとづいて訓練をうけていたものようである。これらＳＡＶＡＫのグループは、エジプトにあるアメリカ軍用機を用いて移動したといわれている。

テヘランのハムダッド紙は次のように報道している。これもペルシア語からの長谷の訳だ。

――前国王パーレビの旧士官や関係者がわが国の東西南北の各地域で破壊活動をおこない、それを通じてわが国の革命体制を弱める陰謀の網に参画している。シャーのスパイ機関の長官だったアジズラ・バリズバン将軍が、シャーから資金を提供され、また西部のイラク国境沿いで元陸軍長官ゴラム・アリ・オベイシの助力をうけている。これにはシャー時代の士官三十人が参加しているといわれている。

前ＳＡＶＡＫ副長官のパルビス・ザヘディ将軍はトルコ国境で活動しているが、彼も革命後イランから脱れた諜報部員数十人をひきつれている。また、最後の駐米大使ザハディはシャーと連絡をとってイラン東部に潜入しているという噂である。

南部ではシャーと従兄弟であるゴラム・レザー・パーレビと、甥のシャラム・パーレビ・ニア（パーレビとは双生児の姉アシュラフ王女の息子）が、イスラエルのスパイと共に、ＳＡＶＡＫ九千人をペルシア湾で、イラン革命体制転覆のための陰謀に沿って訓練中である。ＳＡＶＡＫは地方で勢力が強い。ＳＡＶＡＫによって武器は自由にホーラムシャハル、ボスタンやファケーなどに流入しており、住民たちは金や武器を受けとっている。シャーはイラクにたいし陰謀のために、イラクの通貨に換算して一億六千万ディナールを与えたという情報もある。エジプトのカイロは、絶えずCIAやシオニストの連中に導かれたこの陰謀の策源地となっている。……

メキシコに滞在するシャーに革命法廷が死刑を言い渡し、その暗殺団を派遣しているとは首席判事アヤトラ・ハルハリが公然と言明しているところだ。そのシャーが生存していて、こうした「陰謀工作」をめぐらせているという情報は、ホメイニを神経質にさせざるを得ないだろう。

しかし、外部から見ると、現代国家イランを中世的「コーラン」国家にひきもどそうとするホメイニはじめアヤトラたちの姿は、その努力に躍起となればなるほど、ユーモラスなものに映ってくる。かれらはいずれも宗教的な偏見に満ちた頑固な年寄りの坊さんたちだと思われている。それだけでもアナクロニズムの形象化と思われているのに、かれらのやっていることがまさにそのようなことと受け取られているので、第三者の揶揄《からかい》がかれらに集るのはいたしかたがない。

円形聖壇《ジッグラト》のような大きなターバン、頬のこけた痩せた顔、髑髏《されこうべ》のように黒く落ちくぼんだ眼《がん》窩《か》の底に光る眼、胸まで垂れた長い白い鬚、法衣から出ている枯れ木のような手足、前こごみのよたよたした歩き方、そのような老僧が政治にハッスルしている様子は、充分に漫画の対象となり得る。商社支店に郵送されてくるアメリカの新聞・週刊誌にはホメイニの戯画がたびたび載っている。米週刊誌「プレーン・トゥルー」はシャー・パーレビの写真が火焔に包まれている図を表紙にしているが、「USニュース・アンド・ワールド・レポート」誌のページには、「ワイン・歌《ソング》・女・批判」の墓標の前に、シャベルを肩に、片手にはマシン・ガンを持って立つアヤトラ・ホメイニの満足げな微笑の顔を漫画にして出し、さあ、これがわしのいう完全な革命じゃよ、というせりふをつけている。

アメリカの新聞・雑誌だけでなく、ホメイニの漫画は、イランの新聞にも、政府系を除いて、出はじめた。ホメイニのほかにも、インクでよごれた綿シャツと、裾の長い法衣、裸足でテーブルの脚によりかかって坐り、裁判の間マッチの棒で耳の掃除をしている剽軽《ひょうきん》で、峻烈な首席判事アヤトラ・ハルハリは絶好の漫画材料になる。

ホメイニがこれに腹を立てたのは、彼の立場からして当然である。外国で発行される出版物には手がまだ及ばないが、国内のそれには断乎禁止の法令をうち出した。

《アヤトラ・ルオラ・ホメイニは、五月二十五日、いかなる人間も聖職者を侮辱することを禁止する緊急法令を出した。この勅令はコムの彼の執務室から出されたもので、パルス通信社が各新聞社に配給した。アヤトラ・ホメイニはその中で、聖職者を侮辱するいかなる人間も、最寄りの革命法廷で審議されると言っている。緊急法令によればこの禁止法の精神は聖職者にたいする帝国主義者の陰謀を粉砕するためである。またこの法令には、私欲のために聖職者をよそおっている人々に対する裁判規定も含まれている。

この緊急法令が、イラン人はすべて聖職者の指導に従うべきだというホメイニの演説の直後に出たため、ホメイニ政権をおそれる人々は、イランのさきゆきを懸念している。

しかし、情報筋によれば、ホメイニの目的はひじょうに単純なものである。最近いろいろな新聞に聖職者をおもしろおかしく漫画にしたものがふえているのを阻止するためのものである。だが、この漫画の洪水は阻止できても、聖職者に対するカリカチュアや諷刺ジョークまで禁止することは無理であろう。いずれにせよこの緊急法令は、聖職者を侮辱する者はすなわち異教徒とみなすということにある》（「プール・レポート」紙）

漫画の禁止だけならまだいいが、これが聖職者ホメイニにとって気に入らない記事の掲載禁止に発展した。外国特派員に退去命令が出た。政府の御用新聞だけを残して、すべての新聞は発行停止になった。

アヤトラ・ホメイニを苛立たせているのは、曾てホメイニ自身がそこに居たように、前首相シャプール・バクチアル博士が現在パリに居ると判明したことであった。

ホメイニは、口ではともかく、実際には民衆の間に自分の評価が下落し、失望がひろがっているのを知っているはずだ。そうした民衆が、いまの統治者よりもベターな宰相を望んでいて、見渡したところ、それがパリに仮寓しているバクチアルしかないと思っていることもホメイニにはわかっている。

民衆がバクチアルを忘れかねているのは、彼が曾てシャーによって国民戦線に関係したかどで六回も投獄されたこと、そのシャーの要請で軍事内閣のあと王制末期の文民内閣を組織したことからである。バクチアルは骨のある政治家として国民に印象づけられている。

つまりホメイニのイスラム政策で息もできないくらいに締め上げられるよりは、王制時代の「自由」がまだよかった、という自由への追憶である。ここに「バクチアル復帰」が「シャー・パーレビ帰国」と連動する危険をホメイニは感じている。ホメイニが民衆の不満を承知の上で、いよいよ頑《かたく》なにイスラム教国家の新憲法づくりに進むのはこの情勢の危惧に備える意味もある。

それには民衆の蜂起を防ぐ武装が必要だ。彼は自らの革命成功が反体制の民衆デモによっていることを知っている。そこで、まず公務員・軍人はデモに参加すべからずという布告を出した。

ホメイニはまた、シャー・パーレビの体制が長つづきしたのは、民衆の不満の声をかたっぱしから刈り取っていったSAVAKの存在のためだったことを熟知している。SAVAKの効果はシャー体制を生き延びさせた。SAVAKの活動は、権力に対する恐怖を創り出し、SAVAKの介入という単なる恐怖感だけで、民衆は柔順になった。

ホメイニが頼りにしているのは、むろんバザルガン政府による取締りではない。革命委員会監視隊という「秘密警察」的な組織である。パトロールする二人一組のうちの一人がPFLPのゲリラ戦闘教育をうけたパレスチナ帰りの、アラブ人の名をも持ち、コマンドとしての訓練で鍛えられた二十歳前後のイラン青年であるなら、かれら監視隊は、シャー時代のSAVAK

のように、民衆をおとなしくさせるに効果的である。

それに逮捕された次が裁判だ。革命裁判によって「地上に腐敗を撒き散らした者」という漠然とした罰則、その適用の拡大解釈がいくらでもでき、量刑もアヤトラ・ハルハリのように判事一人の判断で自由自在に言い渡せる宗教裁判である。

これに対しバザルガン政府はまったく無力だとテヘランの市民は評している。バザルガンがホメイニから暫定政府の首班に指名されたとき、民衆はテヘランの広場に五万人集ってバザルガン新首相出現の歓迎デモ行進を行なったものだった。いまではコムを本拠とする「僧綱政治」の下に、バザルガンは形骸だけの政府をひきずっている。

前首相シャプール・バクチアルが革命直後に逮捕をのがれて逃走したしだいは、これまでだれにもわかっていなかった。脱出した彼は、あるいはイラン南部のバクチアル族に入りこみ、その部族によって人里はなれた山中にかくまわれているという噂が強かった。

バクチアル族はカシュガイ族とともにファールス地方(イラン南部)の遊牧民族で、一九〇八年イランの石油がこの地域で発見されて油田地帯となった地区の住民だった。シャプール・バクチアルはその部族長の出である。

イラン南部のファールス地方に古くから居住するバクチアル族は、人種的には謎の民族で、純粋なアーリア人ともいうし、メディア人(前七世紀に大王国を建てたが、前五五〇年ごろアケメネス朝の創始者キュロス大王に併合された)の後裔ともいう。勇敢な遊牧民族で自負心が強い。一九〇九年以後、イギリスはバクチアル族を利用して大油送管保安の任務を負わせ、年々補助金を交付したことがある。シャー・レザー時代から、バクチアル族から内閣首班や陸軍首脳が出るようになった。

バザルガン現首相もまたバクチアル族出身で、バザルガンはバクチアルとは親友だった。バクチアル前首相がその部族に庇護されているという噂はそこからの推測だった。しかし、彼はパリに入っていた。

このミステリーをトルコ人の聖職者メヘディプールが解いている。それはこうである。

——革命成功後まだパリにいたホメイニとバクチアル首相とがひそかに会って、革命直後に付きものの無政府状態を避けるために会談を行ない、かつ、その場でバクチアルはホメイニに辞表を提出する。しかし、軍部のクーデターなどの危険があるので、それを避けるためにこの辞表は伏せられ、ホメイニがイランに帰国してテヘラン南郊の墓地参拝のさいに全国民にむけて公表するというのが、その仲介者によるスケジュールだった。それについて毎日何回もパリ・テヘラン間の電話連絡がとられ、バクチアルのパリ行きの期日から時間まできまっていた。その直前に、シャーの秘密機関が電話盗聴によってこれを知っていることがわかり、彼のパリ行きは中止となった。もし、この計画が成功していたら、軍隊の崩壊、数万の武器の民衆への流出という最悪事態は避けられたであろうという。

バクチアルは最後にイランの空軍基地から軍用機一機に乗って脱出し、トルコのアンカラ空港に着陸した。彼はそのまま在アンカラのイラン大使館に入った。大使はこれをはじめ極秘にしていたが、そのうちテヘランに戻っているホメイニにこれを通報してバクチアル逮捕の指示を仰ごうという気になった。大使は自分が生きるために新しい権力者へ忠誠を誓うことに変心したのであろう。

ここに運命の神のいたずらが介入する。トルコ・イラン間の通話はロンドン経由である。彼はホメイニの滞在しているテヘランのパーレビ学院と電話連絡をとろうと必死に努力したが、回線はいつもふさがっていた。パーレビ学院は電話の数が少なく、革命当初ここの電話回線が昼も夜も一秒として空くことはなかった。それに、交換手はこの学院につききりになっていられない状態だった。

大使がこのような秘密な必死の努力を昼となく夜となく連日行なっているとは知らずに、バクチアルは十五日間の滞在後、大使館を出て英国航空機でアンカラ空港からロンドンにむかった。最後に彼はパリのかくれ家に入ったのだった。

4

テヘラン・東京間の国際電話は、前にくらべると通話を待つ時間が短くなった。私は、練馬区の村山次郎の家にRホテルの自室から何回か電話している。テヘランに入ってからの報告だった。

「テヘラン市内の様子はどうですか」

「そうですね、毎朝、テープレコーダーに入れられたアヤトラ・ホメイニの祈りの声が拡声器から聞えてきます。それが終って人々は仕事に就きます」

「それじゃ治安は大丈夫ですね」

「落ちついていますよ」

軍隊も警察もなくなって、失業者が多いということだが、泥棒や強盗が横行していないか、店舗はみんな再開しているか、食料は不足していないか、ホメイニ体制にたいする民衆の反応はどうか、といったことが、私の健康を気づかう以外の村山の質問だった。

第一回と第二回の電話では、彼にはきはきと答えていたが、それが三回目の際、通話中にいきなり男の交換手の声が出た。

日本語でなく、ペルシア語で話してください、とその声は私に言った。ホテルの交換台ではなく、電話局の者だった。ペルシア語を知らない、と私が返事すると、ではフランス語か英語で話し合ってください、と電話局の交換台は要求した。ホメイニ革命委員会監視隊が交換台に坐って国際電話を傍聴していたのである。

それから後は、たとえそんなチェックが入らなくても、日本語で村山と話すばあい、イランの事情について立ち入ったことは言わないようにした。シャー時代に日本から来た手紙が検閲されていたという話が思い出されるのだ。日本語のわかる革命委員会監視隊員がこちらの電話に聞き耳を立てているかもしれなかった。

「東京では六月末に、先進国首脳会議が終りました。そのあいだの警備の厳しいことにはびっくりしました。新聞はまるで戒厳令だと書いていましたがね」

村山は言った。

「富士産業支店に行って日本の新聞を読ませてもらっています。たいへんだったらしいですな」

「こんどの頂上会談で討議されたのは、石油輸入削減の問題ばかりです。前から噂されていた南北問題は議題にも上りませんでした。会談は石油削減量の割当について各国のエゴがむき出しでした。けっきょく祭典に終りましたね。日本の石油輸入量はこれまで通り、あと二年間は一日当り五百四十万バーレルの横ばいときまりましたが、これでは経済成長の足を確実に引張ります。物価高の不景気がきますよ。アメリカは八百五十万バーレルの維持を約束したが、国内に石油生産があるから日本とは事情が違います。それでも帰国後のカーター報告演説は消費者大衆に石油節約を訴えて悲壮でしたね。アメリカに不況がきます」

先進国首脳会議といえば、デービッド・ロックフェラーと当時コロンビア大学教授だったブレジンスキーとが構想した三極委員会（Triangulate commitee）のことがすぐに連想された。

だがアメリカ・日本・ECの繁栄共同機構ではなくなり、いまやOPECのためにそれは「没落防止共同機構」に変ってしまった。

この東京サミットにわざと日を合せてジュネーヴでOPECが臨時総会を開いた。OPECが生産する石油の七〇パーセントを消費する先進国が、東京でどんな決議をしようと、痛くも痒《かゆ》くもないとジュネーヴ総会は嗤っている。向うが石油の輸入量を減らせば、こちらもそれ以上に減産するだけだ。先進国を絶えず石油の飢餓状態にしておく。減産ぶんは値上げでカバーする。どのように値上げをしても、石油欲しさに先進国は頭を下げて哀願にくる。そろそろ石油埋蔵量も底がみえてきたことだし、ここで減産してできるだけ石油資源を長もちさせる。そうして値段はどしどし上げる。上げても先進国はおとなしくしなければいけない。OPECは東京サミットを嘲笑している。

OPECにその「増長」を教えたのはシャー・パーレビだ。七三年の第四次中東戦争を機にOPECは原油の値段を短期間に四倍に上げた。先進国は不服を唱えたが、しぶしぶ従ってきた。

さらに、石油減産の戦術を思いつかせたのはホメイニのイラン革命である。すくなくともOPECに減産戦術を早めさせたのは、イラン革命によるイラン石油の減産からだ。そのイラン革命は、石油の値段を一方的につりあげるシャー・パーレビの傲慢を懲罰するアメリカの石油資本とアメリカ政府＝CIAの工作失敗から起った。西独首相シュミットが《これからの戦争は、石油をとるということだけで起る》と言ったように、アメリカが七八年五月ごろイランに置いたパンドラの匣から、いまや第三次世界戦争の影法師さえ飛び出そうとしている。

私は東京の自宅にも電話をかける。

「いったい、いつまでテヘランに居るつもりですか」

はじめ私の健康や身辺を気づかっていた妻も、その心配がないと知ると、四月下旬にアメリカに飛んでから、イランに回り、そこに居すわっている私を非難しはじめた。

「もうあと少しだ」

「少しというといつごろまでですか」

「イランにはいまに何かが起りそうだ。せっかくこっちにきたのだから、それを見とどけて帰りたい」

「イランの西北部と西南部で騒ぎが起っていますね。それが大きくなることですか」

女房は家で、クルディスタン地方のクルド族と、フゼスタン地方のアラブ人の自治権拡大要求の動きを伝える外電を新聞でちゃんと読んでいた。

「いや、そうとはかぎらないがね。とにかくもう少しこっちに居るよ」

「仕事のためかどうか知らないけれど、あなたのもの好きにもあきれますね。なるべく早く帰ってくださいよ。留守中の用事も溜っていますから」

「そうするよ。ところで、こっちの富士産業支店長からまた滞在費の不足分三十万円ほど借りた。本店に振込む約束になっているので、払っておいてくれ」

「わかりました。それから、夏ものの着替え洋服と下着半ダースほどを一週間くらい前に航空便で富士産業支店あてに送っておきましたが」

海抜千五百メートルの高地だがテヘランも暑くなってきた。東京・テヘラン間直行（北京空港で給油）のイラン航空機は週に二回飛ぶ。

「うむ。支店からもらった」

「あんまり危ないところへは行かないでくださいよ」

イラク、イラン両国に分割所属するクルド族は、曾てはその居住する地域クルディスタンの独立を認められた（一九二〇年セーヴル条約）「現代史」を持っている。革命政府の新憲法草案には、クルディスタンの拡大自治権を認める条文がない。たんに少数民族はイラン国民としてその権利義務を尊重するという意味があるだけだ。

イランにいるクルド族はスンニ派だが、その一部はシーア派に属し、そのかぎりではイラン人と同じでも、その種族は紀元前からの歴史を持ち、容貌も体格も違い、言語（方言）も生活も違う。宗教にしてもイスラム化以前の固有のものを一部に伝えている――私はそこでカナダのモントリオールの空港で遇ったオタワ大学教授の毛利忠一が語った「キジル・バッシュ」（「赤毛の頭」）という種族と、その不明な宗教の話をひさしぶりに思い出すのだが――要するに、わずか五十六年前に他国間の条約（一九二三年のローザンヌ会議）によって人工的にイラン人にさせられてしまっただけで、クルド人はあくまでもクルド人である。

かれらはその存在を背景にして、自治権の拡大をホメイニ体制に要求する。これは「クルディスタン」という独立国家の要求に発展しかねない。事実、クルド人の願望はそこにある、とホメイニ体制は恐れる。「反乱」クルド族は政府施設のある村を攻撃し、イラク側から戦闘機がとんできてイランの村に爆弾を落している。

南部のフゼスタン地方はペルシア湾に面し、西はイラク南部に接する油田地帯だ。ここには二百万人とも三百五十万人ともいわれるアラブ人が住みついている。かれらは自治権を要求してきている。

革命後、それがとくに激しくなった。政府の回答を不満としてサボタージュが慢性化している。また、ときには石油施設の破壊、輸送列車（テヘランに通じている）の転覆というゲリラ活動に出ている。

しかし革命政府にとってこの要求は絶対に呑めないのだ。もしアラブ人に油田地帯の自治権を与えれば、政府は介入を拒絶され、国内に「アラブ独立国」ができるようなものである。油田地帯を奪われたイランは、ただ砂漠だけの国家になりさがってしまう。革命政権もかれらをなんとか宥《なだ》めようとしているが、効果はきわめてうすい。

油田地帯に「サボタージュの三角形」（Triangle of sabotage）ができあがっていることをフゼスタン地区行政長官マダニ（イラン海軍提督）が語った、とテヘランの英字紙は書いている。

——三角形の一はバンダルシャハプールであり、二はアワーズ（テヘランとアバダン、バンダルシャハプール間鉄道の分岐点）であり、三はホーラムシャハルである。国の内外から敵の手先が革命に反対するフゼスタンの陰謀に動員されている。とくにホーラムシャハルは武器と要員の密輸入地である。いまやフゼスタン全域に不安がひろがっている。この地域はイランの富と天然資源である油田が集中しているだけに、反革命分子はここに眼をつけている。サボタージュやストライキに参加した者は、それがどのグループに属していようが、すべてイスラム革命の反逆分子である、とマダニ長官は述べた。また同長官は、去る木曜日に起った革命警察隊員の殺害事件や、日曜日のホーラムシャハルのジャメル寺院の爆弾事件はこれら反逆分子の陰謀の一部であると言明した。

このような状況では、北のクルディスタンの「反乱」に南もいつなんどき呼応するかしれない。そうなると内戦に発展する可能性はきわめて強い。それというのが二万三千人をこえるアメリカ軍事顧問団とその関係者に援護されたシャーの強大な軍事力が崩壊し去ったからで、シャー時代には南のアラブ人労働者は静粛だった。北のクルド族は多少騒いでいたが、これはシャーがかれらに武器援助してイラクを攻撃させていたものだ。

シャーの強力な軍事力を破壊したのは、ホメイニの革命勢力だった。軍から受け継いだ最新鋭戦闘機も爆撃機もその維持に問題があり、最も近代的だった火砲も戦車も次第に旧式になってゆくだけでなく、アメリカの軍事顧問団が一人もいなくなったいまは、手入れが悪かったり、修理ができなかったりして、ところどころ錆びつき、操作不能の武器もでていよう。自動小銃などは、その数万数千挺が革命騒ぎのどさくさに民衆に奪われている。クルディスタンのクルド人も、フゼスタンのアラブ人も、この革命政権の軍事力低下につけこんでいる。

ホメイニの国内の敵は、北と南とにある。

ホメイニは新憲法草案を公表して、これを「審議」するための代議員をえらぶ国民投票を行なった。総選挙を行なった国会がこれを審議するのではなく、実質的には、事前に憲法の審議を国民投票に委ねるのである。国民の三分の二はいまだに文盲といわれる。そのほとんどが地方の農民だという。

国民投票となれば、イスラム教信者にとってイマーム（最高地位の聖職者）はマホメットの後継者アリの子孫、救世主的な存在である。それに加えてパリから帰国した当時のホメイニの絶大な人気が印象づけられている。そのときのデモ行進に掲げられたイマーム・ホメイニの肖像が、都市では漫画になっていることを農村部では知らない。野党も全土では勝ち目はないのである。民主国民戦線をはじめ右から左まで、政府与党を除いて、すべての政党が国民投票をボイコットした。投票所では婦人が夫の指導で公然と候補者の名を書いた。ホメイニの圧勝は当然である。新憲法は新国会で満場一致で承認されるだろう。

この「圧勝」にホメイニは心が明るくなっただろうか。

そうではあるまい。彼は「圧勝」のからくりをだれよりもよく知っている。その弱点のために彼はますます神権的な強さに、自らを持ってゆかなければならぬ。およそ狂熱主義者《ファナティック》は、一度ファナティシズムにとり憑かれると、己れの身体の中でそれが次第次第に昂進するものである。時にホメイニは懐柔的で謙虚だが、その翌日は支離滅裂な暴言を吐く。

ホメイニは、未だに公表されない革命評議会のメンバーと、気のゆるせる側近と、ＰＬＯのアラファト議長のように大事な外国の客以外には、めったに人に会おうとはしない。神の継承者であるカリスマ的人物はそれでなければならない。やたらと人と会っていては普通の人間になり下がってしまう。

国内に多くの敵を抱えているイマーム・ホメイニは、その神格化の最高権威によって、敵どもを威服しようとしているようにみえる。

そのホメイニに首尾よく会見できたフランス誌の記者がある。しかもそれがホメイニが軽蔑する女性の記者だった。

《わたしはその日の夕方七時半にイマーム・ホメイニと会うアポイントメントをもらっていた》

と、彼女はその雑誌に書いている。

《ホメイニ師は、その朝一度わたしがイラン人の案内役に見せてもらった貧弱な、小さな家にはもう居なかった。その家はすでにホメイニ記念館になっていた。師は現在では、女たちが大きなペルシア絨毯を洗濯している灰色の川の向う側に居を定めていた。その家の門前をさえぎっている金属製の柵の前には軍用トラックがとまって警備していた。武装した護衛隊が、ホメイニ師を一目たりとも見たいと詰めかけた群衆を押しかえしていた。

案内役は、わたしがホメイニ師に対してあらかじめ質問状を用意しているのを見てびっくりして、「イマームはほんの数分間接見するだけですよ」と強く念を押した。

わたしは彼にともかく質問状をペルシア語に翻訳してくれと言い張った。その第一の質問は単純なもので、民主主義の問題にふれていた。案内役はそれを読んで恐怖状態に陥った。

「駄目です。おねがいですから『民主主義』という言葉はやめてください。イマームは激怒なさいますよ。あなたも、つまみ出されてしまいますよ」

ホメイニ師の住居は、最初の家よりはすこし広いが、やはり質素なものだった。人々はだれでも入口で靴を脱がねばならず、そのためドアの前は靴がごたごたとならんでいた。

六人ほどの聖職者《ムラー》たちが裸足で絨毯の上をうやうやしく静かに進んで行った。そのうちの一人の、ぼってりとした顔の小肥りの聖職者は、ほかの者よりすこし威張っている様子だった。

「イマーム・ホメイニ師のお孫さまですよ」と案内役は敬意をもって説明してくれた。

わたしたちはみんなそこであぐらをかいて坐り、イマームの出現を長いこと待った。

とうとうイマーム・ホメイニ師が入来した。師はあたりに一顧もくれず、まっすぐに自分の席に着いた。その顔は、町のショーウインドウや農村の樹木に掲げられた肖像ですっかりおなじみのものだった。例の長い顎鬚は予言者的であり、ターバンは非の打ちどころがなかった。

聖職者《ムラー》たちはイマームの手に敬虔な接吻をした。わたしの案内役は震えながらその前に平伏した。彼が自分の「主人」をこれほどまぢかに拝んだのは初めてであり、しかも恐れ多いわたしの質問（もちろんわたしは平凡な質問だと思っていたのだが）をイマームに通訳しなければならなかった。

「よきイラン国民は、無神論者であり得ますか」

わたしはイマームにおたずねした。

「私が亡命生活から帰国したとき、あらゆる宗教を信じるイラン国民が私を歓迎してくれました」

イマームはうまくわたしの質問をかわした。

「チャドルを拒否する婦人をどうお考えですか」

「街頭でチャドルをつけない婦人を侮辱する者（註。むき出しの女性の顔は男性によって性的な興味で見られるという意味）はきびしく罰せられるでしょう」

イマームはすこし眉をひそめて答えた。

「外交政策は？」

「イランはいかなる大国に対しても非同盟という方針をつづけます」

この決意をイマームはくりかえした。

このわずか三つの質問と応答ですべてが終りだった。一人の聖職者が私をにらんで、イマームにたいしてとんでもないことを言う、というように憤りの身ぶりを示した。わたしはチャドルを着ていたけれど、そのチャドルに入念に包んでいたわたしの一房の髪が不覚にもはみ出していた（註。女性の髪も性的興味の対象になるというので、男性の前で見せないことになっている）。

わたしはイマーム・ホメイニ師に礼拝してその部屋を退出した。見返ると、わたしの案内役は上位の聖職者にひどく面罵されていた。そのあと、われわれはイマームに拝謁してご挨拶を申し上げるだけで招かれたのであって、質問をしてはいけなかったのです、と気の毒な案内役は悄気《しよげ》てわたしに解説した。

外は真暗だった。寺院《モスク》の中庭には、イマーム・ホメイニ師の大きな肖像画が掲げられていた。まわりの数十個もの照明灯がそれに集中して、イマームの肖像は眩しいばかりに輝いていた。道ばたには、イマームを一目でも拝顔しようと待つために何百人もの巡礼者が臥せて睡っていた》

ホメイニの「神殿」の周囲から遠く離れた場所に行っても、このフランス人女性記者は取材している。ホメイニの神がかり的な威光や魔術的な感化の及ばないテヘランの中心部にいる女性たちの声だった。ここではコムの人たちとは正反対にホメイニに強い批判を抱いていた。

《「すべての人間に法の下での平等を」と叫んで法務省の前に集った婦人たちは四千人に上った》

と彼女は書いている。

《オフィスで働く婦人たちを「裸の女ども」と呼んだホメイニ師の演説に茫然となり、また欺された、と感じた婦人たちが自発的にそこへ集ったのである。イスラム革命の名においてホメイニ師は「女は離婚してはならない」「男は複数の妻を持ってよい（註。コーランでは妻を四人まで持ってよいことになっている）」「妊娠中絶は許されない」「法律はすべてコーランに従う」などとテレビを通じて宣言した。これに憤りをおぼえた婦人たちが法務省に押しかけたのである。婦人たちは、ホメイニ師が「セックス・シンボル」とよぶ接客職業婦人、秘書、事務員、看護婦、電話交換手、店員、学生、主婦などさまざまだった。

法務省の男子職員たちは窓という窓に鈴なりとなって、婦人たちの集会を見物していた。ある女子高校生は「われわれは最後まで戦う」と叫んでいた。この女子学生の学校は全校の女子学生が集会に参加していたが、プラカードの先には「イランの婦人には自由がある。自由のために死ぬ覚悟を」というスローガンがなぐり書きされてあった。警備隊員は門を押し破って中になだれこもうとする婦人の群れを阻止するため、空にむけて発砲していた》

イマーム・ホメイニの国内の敵はそれだけにとどまらない。絨毯商アブドラー・アリ・モラーディにフランス料理店に招待されたとき、アヤトラ・ラフサンジャニが自宅で「フォルガン」と名乗るグループに襲撃されたという情報が電話で入ったとモラーディは私に言ったものだ。

一命をとりとめたラフサンジャニはテヘランのショハダ病院に入院して治療をうけていた。最近、正体不明の複数の男が未明にその病院を襲い、機関銃を撃ちこんだ。病院を警備している革命委員会監視隊がすぐに反撃したが、かれらは用意した車で逃走した。「フォルガンの死の部隊」は、その際、将来ふたたび攻撃を加えるとイラム語（註。イラムは、チグリス川東岸からイラン西部のザグロス山脈一帯をよぶ古名。人種的帰属は不明）で脅迫した。

アヤトラ・ラフサンジャニは革命評議会の一員と推測されている。四月二十三日、革命政権初代陸軍参謀総長ガラニがテヘランの自宅で自動小銃で射殺されたのも、さきにアヤトラ・モタハリがテヘランの夜の街路上で拳銃で殺害されたのも「フォルガン」の仕業だと自ら声明している。アヤトラ・モタハリは革命評議会の議長だったと、「フォルガン」は言明した。

また、首席判事アヤトラ・ハルハリも彼の自宅で狙撃されたが、ハルハリは難を脱れた。このように、ホメイニの有力なブレーンや側近は、「フォルガン」に消されたり、また消されかけている。

ホメイニの凶悪な敵、この執拗な暗殺団「フォルガン」とはなんだろうか。襲撃した下手人は一人も逮捕されてなく、その組織の実体もまだ突きとめられてないのである。

私には、ニューヨークの〝王族〟アリ・モスタファビが私に洩らした「革命評議会の重要なポジションに曾てのSAVAKの大物がもぐりこんでいる」という言葉が、ここでもまた浮んできたのだった。

第六章　カスピ海の町

1

私のテヘラン滞在はついに四カ月目に入った。そのあいだに富士産業の佐田支店長から滞在費を融通してもらっている。

いまに何かが起る——という雰囲気をみなぎらしながらイランは不安定な平穏さで日が過ぎてゆく。

週二回、イラン航空が東京から運んでくる日本の新聞を富士産業の支店に見に行くと、ある新聞は特派員の報告を載せて「イラン革命、確かな歩み」と見出しをつけていた。

この特派員の観察によれば、パーレビ国王の国外退去から半年、バザルガン現政権が生れてから五カ月を経たイランは、試行錯誤をつづけながらも、一歩後退二歩前進のペースで革命をすすめてきている、左翼勢力の動きや失業者の増大、行政機能の低下など難問は山積しているが、少なくとも現段階でイスラム革命が後退する兆候は見られない、ということである。

私がテヘランに来たときに聞いたのは「六月危機」であった。それは発表される憲法草案に不満な知識階級、中産階級、左翼分子、少数民族などが一斉にホメイニ体制に非難を加え、それをきっかけにして暴動が発生するという予測であった。

だが、憲法草案は発表されたが、テヘランをはじめ各都市には反対デモ一つ起らなかった。それだけではなく、新憲法草案を審議する専門家会議の議員選挙は、「民主国民戦線」などの野党が投票をボイコットしただけで、全国でいとも平静に行なわれ、ホメイニ派の「圧勝」に終った。ただ、西北部のクルディスタン地区に住むクルド族と、西南部フゼスタン地区の油田地帯にあるアラブ系住民は騒いだ。

この南北の騒擾《そうじょう》はたしかにホメイニ体制にとって危険な要素である。が、それもいまのところ《現在のイスラム革命を覆す方向に行くとは思われない》というのが、新聞記者だけでなくテヘランの日本商社員たちの感想だった。

その特派員は右の記事の冒頭に書いている。

《テヘラン市内は相変らずひどい交通渋滞が続き、下町の人出はひきもきらない。警察官や兵士の姿もまばらで、商店街はにぎわっている。だが、その中で、革命の最高指導者ホメイニ師をたたえるスローガンがはんらんし、平静さの中にも緊張感を漂わせている》

この緊張感の中にも平穏無事な報告記事に影響されたかどうか、同日付の同紙は、別の面で、

《イラン西部のマリバンで十四日、クルド族の武装デモ隊と革命民兵が衝突、クルド族指導者によると、十二人が死亡、四十人が負傷した》

という外電をベタ記事で扱っていた。

もっともこのときはクルド族の騒動が「反乱」にまで発展するとはテヘランの人々も考えてなかったようだから、日本の新聞がその外電を目立たない扱いにしたのも当然だったといえる。ただ一つ、何かが起りそうだという前からの予感があたってくるように思われたのは、各新聞社の閉鎖命令に対して反対運動が起りそうなことである。

ホメイニの命をうけたバザルガン政府は、さきに革命政府に批判的な記事を送りつづけるという理由でロスアンゼルス・タイムズ、ニューヨーク・タイムズの特派員に国外退去を命じたが、こんどは新たに新聞法を制定した。発表された同法は、新聞や雑誌の記事を通じてイスラム教や他の公式宗教を侮辱したものは半年ないし二年の刑、宗教指導者に対し侮辱、中傷、事実に反する報道をしたものは一年ないし三年の刑を科せられ、イラン革命の指導者（アヤトラ・ホメイニを指す）を侮辱した場合は一カ月ないし六カ月間の発行停止処分となる。また新聞発行は許可制となり、その委員会は新聞発行者・記者・判事・教授・イスラム教学者などで構成するが、旧国王政府と協力したものや、政治的・道徳的適格性を欠くものは許可されない。八月十二日の発効である。

進歩的な有力紙「アヤデガン」が発行停止になることは間違いなかった。「ケイハン」紙によると、他の新聞、週刊誌の十数社が同じく追放されるだろうという観測が多かった。違反者は一般法廷ではなく、イスラム教法廷で裁判を行なうとつづいて発表された。そうなると「地上に腐敗を撒き散らした者」というイスラム法の広範かつ拡大解釈自在な重罪に問われる。不幸にして首席判事アヤトラ・ハルハリの裁判にかかると、処刑もあり得ないではない。

十四日の朝、私は長谷順平といっしょに炎暑のテヘランを脱けて彼の車でカスピ海沿岸にむかった。テヘランが平静になったというので、日本から商社員が舞い戻ってきているが、人数はもとどおりに増えてもかんじんの商売は以前どおりには機能せず、やはり半休業状態であった。経済活動が少しずつ回復してきたとはいうものの、行政の麻痺は依然としてつづいている。石油化学プラントの再開もかけ声ばかりでいつになったら軌道に乗るのか予測がつかなかった。それでも商社は、いざというとき同業者に後れをとらないために、駐在員の数を不足のままにしておくわけにはゆかない。しかし、その「いざというとき」、つまり経済活動の復活がまたいつのことかわからないのだ。

支店長の佐田宗夫は長谷順平を私にずっと通訳として付けてくれた。それは東京にいる先輩の村山次郎に私のことを依頼されたからでもあるが、また一つには支店の業務が閑散なためであった。

佐田支店長は私がテヘランに着いたときはイスタンブールなどに出張中だったが、その後も彼はパリやロンドンに忙しく出張している。中東情勢の情報蒐《あつ》めのように思われる。四、五回彼に会って雑談を交したが、さすがに国際感覚は鋭敏に思われた。ただ、商取引上のことはあまり洩らさなかった。だいたいが慎重なほうである。瘠《や》せた顔で、頬が高く顎が尖っていて、働きざかりの商社マンというよりは書斎人の感じだった。

テヘランからカスピ海のラシトの町に出るにはコースが二つある。一つは西にむかってカズヴィンを経由し、それより北に折れてエルブルズ山脈を越えて行く道、あとはテヘランの西郊外から直接に北上し、エルブルズ山脈の中央部を突破し、カスピ海南岸に出て沿岸を伝わって西へ行く道である。長谷はあとのコースを取った。

山脈の急斜面を刻んでつけられた道路は登り口からじぐざぐに折れ曲っている。麓には渓谷があり、川が流れ、背の高いポプラや低い灌木が群がり、小さなレストランと別荘風な家を混えた村がある。テヘランからの手近な避暑地ということだった。

革命前は、この道路わきに客を誘う女性が山のほうを向いて佇んでいたもので、その種の「高級」職業女性を目当てにテヘランからドライブしてくる連中も少なくなかったのです、と運転の長谷は笑いながら私に言った。

シャー時代には下町のバザールの隣りに公認の遊廓があった。そこがダーティだというので、外国人はこの村までやって来たものだという。今は遊廓も街道の職業婦人も姿を消した。先日の新聞には、十八歳の少女が妻子ある男と交渉をもったというので革命法廷で死罪を言い渡され、翌未明の午前二時に処刑されたと出ていた。

海抜二千五百メートルの峠を北へ越えると、それまでの黄褐色だけの岩山の光景が突如として緑濃い密林の風景に一変した。灰色に閉ざされた山頂から噴き流れる霧が裂け、その間からこの緑の展望が顕われたときはこちらの頭がおかしくなったかと思うくらいで俄かには信じられなかった。たとえば色紙《いろがみ》をいっぺんに裏返したような感じだった。上りの南側と同様に下りの街道も電形《いなずま》に曲折して麓へ向って落ちている。その途中のブドベールという宿場村は夕暮のような暗鬱の中にうずくまっていたが、あたりの昏《くら》さは太陽を遮蔽する濃霧のためであった。あわてて上着をきても肌寒いくらいだった。

街道の茶店《チヤイハナ》で照り焼きする串刺しチエロ・キャバブの甘い臭いと煙とがトラックや車の走る道にまで流れている。貧しい服装の人々がドゥーグを飲み、キャバブを食べている。奥の壁にホメイニの写真が貼ってあったが、斜めに傾いたままに放ってあった。長谷はドゥーグをしきりと咽喉に流しこんでいたが、それが口に合わない私は、いつもの粗い角砂糖を嚙みながら紅茶《チヤイ》を啜《すす》った。

カスピ海の青い海面が松林の間に見える低地に降りるまで、峠の茶店での休憩四十分間を入れても、テヘラン出発から七時間はたっぷりとかかった。

山陰地方の農村を想わせるワラ葺き屋根の農家と稲田のひるがる風景の中を、海沿いに西へ向った。まだ私たちの目的地まで二時間を要するということだった。

四十分も走ったころ、長谷が山側についた道へ乗り入れた。パーレビ財団が経営していたラムサールの豪華なホテルがある。斜面に植林された糸杉の林の中に渓流を引いた階段式庭園があり、その上に貝殻のように真白いホテルがそびえていた。その玄関の登り口まで届かないうちに、先に車を降りて様子を見に行っていた長谷が手を振りながら戻ってきた。

「駄目です。革命委員会の管理になっていて、だれも中には入れないということです。どうやらこの地方の革命委員会の本部になっているようですね。しかし、惜しいですね、あれだけの設備を持ったホテルが革命委の事務所になっているとはねえ。惜しいなア」

長谷はしきりと惜しい惜しいとくりかえした。前に一度ここに来たことがあるが、大食堂の天井からは山笠のようなシャンデリアが頭上を圧していくつも吊り下り、壁面にはペルセポリスの朝貢行列図を模した金色の浮彫りが施され、銀のナイフやフォークには王家の紋章が芸術的に彫ってあると彼は話した。私たちは玄関まで行けなかったが、階段式の前庭に立っても、真蒼な糸杉の樹海の中に、いくつものフランス風な建築物がオパール細工のようにのぞいていた。

「もとはここにはパーレビ財団経営のカジノがあったんですが、ぼくが一昨年来たときは、さすがに自粛してか閉鎖になっていました。けど、離宮の建物はどんどん拡張する計画だったんです。あと六年後にはそれが完成する予定でした。プール・レポート紙にもあったように、シャーの長男が三十歳になって国王を嗣いだとき、引退後のパーレビは豪華なこの離宮で余世を送るつもりだったんです」

パーレビ財団はシャー一家の蓄財のためのトンネル機関だった。この財団はテヘランだけでも、ヒルトン、パナク、エビン、ダルバンドという四つの一流ホテルを所有し、首都以外での主要ホテルの所有はカスピ海周辺に集中していた。パーレビ財団傘下のホテルはほとんどがデラックスないし一流クラスで、ベッド数から見て、イラン全体の七〇パーセント以上を支配していた。石油収入を除いてイランの重要な外貨獲得資源である観光事業の七〇パーセント以上をパーレビ財団が抑えていた、ということでもある。

私の読んだものにも《同財団はカスピ海地域で二つのカジノを経営している。直接的に、あるいはオムラン銀行を通じて間接的に、同財団はカジノ経営を独占している。財団はカジノ経営には直接関与していないが、南アフリカと英国とのコネを持つ外国人ビジネスマンのグループを使って経営している》(ロバート・グレアム『イラン　石油王国の崩壊』)とあった。

さてそのシャー・パーレビは、王妃といわれた妻と、皇太子といわれた長男とともに一家でいまメキシコに居るのだが、最近の新聞には英国人がイラン政府の依頼で国王暗殺の計画に参与していたとロンドンで語ったと出ていた。その元傭兵《ようへい》によると、イラン政府は三、四百万ポンド(十五～二十億円)の資金で三十人の傭兵を集め、国王暗殺の計画を持ちかけてきたが、報酬としては前渡金として三万ポンド、暗殺が成功すればこの二倍の額が支払われることになっていたとあった。

この離宮を眺めているうちに、私はつい先日読んだテヘランの地下発行英字紙の記事を想い出さないわけにはゆかなかった。パーレビの父であり、先代国王であるレザー・ハーンは、じつはイギリス本国政府の策謀から「クーデター」のお膳立をされて王位に即《つ》いたという内容であった。――

2

《第二次世界大戦の後、英国外務省は政府刊行物として「英国秘密外交文書」に関する本を出版したが、この三巻からなる書籍は一九一九年から一九三九年までの二つの世界大戦にまたがる英国外交政策を書いたもので、執筆者はオックスフォード大学教授とケンブリッジ大学教授らである。その内容のほとんどは、英国が世界各国に送った暗号電報で構成されている。

第一巻の最初の四章は、英国とイランとの関係が書かれている。中でもとくに興味深いのは、カジャール王朝からレザー・ハーンへ王権が移るときの事情であった。カジャール朝最後の王となったアフマッド（在位一九〇九―二五）にあきたりなかった英国は、直面するロシアのイラン内部への侵略をおそれてアフマッド王を廃位させることに決めた。これは退位後のことだが、アフマッドはその代償として英国から多額の年金をもらい、なおものちのちまでそれ以上の資金を英国大使館を通じて英政府から引き出していたということである。

さて、英国政府は、カジャール王朝を転覆させたあとの新国王を前もって用意せねばならなかった。イランのすべての種族が調査された結果、バクチアル族のリーダーに白羽の矢が立った。が、ときの外務大臣カーゾン卿はこの案に反対だった。卿はバクチアル族が統治者をくりかえし襲撃していたことと、かれらが第一次世界大戦にドイツを支援していたことも気に入らなかった。

レザー・ハーンはカズヴィン近くに駐屯していたコサック歩兵部隊の士官であった。第一次大戦末期にイラン北部を占領した英軍は、カズヴィンの南部に連隊を駐屯させていた。その連隊長の名もわかっている。ミドルストーン大佐というのである。大佐は日ごろからレザー・ハーンに接触し、文盲ではあるが、彼の指揮能力が抜群であるのを知っていた。連隊長はこれを軍司令部に意見具申し、軍司令官はこれを本国政府に申し送った。ロンドンはこれを承認した。かくてアフマッド国王の後任候補者探しは必要がなくなって中止された。

英国外相は慎重にもレザー・ハーンを国王の後任者として試してみるべきだと述べた。英国大使ノーマンはレザー・ハーンを評して、彼は威厳があり、誠実であり、政治に対して貪欲でないと語った。カーゾン卿と、蔵相をやめて植民地相になったばかりのウィンストン・チャーチルもまたレザー・ハーンの選定に同意した。レザー・ハーンはそのとき自分が国王になればイランにおける英国の利益を全面的に守ると、ロンドンに送った暗号電文で述べている。

では、どのようにしてレザー・ハーンの勢力を増大させるかが検討された。が、これは彼にテヘランでクーデターを起させるという案で解決された。頻々たる暗号電報によってミドルストーン連隊長は、英国製新鋭兵器を三千のイラン兵に持たせてレザー・ハーンに付け、テヘランに移動するよう指示した。クーデターの際、テヘランで逮捕さるべきイラン政界人や指導者のリストが用意されたが、かれらははじめから短期間拘留されることになっていた。というのは彼らは英国側と前もって通じており、一時の逮捕はクーデターの真相を民衆から隠蔽するためのものだった。かくて英国の予定どおりレザー・ハーンの無血「クーデター」となり、カジャール朝アフマッド国王は退位した。英国政府は亡命先のアフマッドに莫大な年金を支給したが、これは事前に彼と話し合った結果だった。これら歴史的事実は、すべて当時英政府が出した暗号電報が語っている》

ところで、これまで私たち日本人が知っている第一次大戦後のイランの歴史は、たとえば、こういう説明となっている。

《一九二〇年五月、ラシトに進出して赤色政権を樹立した赤露軍撃退の任務を負ったのがイラン・コサック兵団の中にあったレザー・ハーンであった。彼はイラン愛国主義者の求めに応じて、一九二一年二月駐屯地カズヴィンを出発し、三千の手兵を率いてテヘランに進軍、占領後、クーデターでカジャール王朝を倒し、イラン軍司令官の職につき、次いで陸相、首相となり、一九二五年十二月に国民議会により帝位に推戴され、現パラヴィー王朝の基礎を築いた》（外務

省編・世界各国便覧叢書『イラン帝国』。昭和五十一年十月刊）

これは他の出版物にある「イラン小史」なども同様であって、《コサック兵から身を起したレザー・ハーンがカズヴィンで勢力を結集し、一九二一年二月にテヘランを攻略し、クーデターを決行、一九二五年十二月王位についた。これによってカジャール王朝は潰《つい》えた》といった記述になっている。

別な見方で書かれたイラン小史もある。

《コサック旅団の将校レザー・ハーンは、テヘランで軍部クーデターを起し、民族主義者と共産主義者およびロシア・ボルシェビキとの対立を内部分裂として利用する形で、ロシア赤軍が占領したカスピ海沿岸のギラン州に赤色ロシアの後押しで人民がつくったギラン共和国への政治的介入を計った。こうしてこの年の十月、レザー・ハーンの軍隊がイランで最初の社会主義共和国を攻撃した結果、ギラン共和国は人民と共に圧殺されたのである》

いささか観念的な図式の史観で書かれているが、この叙述にもレザー・ハーンを背後から操った英国の影すら見出すことはできない。

——第一次大戦後、中立を宣していたイランは、その北西部をロシア革命後の赤軍に侵略され、中南部をバグダッドから進軍してきた英軍に占拠された。結局イランは軍事的にも経済的にもイギリスの援助をうけることになったのだから、レザー・ハーンの出現とイギリスとの関係はうすうす察しがつくものの、プール・レポート紙が紹介した英政府刊行の英国外交文書でその詳細な事実が具体的にわかったのは、私にとって初めてであった。――

ラシトの町に入ったのは午後四時ごろだった。ギラン州の州都で、かなり大きい。ロータリーのまん中に銅像の台座だけが残っている。騎馬にまたがったレザー・シャー（レザー・ハーン）の銅像があったという。レザー・ハーンは皇帝になると、自分を押し上げたイギリス勢力をたちまちイランから追い出した「英明な君主」といわれている。

ラシトの町には日本の電機会社が出資している電機工場がある。道路の左側に長いコンクリート塀がつづき、連続波形の工場の屋根が見えた。ここでは電球、扇風機、電気釜などを造る。電気釜はイラン人の好きな「お焦げのご飯」ができるように設計されてあるという。前に読んだイラン経済関係の資料では、イランの工場労働者で定着率のよいのは、この工場と、やはり日本が出資しているカズヴィンのガラス工場だけだとあった。

長谷は道路の途中で車を停め、とおりがかりの中年の男に道を訊いた。言葉が通じないのか、相手は怒った顔で、早口に言っていた。長谷は苦笑してアクセルを踏んだ。

ラシトの町を出て北へ向う。畑の中についた舗装の一本道の両側には亭々たるポプラの並木がつづく。その下に少年が立っていて手に持ったカスピ海産の魚を掲げて、買ってくれと走る車に呼びかけている。雲が多い。窓を少しでも開けると、冷房の車内に蒸し暑い空気が流れこんだ。沿道には、スイカやザクロなどの果物をならべて通りがかりの車に売る掛け小屋がところどころにあった。

一時間足らずでこぢんまりとした清潔な町に入った。兵舎の営門の前に水兵の歩哨が立っていた。バンダルパーレビです、と長谷が町の名前を教えた。町の道路はすでに海岸の砂地になっている。

バンダルパーレビはもとエンゼリー港といっていた。一九二〇年に赤露軍は白露軍を追撃するという名目でエンゼリー港を占領し、ラシトやギラン州を兵力で押え、この地域の住民にギラン人民共和国という名のかいらい政権をつくらせた。カズヴィン駐屯の英軍連隊長ミドルストーンの後押しでテヘランにクーデターを起したレザー・ハーンがその赤色政権を武力でたちまち潰したのは、前記の英国秘密外交文書が語るところである。

ホテルはカスピ海を見わたす海浜にあった。内部は木造で、ヴィラ風になっていた。部屋は羽目板の壁で、天井がなく、屋根裏に梁《はり》が交差している。寝室はその屋根裏の中二階で、階下の居間から梯子段を上ってゆく。

窓から暮色の海を眺めながら、私の部屋で長谷と夕食をとった。食卓には本場のキャビアが出た。うすく褐色を帯びた灰色で、ねっとりとしている。私は絨毯商のアブドラー・アリ・モラーディから食事に招待されたお礼にこのキャビアをお土産にしようと思った。テヘランのバザールでもキャビアを売ってはいるが、良質なのはやはり高価だということだった。

今朝早くからテヘランを出ての長い運転だったので、さすがの長谷順平もくたびれていて、食事が終ると匆々《そうそう》に隣りの自分の部屋へ引きとった。私もその晩は屋根裏のベッドで熟睡した。

翌朝六時半に起きてカスピ海を見に行った。ホテルの裏から砂を踏んで渚まで歩く。海岸線は単調で、あたかも九十九里浜に立っているようだった。掛け小屋が二つ三つあるがまだ物売りの商人は出ていなかった。

海岸にはまだ人の姿は少ない。子供が四、五人駆けているだけで、大人はいなかった。飛びこみ台もなければ、脱衣場の小屋もなく、松林の中にキャンプのテントがあるわけでもない。カスピ海の有名な海水浴場と聞いていたのにそれらしい施設はなにもなかった。沖合には船の影も見えなかった。さすがに朝は涼しかった。海面は凪《な》いでいた。

カスピ海の北側三分の二はソ連領海で、南側の三分の一がイラン領海である。ここから眺める水平線ではむろんその境界がわからない。警備艇一隻も見えない。もし曾ての赤露軍のようにソ連がその海軍を動かすとすれば、一時間もかけないでその上陸用舟艇はこの海岸に接岸してしまうだろう。そんな空想にふけりながら、砂地を割って海へ流れる小川に沿い、ホテルの裏に私は戻った。

そのテラスで長谷順平がランニングシャツで手足の屈伸運動をしていた。

長谷は運動をやめて、私が近づくのを待って言った。

「昨夜、ぼくが寝てからまもなくテヘランの支店から電話がかかってきたんです。昨日、テヘランでは新聞法制定に反対して一万人のデモがあって、それを阻止する革命防衛隊や右翼勢とデモ隊との間に衝突が起って多数の負傷者が出たそうです」

私は棒立ちになった。

「じつは昨夜それをお報らせしようとお部屋をノックしたんですが、よくお睡《やす》みになってたようなので」

彼は聞いた電話の内容のメモを私に見せた。

《今日（十二日）、テヘランでは新聞法制定に抗議するデモが行なわれたが、学生・労働者がテヘラン大学構内に集ったのち数万人が街頭を行進した。かれらは「自由か死か」「反動に死を」「ファシズムに死を」などと書いたプラカードを掲げて拳を振りあげていた。これらは民主国民戦線が各政治グループを組織したといわれている。

このデモが目抜き通りのモサデク通りにかかったとき、イスラム教右派や革命委民兵が「イスラム万歳」「共産主義打倒」「アヤデガン紙は外国の新聞」などのシュプレヒコールをとなえて対抗、かれらの一部は上半身裸になってナイフや棒でデモ隊に襲いかかった。両者の激しい衝突で百人以上の負傷者が出たとのことである。これほどの騒ぎは王制を完全に崩壊させた二月暴動いらいのことである。わが駐在員、支店事務所には被害はなかった。

しかし、左右勢力の衝突はこれだけではおさまらず、明日以降には左翼組織のフェダイン・ハルクの本部を、ホメイニ体制支持のイスラム教右派や革命委民兵が襲撃するとの噂があり、両派が軍隊より奪った武器を持っているだけに市街戦になるのではないかと市内は不安な空気に包まれている。

テヘランのこの不穏な情勢は、革命暴動の前例から見て、地方都市にも飛火するかもしれず、ラシト市に近いそちらの滞在には十分に注意されたし》

3

いまにイランに何かが起る。――だれの胸にもあった予感がこれだったのだろうか。

昨日のテヘランでのデモ衝突の激しさは、パーレビ国王体制を直接につき崩した二月十日のデモ隊と軍との銃撃戦にも匹敵するという。このときのデモは地上の銃撃戦に加えて、戦闘機・ヘリコプターなども出動して上空から民衆へ銃撃が行なわれた。ホメイニがパリから帰国した数日後である。死傷者は約一万人ともいわれ、兵士が民衆に降伏または合流したのも、民衆が軍の兵器庫や弾薬庫から武器・弾薬を奪ったのもこの日だった。

テヘラン支店からの電話によると、明日には左翼過激組織のフェダイン・ハルクをイスラム教右派と革命委民兵がいっしょになって襲撃するらしいという。フェダイン・ハルク（日本の新聞では「人民特攻隊」と訳されている）はバリケードにより防備された本拠を構え、軍隊より奪った武器で武装守備をしている。

フェダイン・ハルクは一九七一年につくられたマルクス主義者の過激派集団で、ツデー党

（共産党）の左派とモサデク元首相の支持者アマドザディーによって結成された。ＰＬＯやＰＦＬＰに訓練され、東欧圏に財政ルートをもつという。現在は約四万五千人の闘士を擁するといわれ、イランの左翼勢力としては最大の組織となっている。

革命のときは、パレスチナ難民村より送り返された二十代の彼らが身体を張って王制打倒の先頭に立った。彼らなしにはホメイニのイスラム革命は成功しなかったろう。しかし、革命後は、ホメイニはこの極左勢力を排撃しはじめた。「革命の功労者」意識に燃える彼らは、ホメイニ体制に強く反撥、いまは反体制側に回っている。

この政治的極左組織にホメイニ体制が対抗させているのが、右翼宗教過激集団のモジャヘディン・ハルク（日本の新聞では「人民戦士団」と訳されている）である。これも一九七一年の結成といわれ、ＰＬＯによって訓練された。七五年ごろに内部のマルキシストを分離したといわれる。このモジャヘディン・ハルクも、革命時にはフェダイン・ハルクと連合してシャー打倒にあたったのだが、いまではフェダイン・ハルクと訣別、体制派の側に立っている。

このようにみてくると、モジャヘディン・ハルクはＰＬＯ系、フェダイン・ハルクはＰＦＬＰ系ということになる。つまりＰＬＯは現在のところ一応ホメイニ側に味方し、ＰＦＬＰはその反対側にまわっている。シリアやレバノンではかなり歩み寄りが伝えられてはいるが、イランではＰＬＯとＰＦＬＰとが鋭く対立しているのである。

しかし、宗教過激派集団モジャヘディン・ハルクも、最近ではかならずしもホメイニ絶対支持ではなくなったという説が伝えられている。かれらはあまりに矯激なホメイニの言動についてゆけず、穏健派のアヤトラ・タレガニの支持に傾きつつあるというのだ。テヘランにいるタレガニは、表面は妥協しているように見えるが、ホメイニの対立者である。

このことはPLOがそろそろホメイニに冷淡になってきたのを意味しないだろうか。それはPLOのうち出すあまりに過大な要求、たとえば南部油田地帯に既設のアワーズ事務所のほかに新たにホーラムシャハルにもPLOの事務所を設けよという要求をホメイニがバザルガン首相に命じてこれを拒絶させたことから、PLO側にホメイニをあきたらなく思わせてきたのではないか。

だが、ホメイニやバザルガン暫定政府からすれば、PLOが着々と油田地帯に勢力を伸ばし、アラブ系住民の反抗をかげから支援し、かずかずのゲリラ破壊活動を行なわせ、ついにはこのフゼスタン地方を分離させる意図を警戒してのことであろう。伝えられるところによると、去年の暮にイラン・コンソーシアム現場機関である製油所の支配人が暗殺されたのもモジャヘディン・ハルクのしわざだったという。この暗殺事件のため製油量は一時的に激減した。

しかし、もう一つの見方もできる。PLOがそろそろホメイニ離れをしはじめたというのは、ホメイニ体制がすでに長続きしないことをPLOが予見したからではあるまいか。ホメイニのあまりに旧弊で強烈な個性、老いの一徹から発する常軌を逸したイスラム体制の締めつけにイラン民衆の心は彼から離れている。いずれ遠くないうちにホメイニは打倒される。といってもすぐにはパリからバクチアルを呼び返すようなことはできないだろうし、またそれでは親米路線をとるバクチアルがPLOには気に入らない。とすれば、イスラム穏健派のタレガニしか居ないことになる。PLOのホメイニ見放し、タレガニ接近説が事実だとすれば、そういうところに原因があるのではないか。

またホメイニ自身がすでに七十九歳の高齢である。元気だとはいえ、明日アッラーの神のもとに召されてもおかしくない。ホメイニの死後、彼の側近の中で彼の跡を継ぐ者は居ない。みんなホメイニのお茶坊主ばかりだ。PLOのタレガニ接近は、ホメイニの先のない寿命を見越してのことでもあろうか。

——以上のような討論は、テヘランで、ほとんど毎晩のように支店長の佐田宗夫、次長の島田博二、それに長谷順平を加えた社員たちと私とが話し合ってのことだった。じっさい、彼らはみな「イラン独身」だし、私は旅人だし、酒もなく、音楽もなく、行くところもないとあっては、そういう話をするしかなかったのだ。

ところで、昨夜電話を受けたテヘランの騒ぎだが、「今にイランに何かが起る」予感にその現実が当てはまるかどうか、長谷と私は、窓にカスピ海が見えるあまり冷房のきかない蒸し暑い部屋で検討した。

「ぼくは、いまのテヘランの騒ぎが、ホメイニ体制を揺がすような暴動には発展しないと思いますね」

長谷は塩味の勝った炭酸ソーダ飲料水を飲みながら言った。

「王制が瓦解した去年秋から今年の二月にかけてのイスラム革命運動と比較すると、違うところがたくさんあります。前者はシャー打倒に全国民が一致してあたった。民主国民戦線も、ツデー党も、フェダイン・ハルクも、モジャヘディン・ハルクも、王制打倒という共同の目的をもって共同の敵にむかって一致団結して当りました。イスラム革命という旗印も、ホメイニという神輿《みこし》も、イスラム教信者の民衆をひきつけました。シャーは石油の収入で私腹を肥やし、贅沢三昧《ぜいたくざんまい》の生活をして国民には何も配分しなかった。民衆は貧乏生活に苦しんだ。SAVAKにはいじめられてひどい目にあった。そういうシャーにたいする国民のうらみつらみと、イスラム革命後の楽園の夢想と、二つが重なって、思ってもみなかった民衆のエネルギーになったのです。

ところが、昨日のテヘランの騒ぎには、そういう国民の一致がありません。革命のときに共に闘った民主国民戦線もフェダイン・ハルクもモジャヘディン・ハルクも、またツデー党系も、それぞれの組織がばらばらになっていて、しかも互いに闘争している。電話だと、新聞法の反対デモは、フェダイン・ハルク系の学生と労働者だけだということです。市民の参加はまったくありません。イスラム革命のときは、婦人も知識階級も中産階級もデモに参加しました。そういうものが今度はなかった。あるのは、フェダイン・ハルクと宗教過激派との争いだけです。そ市民は傍観しているだけです。これではシャー体制にも匹敵するホメイニ体制をひっくりかえす新革命エネルギーにはとうていなり得ませんね。ぼくはそう思います」

長谷とのあいだに多少のやりとりはあったけれど、私は彼の意見に賛成だった。

「しかし、新聞法という言論弾圧は重大だな。それを強行したらホメイニさんもおしまいだ」

彼の意見に同調した上で私は言った。

「どうしてですか」

意外にも長谷が反問した。

「国民がいつまでも黙ってはいないだろうからね」

「いや、それは欧米諸国や日本などの場合ですよ。イランでそれに反対するのは、学生やインテリ層や中間階級だけです。その学生運動は割れているし、革命委員会の民兵に押えつけられている。インテリ層や中産階級は、毎度話に出るように臆病で無気力です。言論弾圧反対を叫んでデモをやるような勇気はとてもありません。革命委のパスダーがシャー時代のSAVAKですからね。いまやホメイニはシャーに代る独裁者です。それに、残念なことに国民の三分の二はいまだに文盲です。新聞が出なくても平気です。また文字の読める一般民衆も、官製のケイハン紙一つでもそれほど不服ではないんです。テレビ、ラジオのニュースは国営放送だけでけっこう。それに対する批判はほとんどありません。言論弾圧で政府が潰れるというのはアメリカやヨーロッパの例ですよ」

言われてみると、そのとおりだった。だが、私は言った。

「シャーが倒れてホメイニになったらシャー時代よりはよくなると民衆は思っていた。それがいっこうによくならない。失業者はふえつづけるし、インフレは亢進《こうしん》する。政治も経済も混乱して生活は苦しくなる。物資はだんだん市場に少なくなってゆく。それに例の締めつけで、ホメイニは人間的な自由や愉しみを民衆から奪ってしまった。民衆の間にはそういう不満が漲《みなぎ》っている。その不平や批判を封じるためにホメイニは多くの新聞に発行停止を命じた。これではいくらイランでも民衆の怒りが爆発しないほうがどうかしていますよ」

「そうです。そのとおりです。しかし」

と、長谷は私に言った。

「爆発するには、火をつける勢力が必要です。民衆を引張って、体制に身体を張って突っこんでゆく前衛分子が必要です。王制を倒したPLO帰りの若者のようにね。フェダイン・ハルクが地下に追いやられてしまいそうな今は、それがないんですよ。そうして悪いことには、革命に失望した国民の大多数は熱心なイスラム信者で、イマーム・ホメイニの支持者なんです。あなたは、ぼくがラシトの町で車を降りて、ここにくる道を人に訊いたのをおぼえておられますか」

「ああ、覚えています」

「あのときぼくは四十歳ぐらいの男に、バンダルパーレビにはどう行ったらいいかと訊いたんです。すると彼は血相を変えて怒ったのです。バンダルパーレビという名の町は無くなった、新しい地名に言い直せ、と詰め寄って、ぼくを殴らんばかりでした。そういう人が中年以上のイランの民衆ですよ」

海からはエンジンの音が響いていた。三隻のモーターボートが走り交っていた。男の頭ばかりが波の間に浮んでいる。午前中は男子専用の水泳時間だった。雲間から強烈な太陽が洩れ、油のような海面に照りつけていた。

長谷と私は砂浜に出た。早朝にはなかった賑わいがそこにあった。渚には若者や少年たちが群れていた。掛け小屋にも駄菓子や飲料水の瓶がならんで、わが国の正倉院にある伎楽面の酔胡王を想わせるような眼のまるい鼻の隆い年寄りが腰かけていた。だが、カスピ海随一の海水浴場としてはいかにも寂しい風景だった。泳ぎにきている者は百人そこそこだった。

チャドルをすっぽりとかむった女たちが四、五人づれで浜辺を歩いていた。彼女たちの泳ぐ時間は午後になる。若い女とみえて渚の波が押し寄せると、踝《くるぶし》まで隠したチャドルの裾をかかげて逃げまわっている。その女たちの笑い声が、ただ一つの小さなはなやかさだった。

男たちが輪をつくって真黒に集っていた。うしろからのぞいて見ると、若者が三、四人で砂の人形をつくっていた。細工は横臥した女の裸体だった。まわりの男たちはにやにやしながらこのヌード芸術を見下ろしている。が、その眼つきが、悪戯の砂人形を眺めるにしては、こちらの思いすごしかしれないけれど、すこしく異様にも見えた。

「あの砂美人も、長くはもちませんね。ここのパスダーの見回りに見つかったら靴の先で蹴散らされてしまう」

人だかりから離れて長谷は笑いながら言った。

「海水浴場に見回りがくるんですか」

「監視ですよ。沖で溺れそうな人間を救助するためではなく、男の時間に女が混ってないか、またはその反対の場合はないかと、その違反者の監視に見回るんです」

「きびしいもんだな」

「このバンダルパーレビの海岸は有名な海水浴場ですからね。革命前はテヘランから金持や外国人が押しかけてきたものです。夏季の保養地ですよ。ヨーロッパ風な風景がいたるところで見られたものです。女性たちは派手な海水着やビキニスタイルでね。浜辺にはビーチパラソルの花が満開でした。ホテルでは毎晩のようにダンスパーティがあり、ラテン音楽がじゃんじゃん流れていたものです。イランの若い男女がそれに染まらないわけはありません。それが今は全面禁止となった。海水浴場はこのようなさびれ方です。そのうえ、男女はいっしょに泳いではならんというお達しです。ごらんなさい、あのモーターボートの気狂いのような走りかたを。あれは若者のせめてもの精力の発散と、この締めつけに対する無言の抗議でしょうね」

モーターボートは十隻ぐらいにふえ、その白い船体が一本の線になって海上に入り乱れて疾駆していた。爆音がけたたましかった。

「家族の海水浴時間はいつからかね」

「午後です。子供づれですからね、母親がいないといけないから、婦人の時間といっしょです」

「亭主は海に入れないで、浜辺に坐ってぼんやりしているのかね」

「いや、監視員に亭主だという身分証明を出せば、女房子供といっしょに泳げます。それでも夫婦が海の中であんまり近づくと御法度《ごはっと》にふれます。監視員が浜辺から見張っていて、笛を鋭く鳴らして、もっと離れろと夫婦者に警告するのだそうですよ」

ホテルに引返して、冷たいコーラをとった。イラン製のコーラは甘味がなく塩《しょっ》ぱい。砂糖の輸入を制限されているのかもわからなかった。

あらためて三分の二がソ連領になっているカスピ海を眺めているうちに、革命前まであったアメリカ軍の電子探知レーダー基地のことを私は思い出した。日本にいたとき新聞で読んだのだが、国王体制が崩壊する寸前の二月に米軍はこの機密軍事施設を撤去したということだった。

「ソ連の兵器実験や軍事行動を監視する米軍の電子監視設備は、どこにその基地があったんだろうね」

「よくわかりませんが、エルブルズ山塊が西に流れた南側の山頂あたりじゃないでしょうか。われわれがラムサールの離宮からこっちにくる途中の左側に見えていた屛風のようなエルブルズ山脈の西ね、あの山の上のどこかにあったんじゃないでしょうか。秘密な場所ですから要塞地帯として村民も近づけなかったんです。電子レーダー基地は、ほとんどが標高千メートル以上の山頂にありますからね。聞いた話ですが、レーダー設備のドームは山頂の風速が六十七メートルまで吹きまくっても、それに耐えられるように作られたプラスチック製品だそうです」

「米軍はそれをイランから撤去して、いまはアラブ首長国連邦のドバイに移していると新聞に出ていた」

「ぼくもそれは読みました。ドバイのジェベル・アリ山に置いたというんですね。ドバイはソ連国境から約千百キロほど離れています」

「それだけでも、アメリカはソ連の監視網が弱くなったわけで、相当な痛手だろうね」

「そう思います。イランの軍事監視設備は、SALT（戦略兵器制限交渉）成立後のソ連の協定履行を監視するためだったといいますね。その意味では、電子レーダー施設がソ連領から千百キロも後退したのは、米軍にとって対ソ監視が手薄になったとはいえます。しかし、いまは人工衛星が空から絶えず監視していますからね。それがイランからの電子監視施設の撤去という弱点を相当カバーしているんじゃないでしょうかね」

昼食をとって二時間ほど午睡した。眼がさめて窓から浜辺を見ると、風景は一変し、チャドルをまとった女ばかりが海に入っていた。チャドルの端が波に浮んで動いている。婦人は海水着だけだと許されないのである。裾長いチャドルの婦人は渚に佇んでいる。男は一人残らず排除されていた。沖を走っていたモーターボートも消えていた。

私は長谷といっしょに町に出た。ホテルから歩いて五分くらいで中心街に入る。漁村が発展した町らしく海産物を売る店が多かった。が、果物の豊富な農村地帯でもあるので、野菜のほかブドウ、ザクロ、スイカ、ナツメ、桃、洋梨などをならべた店も少なくなかった。

遠くから大勢の叫び声が聞えてきた。町角から現れたのは総勢百人ばかりのデモ隊だった。半裸の者もいれば、シャツに半ズボンの者もいるし、荒い縞入りのパジャマ式シャツの者もいて、男たちの服装はまちまちだったが、一様なのは、彼らの多くが蓄えた真黒な髭の口を開けて叫んでいることだった。

「シャー・ミア」

「シャー・ミア」

シュプレヒコールを合唱し、手を振り、拳を挙げて行進していた。通行人は商店の軒下に立ってこのデモ隊を見送っていた。拍手が起った。

「何と言っているの」

私は長谷に訊いた。

「シャーよ、帰ってこい。……そう言っているんです」

おどろいて私はデモ隊の後尾を見送った。子供らがそのうしろについて群れていた。

4

シャーよ、帰ってこい、というのはホメイニに失望した民衆の素朴な感情の表れだろうか。海浜ホテルに戻ってからの長谷と私の話題がこれだった。

そこがイラン人の単純なところだと長谷は言った。

「ホメイニよりも、シャーのほうがまだましだった。シャー時代には自由があった。行政もてきぱきと能率的に運んでいた。経済も発展していた。近代的な文化も進んでいた。ホメイニになってからはまるで中世の暗黒宗教社会だ。個人の自由は少しもない。イスラム教の戒律は坊さんだけでいいのに、それを全国民に押しつけている。違反すれば宗教裁判で処刑されたり牢屋に入れられる。これじゃ助からない。……シャーの時代が民衆にはなつかしくなったんですね。それがシャー・ミアになったんでしょう」

「シャー一族の腐敗やSAVAKを使っての弾圧に対する憤激はどこへ行ってしまったのかね」

「そういうもんですよ。前の時代がベターだとなると、悪かった部分は批判意識の中で縮小されるものです。いいところばかりが記憶に残って、それが拡大されるんでしょうな」

「それにしても、ホメイニに失望したから、また王政に戻せ、というのは、あまりに単細胞的で短絡的に過ぎるよ。まあ、さっき見たデモはこの町だけのものだろうがね」

「単細胞的で短絡的かもしれませんがね」

長谷は鸚鵡《おうむ》がえしに私に言った。

「しかし、それは案外に民衆がイランの将来を直感的に予見しているのかもしれませんよ。これが知識階級だと、ホメイニのイスラム体制のあと、とりあえず欧米型の共和政治体制になるだろう、そこでパリからバクチアルが呼び返されて政権がつくられるだろう、それまではいまのバザルガンを中継的な暫定内閣にする、宗教政策面は穏健派のアヤトラ・タレガニあたりに代える、バクチアル新政府になると、これは親米路線をとるにきまっているから、シャー・パーレビの祖国復帰もありえないことではない、それを機会にシャーはバクチアルを説得して王政復活に持ってゆくだろう、ただしその場合悪名が売れすぎたパーレビが王位にふたたびつくのは無理だから、皇太子を皇帝にして自分は隠退する、新皇帝は立憲君主で、君臨すれども統治せずのイギリス型になる、一切の権限は首相に集中する、などというところまで予想して行くには、あらゆるデータを蒐集して分析するから手間がかかるでしょうね。これはまったく仮りの話ですが」

「大衆の直感はおそろしい、というわけか」

「そうですね」

「その理屈からすると、さっき見た『シャーよ帰れ』の民衆デモは、この町だけでなく、イランの各地にも起りそうなものだが」

「いや、よく分らないけれど、ぼくにはそれが現にあるような気がしますね。ホメイニを支持しているのはテヘランとコムだけだなんてことになりかねませんよ。あるいは逆にいうと、ホメイニ支持はコムだけで、テヘランの反ホメイニの潜在勢力が表面に現れてくると、地方はそれに同調してくるでしょうね。ホメイニの帰国を歓迎した付和雷同ぶりからすると、そういうことも考えられます」

「仮りに、きみの言うとおりだとすると、その各地のシャー復辟《ふくへき》運動が実って、イランにもう一度革命が起りそうかね？」

「その王政復辟運動が単純な民衆運動だけだと、再革命にはならないでしょうね。それには前衛と中核が必要ですよ。また去年からのイスラム革命の例を出すようですがね。ホメイニ側はシャーのように軍隊などを使って猛烈な弾圧を民衆に加えるでしょうから、それにむかって生命を賭して突進する再革命の兵士がいないと駄目です」

いまに何かが起る、という漠然とした予想も、どうやら「シャー・ミア」デモではなさそうであった。

「だが、こういう情勢は、いまメキシコにいるシャーを勇気づけているだろうな」

「そりゃ、ずいぶんシャーを元気にさせていると思いますよ。いろいろ言われている海外の前将軍やSAVAKの幹部などの訓練演習に力が入ることでしょう」

「そこでホメイニ側はますますシャーの暗殺団に懸賞金を増額させたり、シャーとファラ王妃との離間策を図ったりするようになるんだな」

「ぼくは考えるんですが、ホメイニの当面の敵は海外にいるシャーじゃなくて、国内の空気だと思います。ホメイニは賢いから、国民の間にひろがりつつある自分の不人気をよく知っています。パリから帰国した当時の熱狂的な人気が約七カ月近く経って急激に下降しているのを彼は承知しています。ホメイニの危機です」

長谷はここで言葉を切って、

「あなたは、クルディスタン地方のいわゆるクルド族反抗のニュースをどう思いますか」

と、私の顔を眺めた。

自治権拡大の要求を主張しているクルド族の中央政府に対する不穏な空気は「ケイハン」と国営放送で毎日のように報道されている。鎮圧のためにテヘランから革命委警備隊がクルディスタン州都サナンダジやイラク国境に近いパベーの町へ派遣されたが、クルド族はこれを政府の挑発行動と見て、ますます硬化、武力で対抗する模様だというのである。

長谷の言う意味が私にはすぐわかった。

「ホメイニは、クルド族の反乱に民衆の眼をむけさせ、自分の不人気挽回に利用するというのかね」

「そうです。民心が離れると、戦争を起し、それに眼をそらせるというのが古来独裁者がとった手ですよ。ホメイニもそれを考えているんじゃないですかね。だから、このクルド事件はホメイニによってどんどん拡大されますよ。新聞もラジオニュースも、今からもう声高に叫んでいるじゃありませんか。これは少数民族にたいするイラン人の蔑視観念や敵意を、ホメイニが上手に利用しているようです」

たぶんそうなるだろう。私も同感だった。

その晩、屋根裏の中二階のベッドで私はアゼルバイジャン地方の地理を見るために、カバンから英文ガイドブック「イラン」をとり出してページを開いた。

《アゼルバイジャン地方においては、セルジュク・トルコ時代、キリスト教徒のキルジアとアルメニア（どちらも現在のソ連南部）に対してイスラム帝国の境界が守られていた。蒙古軍が侵入してきたときも、トルコマンはそのモンゴルの侵略を結局自己の利益になるよう利用した。〝白い羊〟《ホワイト・シープ》と〝黒い羊〟《ブラック・シープ》とよばれるかれらの両部族は、西部イランとアナトリアとに分散する過激な種族をも支配していたが、両部族間に争いが生じた（それはイングランドの〝薔薇戦争〟にも似ていた）。その長い部族闘争は〝赤毛の頭〟＝キジル・バッシュ（“Red-heads”,Quizilbash）の仲介尽力によって和解が成立するまでつづいた》（“Iran”David Mckay Co., London,1977）

ここに、キジル・バッシュの名が出ている。——Quizilbash は Kizilbash と同音だ。こんなありふれたガイドブックにキジル・バッシュの活字が載っていようとは思わなかった。

私の眼にはモントリオールのミラベル空港で会ったオタワ大学の文化人類学の教授毛利忠一の背の低い、白髪頭の、四角い顔が泛んだ。

（クルディスタンに住むクルド族内の或る種族、ヨーロッパには赤毛の頭の名で知られているキジル・バッシュの宗教は、ペルシアのマズダイズムと似ていることで重要なんです。……）

毛利の嗄れた、ぼそぼそした話声も耳に聞えてくる。

教授は、アテネ経由でイスタンブールからくる客を迎えに空港に来ているのだが、その到着便が不明なので困惑していた。もっともそのお蔭で、こっちもクルド族の珍しい一種族キジル・バッシュの話がゆっくりと聞けたのである。そのとき、毛利氏と親しかった部族の首長の名を、メモ代りに氏の名刺裏にアラビア文字で併記してくれた。いまもその名刺は私の名刺入れの中にはさまっている。

キジル・バッシュがマズダイズムに似た信仰を未だに持っているというのが、私に強い興味を持たせていた。

アゼルバイジャン地方には、ササン朝ペルシア時代のゾロアスター教の拝火神殿址が散在している。私がテヘランの書店で買ったマセソンの『ペルシアの考古学案内』（"Persia:An Archaeological Guide" by S. A. Matheson）には、マズダイズムを承けたゾロアスター教の拝火神殿の遺跡のいくつかが、いまクルド族騒動のアゼルバイジャン地方の中に指摘されている。

せっかくイランに来て滞在が長期にわたっていることだ。「現代史」もだが、これらの古代遺跡も訪《おとな》いたいという遊心の誘惑が私の中に起った。クルド族と政府側との衝突がこの先どうなるかわからないが。

翌日、夜に入って私は長谷の車でテヘランのホテルに戻った。朝の出発で往復ともエルブルズ越えの同じコースだったが、急いでも八時間はかかった。

ホテルのフロントではキイといっしょに小さな封筒をくれた。中には私の留守中にフロントが受けた電話の伝言文が入っていた。

「ホテルに帰られたら電話乞う。アブドラー・アリ・モラーディ」

受付時間は今日の午前十一時二十分となっていた。

いま午後七時半である。時間的にいって遅いし、私は疲れていた。それにモラーディ商会ではこの時間だと夜番の者しか残っていないにちがいなかった。主人は自宅から店に通っている。長谷もホテルの前から車で帰ったことだし、モラーディに電話をするのは明日のことにした。

よほどくたびれたとみえて、電話のベルに起され、睡い眼で腕時計を見たのが翌朝の十時だった。

「お早うございます、ミスター・ヤマガミ。わたしはミスター・モラーディの秘書です」

受話器から澄んだ女の声が流れた。

「いま、このホテルのロビーに来ています。ミスター・モラーディからあなたにさし上げたいものを持ってきていますが」

私は眼が醒め、二十分以内にロビーに降りるから、そこで待っていてほしいと言った。

ロビーの隅、ペルセポリスの観光写真の下に黒いチャドルの背の高い女が佇んでいた。顔面の窓のように鼻の上だけに顕われた大きな眼は、先日モラーディの招待でフランス料理店でいっしょだった彼の秘書の特徴だった。

「まあその辺にかけましょう」

ロビーの椅子を指したが、女秘書はそこから動かなかった。私は自分の迂闊《うかつ》に気づいてちょっと赤面した。ここがイスラム教の戒律遵守がきびしくなっているイランというのを忘れていたのだった。

「昨日、モラーディさんから電話をもらったのですが、あいにくとカスピ海のほうへ出かけていて済みませんでした」

男女の接近に鋭く鳴る海水浴場の警告笛を思い出し、私は彼女からなるべく離れて立話をした。

「ミスター・モラーディは近日急に外国へ出発することになりました。いまその準備に追われているため、残念ですがあなたにお目にかかることができません。それでこれをお渡ししてくれとのことで持参しました」

女秘書はチャドルの胸を開いて大型封筒をとり出した。小冊子でも入っているようだが、厳重すぎる封がやや異常な感じだった。

「外国旅行の許可がおりたのですか？　期間はどれくらいの予定ですか」

「まだはっきりしませんが、かなり長くなるかもわかりません」

「どちらの国々を回られるのですか」

「ヨーロッパのようですが、わたしにはよくわかりません」

「アメリカへ行って、ニューヨークの絨毯商エドモンド・ハムザビさんに会われるのですか」

「知りません」

革命後ペルシア絨毯の輸出が振わなくなったので、モラーディはその打開策のために外国をまわる気になったようである。積極的な商人だ。しかし、彼の商用先を秘書が知らないというのが妙だった。もっとも私などには無関係なことなので、それを言ってもはじまらないと思っているのかもしれなかった。

私は買ってきたキャビアの罐詰五個を女秘書に手渡した。

「ミスター・モラーディがあなたに申しあげてくれといっていました。その封筒の中身のことは、どうか他の人々には洩らさないでいただきたいとのことです」

私が手に持った厳重な封の大型封筒に眼を落したとき、女秘書は背を回《かえ》した。長身の、形のよい黒いチャドルは出口のほうへまっすぐに向っていた。

5

「ミスター・ヤマガミ。――

秘書が伝えたように私は或る事情から急に外国へ出発することになった。出発前にお会いできないのは残念である。あなたが私に語ったところの〝イラン革命は、アメリカのメジャーがシャーの思い上りに懲罰を加えようと試みた工作の失敗による〟というエドモンド・ハムザビ説に興味深い印象をうけた。ところでここに同封の文書は、私がテヘランの某国大使館の駐在武官《アタッシエ》からもらったもので、筆者は日本の軍事研究家T氏とのことである。通読するなら、従来の通説とはまったく異なっていることに一驚されるであろう。もちろんこの推測的結論が正しいかどうかはわからない。ただ、これがあなたにとって興味があると思われるのは、ここに推測されている第四次中東戦争の〝真相〟がこんどのイラン革命と関連あることである。読了後は、なるべく焼却されんことを。再会の日を望んで。

アブドラー・アリ・モラーディ」

これが彼の添えた別紙の通信だった。

綴じこみは二十頁くらいで、英文印刷のコピーである。

表題は"The Study of the Arab-Israel War IV"（第四次中東戦争の研究）とある。

部屋にこもって、私は一頁ずつ丹念に読みすすんだ。

《一九七三年十月六日午後二時を期してアラブがイスラエルにたいして行なった先制攻撃は、とくにエジプト軍のばあい、スエズ運河渡河作戦に成功し、シナイ半島のイスラエル占領地を席捲した。エジプト軍にとっては緒戦の大成功であり、イスラエル軍にとっては敗北であり、これが以後の苦しい戦闘につながった。

その六年前の六七年六月五日、イスラエル軍がアラブ側に電撃的先制攻撃をかけ二日間で軍事的勝利を確実にした第三次中東戦争（註。国連安全保障理事会の停戦決議にもとづき停戦が成立したのは三日後の同月八日）を知る者にはまことに意外な戦争状況であった。

この原因については従来さまざまな観測が行なわれてきた。その主なものは以下のとおりである。

エジプトのサダト大統領は前年の十一月ごろからこの戦争計画を入念に練り、これをイスラエル側に察知されることなく慎重に準備をすすめていた。しかも開戦までたびたびスエズ西岸で大演習を行なって、イスラエル側にあくまでも演習と思いこませて瞞《だま》していたこと、六七年の「六日戦争」の結果からみてエジプト軍にはイスラエルと戦争するだけの実力がないと各国にも思われたためイスラエルはエジプトをみくびっていて、エジプト軍の頻繁な大演習をあくまでも示威的な演習と思いこんでいたこと、そのためにエジプト軍の攻撃近しとする情報機関の報告・米CIAの警告・自軍前線からの緊急報告のすべてがメイア首相やダヤン国防相らによって黙殺されていたことなどがいわれてきた。要するにイスラエル側の「思い上り」による油断が指摘されてきた。

そのやや詳しいことはあとでふれるとして、ここにエジプト軍が先制攻撃を開始する直前、その十月三日から六日午後二時までのイスラエル首脳部会議の記録がある。これは確実な資料からとったものである。

十月三日、メイア首相、アロン副首相、ダヤン国防相、ガリリー国務相、エラザール参謀総長、シャレブ情報部主任（ゼイラ情報部長は病欠）が集って閣議を催し、二時間にわたってアラブ指導者（主としてエジプトとシリア）の開戦企図に論議を集中させた。このとき「アラブは現態勢から攻撃を開始できるか」とのメイア首相の問いに、情報部主任は「できる」と答えた。だがそのあと情報部の判断としては「アラブの開戦の公算は低い」ことをつけ加えた。エラザール参謀総長もこの情報部の判断に同意し、結論としては「国境沿いのエジプト軍兵力集中は、切迫した開戦を意味しない」ということになった。

四日夕刻、ゼイラ情報部長は、エジプト、シリア両国のソ連人家族の引揚げを参謀総長に報告し、つづいてそれまでの楽観的な判断を否定する情報が入るに及び、参謀総長ははじめて疑念にとりつかれる。

五日朝、参謀総長は、最高度の警戒態勢〝C〟を発令し、動員センターは勤務状態へ移行した。緊急首脳部会議の席上、ゼイラ情報部長は「ソ連はアラブの開戦を知っており、イスラエルの反撃をおそれて家族の引揚げを命じたものと思われるが、情報部の感触としては、アラブの攻撃の可能性は最低中の最低である」と報告した。

その日の夕、再び緊急閣議を招集、出席者は航空写真による国境付近のアラブ軍兵力展開を見た。エラザール参謀総長は「この展開は、攻撃とも防禦とも考えられる」と発言した。ゼイラ情報部長は「しかし、開戦の公算は低い」と三度まで言葉をくりかえした。パーレブ運輸相は「あたかも開戦するかのごとく見える」と言った。他の各閣僚は警戒態勢〝C〟を維持するように主張した。

翌六日の午前四時、ゼイラ情報部長は、信頼するに足るモサド情報機関から電話を受け、今夕、エジプトとシリアは南北の二正面からイスラエルへの攻撃を開始することが必至の旨を聞いた。午前四時三十分、ダヤン国防相、エラザール参謀総長、ダル参謀副長が参謀本部に集合した。アラブの攻撃は今日の日没ごろという情報筋の報告で、攻撃は午後六時ごろと推定された。

席上、参謀総長はペレド空軍司令官に対し「わが方の先制攻撃はいつ発動できるか」と問うた。司令官は「今すぐにやれと言うならば午前十一時までに可能」と答えた。

午前五時五十分、国防相室で、エラザール参謀総長とダヤン国防相とが激論した。エ参謀総長「全面動員と、空軍によるシリア先制攻撃を要請したい」

ダ国防相「先制攻撃は不同意である」（ただし、北部（ゴラン高原）と南部（シナイ半島）に各一個師団の動員にはしぶしぶ賛成する）

エ参謀総長「迅速な攻撃をするためには、戦闘部隊の全面動員が必要である」

ダ国防相「完全な防禦のために、全面動員するのは反対である」

エ参謀総長「反撃の発動時機は、防禦の重要な機能であり、防禦と反撃を区別することは困難である」

ダ国防相「首相裁決に持ちこむことにしよう。私は、五万人動員するように首相に具申する」

エ参謀総長「全面動員（註。三十七万五千人）は、ぜひ発動してもらわねばならない」

ダ国防相「全面動員と先制攻撃の発動について、首相の裁断を仰ぐとしよう」

午前七時十五分。参謀本部での会議。北部軍・南部軍司令官同席。エラザール参謀総長は、全般作戦方針を指示し、初期段階は阻止作戦であり、全部隊は、可及的速かに反撃しうる態勢をとれ、二日以内に反撃態勢をとれるよう移動せよと両司令官に命じる。これによって南部軍司令官は南部軍前線司令部に電話し、「エジプト軍に怪しまれたり、事態をエスカレートさせることのないよう部隊は移動させないこと。開戦は今夕六時と判断されるので、五時ごろまでに〝ショワ・ヨムニ計画〟に基づき防禦態勢に移行せよ」と命じる。

午前八時。緊急閣議。

エラザール参謀総長「先制攻撃と全面動員をぜひ下令してもらいたい」
ダヤン国防相（メイア首相に対し）「もし、あなたが参謀総長の具申を承認されても、私は屈しないし、辞任もしない。先制攻撃や全面動員が無駄なことがわかるだろう」
メイア首相「動員は十万人にとどめ、先制攻撃は実施しない」
シャピラ司法相（ダヤンに対し）「今夕六時以前に敵の攻撃があったらどうするのか」
ダ国防相「この問題が、この会議で問われるべき重要な問題だ」
パーレブ運輸相「敵の攻撃推定時間の午後六時は意味がない。これは何かの間違いだ」
ダ国防相「いや、絶対に六時だ」
閣議は延びて午後に持ちこされた。午後二時、レオラ准将（首相の軍事秘書）が討議中のドアを開けて入り、あわただしく報告した。
「ただ今、戦争が始まりました」

――これをアラブ側の動きに見よう。

エジプトは六七年六月の「六日戦争」によってシナイ半島をイスラエルに奪われた。シナイの「失地回復」はエジプト国民の悲願であり、同時にイスラエルに対する燃えるような憎悪となった。しかし彼我の戦力は、客観的にみて2対1であり、どうすることもできなかった。

イスラエルにはアメリカの後押しがあり、エジプトにはソ連の後援があった。パレスチナ問題でアラブ諸国はエジプトに付いているかのようにみえるが、各国の利害関係で歩調は一致せず、肝腎の戦力もないとあってはエジプトの頼りにならなかった。しかも中東で孤立し、周囲を敵国にとりかこまれている状態のイスラエルは戦力が卓越しており、それ故に近隣諸国に恐怖心を与えていた。エジプトもまたその一国で、エジプトはそれまで強力な攻撃兵器を持っていなかった。

エジプトは七〇年九月にナセルが死去し、そのあとサダトが大統領を襲ったが、国内経済は破綻に瀕し、政権は不安定で、七二年一月にカイロでは反政府暴動が起きた。これがサダトの対イスラエル戦争決意の要因の一つともなった。

さらに重要な要因は、七三年四月にソ連からエジプトにScudミサイルが供与されたことである。当時エジプトがSAMを持てば戦争をはじめると言われたくらいだった。その前年の七二年七月にミサイル供与問題でエジプトとソ連の関係がこじれ、サダトはソ連軍事要員追放を宣言したほどだったのに、そのソ連がなぜにその九カ月後にエジプトに攻撃兵器であるSAMを与えたかは謎とされている。

サダトは七三年九月の国連安保理で、パレスチナ人幹部三人がイスラエル人に殺されたことからイスラエル非難の決議案を4対1で可決させることに成功した。つづく非同盟諸国首脳会議では、イスラエルの戦争意図を警告し「各国は対戦の準備を怠るな」と訴え、ほとんどの国の支持を得た。かくてサダトは開戦の三週間前に百カ国以上の支持をとりつけていたが、問題の対米関係は「エジプトが敗者で、イスラエルが勝者の座にある限り、残念ではあるが、アメリカは、エジプトを助けるために何もできない」というキッシンジャーの言葉どおりに冷たかった。

イスラエル軍の中核は空軍と機甲部隊である。これを戦闘にフルに参加させるためには動員下令から二十四時間ないし七十二時間はかかるとサダトは踏んだ。先制奇襲を行なえば、イスラエル軍はその戦力発揮までにこれだけの時間を要するのであるから、緒戦を制することができると考えた。緒戦に勝てば戦争を絶対有利に運用することができる。サダトはイスラエルの全面動員に要する時間的「盲点」に眼をつけた。

先制攻撃といっても、それには相当な準備を要する。この準備態勢を攻撃開始としてイスラエル側に察知されてはならない。そのイスラエルの眼をごまかすための再三の「演習」であった。しかもサダトは公然とイスラエルとの戦争を叫んでいる。これもサダトがゼスチュアで国内むけに宣伝しているようにイスラエル側に取らせるようにした。真に戦争をしかけるつもりだったら、それを公然とは口にしないものである。イスラエルはサダトのその心理トリックにはまった。

イスラエルは、サダト発言がエジプト国内の不満を戦争危機によって外に眼をそらさせる常《じょう》套《とう》手段と考え、スエズ運河沿いの兵力の集中をどこまでも「演習」だと見た。もっともその何割かは開戦の予想があったが、しかし、いざというときには開戦をとりやめるのがエジプトのこれまでの例だったので、実際には攻撃してこないだろうとタカをくっていた。ここにイスラエルの「驕《おご》り」が指摘されている。だが、それぱかりではなく、兵力の総動員となると莫大な金がかかる。もしエジプト軍の「演習」をじっさいの開戦と見誤って全面動員したときは、たいそうな浪費であり、懸命にイスラエル国内経済の建設をすすめているとき、軍部は国民の非難をうける懸念があった。

また、エジプトとシリアの同時侵攻の情報を信じてこちらから先制攻撃をかけたばあい、国際輿論は「六日戦争」の例からしてイスラエルをまたしても侵略者として非難するだろう。エジプト、シリア側は「演習をしていたのにイスラエル軍が急に攻撃してきた」と主張するだろうし、国際輿論はその言い分を信用するにちがいない。

十月六日のイスラエル閣議でメイア首相とダヤン国防相とが、エジプト軍の先制攻撃を受ける午後二時まで、三十七万五千人の全面動員を主張するエラザール参謀総長らの意見をしりぞけ、十万人の小規模動員にとどめようとしたのには、以上のような背景があった。

しかしながらこの第四次中東戦争は、いまだに謎の部分が少なくない。現在の資料ではその謎の解決はできない。それは後世の史家の手にゆずるしかない》

ここで綴じこみは別な綴じこみになる。いわば「第二部」である。この筆者はT氏ではなく、別人である。あるいは駐イラン某国大使館付武官かとも私には想像された。

《第四次中東戦争には事実謎の部分が多い。
①七二年七月に、エジプトの対空ミサイル供与要請を拒絶したことからエジプトと不和となって軍事要員を同国から引揚げたソ連が、なぜわずか九ヵ月後の七三年四月に攻撃兵器のScudミサイルをエジプトに与えたのか。SAMを持てばエジプトはかならずイスラエルと開戦するといわれているのに。ソ連の中東政策の変化の意味は何か。
②SAMを得たサダトはにわかに勇気を得て、イスラエルとの戦争不可避を呼号し、エジプト・シリア間の連絡もひそかに強化する。これをイスラエル側はサダトの示威的なゼスチュアとのみうけとったようにいわれているが、イスラエル側は果してそれほど楽天的であり、「六日戦争」の結果にまだ酔い痴れて驕慢になっていたのだろうか。近隣諸国みな敵国で、それに包囲され孤立しているイスラエル軍部、とくにダヤン国防相には警戒心が旺盛なはずであり、婦人首相メイアもそれに劣らず神経過敏であったろう。それがエジプト軍の先制攻撃の報が入る十月六日午後二時まで、「エジプト軍の攻撃は午後六時」説をとって動かなかったのはふしぎである。
③空軍と機甲部隊の全動員に二十四時間ないし七十二時間かかるという作戦の「盲点」はダヤンも承知していたろう。午後六時に敵の攻撃を予想したにしても、午後二時現在には全面動員をダヤンは下令していないのであるから、残り時間からみても完全な防禦は不可能である。これも謎である。

④ソ連がエジプトとシリアからソ連人家族の引揚げ措置をとったのは、ソ連が両国からひそかに開戦の通告を受けたとみるべきなのに、イスラエルはそれに無関心のごとくである。
⑤七二年に入ると、アメリカは六八年から七一年まで中止していたエジプトに対する経済援助を再開（一億四百六十万ドル）した。サダトの親米路線がこれからはじまっている。なぜか。
⑥七二年十月、サダト大統領は、全面戦争を主張するサデク陸軍司令官を罷免する。これは対イスラエル戦を限定戦争に絞るサダトの決意を意味するが、その理由は不明。
⑦ソ連はアラブ諸国への大幅な武器・経済援助によってアラブ世界の唯一の友人かつ支援者の地位を得て欧米の地盤を駆逐しようとしながらも、「イスラエルの撲滅」というアラブの主張を支持していない。中東紛争の政治解決という原則論を唱えるだけである。ソ連の中東政策は、アメリカとの対決を回避し、アラブ・イスラエル戦争を阻止する態度に出ている。ソ連は自己中心的であると非難される点である。
⑧その一方で、前述のようにソ連が攻撃兵器のScudミサイルをエジプトに与えたのも謎である。事実、エジプトはこのＳＡＭによってイスラエル空軍の反撃を停滞させ、シナイ半島上陸に成功している。
——以上いくつかの第四次中東戦争の「謎」を提示してみた。もちろんこの「謎」の真の解明は、資料の不足もあって現在のところ不可能だが、ここに一つの仮説がある。

それはアメリカが、エジプトとイスラエルの両方を説得して、中東を安定させるべく、両国に平和協定を結ばせようともくろみ、そのためにまずエジプトに緒戦の勝利を得させたのではないかということである。両国が和平を話し合うには、一つテーブルにつかなければならない。しかし、イスラエルが「勝者」で、エジプトが「敗者」であるならば、同席することはない。まさにキッシンジャーが言うとおり、「エジプトが敗者で、イスラエルが勝者の座にある限り、残念ではあるが、アメリカは、エジプトを助けるために何もできない」のである。

　両国の代表を同じテーブルにつかせ対等に和平を話し合うためには、対等となるべき条件をつくらなければならない。それにはエジプトが一度でもよいからイスラエルに対して「戦勝国」となることである。しかし、イスラエルの全面敗北はイスラエル側にはとうてい呑めない。だが、緒戦の敗退程度なら許容できる。サダトもそれを知っていて、たぶんキッシンジャーの指示もあってだろうが、全面戦争論のサデク陸軍司令官を斥《しりぞ》け、はじめから限定戦争にしたのである。これが⑥の私的解釈。

　このようにみてくると、イスラエルの「驕り」は、あくまでもアメリカとエジプトとが組んでの演出である。かく推定すればイスラエルの緊急閣議でメイア首相とダヤン国防相がエジプト軍先制攻撃の警報をすべて過小評価していた「演技」的態度が理解できる。すなわち②③④⑤⑥の解釈。

　ただシリアだけは、この謀略を知らなかった。シリアのアサド大統領はサダトの口車にのせられて、対イスラエル南北一斉攻撃の一方をうけもち、エジプトとともに開戦時刻の時計を合せたのである。イスラエルもシリアには遠慮がいらないから、ゴラン高原でシリア軍を徹底的に叩きつけることになる。

この共謀作戦にアメリカはソ連の事前諒解を得ていたと思える。もしソ連が出てくれば、超大国間の核戦争にもなりかねない。核戦争を回避しつつ、その範囲内で代理国に局地戦争をやらせるのが、核兵器相互抑止下の現代戦争の特徴である。

とはいっても、ソ連は利益なしにはアメリカの説得には応じまい。ソ連は、自国の領土が侵略されないかぎり、自ら手を他に籍《か》して出血するような愚かな策はとらない。いまにも兵を出しそうで出兵しないのがソ連のやり方である。それはヴェトナムを「懲罰」する中国に対してもソ連が同様の態度であるのを見ればわかる。ここにも「ソ連の自己中心主義」が立証されるようである。

ソ連がアメリカの説得に応じたとすれば、まずエジプトがイスラエルに勝てるような攻撃兵器ＳＡＭを与えなければならない。これが①⑦⑧の解釈である。それではソ連がアメリカの謀略に加担して得る利益は何か。それはアラブ側の「石油戦略」への対処である。

アメリカも過去にサウジアラビアの石油戦略の発動を受け、イスラエルにエジプトへの過度な反撃をやめさせたくらいだった。アラブの石油戦略は、アメリカにとってもソ連にとっても最大の泣きどころであった。

一九七九年三月のエジプト・イスラエル和平成立は、約六年前の一九七三年十月にニクソン、キッシンジャーによってしくまれた第四次中東戦争がそのお膳立てとなっていると見なければならない。

アメリカとしてはエジプト、イスラエルの和平成立後に、イランの安定にとりかかるつもりだったのに、ホメイニのイスラム革命があまりに早すぎてしまった。ここにアメリカの不測の誤算があった。今日、ソ連もまたイラン革命に当惑しているのは、自国内にイスラム民族の問題をかかえている、とはいえ、アメリカと同形の矛盾（アラブの石油戦略を含めて）からである。ソ連は親ソ路線をもとっていたシャー・パーレビに代ったホメイニのソ連排撃策に苦り切っている。

以上の仮説によって第四次中東戦争の謎の多くが解決できたと思えるのだが、どうだろうか。一九七七年十一月、アメリカのキッシンジャーの仲介で、エジプトとイスラエルとの間に和平会談の運びとなり、サダトがテルアビブに乗りこんだとき、メイア前首相を見て叫んだ「マダム、私はあなたに会いたかった」のサダトの一言は、幾千の意味と万感を含んでいたといえないか。……》

第七章　石油十字軍

1

八月半ばから九月中旬までのおよそ一カ月、ホメイニにとっての最大行事は「クルド族の討伐」であった。

富士産業テヘラン支店に送られてきている日本の新聞から、私は行事の日程のあとをたどってみる。

八月十六日、イラク国境近くのクルド族地域の中心部にあるパベー市が、自治権拡大を求めるクルド族の武装反乱分子に占領された。イラン国営パルス通信によると、クルド族反乱分子は二日間にわたってパベーのイスラム教派革命警備隊と警察を攻撃したが、この激しい戦闘で少なくとも死者十三人、負傷者五十人が出た。パベーの反乱は先週、イスラム教派革命警備隊が派遣されたことにクルド族住民が反発したことから起きている。

同日のイラン国営放送によると、パベー市は十六日未明にクルド民主党指導下の武装ゲリラ約二千人に襲われ、以後、その支配下に置かれたまま三日目を迎えた。パベー市はケルマンシャーハン州の主要都市の一つで、イラク国境のすぐ近くにあり、人口は約十万である。

ゲリラ側はその後もクルド族が加勢しており、十八日までに人数はかなり増えたと見られている。ゲリラ側は大型銃器などで重武装しているほか、臼砲まで持っているといわれている。テヘランのケイハン紙が伝えたところによると、パベー市とその周辺では、今回の事件で革命警備隊員や住民に死者約三百人を出した。また同日までに伝えられたところでは、病院内で十八人がゲリラによって打ち首の刑に処されたという。負傷者も多数出ている様子だが、はっきりした人数は明らかにされていない。同市は、水道、電気などが切られ、電話も不通状態に陥り、〝陸の孤島〟と化した。

事件が発生した十六日、イラン軍は出動する態勢を整えたが、これまでのところ直接戦闘に加わるなどの本格的介入は控えている。代りに革命警備隊がゲリラ部隊との交戦にあたっており、同市周辺で激しい戦闘を続けているといわれる。

十七日には、Ｆ４ファントム戦闘機一機と負傷兵を搬送中のヘリコプター一機が山岳部で墜落、ヘリコプターのパイロットと負傷兵二人は脱出後に殺されたという。しかし、これらがゲリラ側に撃墜されたものか、単なる事故かは明らかにされていない。

革命警備隊は十七日、激戦の末、同市郊外にある病院を奪い返した。しかし、負傷者が多く出て手当てが間に合わないほどだという。市内では、ゲリラが殺害を繰り返したり、残虐行為を働いているといわれ、革命警備隊本部には死体と負傷者だけしか見られない、との報道もある。同州の首都ケルマンシャーには、十八日もヘリコプターで負傷者が続々運びこまれている。ゲリラが同市を襲った理由は、十八日現在はっきりしていない。今回の襲撃に先立つ攻撃で仲間が倒されたことに対する報復とか、地方自治要求との関係などが取りざたされている。ゲリラ側の同市占拠が長引くにつれ、中央政権は事態を極めて深刻に受けとめはじめた。

イマーム・ホメイニは十八日朝、突然「イラン軍最高司令官」を名乗り、ゲリラに強硬姿勢をとらないできた政府や軍当局を叱責しながら、「二十四時間以内に鎮圧せよ」との命令を発した。

さらに同師は全軍と国境警備隊に対して「これ以上指示を待つ必要はない。ただちにパベーに向けて進軍せよ」と命じ、「もし二十四時間以内に強い態度をとらないならその責任を問われるだろう」と叱咤した。

ホメイニのこの命令に合せたように、バザルガン首相も十八日朝、ゲリラ側に対する声明を出し、「十八日午後一時」と期限を切って最後通告を突きつけ、「もし包囲を解いて人質を解放し、降伏しなければ、軍やその他の戦闘部隊が鎮圧する」と警告した。

国営パルス通信は、国内各地で民間人がパベー市解放に向う用意を整えているといい、同日午後の国営放送のニュースは、ゲリラ側の残忍なやり口に対して国民の間に怒りが高まっており、各地で抗議デモが行なわれ、軍の本格介入を要求している、と伝えた。

十九日のイラン国営放送によると、ホメイニはイラン軍及び治安警察、革命委民兵の全軍に総動員令を出し、イラン全軍が即座にサナンダジの政府軍根拠地へ向うように求め、「軍の全部隊は一分もむだにしてはならない。一時間でも遅れれば命令不服従と見なす」と厳しく通達した。

当地（テヘラン）のクルド族筋が十九日語ったところによると、クルド族の反乱が続いているイラン西部クルディスタン州の州都サナンダジの政府軍守備隊駐屯基地が同日、クルド族部隊に占領されたという。同筋によると、政府軍守備隊の将兵たち自身が中央政府に反旗をひるがえしたといわれる。

十八日の国営放送でホメイニは、非合法化されるはずの「無責任な政党」の例として、クルド民主党（KDP）、共産主義的なフェダイン・ハルク、西欧民主主義指向の民主国民戦線などの名を挙げ、とくにKDPについてはカセムロウ書記長の制憲審議会議席を剝奪するという厳しい処置を発表した。

さらに「一つか二つの政党を残してその他はすべて禁止する」とホメイニは述べていることから、パーレビ前政権下のような単一政党制をホメイニは志向しているのではないかと受け取られている。

さる十七日聖都コムでの彼の演説を伝えた国営放送によると、ホメイニは「われわれは間違っていた。もし政党や組織をすべて禁止して彼らを徹底的にやっつけていれば、こんな問題に直面することはなかった」と述べて、彼自身がコムからテヘランに乗り込み、直接指導に乗り出す意図を示唆したばかりだった。この線に沿ってさる十四日には全土でのデモを禁止し、さらに外国人記者の活動を厳しく規制する規則も発表された。

「バザルガン政権はこれまで子羊の手袋をはめて暴動や反政府活動を扱ってきた」とテヘラン・タイムズ社説は評し、政府のあくまで流血を避けようとした努力が、逆に政情不安に油を注いできたことも否定できない、と書いている。

十九日のイラン国営放送は、クルディスタン州に出動する政府軍の部隊名を延々と報じた。しかし、クルディスタン州のシャキバ知事は十九日、ロイター通信との電話で、「サナンダジが騒乱状態にあるとの報道は偽りである」と語り、「サナンダジ駐屯の政府軍に対するクルド族武装部隊の包囲や武力衝突はまったく起きていない」と強く否定した。また「街も兵舎も平穏であり、地方司令官はいかなる援軍要請も出していない」と述べた。

ＡＦＰ（フランス通信社）の報道によると、イラン・クルド民主党（ＩＫＤＰ）は十九日、クルド族などイラン少数民族がいま、中世風の宗教的独裁体制によって大量虐殺の脅威にさらされていると訴え、世界各国の指導者と国際機関に対し、「盲目的排外主義に毒された回教シーア派のクルド族に対する聖戦」をやめさせるために力を貸してほしいと呼びかけた。

二十二日、親ホメイニ派イラン紙は、クルディスタン州サナンダジで過去二十四時間内に「反革命分子」百人以上が逮捕されたと報じた。イラン国営放送は、イランの回教法廷は二十、二十一日の両日、クルド民主党員二十人を処刑したと述べた。うち七人はイラン西部のパベーの東ケルマンシャーで、十三人はパベーで銃殺刑に処せられ、これで十九日以来処刑されたクルド族は三十一人となった。パベーでは政府軍が反乱軍の掃討作戦を続けており、処刑はその一環であると政府軍側は発表した。

このクルド族の「反徒」を目隠しし、後手を家の窓わくに縛りつけ、イラン革命警備隊員によって銃殺する場面の写真は、テヘランのAP（アメリカの通信社）によって外国の新聞社に流された（APテヘラン支局は、このあと九月四日、イラン国民指導者によって「事実をねじ曲げ、誤った報道をした」という理由で閉鎖を命じられた）。

二十六日、テヘランの「クルド族筋」が明らかにしたところによるとして、六人の「イラン人捕虜」が同日、アゼルバイジャン州で「クルド革命法廷」により死刑を宣告された後、処刑されたとケイハン紙は報じた。さらに九人の処刑も近く行なわれるという。

クルド族側によるこの処刑は、聖職者サデク・ハルハリ首席判事が主宰するイスラム革命法廷がクルド族を処刑するよう命じたことへの報復処置とみられた。クルド族ゲリラは、去る二十二日、イラン当局に対し、すべてのクルド族を直ちに釈放するよう要求するとともに、クルド族もホメイニ陣営の民兵・革命防衛隊のメンバーを多数捕えており、政府側がクルド族を一人処刑するごとに、彼らもその報復として同メンバーを一人ずつ処刑すると警告していた。

イラン国営放送によると、政府軍は九月三日、クルド民主党などのゲリラがたてこもるアゼルバイジャン州のマハバード市に入り、同市を完全に支配下に置いたが、ゲリラ側は強い抵抗をすることなく、山岳部へ移動した。そのため、死傷者多数を出すなどの惨事は四日現在、回避されている。政府軍は三日朝からファントム戦闘機や各種砲などを使用、同市周辺にあるゲリラ側の拠点を叩いてから市内に入ったという。

以上の記事からわかるように、「クルド族の武装反乱」事件は、イラン国営放送、国営パルス通信、ホメイニ派の新聞などが一方的に伝えているところである。また「当地（テヘラン）のクルド族筋が語ったところによると」とケイハン紙は報じるが、これも出所曖昧《あいまい》な表現であって、「テヘランのクルド族筋」とは何を指しているのかわからず、正体不明である。この報道のために、適当に作りあげたという感じが深い。

これら一連の報道を仔細に読んで、私にはいくつかの疑問が浮んできた。

「反乱」の発端は、イランの西北部ケルマンシャーハン州のパベー市に、テヘランから革命警備隊が派遣されたことにクルド族が反撥し、警備隊と警察とを攻撃したことにあったという。もしそうだとすれば、これは、小地域的な暴動かゲリラ活動といった程度である。

それなのにクルド民主党（ＫＤＰ）指導下の武装ゲリラ二千人がその日の未明にパベー市を襲撃して数日間占拠したという。二千人といえば突発的な暴動とはいえず、計画的な戦闘行動であろう。クルド族なりＫＤＰは、たかだか革命警備隊がパベー市に入ってきたからといって、そこまで大挙して決起する必要が果してあったろうか。パベー市には前から政府の警察署があり、クルド族はそれには手を出していないのである。テヘランからの警備隊の派遣は現地警察力の補強というにすぎなかったようだ。

クルド族は自治権の拡大要求をテヘラン政府にしつづけてきているが、それを突如として武力闘争の手段に切りかえるという要因は少ない。二千人の武装クルド族がパベー市を襲撃したというのはいかにも唐突である。

ホメイニのこれへの対応の仕方もあまりに敏速で、異常なくらい激烈に過ぎる。八月十六日にクルド族の暴動が発生した二日後の十八日朝、ホメイニは早くも「イラン軍最高司令官」を名乗り、それまでゲリラに強硬姿勢をとらないできたバザルガン政府や軍当局を叱咤し、二十四時間以内に鎮圧せよ、と厳命している。

だが、バザルガン政権がこれまで「子羊の手袋をはめて暴動を扱ってきた」のは、クルド族の動向がわりあいに穏健だったからだろう。そのクルド族に対して、子羊の手袋を脱ぎ、銃砲に代えたのはホメイニである。国営放送自身が「ゲリラが同市を襲った理由は、十八日現在はっきりしていない。今回の襲撃に先立つ攻撃で仲間が倒されたことに対する報復とか、地方自治要求との関係などが取りざたされている」といってとまどっているのだ。これはクルド族の反乱には強い理由が発見されないことを露呈している。

2

ともあれ、ホメイニは最高司令官となって、軍・治安警察・革命防衛隊の全軍を総動員する前提条件をつくらねばならなかった。それがクルド族による「イラン人捕虜への残虐行為」である。十八日の国営放送のニュースがそれだ。

ゲリラ側の残忍なやり口に対して国民の間に怒りが高まっており、各地で抗議デモが行なわれ、軍の本格的な介入を要求している、と国営放送は伝える。ホメイニの前提条件づくりがこれだったのだろう。

テヘランからパベー市までは直線距離にして約五百キロだが、その中間には南北に走るザグロス山脈が横たわり、道路も山間渓谷を羊腸《ようちょう》として匍《は》い、その延長距離は直線距離の倍近くもある。ケルマンシャー(クルド族の都市。推定人口十二万)からパベーまでですら約百二十キロある。パベーの「クルド族の反乱」の実態がテヘランの市民に届かない道理である。そこでどのような事態がテヘランむけに造られてもこれを見破ることはできない。

たしかに私もテヘランの街頭で「クルド族懲罰」のデモを見た。もともと官製デモではあるが、たしかに民衆は熱気を帯びていた。だがそれは、誇り高きイラン人が少数民族に対して持つ長い間の蔑視観念から発していると思われた。クルド族の「残虐行為」がその蔑視に輪をかけてイラン人の本能的な怒りとなっているように見える。

気の早い市民は、バザルガン首相の官邸前に押しかけてパベーへの派兵に加わる志願をした。なかにはチャドルの婦人もまじっているが、これは野戦看護婦の志願だった。その場面が抜け目なくカメラに撮られて新聞に出た。ホメイニが「イラン軍最高司令官」になる条件づくりはうまく進んだようである。

そうなると、ホメイニはまことに性急である。全軍と国境警備隊に対して「二十四時間以内にクルド族の反乱を鎮圧せよ。これ以上指示を待つ必要はない。ただちにパベーに向けて進軍せよ。もし二十四時間以内に強い態度をとらないなら、その責任を問われるだろう」と尻を叩く矢つぎ早な命令を出す。いかにも事態が緊迫したような雰囲気である。「イラン軍最高司令官」には旧体制下ではシャー・パーレビが任じていたが、革命後、この称号は用いられなかった。ホメイニは、こうして着々と自己の「新しい国王」への道づくりにいそしんでいるようにみえる。

「われわれは間違っていた。もし政党や組織をすべて禁止して彼らを徹底的にやっつけていれば、こんな問題に直面することはなかった」というホメイニの政党禁止（単一与党のみにする）の発言は、また「新しい王政」への志向である。

こうした中で、クルド族側の声がテヘランに洩れてこないではない。

クルディスタン州知事はロイター通信との電話で、州都サナンダジが騒乱状態にあるとの報道は虚偽であり、クルド族と駐屯政府軍との武力衝突はなく、街も兵舎も平穏であり、地方司令官は政府に対しいかなる援軍要請も出していない、と述べている。このロイター電は、サナンダジの政府軍守備隊駐屯基地がクルド族部隊に占領されたと「テヘランのクルド族筋」が語ったその十九日のことであり、ホメイニ「イラン軍最高司令官」が全軍にサナンダジにむけて総動員令を発したと同じ日である。しかし、このロイター通信の記事は、イランの新聞には一行も出なかった。

また、「クルド族などの少数民族はホメイニの中世風宗教独裁体制によって今や大量虐殺の脅威にさらされている」というクルド民主党が世界各国指導者（カーター米大統領、ブレジネフソ連最高会議幹部会議長、サッチャー英首相、ジスカールデスタン仏大統領、アラファトPLO議長など九人）へ宛てたアッピールをAFP通信は報じたが、これもイラン紙には出なかった。

――しかし、ここにクルド民主党書記長アブドラー・ラーマン・カセムロウと直接に接触したルポ記事がある。例の地下英字紙「プール・レポート」で、その地区に潜入したレポーターと、カセムロウ書記長との一問一答から摘記する。

カセムロウ「ホメイニは誤りを犯した。彼はクルド族のことにも、われわれの地域の地理についても無知である。彼はこの地域がまるでコムとテヘランの間ぐらいにしか考えていない。これが、この地域での戦いの実態がテヘランで考えているのと大きな相違がある原因である。ホメイニはわずか一日か二日くらいの戦闘で終ると思っているらしいが、とんでもないことだ。またホメイニは、まるでクルド族がコムに住んでいるかのように私を捕えることを同族に命令してきたが、ホメイニはクルド族を真に理解することができないのだ」

問「この戦闘をまだ続けるつもりか」

答「われわれはファントム（F４戦闘機）には立ち向かえないから、この町（パベー）から引き揚げざるを得ないだろう。だが、長期抗戦の用意はできている。現在までのこの戦闘で、ホメイニはわれわれの仲間やイランの民主主義運動を弾圧できないことを知ったと思う」

問「あなたはこれからはじまるクルド族の暗い季節を予想しているか。とくに、これまで失われた人命について」

答「そう、われわれはこのパベーで多数の人命が失われたことを知った。シャー・パーレビですらわれわれ民衆への攻撃にファントムを使わなかった。……毎日ホメイニの軍隊はわれわれを攻撃し、そのたびにわれわれは彼らを撃退した。軍隊はわれわれへの攻撃を躊《ため》らっていた。その中の士官や兵士は個人的にわれわれに連絡をとっていたが、彼らによってテヘランの新聞報道が間違っていることを知った。政府の軍隊は、はじめクルド側から攻撃しないかぎり自分たちも攻撃しないと言っていた。数日前までこの司令官室に居た指揮官らがはっきりそう言ったのだ。私は仲間と三日前にここに来たのだが、かれらとの間になんのトラブルもなかった。のみならず、かれらがここを去るとき、指揮官にはその乗用車と、われわれの地域を無事に通過できる証明書を与えた。かれらはウルミア（註。パベーの北方。ウルミア湖がある）方面へ向かって去った」

問「このクルディスタンの山岳地帯を維持することは、マハバードの占拠よりも戦略的に有利なのか」

答「二日前に、テヘランのアヤトラ・タレガニ師が私にイランから脱出するように呼びかけてきた。それで私はかえってマハバードに防衛力を集中したのだ。もっとも、われわれは或る準備をしている。それはこの地域でもなく、またマハバードでもない。たぶんそれは形勢次第で臨機応変の措置となるだろう」

問「はじめパベーで何が起ったとあなたは思うか」

答「それを言うのは、たいへん単純なことだ。その町の一部の人々が、危険に対してなんの防禦もできそうにないといってその組織を町につくろうとしたのだ。かれらはテヘランの革命防衛隊の本部に電報を打ち、半時間か一時間以内にヘリコプターでパベーにその指揮のためにくるように要請した。ところがテヘランからやってきた民兵《パスダー》は突然にわれわれの民衆を攻撃し、リーダーの一人を殺した。もちろんわれわれの民衆はその暴挙に抗議し、バリケードを築き、機関銃によって防衛した。サナンダジから来たわれわれのリーダーの一人はマリヴァンの革命委員会に行って、民衆に対する攻撃をやめるように三日間にわたって交渉したが、その交渉中に民兵がにわかに大がかりな発砲攻撃を民衆にかけてきたのだ。民兵との数時間の戦闘の後、マリヴァンの町はわれわれが完全に掌握するところとなった。そこでホメイニはわれわれに対する大攻撃をはじめたのだ」

問「パベーやサケズでもまたマハバードでもこれから同じことが起るか」

答「いまのところ、われわれはマハバードで戦闘するつもりはない。あの町にはバリケードがないし、もともとそれをしないのがわが方の方針だった。しかし若い連中はマハバードでも戦いたいと望んでいる。われわれは町の外側に駐屯したいと思う。というのはファントムは町を破壊することはできても、われわれのゲリラ組織を破壊することはできないからだ。ゲリラ組織はマハバードの周辺に数千人くらい居る」

問「クルド民主党はどのくらい動員できるか」

答「それは複雑な質問だ。しかし、たとえばこの地域だと、一日に一万人くらいの武装兵の動員が可能だろう。それはウルミア付近でも同じことだ。われわれはいま武装した人々を数千人味方に得ている。しかし、かれらのすべてが組織されたものではなく、また性格は政治的でも軍事的でもない。そこでわれわれはもっとよい組織をつくるためにもう少し時間が欲しいのだ。戦いと同時にその組織づくりをしなければならない。だが、われわれには残念ながらそういう経験がない」

問「全クルド族の間に、軍事的目的のための調整委員会のような機関があるか」

答「いくらかある。しかし、われわれはそうしたことにもあまり経験がない。いまのところ、一人の総司令者《コマンダー》と、現在のKDP勢力範囲の司令者を輔《たす》ける数人の幹部が必要だ」

問「その総司令者にはあなたがなるのか」

答「違う。私は軍人ではない。私は非常に平和的な農民だ……」

以上のやりとりを読むと、KDPがクルド族居住地域に防衛的な軍事組織を持っていたことは事実だが、これに対してホメイニの突然の制圧大攻撃が開始されたことがわかる。KDPが世界各国の指導者に宛てて「ホメイニの独裁体制によってクルド族が今や大量虐殺の脅威にさらされている」と愬《うった》えたのも、理由のないことではなさそうだと私には思われる。

右のプール・レポート紙記者とのインタビューの中で、カセムロウKDP書記長が、KDPはイラクのクルド族ゲリラ組織とも提携しているがイランのクルド族とイラクのそれとは個々の事情に相違があるのでその点は互いに尊重し合っていると言い、あなたは反体制の新戦線をつくりつつあると伝えられているがという問いに、

「ご存知のように、一カ月前、テヘランで民主国民戦線の協力によって南部のアラブ族代表と

われわれクルドとが会い、自治権について意見を交換するいくつかの会議をもったが、こうした代表会議はKDPにプラスするものだ」

と答えているのは注目してよい。

クルド族の居住地域であるアゼルバイジャンのサルダシュト周辺に潜入した別の新聞記者の報告もある。

《サルダシュトの市街地の中心で、マハバードからの満員バスが停ったとき、五時のラジオ・ニュースが弾丸を打つような調子で流れてきたが、放送は遠くテヘランからのものであった。ニュース朗読者のペルシア語は、降車する乗客のざわめきの中に呑まれてしまっただけでなく、クルド語方言の大混声合唱の中では、ペルシア語はまったく耳ざわりなものに聞えた。

クルド族居住地域に来てみると、どこでもこの区別ははっきりとしている。クルド族は三十五年間の抑圧の年月と、シャー・パーレビのクルド文化絶滅政策を経験してきたが、クルド人はその誇りある独自性をこれからも強く保持しようとしている。一九四六年以来、学校では強制的にクルド語に替えてペルシア語を教えていたにもかかわらず、この地域では依然としてペルシア語がほとんど使われていない。

マハバード周辺には武器が大量に配備されているが、町は静かで平穏である。人々の会話はしばしばイランやイラクの政治のほうへむいてゆく。というのは「クルド人国家」ぜんたいの歴史が、イランであろうとイラク、トルコ、シリア、ソ連のどこであろうと、互いに連絡し合ったものだったからだ。現在、国を縦横に切り刻まれている政治的な国境線はかれらの意識の中にはほとんど存在せず、かれらは血族の集りには国境線を越えてやってくる。サルダシュトとマハバードの町はイラク系クルド人と組んでいる。ここにはイラン・クルド人民兵ペシュマラガとイラク系クルド人ゲリラなどの寄せ集めの大隊が配置されている。たとえばイラクのディナル貨幣は一ディナルあたり二六〇リアル（イランの貨幣）で自由に町で売買されている。

雰囲気はいたって政治的で、シャーが倒れたこの機会にこそクルドの自由をかち取らねばならないという切迫感がある。町のすべての活動は、その地方の政治的指導者と組織を中心に動いている。〝クドムフタリ〟すなわち自主独立は、クルド人にとって第一の目標である。かれらは、テヘランのシーア派体制がシャー時代以上に自分たちを圧迫するという危機感をもっている。が、だれもイランからの「分離」についてあからさまには語らない。「われわれは、イランの新憲法の中にクルド族の自立を入れるように望んでいるだけである。そうでなかったら、自由クルディスタンは存在しないからだ」と言っている。

マハバードは、アゼルバイジャンの主要都市なのに、せいぜい大きな村といったところだ。いつも入院患者で満員の時代遅れの病院が二つ。クルド人の中学校すらない。開発の唯一のしるしは、道にある数台の自動車と、小規模のラジオ・テレビ中継局、それと町はずれの貧弱なダムくらいなものだ。小さな電話交換局も午後十時以降は閉められてしまう》

3

富士産業の佐田支店長と島田次長、それに長谷順平を加えた私たちは、一晩、こういった資料を持って集った。商社の建物の中だと、いつになく電灯が点いていて（夜間の執務はほとんどなかった）外をパトロールするパスダーに訝《あや》しまれそうだし、社員の宿舎だと他の人に迷惑がかかり、また彼らの耳をもはばかることなので、結局、ホテルの私の部屋を会合場所にした。もてなしには角砂糖を舐めるチャイしかなかった。

「ホメイニがクルド族反乱を挑発して宣伝を大げさにしたのは、国内の矛盾から国民の眼をそらさせる為政者の常套手段であり、つまりはホメイニの体制固めだ」

という意見は私たち四人とも合致した。

「だが、それには二つの面があるね」

佐田支店長が言った。

「一つは、南部フゼスタンのアラブの動きをホメイニが睨んでの行動だ。クルド族の対策を放っておくと、クルディスタンに自治権を与えねばならない情勢になる。すると、アラブ人居住地帯のフゼスタンにも自治権を与えねばならない。一方に与えて一方を拒絶する理由がないからね。だが、北部の山ばかりの地帯に自治権を与えるのと、南部の油田地帯に自治権を与えるのとでは、内容に天地の相違がある。自治権を居住民に認めるというのは、中央政府からのその地域の分離を意味する。中央政府の命令も法令もそこには及ばない。生命線の油田地帯をアラブ人に奪われてしまうようなものだ。中央政府が持っているのは、残された広大な砂漠だけということになりかねない」

「そうなるとフゼスタンに独立国ができかねないですからね」

島田次長が言った。

「そういう事態が憂慮されるから、ホメイニがクルド族の反乱に神経質になっている。このプール・レポート紙を見ても、クルド民主党は南部油田地帯のアラブ人とテヘランで会合して連絡会議を持っている。その仲介をしているのがテヘランの民主国民戦線だね。北にKDP、南にアラブ人、中央に民主国民戦線、この三つがホメイニ体制の最大の敵だな」

「フゼスタンのほうでは相変らず石油施設の部分的な破壊、油送管の切断、列車の転覆といったアラブ人のゲリラ活動が絶えませんね。労働者のサボタージュやストライキもたびたび行なわれている。しかし、徹底的な破壊にはなっていませんね」

長谷が言った。

「それは政府の警備が厳重なためですか。フゼスタン州知事は、ペルシア湾イラン海軍のムハメッド・マダニ提督が兼ねている」

私は口をはさんだ。

「いや、むしろ南部のゲリラ組織はいまは他日の決起に備えてそのエネルギーを内に蓄えつつあるというところじゃないですかね。だから徹底的な破壊活動には出ないで、ちょこちょことしたゲリラ行動で神経戦に出ている。それと、NIOCのナジ総裁は石油施設労働者に人気があるし、ナジが総裁でいる間は、アラブ人もおとなしくしているという見方もありますよ」

島田次長が言った。

「ナジは、民主国民戦線の側ですね。そうなると、さきほどの話だが、クルド族とアラブ人との連繋には民主国民戦線が一枚嚙んでいる。ホメイニにとっては敵の一つです。民主国民戦線は左傾化しつつあるとホメイニが考えているのは間違いないです。では、ナジの安泰はこの先どうなるのですか」

私は三人の顔を見た。

「欧米自由主義型の民主国民戦線は、知識階級・中産階級の支持を得ています。ホメイニに失望した一般民衆も、しだいにモサデクの孫マチン・ダフタリの指導する民主国民戦線支持に回っている。それと、バザルガン首相は民主国民戦線やナジの支持者だといわれています。そのうえ、テヘランの穏健派の聖職者アヤトラ・タレガニやアヤトラ・シャリアト・マダリのグループも民主国民戦線やナジの応援者です。こういう広い支持層があるから、ナジはホメイニ批判を公然とやってのけられるわけですね」

次長は言った。

「どうもナジのホメイニ批判はすこし激しすぎて、ぼくらもひやひやする。なにしろ絶対タブーの聖域に切りこんで行くんですからね。そこがまた民衆の声なき声を代弁して人気のあるところでしょうがね。聖職者ホメイニは政治に口を出しすぎる、テヘランのバザルガン政府を空洞化している、国民生活の自由を制限しすぎる、などと彼がいうのはそのとおりなんだが、だれも言葉には出し得ないことです。それもナジが知識階級をはじめ広い層の支持を得ているという自信からですが、ホメイニからすると、こいつ、いい気になって調子に乗りすぎている、と苦々しく思っているでしょうし、げんに、ホメイニ側近の坊さんたちが、ナジを逮捕して裁判にかけろ、とわめいていますからね」

私は言った。

「ナジはイラン法律家協会の会長でもあるし、そのホメイニ批判は〝イランの良心〟だと知識階級や中産階級にうけとられています。その背後にはホメイニと一線を画しているタレガニ師やマダリ師などの穏健派グループが居る。だからさすがのホメイニもナジに手をつけることができないんじゃないですかね」

次長は言った。

知識階級はそんなに頼りになるものだろうか、と私は思っている。かれらはいつでも情勢次第で石のように沈黙したり鸚鵡《おうむ》のように雄弁になったりする。その行動はまわりの様子を見きわめてから起す。もしナジがそういう手合を当てにしていたら、彼の運命はきわめて危険な断崖に立っている、と私は考える。だが、もちろん島田次長と論争するつもりはないのでそのまま黙っていた。

「それに関連することだけど」

支店長が言い出した。

「ホメイニがクルド族の反乱鎮圧に、自らイラン軍最高司令官を名乗ったのは、非常に注目すべきことですね。これがクルディスタンやアゼルバイジャンのクルド族居住地域に兵を出したホメイニの狙いのもう一面です。こういう騒動でもなければ、イラン軍最高司令官などというシャー・パーレビと共に廃物になったような称号を復活させて自ら名乗ることはできなかったと思う。国内の矛盾に対する民衆の不満、下落した自己の人気を、クルド族の反乱という一種の国家の危機にむけることによって解消させ、併せて人気挽回を図ったりしたのは、はっきりしているが、問題はホメイニ自身の独裁権確立の道ですね。このままで行くと、ホメイニはシャーと同じに、陸・海・空三軍の最高司令官を称号するかもしれないね」

「そこまでホメイニはエスカレートするでしょうか」

次長が支店長の予想を危ぶんだ。私もそれには同感だった。

「いや、そうなるかもわかりませんね」

長谷が言った。

「ホメイニのいまの意気ごみではそこまで行くでしょうね。いや、はじめからそういう意図だったら、ホメイニのクルド族討伐は、国民の不満を外へむけることと、彼の権力強化と、一石二鳥を狙ったことになります」

「そうなんだ。クルド族反乱討伐には二つの面があるとぼくが言ったのは、そのことなんだよ。ホメイニはいまや実質的にイランの君主だが、これからは名実ともに君主になるかもしれない」

支店長が言った。

「そうなると、イランはシャー・パーレビの代りに、新しい皇帝を迎えることになります。いや、聖職者だから法皇かな」

長谷が首を振り振り言った。

「いやいや、法皇といえば院政的に聞えるが、そうではない。ホメイニは軍最高司令官という称号を自ら持つ。坊さんの軍人とは前代未聞だね。しかし、それが通るんだな。とすれば三軍最高司令官すなわち絶対権威者だ」

「それは大統領の意味ですか。発表されて、いま制憲審議会にかけられている憲法草案では、大統領が国家の最高の地位ですが」

次長がきいた。

「大統領よりも上位のポストの新設を制憲審議会に要求している。次に召集される議会に承認させるかもしれない。大統領よりも上位だと皇帝だ。まさか皇帝の称号はないだろうが事実上は皇帝だ。だから大統領の任免権まで持つ」

「気でも狂ったか、という声が国民の中から上るでしょう」

長谷が支店長を見て言った。

「目下の想像だが、ホメイニはそこまで登りつめる気でいるかもしれない。彼の理想は世界で初めての、そして唯一の純粋なシーア派イスラム教国家を造るにある。七十九歳の老いの情熱だ。自分の眼の黒いうちにそれを達成したいと思っている。眼の黒いうちといえば、ホメイニは白内障で、このままではあと半年も経たないうちに失明するといわれている。イランでは治療できないから、パリで手術を受けるともいわれている。そのために、彼の息子らがパリに行ってホメイニの家を建てる土地を買っているが、万一に備えてのホメイニの亡命用という噂もありますね。だから、ホメイニは念願の達成を急いでいる。それは目下のところ可能な方向へ進んでいるとホメイニは信じているようだ」

「しかし、それにはまだ多くの障害がありますよ」

「左翼政党の非合法化、外国通信社の追放、新聞の発行停止など、ホメイニは自己に批判的な言論弾圧を一応済ませた。あとは政府の与党、大政翼賛会的な政党だけにする。民主国民戦線もアカだということで解散を命じるだろうな。一党独裁ですね」

「テヘランの穏健派の聖職者たちが反対するでしょう」

「ホメイニにとっては、かれらが自分の道を塞ぐ障害であることにはちがいない。だが、同じ聖職者仲間だから、露骨な強圧策はとれない。これは彼らを説得してゆくしかないだろうが、ホメイニには自信がある。というのは、これまでも穏健派はホメイニのやり方を表立って非難していないからね。たとえば、穏健派の代表的人物のアヤトラ・タレガニやアヤトラ・シャリアト・マダリなどはホメイニ路線と対立していると見られているが、コムに行ってホメイニと会うたびに、両者の間に妥協が成立している。どうやらタレガニがホメイニに譲歩してテヘランに戻ってくるといった感じだな」

「さあ、それはどうでしょうか。ぼくは反対の見方をしているのですが」

長谷は言った。

「どんなふうに」

「タレガニがテヘランからコムに行くと、ホメイニのほうが譲歩してきたんじゃないでしょうか。タレガニの背後には多くの聖職者が付いているし、バザルガンなどもタレガニを頼りにしている。心ある民衆の支持で、タレガニには人気があります。ホメイニほど華やかな人気ではないが、地味な人気には底力があります。ホメイニにとっては手強い相手です。タレガニがホメイニに会って、ホメイニさん、あんた少々やり過ぎじゃないですか、聖職者は政治に口を出すべきでない、げんにあんたも帰国する前にパリでそう言明したではないか、と言うと、ホメイニも、そうかな、とタジタジとなって譲歩する。それが両者の妥協の内容のように思われますが」

「しかし、ホメイニはタレガニらの言うとおりにはなっていない」

「そうなんです。だから、タレガニやマダリなどからするとホメイニに裏切られたと思っている。あれほど固い約束をしたのに、ちっともそれを守らない。守らないどころか、ますますホメイニの狂熱的なところがエスカレートして行く。もう何を言っても無駄だと考えているでしょう」

「諦めているのかな」

「今はホメイニの勢いが強いから、表立った抗議もしていませんが、ある時期がくればタレガニやマダリらの穏健派が強く結集してホメイニに抵抗してくるように思います」

「タレガニやマダリも、ホメイニ革命評議会の一員でしょうか」

次長が支店長にきいた。

「評議会のメンバーは未だに公表されてなく秘密にされているが、タレガニなどはホメイニの政治介入を批判するので、彼は革命評議会に入っていないと一般からは見られています。ホメイニとタレガニとの不仲は前々から取りざたされているからね」

タレガニはシャー時代に弾圧をうけ、その娘はSAVAKによって父親の面前で輪姦されたと伝えられている。革命後は、ホメイニとならんで宗教界の最高指導者と目されたが、その息子がある日突然革命委員会のパスダーに逮捕された。そのためタレガニは、無言の抗議で行方を絶った。のちにホメイニが折れて、あれは革命委の錯覚だったと釈明して息子を解放したので、タレガニはテヘランに戻ったといういきさつがある。そのころからホメイニはタレガニをライバルとして強く意識しているようである。

そういう資料を読んでいる私は、タレガニがホメイニの最高諮問機関である革命評議会に加えられているとは思えなかった。

「革命評議会議長だったとわかっているのは、六月にテヘランの街路上で〝フォルガン〟一味によって射殺されたアヤトラ・モタハリですが、彼が革命評議会議長だったというのは、あとで発表された〝フォルガン〟側の声明からです。ホメイニの側は何もそれについて言っていませんね」

長谷が角砂糖をかじりながら言った。

「〝フォルガン〟によって自宅を襲撃され、機関銃を撃ちこまれて重傷を負い、危うく一命だけはとりとめたアヤトラ・ラフサンジャニもそうだろうか」

次長が言った。

「ラフサンジャニはアメリカ大使館へのデモを指揮したくらいで、これはホメイニの側近ですから、完全に評議会の一員でしょう」

長谷が答えた。

「その翌月の七月七日夜には、アヤトラ・タルハニがテヘランの自宅で〝フォルガン〟に襲撃

「タルハニも評議会の一員だったのかな」

「タルハニの射殺では〝フォルガン〟が自分らの犯行だと声明しているが、彼が評議員だったかどうかにはふれていませんね。けど、評議会の一員だったと市民は言っていますし、おそらくそうでしょうね」

事件の詳細はプール・レポート紙が載せている。

《宗教人また暗殺さる。――

有力な宗教界の大物がまた一人暗殺された。タクイ・ハジ・タルハニは昨夜シャリアト通りの自宅で暗殺されたと今朝（七月七日）の国営放送が報じている。

事件は午後十一時三十分に起った。

タルハニ師はイランメヒル病院に移されたが、到着した時にはすでに死亡していた。病院の医師の話によればタルハニ師は胸に一発、腹部に二発の弾丸を受けていたという。同師の暗殺は、数週間前の、ホメイニの側近モルデサ・モタハリ師の暗殺のパターンと非常によく似ている。地下組織のグループ〝フォルガン〟は、この暗殺は自分たちが行なったのだという声明文書を出した。

タルハニ師暗殺の報らせによって革命警備隊員は第四地区のパスダーに加わって捜索パトロールに派遣されたが、犯人を逮捕することができなかった。犯人は現場からオートバイに乗って逃走するところを付近の者に目撃されている。目撃者の語るところによると、犯人たちはタルハニ家の戸をたたき、タルハニ師が戸を開けて姿を現わすと、その身体に三発の弾丸を射ちこんだ。タルハニ師の殺害時間にはホメイニ師の演説がテレビで放映されていた。ケイハン紙によると、タルハニ師はバザールで最もよく知られた人物であり、反国王体制の闘争で著名だったという》

「〝フォルガン〟の正体はまだよくわからないのですか」

私は三人を見て、だれにともなく訊いた。

「依然として三つの説がありますね。イスラム革命の極端な急進派と、SAVAKの偽装だというのと。それから外国の帝国主義者の手先だという説とね。しかし、まだはっきりしない」

支店長がチャイをすすって言った。

「イスラム革命急進派とすれば、わたしがふしぎに思うのは、かれらがその意見を少しも発表しないことです。およそ主張とか思想があればそれを堂々とビラとかパンフレットなどに書くとか、または新聞社や放送局にその趣旨の文書を送りつけたりするものです。PFLPなどは機会あるごとにかれらの主張を宣伝しているし、ゲリラ活動をやれば自己の犯行を公表すると同時に政治思想を誇示している。ところが〝フォルガン〟は暗殺者を名乗るだけで、何も主張をしていない。これではどういう考えに沿って、聖職者を殺害しているのかわかりません。それに、イスラム革命急進派の尖鋭分子と噂されるけれど、ホメイニよりもまだ急進的なグループなんてありますかね」

私は言った。

「明確には聞いていませんね」

「テロをやるから尖鋭分子だろうと一般が漠然と考えているだけでしょう。それに、狙われて殺された中にはガラニ将軍（ホメイニ革命後の初代参謀総長を務めた）とかバザール商人（商工会議所会頭のタルカニ）とか、ホメイニ側近といわれた人もいるけど、ほとんどは革命評議会の構成員の坊さんばかりです。だから、〝フォルガン〟はホメイニ路線よりももっと急進派ということが考えられやすい。しかし、それならホメイニ路線のどこが生《なま》ぬるいのかという批判とか、ホメイニと自分たちの主張との相違点とかをはっきりうったえなければならないはずです。それがまったくないから、奇妙なんですよ」

「たしかにそうですね」

三人とも私の言うことにうなずいた。

「そうすると、やはりSAVAKの残党の偽装ですか」

支店長が私にきいた。

「〝フォルガン〟というのはコーランをもじったものだそうですね。だからSAVAKが偽装として付けやすい暗殺団の名前だと思います。ところが、彼らが狙撃しているのは、今までのところ、ガラニ将軍と商工会議所会頭の二人を除くと、みんな聖職者ばかりです。つまり政府の要人が一人も入っていません。もし〝フォルガン〟がSAVAKだったら、なによりもシャーを追放したバザルガン政府要路者に復讐しそうなものですがね。それが一人もないんです」

「それはですね、こう解釈できませんか。いまのイランは聖職者が実際に政治を行なっている。バザルガン政府はコムの指示に従って行政をやっているだけの形骸だから、そんな傀儡《かいらい》政府の要人をやっつけたところで仕方がない。根源になっているホメイニ周辺の革命評議会を中心にした坊さんや側近どもを消すのが重要だ、と彼らが考えている、とね」

長谷が感想を述べた。

「それも一つの見方だけどね。しかし、それにしても、前と同じことになるが、かれらの見せかけの主張なり宣言が出るはずですよ。SAVAKの正体をごまかすために、もっともらしい宗教的な主張がね。げんに〝フォルガン〟という宗教的な名称を使っているんだもの。実体をわからなくするためには、必要以上にごまかしの宣言をしそうなものなのに、それもない」

私は、考えている疑問をだんだん出した。

「……さらに奇妙なのは、暗殺犯人グループが未だに一人も逮捕されていないことです。いまや旧警察以上の権力を持っている革命防衛隊のパスダーにしては、あまりに無能ではないですかね。なにしろ被疑者一人すら挙げていないんですからね」

「いや、たしか犯人の一人が自首したはずです。ケイハン紙に出ていましたが、自分がアヤトラ・モタハリを殺したと言ってね」

次長が言った。

「その記事は、わたしも読みました」

《八月七日午後、三十五歳のトラックの運転手が「私がアヤトラ・モタハリを殺した」と警察に自首した。この男はイラム地方のアンシャヒ町に住むアクバー・ベシュダと確認された。警察署長が、モタハリ師が殺害されてからなぜこのように日数が経ってから自首したのかと彼を訊問すると、ベシュダは混乱しながらも、以下のように供述した。モタハリ師暗殺の夜、彼は白いペイカン（イラン製の乗用車）に乗った二人の男に誘われ、「テヘランには反革命のニセ聖職者が居るので、それを殺したら十万リアルをやる」といわれ、前金として五万リアルを受け取った。二人は四十五口径のピストルと手袋をくれて、相手が家から出てくるところを呼びとめるので、合図をしたらその者を撃てと言った。相手を射った直後、車の中で私を待っている約束の二人は車ごと逃げてしまった。私は路地の中に逃げこみ、手に持っていたピストルを捨てたが、そのとき貰った五万リアルも失くしてしまった。そこで通りに出てタクシーをつかまえ、バザールの交差点で私のトラックに乗りかえて、アンシャヒの自宅に帰った。翌日、新聞で殺されたのがモタハリ師と知って狼狽し、二カ月近く懊悩《おうのう》した。そしてついに自首を決心した、と供述した。……ベシュダの妻は、彼が前々から精神異常者で、理由もないのに数回自殺を試みたことがあるし、犯罪歴はないと警察署長に証言した》

「そのあとの続報は新聞に出ていませんね。たぶん、このトラックの運転手は精神異常者として釈放されたと思います。発表では、警察が被疑者を逮捕したのはこれだけです。捜査の結果ではなく先方から自首してきた人間です。しかもそれは精神異常者でした。この発表も、警察がなんだか一応の格好をつけたという感じがしますね」

「〝フォルガン〟の正体がイスラム急進派でもなく、SAVAKの残党でもないとすると、どういうことになりますかね？」

支店長がまた私にきいた。

「犯人がいまだに一人も挙がっていないこと、〝フォルガン〟の捜査も進んでいないことなどですね。こうした現象をならべてみると、わたしには一つの推測が生れてくるんですよ」

「どういう推測ですか」

次長も長谷も私の顔を見た。

「重大すぎて、口にしにくいんです。非常に重大なことです。それだけに、かえってナンセンスだと言われそうなんです」

「われわれは誰にも洩らしません。言ってみてくれませんか」

私はこの富士産業の人々にはずいぶん世話になっている。ここまで言葉に出しておいて、あとを黙っているわけにはゆかなかった。

ためらい、迷った末に、私は思い切って口を開いた。

「ホメイニの革命評議会の中枢に、旧SAVAKの大物、まだだれにも知られてなかった大物が、もぐりこんでいるんじゃないかという気がするのです」

――ニューヨークで会ったパーレビ王家の〝王族〟と称するアリ・モスタファビの言葉が私の脳味噌の襞《ひだ》にこびりついていた。

(ホメイニの革命評議会の重要なポストにSAVAKが入りこんでいる。その人物は大物らしい。しかし、それが誰だか、わたしにはわからない。これは極秘の、しかも確実な情報だ)

だが、三人の前に〝王族〟の名を出すわけにはゆかなかった。彼と固く約束したことである。

4

一つの仮定をつくると、そこから今までの不審や疑問が解けてゆくのは、日常でもよく経験するところである。

それにこの仮定は私が自分で考え出したのではなく、信頼できる他者から与えられたものだった。客観性があった。アリ・モスタファビの言葉は隠喩的で不完全ではあったが、私は彼の〝王族〟という点に信頼感を置いた。彼がパーレビ王家の系譜の上でどのへんに位置するかはまったく知らされなかったが、革命前に「フランス、スイス、オーストリア、スペイン、イギリスに居住しているイラン王族は、このイラン王族と利権的に結び合っている西側企業やメジャーの支持をうけていた」という資料と、アメリカ在住のモスタファビも一致すると思われた。

したがって革命後のイランに〝王族〟らが特殊なルートを持っていて、そこから得た極秘の情報の一つが、SAVAK大物の革命評議会潜入説だと考えられた。私がかれの言葉に信憑性を置いたのは、こうした理由からである。むろんその信頼度は全面的ではなかったが、その神秘性がかえって客観性を私に感じさせた。人間はえてして直接に聞いた秘話を信用しがちになる弱点はあるにしても。

この仮定を演繹《えんえき》的に中心に据えると、ホメイニ側の聖職者たちや側近が次々と消されてゆくのは、革命評議会の中枢部に潜りこんでいるSAVAKの大物がホメイニに毒の言葉を注ぎこんでいるとも解されるのだ。あの聖職者や将軍や商人は革命には不利益であり、不純分子だという中傷をする。ちょうどトラックの運転手がモタハリ師暗殺指示の怪漢二人から聞かされたように、そのSAVAKの大物は「テヘランのエセ坊主」をホメイニに告げてその抹殺を進言する。その手段でホメイニの弱体化を図る。

独裁的な人間ほど、そして神秘的な魂の人間ほど、中傷には弱い。まして進言者が彼の信頼する者ならなおさらである。イマーム・ホメイニはだれが見てもたしかに異常な精神状態になりつつある。パリから帰国したホメイニは民衆のあまりの熱狂的な歓迎によってか冷静な心を失い、しだいにおのれ自身が他のイマームらよりも最も近いアリの子孫であるかのように信じこみ、その陶酔からいまやアリいらいの予言者をもって自任しているようである。彼は「神の正義」を自分が代行していると思いこんでいる。

中傷者の言もホメイニには「天啓」の一つに聞えたかもしれない。直観には、詳細な検証は要らないのである。その進言が嘉納されれば、革命評議会の中枢部にあるSAVAKの「彼」は、直ちに下部の秘密機関に命じて聖職者たちの抹殺にとりかかるであろう。これがコーランに由来する〝フォルガン〟と名乗る組織が決してその主義綱領を掲げない理由であり、また革命委員会の警察力が暗殺犯人を逮捕することも、その地下組織を突きとめることもできない理由であろう。

最高の権力は、いまだそのメンバーが秘密にされている革命評議会が握っている。もし下部組織である革命委員会の捜査が真相に逼《せま》るような「行き過ぎ」があれば、いつでもストップをかけることができるはずである。

聖職者たちを抹殺してゆくのは、同じ聖職者として理不尽のように思われるけれど、イスラム教史の一部がイマーム暗殺の歴史なのだ。アリから十一代にいたるイマームのうち自然死を遂げたのは第六代目だけで、他の十人は剣で暗殺されるか毒殺された、とシーア派の人々は信じている。かれら十人は時の権力によって殺されたのだが、これがシーア派の伝統的な被害者意識と権力への敵意とになっている、という（嶋田襄平『イスラム教史』）。そうであるなら、その被害者意識は、敵意の点からして、加害者意識に変質することも容易である。とくに宗教団体ではそうなりがちである。

しかし、革命評議会は、聖職者ばかりで構成されているというのではないか、あなたのその推定だと、SAVAKの大物も聖職者だということになるが、と私の話を聞いた三人から疑問が出た。

革命評議会が聖職者のみの構成というのは、まだ風聞の域を出ていない。公表されてないから実態は不明だ。それには聖職者でない俗人も入っているかも知れない。あるいは俗人が聖職者に化けているかもしれない。じっさい革命評議会がイランの最高政治決定をするなら、コーランのみに詳しい坊さんだけでは心もとないだろう。そこにはどうしても政治顧問的な人物が必要だ。だから、そのSAVAKの大物はかならずしも本来の聖職者でなくともよい。有力な政治顧問は常に中枢部に居るものである。私はそのように答えた。

その人物の狙いは、ホメイニ側の聖職者たちを消して、ホメイニを孤立させることか、と三人に訊かれた。

それだけではない、と私は臆測する。ホメイニを権力の頂点に押し上げることだ。パリにいたときのホメイニは帰国後のイランの方針をハッサン・ナジにきかれて、それは自由と、独立と、社会正義だと答えている。その自由が今では全然逆になっているのはご承知のとおりだ。そうして国民に対する中世的な締め付けのなかで、ホメイニ一身の権力はますます増大してゆく。いまや彼はイラン国軍の三軍最高司令官であり、大統領の任免権を持つ絶対地位を制憲審議会に要求していると伝えられている。以前にはホメイニが大統領に出馬すると噂されたが、大統領どころかその上位に君臨する新しい帝王である。こうなると、ホメイニの将来はだれにも予測できる。地位の絶頂を極めたものは、転落につながる。アリの子孫として世紀の予言者に自ら恍惚陶酔している彼にはそれがわからない。SAVAKの大物の最終の狙いはホメイニを転落させることにある、のではないか。

その大物は、海外に居るシャー・パーレビの指令をうけたスパイか、と質問者は私に訊いた。とくにシャーの指令を受けていると考えなくともよい。それは「彼」自身の意志から出ているのだろう。かんたんにいえば、皇帝復辟《ふくへき》の「忠臣」であるかもしれない。あるいは旧体制の権力の復活をもう一度夢みているのかもしれない。その限りでは、「彼」と、いまパリに居るバクチアルとは連絡もなく、無関係だと思う。──

ニューヨークの〝王族〟から聞いた一言から私の想像は自ら翼を持った。私は言った。

今後もまた有力な聖職者が消されてゆく可能性がある、と。──

そうなれば、ホメイニ独裁はいよいよ強まる。彼の独裁が強化されれば、その気随気ままな「霊言的」ご託宣によってイランの石油輸出の行方はアッラーの神のみぞ知ることになる。げんにホメイニの娘婿の聖職者エシュラギは、石油生産関係ではホメイニの代表だが、ナジNIOC総裁を激しく非難している。そうして七三年のオイル・ショック期にパーレビ主導型で他の産油国が原油を四倍に値上げしたように、今後はホメイニの「気違い」沙汰にひきずられて、あるいはそれを奇貨として他の産油国が減産と異常値上げに向いなだれこみそうである。OPECはセルフ・コントロールを喪い、メジャーはなすところがなく茫然自失するしかない。

富士産業支店に来ている八月十四日付の日本の新聞にはUPIのワシントン電が出ている。

米中央情報局（CIA）の見解では、イランの石油生産は現在の一日当り四百万バーレルを二年間以上維持することはできず、一九八五年には同二百九十万バーレルにまで落ちこむ恐れがあるとしている。革命後のイラン政府が石油産業に対する投資を削減したため、新規開発や、老朽化した油井の再開発計画などが停止したことが原因と指摘する。

革命前のイランは一日当り六百万バーレルを産出していたが、その後六四パーセントにも達する原油値上げのおかげで、現在のイラン政府が当時を上回る収入を得ているのも、将来減産する見通しの理由の一つに挙げられている。

しかしこのUPI電のように、イラン石油の生産が一日二百九十万バーレルに落ちこむのは八五年を待つまでもなく、すでにその徴候がはじまっている。輸出額は遠くないうちにその半分の百五十万バーレルに減るかもしれない。これはテヘランでの商社筋で言われていることだと、長谷順平が情報を持ってきてくれた。石油価格もOPECで決めた上限のバーレル当り二三・五〇ドルが公式だが、オランダのロッテルダムのスポット（短期の当座買い）価格バーレル当り四〇ドルに逼るのではないかという。

こうした状況の下で、いつもメタンガスの泡のように浮上してくるのが、アメリカによる中東軍事介入説である。支店で見た日本の新聞にもその解説が載っていた。

《アメリカの中東地域軍事戦略は、六月下旬ホワイトハウスで開かれた「政策検討委員会」の秘密会議で綿密に検討された。

各方面の情報を総合すると、緊急派遣部隊の編制が有力になりつつあるようだ。第八十二空挺部隊を中核にして陸・海・空軍に海兵隊を加え、将来は十一万人まで増やすという大がかりな計画だ。

こうしたアメリカの中東軍事戦略は、一つにはソ連に対抗するものだが、イラン革命後に突然、姿を現わしたものでもない。一九七三年の第一次石油ショック後に、砂漠作戦用の特殊部隊訓練が、カリフォルニア州の砂漠地帯で始まっている。この訓練は今も続いていて、現在では、爆破された油田やパイプラインの修理、操業といった油田技術者がやる作業訓練も強化している。戦車や重火器で敵陣を壊滅すれば、それですむものでもない、原油生産や輸送の回復作業こそが最終目的になろう、と国防省関係者はいっている。油田が破壊された場合を想定しているのである。

かつて、キッシンジャー国務長官が、中東油田地帯への軍事介入の可能性をほのめかしたことがある。中東での米軍事力の増強が真剣に考えられているのは、イラン革命を機に、アメリカの政策が変化しはじめたことを示すものだろう。

カーター大統領は、イラン革命が成功した後の記者会見で「われわれの利益、国益そのものが、中東地域の安定と平和にかかっている。とくに、石油の供給、そしてアメリカの友人、同盟国に運ばれるオイル・ルートがこの地域にある」と述べている。

カーター大統領は、一九九〇年までに原油輸入を半減させる新エネルギー計画を発表したが、新しい中東戦略はそれと対《つい》をなすものである。中東石油への依存を減らすまでの間は、何としてでも石油供給の安定を確保したいというのだが、ブラウン米国防長官が、オイル・ルートを確保するため「必要なら軍事力に訴える」と発言して論議を呼んだことがあった。

アメリカのもう一つの決定が注目を浴びた。米国務省が、十日ほど前、サウジアラビアに対して、総額十二億三千万ドルの武器売却計画を発表したからだ。その一週間前には、サウジが原油増産に踏み切ったと発表したばかりだった。ワシントンでは武器と石油の取引があったとする見方が有力である。

米国務省の説明がある。「この中には、三万五千人に及ぶ国家警備隊（ナショナル・ガード）の訓練、装備の近代化が含まれている。ゲリラや敵対国による破壊工作から油田を防衛するためでもある」。サウジは中東和平のあり方ではアメリカと一線を画しているが、自国の防衛＝武器ではアメリカに頼らざるを得ない。

アメリカは中東戦略の立て直しに躍起となっている。それは、当面、エジプト・イスラエルの和平をバックに、中東への米軍事力の増強とサウジへのテコ入れを軸に進行しているようにみえる。

しかし、こうした軍事優先の戦略は、うまく運ぶだろうか》

この中東への「米軍事介入のシナリオ」は次のようだとパレスチナ筋では見ている、という（七月十八日付、ベイルート発行「アラブ・プレス・サービス」誌）。

《イスラエル軍は、レバノン侵攻を開始し、南部でパレスチナ・ゲリラ絶滅作戦を展開すると同時に、レバノン南東部の西ベッカー高原で駐留シリア軍を包囲し、本国のシリア軍を誘い出して全面交戦状態に突入する。

ここで米政府は、ホルムズ海峡をパレスチナ・ゲリラの絶望的な攻撃から守り、サウジアラビアと他の湾岸諸国の油田をイスラエルの攻撃から防衛する——との理由で、湾岸保守国のオーマンに海兵隊を上陸させる。イスラエルは次の全面戦争では、アラブの力の源泉であるサウジアラビアの油田を攻撃するとの警告をすでに出しているので、油田地域上空でイスラエル空軍機が威嚇飛行でも行なえば、米軍介入にとって十分すぎる口実を与えることになろう。

湾岸油田地帯への米軍事介入を実現させるためのこのシナリオには、米国、イスラエル、エジプトのサダト大統領、そしてサウジ王室の数人の親米派プリンスたちが同意しているようだが、このシナリオの妙味は、米国が、西側の利益を守ると同時に、アラブの味方という形で、アラブ産油国への軍事介入を果たせる点にある》

5

とうとう私の予感があたった、と思った。

十日（九月）の国営テレビとラジオ放送は、その日の未明に、アヤトラ・タレガニが心臓麻痺で急死したと発表した。

その放送は、ホメイニ、バザルガン首相らの声明の合間に葬送の音楽やコーランの朗読を流した。政府は三日間の服喪を公示した。

しかし、意外だったのはタレガニの死だけではない。革命評議会がその発表の中で、タレガニが同評議会の議長だったことを初めて公表したことである。

長谷順平が顔色を変えて、ホテルの私の部屋に駆けつけてきた。

「タレガニの急死は奇態だ。どうも怪しい」

私は長谷に言った。

「というと、先日の晩、あなたが言ったホメイニのやり方がタレガニにも行なわれたというわけですか」

長谷は眼をすえて私を見ている。

「心臓麻痺というのがおかしい。急死にはお決まりの一つだ。たいへんな臆測かもしれないが、わたしは革命評議会の中枢部にもぐりこんでいる例のSAVAKの大物の密命で、タレガニはだれかに一服もられたのではないかと疑っている」

隣室や廊下に日本語を知る者がないとわかっていても、私は声を小さくしないわけにはゆかなかった。

「穏健派の総帥タレガニはホメイニの眼の上の瘤《こぶ》でしたからね。先夜のあなたの推理方法だとそういう疑惑に到達しますね。そのSAVAKの大物が、ホメイニの最大の邪魔者である聖職者を消したわけですか。一見ホメイニの利益のためを思ってのようだが、じつはホメイニの孤立化を図るということですか」

「きみは、どう思いますか」

「なんだか、あなたの推測があたっているような気がしはじめました。影響力ですかね」

「毒殺には、心臓麻痺の病名が常套手段ですよ。以前からよく使われる手だ。アヤトラ・タレガニの死亡診断書もおそらく発表されないだろう。発表されるにしてもそれは発表用の偽装されたものにちがいない」

「自然の心臓麻痺を起させる毒薬も最近はあるということです。それだと毒素の検出はできない。いや、この国には昔から暗殺の薬が発達しているはずです。なにしろマルコ・ポーロも書いている〝山の長老〟を持つ暗殺者集団の国ですからね。しかし、こんどはどうして〝フォルガン〟の射撃犯行にしなかったのでしょうかね」

「いつも"フォルガン"の犯行というわけにはゆかなかったのだろうね。あまりにいつも通りの筋だと怪しまれそうだからね。一つには、タレガニの家の警戒が厳重だったこともあって近づけなかったこともあろうが、〝フォルガン〟を徹底的に捜査して犯人を挙げなければ、世論がおさまらない。そうなると過去三人の聖職者の狙撃犯人も洗い出されてくるから、それを避けたのだろう。だが、第一の理由はやはり、宗教界の大物に敬意を表して安らかな死を贈ったということではないですかね」

「タレガニが革命評議会の議長だったという発表にはおどろきました。テヘランの市民もみんなびっくりしています。なにしろタレガニは、聖職者は政治に介入してはいけないとホメイニを常から非難していたのですから」

「タレガニが革命評議会議長だったというのは、ホメイニ陣営の偽装発表じゃないか」

「六月にテヘランの街路上で〝フォルガン〟に射殺されたアヤトラ・モタハリも革命評議会の議長だったということでしたね」

「いや、あれは〝フォルガン〟の発表だった。こんどのタレガニの場合は、革命評議会の正式発表だ。後者の狙いは、タレガニはホメイニの対立者では決してなく、彼はホメイニの最大の協力者であったということを民衆に印象づけることにあったと思う。と同時に、モタハリが革命評議会議長だったというさきの〝フォルガン〟の発表とあわせて、民衆に混乱を与え、コムの革命評議会の実体をますますわからなくする、革命評議会を神秘化する目的もある、と思う」

「なるほどね」

「きみ、知り合いのイラン人たちは、アヤトラ・タレガニの急死をどう思っているか、ぼくのように推測している人が居るかどうか、すこし当ってみてくれますか」

三日経って会った長谷は、ホメイニの「耳」（革命委パスダー）を恐れて、タレガニ急死の原因臆測にイラン人は砂漠のように沈黙していること、しかし、日本の商社筋には私と同じような推測がひそひそとささやかれていないでもない、と報告してきた。

その長谷が、これからアメリカ大使館の前に行ってみようと私を誘った。

また民衆の反米デモかと思ったほど大使館の前にはイラン人男女が、長蛇の列をつくっていた。しかし彼らはプラカードを持たず、投石用の石も鉄パイプも握っていず、また叫びもしていなかった。みんな柔和な、明るい表情で順番のくるのを待っていた。そして服装はみんなこぎれいで、きちんとしていた。

「アメリカのビザをもらいにきているのです」

長谷が話した。

「二月の革命いらい米大使館ではイラン人の米国旅行のビザ交付業務を中止していたのですが、今月（九月）九日にその業務が再開されたのです。初日にはなんと数千人を上回る申請者が押しかけてきて、収拾がつかずに一時は事務所を閉鎖するありさまでした。今ですらこんなになっていますね。申請者の中にはそのままアメリカ永住を希望する者が多く、医者、大学教授、高級技術者、管理者、輸出入業者などが多数含まれています。そのほかオーストラリア、ヨーロッパ諸国への移住希望者も多いそうです。テヘラン・タイムズに出ていたことですが、イランの出国希望者は三十万人を上回っていて、これは全人口の一パーセント弱に当る数字だそうです」

奇妙な連想だが、私は日本書紀の記述を思い出した。書紀は、政変があるたびに、その前兆として「数年鼠《あまたのとしのねずみ》、東に向きて行く」「鼠、遷《うつ》る」（孝徳紀）などと書いている。この大使館前の行列は、まさに住みなれたイランを捨てて「東（アメリカ）に向きて遷る鼠の大群」の幻にも映った。

この「鼠」の中に、絨毯商アブドラー・アリ・モラーディの姿はないかと眼で探したが、もちろんそれは見えなかった。モラーディも、あの魅力ある女秘書も、すでにビザを取得して渡米したのかもしれなかった。

アヤトラ・タレガニが急死してから二十日と経たない二十八日に、ナジＮＩＯＣ総裁の解任が政府によって発表された。国営ラジオ放送で情報相はナジが一切の公職から離れたと述べた。

さらにその晩の国営ラジオ放送は、革命検事総長がバザルガン首相に公開書簡を送り、同日石油公社総裁を解任されたハッサン・ナジを二十四時間以内に革命法廷で裁判にかけるか、彼に対する宗教界からの非難に対し法廷で自ら弁明させるよう要求した、と伝えた。

このナジ総裁の解任と彼の裁判は、前日すでにその予告がホメイニから出ていた。コムに集めたNIOCの労働者代表の集会でホメイニは演説し、イスラム教指導者から批判を受け、追放要求が出ているナジ総裁が「悪を行なっており、国家とイスラム教に対する裏切りが発見されれば、神の意志によって裁かれなければならない」と述べ、これも国営ラジオ放送によってイラン全土に伝えられた。

ナジNIOC総裁がこれまでしばしばホメイニ路線を批判してきたのを知っている私は、彼の解任と裁判要求の発表が当然の成行きでもあり、また意外でもあった。意外というのは、イラン法律家協会会長も兼ねているナジのホメイニ批判の背後には、バザルガン首相と穏健派聖職者、法律家、大学教授などの知識人層、中産階級などの広い支持があって、そのためにさすがのホメイニもナジには手を出しかねていると思っていたからである。

とくにバザルガン首相とナジの親密関係は強く、もしホメイニがナジ総裁を処分すればバザルガンは首相を辞任する可能性が強く、ひいてはテヘラン政府の崩壊にもなり、そこから起る混乱をホメイニが考慮している、と一般にも信じられていた。だからこそナジ総裁は歯に衣をきせぬホメイニ批判をたびたびやってのけていた。またそれがもの言えぬ人々の代弁となり、音のしない拍手を浴びていたのだった。

思うにホメイニは、自分に対するナジの批判を支持する層が拡がり、その層の厚みが増してくれば、彼自身の転落につながりかねないと判断して、遂にナジの解任に踏み切ったのであろう。その場合、行政処分だけではそれ自体に批判が起るので、神聖宗教裁判が必要となってくる。「地上の腐敗者」という一語で、ナジ支持者はその脳機能がとたんに麻痺し、啞《おし》になってしまう。ハッサン・ナジにしてすらこの処分である。他の者にどんな声が出ようか。

バザルガン首相はナジ総裁の解任を庇《かば》いきれなかったという見方がある。が、バザルガンも実はホメイニに恫喝《どうかつ》されたのではないか。この国は完全に中世的宗教政治である。「中世」の文字には「暗黒」の色がつきまとう。暗黒には血の臭いが漂う。

ハッサン・ナジが突如として消息不明になった。革命検事総長が、ナジを二十四時間以内に革命法廷に出頭させよというバザルガン首相への公開書簡をラジオで発表したあとである。ナジは逮捕されて拘禁されているのか。あるいはすでに処刑されてしまったのか。それとも二十四時間以内の隙を見て彼は国外に脱出してしまったのか。

長谷によると、トルコからパリに逃げたバクチアルの例からみて、ナジも国外に脱《のが》れたと見るイラン人が多いという。私もそう思う。

「バザルガンは、ナジのNIOC総裁解任はやむを得ないが、生命だけは安全にしてやってほしいとホメイニに頼み、ホメイニもそれに妥協して、ナジを国外に逃がしたと思いますね」

長谷のその推測には私も同感だった。

「いまごろはナジはパリでバクチアルに会っているかもわかりませんね」

ナジ解任のあと、イランの石油政策が急に強硬路線に変化し、中東の最強硬路線産油国リビアとともに値上げを打ち出した。

佐田支店長の話では、日本をはじめイラン原油の輸入国に対して、今後長期契約をつづけるためにはスポットものを相当量引きとるようイラン側から圧力がかけられているということであった。スポット（短期の当座買い）市場価格は現在、一バーレル四十ドルにも高騰している。六月のOPEC総会で上限二三・五〇ドルが決定されたばかりであるのに、それからわずか四カ月後、イランはその上限価格をはるかに超える一バーレル四十ドルという途方もなく高い石油を輸入国に押しつけようとしているのだ。日本の石油業界はこのイランの要求に困惑しており、富士産業の東京本社からも、すみやかに実態を報告するよう指示が来ていると、佐田支店長は困惑しきった表情で私に説明した。

一バーレル四十ドル。——かつてシュレジンジャー（アメリカ前エネルギー庁長官）は、石油はバーレル五十ドルまで値上りするだろう、そしてそのときは西側先進工業国の破滅のときだと発言したことがあるが、遂に四十ドルの大台に乗ろうとしている。

イランのこの動きには、もうひとつ裏があった。私はそのことを富士産業テヘラン支店に送られてくる日本の新聞で知ったのだが、イランは値上げと並行して、減産政策をとっているのだった。

《ニューヨーク十二日＝ＡＰ　石油業界と米政府筋が十二日語ったところによると、イランはここ数日、石油輸出量を大幅に削減したもようである。削減の理由は不明だが、この事態が長期化すれば、世界の石油需給に深刻な影響が生じよう。

ある米政府筋は、現在世界の石油需給が極めて危ない均衡状態にあることを指摘、今回のイランの動きが好ましくないことを強調した。

同筋はまた、イラン原油を輸入している幾つかの石油会社が、十月分の積み出しを遅らせるようイランから通告を受けていることを指摘、「（イランで）何かが起っている」と語った。

一部の消息筋は、輸出削減が先週のナジ・国営イラン石油公社（ＮＩＯＣ）総裁解任に対する抗議、あるいは他の政治問題にからむ油田地帯の不安によるものではないか、と語った》

ナジ総裁の解任は、コムに対してバザルガン首相がいまやまったく無力であるのを国民の前にさらした。同首相がナジを庇いきれなかった段ではなく、そこにあるのはホメイニの前に自失している哀れな首相の姿である。

ナジは、バザルガン首相を後楯に、再三にわたり公然とホメイニ批判をした。首相はナジを使ってホメイニ非難をやらせたふしさえある。首相はまた穏健派の聖職者、知識階級、中産階級のバックアップによりかかっていた。

このような結果になると、ナジは恃《たの》むべからざる首相または友人を恃んでいたのである。ナジは政府の首班という権力や友人の信義をあまりに過大視し、期待し過ぎていたのだ。また首相にしても、穏健派の聖職者グループや知識階級、中産階級の実力に幻想を持ち過ぎていた。ナジが解任されても、彼らは声一つ立てないで、息を殺している。

バザルガンもこれ以上の辛抱はし得ないだろう。これまでもコムの政治介入に悩まされてたびたび辞意を表明していたが、その都度ホメイニに宥《なだ》められてきた。だが、テヘランの政府はホメイニの許可や承認なくしてはなにごとも行なえず、機能は麻痺し、停止している。ナジの解任によってバザルガンの忍耐も限度に達したであろう。彼が政府を投げ出すのは時間の問題である。またそれをホメイニが見越してのナジの首切りであったろう。つまりホメイニはテヘラン政府を遠隔操作するという面倒臭さ、まどろこしさを省きたくなったのだ。彼は直接に自分の政府をコムに造るつもりなのだろう。彼の革命評議会を「政府」にする意図にちがいない。いまやホメイニは神聖皇帝なのだ。彼の思いのままの政府を創造することが可能だ。

石油公社総裁の更迭という国家からみれば行政上の小さな人事だが、ハッサン・ナジの退任は、イランの今後を熱狂的な憎綱政治に完全に切り換える転轍機《てんてつき》の作動のように私には思えて仕方がない。この国はこれからホメイニに引張られて常軌を逸した路線を走るだろう。

ところで、或る消息筋は現在、石油資源保存のため生産量をイラン経済維持のために必要最小限度に抑える方針を示したことや、価格引上げのため原油の一部を長期契約からスポット市場に移しているとの観測を流している。

《ロンドン十二日＝共同　石油専門誌「ロンドン・オイル・リポーツ」は十五日発行予定の最新号で、イランが内紛のため、石油輸出量を公式目標の三分の一に減らし、価格もOPECが決めた一バーレル＝二三・五〇ドルを大きく上回るオファーをしていると伝えた。

これによると、イランの石油輸出量は現在一日百万バーレルとなっており、公式の輸出目標三百三十万バーレルの三分の一にも達していない。このため、イランの主要石油積み出し港のあるカーグ島にはタンカーが長い列をつくっている》

ナジNIOC総裁解任による一時的混乱のための減産なのか、それとも長期的な政策による意図的な減産なのか。イギリスの石油専門誌は「イランの内紛のため」と分析しているようだが、私にはそうは思えなかった。これは明らかに値上げと連動した意図的な減産であると考えた。そして私のこの確信は、バザルガンがこれら西側の減産報道を全面的に否定したと長谷が教えてくれたとき、さらに揺るぎないものとなった。否定はじつは肯定なのである。

OPECは六月総会で六〇パーセントもの大幅値上げを実現させた。そして減産が値上げへの道であることを、どの産油国も知っている。これまで減産の穴うめをしてきたサウジアラビアの増産能力に限界があることが、いまや明らかになってしまったのである。サウジの増産能力日産百万バーレルは、いくつかの産油国が少しずつ減産すれば、たちまち消えてしまう量である。ところがイランは、日産三百三十万バーレルから百万バーレルへ実に二百三十万バーレルもの減産をやろうとしているのだ。これほど破滅的なことがやれる人間はホメイニ以外に存在しない、イランの減産はホメイニの命令である、私は直感的にそう確信した。

九月末の内閣改造により、NIOCは石油省に昇格して、その最初の石油相にアリ・アクバル・モインファルが就任したが、彼は革命動乱のさなか、ホメイニの指示に従って石油ストを組織、シャー旧体制に決定的な打撃を与えた人物である。モインファルがホメイニの指示をうけて、減産を彼の最初の仕事としたであろうことは容易に想像されるところである。ナジであれば拒否しただろうが、モインファルにとってホメイニの指示は絶対のものであったのだ。イランの減産はかなり長期にわたるにちがいない。そして冬場をむかえて、暖房用の灯油需要が高まるなかで、それは破滅的なパニックを招来するかもしれない。

七三年の第一次石油危機のときは暖冬だったが、今年は厳しい冬が予想される。七〇年代最後の冬は、石油波乱に終始した七〇年代のしめくくりとして、決定的な破局にちかいものになるだろう。そして、やはり何かが起る。

八月以来、テヘランでは、いまに何かが起ると囁かれてきたが、それはイランという枠を超えて、世界的な何かに発展しようとしている。そうした暗い予想の中で、私の頭の中にひとつの不気味な空想が徐々に広がってきた。

たとえば、ファナティックなホメイニ神聖皇帝の奔走するところ、外国にいる前国王パーレビを自国に奪還するためには、どのような暴力的な非常手段に訴えないとも限らない。最近の情報では、シャーは癌《がん》にかかり、その治療のためにメキシコからアメリカの病院に移るかもしれないという。そうなると、ホメイニの指令で、彼に忠実な民衆はテヘランの米大使館を襲い、館員を人質に取ってシャーの返還をアメリカに迫るという事態だってあり得るのである。「パーレビがどこの国で殺されようと、われわれはそれを承認する」とホメイニ派は揚言していたが、あくまでもパーレビを自国の革命裁判にかけて処刑せずにはおかないというのがホメイニの執念である。この怨念のためには、米大使館員の全員人質も辞さないだろう。その場合、これまでのPFLPのハイジャックのやりかたの例からみて、もしアメリカが軍事行動に出れば、人質の館員を一人ずつ処刑するという宣言になるだろう。むろん石油の対米輸出は全面的に禁止される。

この「脅迫」に屈してアメリカがパーレビを容易にイランに送り返すとは思えない。カーターの人権外交からみても、またアメリカの威信にかけてもそれに屈伏することはできない。せいぜいパーレビをまたメキシコに移し戻すしかないが、これもまたアメリカの威信を世界、とりわけ中東に落すことになる。

いまに何かが起るという不気味な想像は、イランの対米国交断絶、第五次中東戦争の勃発と、臆測が伸びてゆくのであった。——

6

私は長谷順平と、アゼルバイジャン州の州都タブリーズに来た。テヘランから空路一時間ばかりである。

イランの西北部は、北から南へ、アゼルバイジャン州、クルディスタン州、ルリスタン州とならんでいる。いずれも南北に走るザグロス山脈の中央から西側へ沿っている。

アゼルバイジャン州の西端はトルコ国境となり、クルディスタン州のそれはイラク国境に接して、この二州がクルド族の居住地域となっている。

私がS・マセソンの『ペルシアの考古学案内』で知ったウラルト文化（前七世紀）や、アケメネス、ササン両朝期の文化遺跡などは、クルド族居住のこの二州に散在している。このように紀元前十五世紀ごろからの文化が遺っている地域なので、イスラム以前の旧い宗教と儀式（ゾロアスター教より前の太陽《ミトラ》信仰から出ていると思われる）をいまだに伝えているという「キジル・バッシュ」（赤毛の頭）が居たとしてもふしぎではない。Kizilbashはクルドの古い一種族らしく、モントリオールで聞いたオタワ大学の文化人類学教授毛利忠一の話はまだ私の脳底に残っている。

だが、私が見たいと思ったのはササン朝期の拝火神殿の遺跡である。アゼルバイジャン州のクー・イ・サヴァラーンという所は予言者ゾロアスター（紀元前六六〇―紀元前五八三）が生誕したというだけに（彼の生地は他にも伝説地があるが）、この地域にはゾロアスター教の拝火神殿遺跡がある。イラン南部ファールス地方の拝火神殿遺跡はひろく紹介されているが、この西北部のものは日本にはあまり知られていない。それだけに私には魅力があった。

佐田支店長や島田次長などは、現在まだクルド族反乱の騒ぎがおさまっていないので、私の遺跡行を危険視して制《と》めたが、とにかくタブリーズまで行って様子を見て不安だったらそこから引返すと私は答えた。それならというので、佐田は長谷を通訳として付けてくれたのだった。

宿をとったアルダビル・インというホテルは市内目抜きのモサデク通りに面している。この街の名もテヘランと同じようにホメイニ革命前はパーレビ通りといっていた。近くにバザールがあり、名所としてのブルー・モスクがある。イラン第二の都会だけに市の規模も大きい。が、どこを見わたしても周囲は高い岩山ばかりだった。その岩肌の褐色が、よけいに暑さを感じさせる。冷房のホテルから一歩外に出ると、シャツが燃える。気温は確実に四十度以上はあった。

タブリーズは一三六〇メートルの高地ながら盆地のために暑いのかと思ったが、この地方は大陸気候で、夏は猛暑、冬は極寒に襲われるという。高原でも草の少ない岩砂漠であった。なるほど日没後になると気温が急激に下った。

私は長谷と街を歩き、バザールに入った。タブリーズは、十九世紀初頭のロシアの香気を持った古い風俗がかすかに残っていると案内書にはあったが、たしかにテヘランの近代的雑居風な雰囲気とは違っていた。空気に遊牧的な匂いが漂っているように思われる。市中にはクルド人が歩き、アルメニア人が歩いている。

クルド人とわかるのは、彼らの特徴的な服装である。だぶだぶのパジャマふうなズボンに、袖をたくし上げたシャツを着、色どり鮮かなぴったりとした帽子の上に黒白のターバンを捲くか、日本の豆しぼりの手拭いに似た模様のターバンを頭にのせるかしている。ターバンと同じ布地の部厚い腰帯をつけているが、その中には小さな刀ぐらいは隠せそうである。眼窩《がんか》はくぼみ、顴骨《ほおぼね》が出て、鼻が尖っている。彫りの深い顔は、太い口髭でいかめしくみえる。

「クルド族の反乱」という時局下のせいもあって、かれらはひどく戦闘的な風姿に見えるが、その行動はゆったりとしていて、道ばたの茶店にかたまってチャイを飲みながら通行人をぼんやりと眺めるか、小石のおはじきをして遊んでいる。おはじきはクルド族のお気に入りの娯楽ということであった。この平和な情景から、奥地に入っても不安はないように私には思われた。

雑踏の狭いバザールでは銀細工が多い。たとえばエジプトのカイロでもシリアのダマスカスでも、それらのバザールには銅や真鍮《しんちゆう》の細工を作る職人の金槌の音がけたたましいが、ここでは銀細工が特徴だった。皮革製品が多いのは環境からして当然である。

通りの商店に絨毯と、額に入った細密画《ミニチユア》を出しているのが眼につく。ミニチュアはモンゴルの時代にはじまっているため、イラン説話のテーマでも人物はモンゴル人に似ているし、背景は中国風な描き方である。

絨毯は、原色を配したものが多い。ホメイニの肖像が一枚もないショーウインドウの前に立ちどまって、けばけばしい絨毯を眺めていると、ニューヨークのエドモンド・ハムザビの説明が耳に蘇ってくる。

〈こっちのはタブリーズ産だ。緋色や朱色が多く使われてグリーンとの対照で色調がずっと派手になる。ね、わかるね。コーナーにはウイロー、ボーダーにはアッバースの花と生命の樹々がならんでいる。それに、こっちのほうは文様ではなく細密画《ミニチュア》だ。貴人と婦女の歓楽図や行楽図、……タブリーズは昔から有名な細密画の製作地だからね〉

そのタブリーズにいま私は立っている。やはり感慨を催さないわけにはゆかなかった。

想えばイランに来たのも、ハムザビが私の家に来て、

〈イラン革命は、アメリカのメジャーが原油価格を一方的につり上げるシャー・パーレビの驕慢に懲罰を与えるためにした行動から火を噴いたのだ〉

といった一言からであった。私の好奇心も自分ながら走り過ぎたものだった。

しかし、この先で中東の情勢はどうなるだろうか、という想いは私の中にまだつづいている。

カーターはテレビ放送で全国民に対して石油の節約を訴え、湾岸産油国はいまやわれわれを塀ぎわに押しつけ、石油という短刀を咽喉《のど》もとに擬している、この際、国民は政府を信頼せよ、とテレビ放送で愛国心を求める演説をした。

この言葉は、とりようによっては産油国に「宣戦布告」する前提のようにも聞える。

ニューヨーク・タイムズは五月の社説で、ガソリンスタンドに長蛇の列をつくりガソリンの供給に苛立つアメリカ人の心情を代表して産油国の横暴を激しく非難している。

西独のシュミット首相は、「今後の戦争は、ただ石油を取るということだけで起る」と予言した。

世界は中東の石油から新しい戦争が起るのを予感している。代替エネルギーが全面的に間に合わないかぎりはそうなるかもしれない。ベイルートの「アラブ・プレス・サービス」誌は米軍の中東軍事介入の「想定シナリオ」を掲載した。アラブ側も戦争の影を感じているのである。

しかし、米軍だけが中東で軍事行動を起しても、果して成功するだろうか。そこには同じく石油で苦しめられている他の先進国の協力がなければ、効果は上るまい。アメリカと共同出兵の線が考えられないだろうか。つまり「石油十字軍」の結成と、油田地帯への進攻だ。まさに「油を押える」という一点だけの共同目的である。

そのとき、「アラブの友人」ソ連はどう出るかである。ソ連もまた八〇年代の初めには、その油田が枯渇し、東欧圏の石油を賄うために輸入国に転落するといわれている。アメリカと対立しながらも、中東の石油が欲しい点では共通している。

ソ連がアメリカの軍事行動に対抗して核戦争を起す可能性は極めて少ない。石油のためにアメリカと核で刺し違えるほどソ連は激情的でも自殺志願的でもない。核戦争を回避しながらその範囲内で通常兵器戦争を行なうというのがこれからの米ソの戦略である。

「アラブ・プレス・サービス」誌の言うアラブ側の米軍介入のシナリオは、アメリカとイスラエルだけの共同作戦だったが、しかし、それだけでおさまるとは思えない。

いずれにしても、ここにアメリカの工作が入ることは間違いなく考えられる。第四次中東戦争がアメリカの謀略だったという可能性が強いのは、さきに読んだ日本の軍事評論家T氏の戦争経過の謎の部分と、それを解いた別個の解釈で知った。まさかアメリカの推進で、エジプトのサダトとイスラエルのメイア、ダヤンが通謀して大芝居を打ったとはだれも推測していなかった。現在も想像する者はない。初めて聞くものは耳を疑おう。けれどもこの推定はきわめて説得力を持っている。その後の両国の関係や、ダヤンの親エジプト路線を見ると納得ができるのである。

一九二一年のレザー・ハーンの革命にしても、イギリス政府が計画してこれをやらせたことの詳細が英国外交秘密文書の発表（プール・レポート紙）で判った。イランの歴史は外国の勢力で変革が起きている。

この歴史から見て、これからのイランがどうなるのかを私は考える。ペルシア湾の石油が枯渇する前に代替エネルギーの普遍化が間に合わない限り、アメリカは湾岸の油田地帯を押えるだろう。これがアメリカの希求だ。石油の現状からみて、その時間的な猶予はできないところにきている。

その場合、つまり「第五次中東戦争」の形態はどうなるだろうか。――

私の心ではAとBの二つが「討議」を行なっていた。

A「曾てのパーレビのように、いまやホメイニは石油値上げの先頭に立った。そして誰も神になったホメイニを止められない」

B「戦争が起きる」

A「このままでは西側世界は破滅する。アメリカは盟主として西側世界を守る義務がある。OPECの横暴に対する忍耐はもはや限界に達している」

B「OPECを叩くために、ホメイニ独裁のイランを武力で叩く」

A「中東出兵はイランむけ以外にはない。ホメイニのイランは混乱の極にあり、そこからは西側陣営の破滅しか生れない」

B「その際、ソ連が黙ってはいないだろう。イランはソ連の下腹部で、曾ての占領地だ」

A「一つの想定がある。アメリカはソ連と取引すればよい。ソ連も中東原油はノドから手が出るほど欲しい。八〇年代にはソ連も輸入国に転落する。今まで中東に割りこめなかったのは、権益を保持してきたアメリカと全面衝突になるからだ。ソ連としては分け前にあずかればそれでよい。アメリカ軍が管理するイラン原油の一定量をソ連へ供給してやればよい」

B「そんなお裾分けに満足するほど、ソ連は甘くはなかろう。ソ連も軍事行動を起すだろう」

A「そのときは共同作戦だな。米ソでイラン油田を共同管理すればよい。それは一種の石油十字軍になるだろう。だから米ソの石油十字軍は十分根拠のあるものだ」
B「しかしソ連は動かないだろう」
A「動かないかな」
B「ソ連は常に自らは動かない。兵を出しそうで出さないのが、これまでの例だ。他者を動かして利益をとる」
A「しかし見返りが石油だけでは、どう見てもソ連には損な取引だ。下腹部にアメリカ軍が進攻するのだから。ソ連の拡張主義も満足させてやればよい。アメリカとしては中東イランへ出る。その代りソ連もどこかへ出る。これが第二の取引だ」
B「そんな都合のいい地域があるだろうか。アメリカとしても黙認できまい」
A「インドシナだ。アメリカはラオス、カンボジア、パキスタンのラインをソ連に譲る。アメリカはインドシナや中央アジアの一部から退場する」
B「そううまくゆくかな」
A「ソ連が自らそこに出るわけではない。代理としてヴェトナムが出る。ヴェトナムの最終的国家目標がインドシナ全域の制圧であることはキッシンジャーも言っている。インドシナが押えられればソ連も満足するだろう」
B「中国が黙っていまい。中国としてはソ連に完全包囲されて、西方すなわちヨーロッパへの道を完全に切られることになる」

Ａ「中国にとっては重大だが、アメリカにとってはさほど重大な問題ではない。アメリカ外交は、伝統的にヨーロッパ第一主義。そうなると、中東はヨーロッパ、ＮＡＴＯの南部戦線という認識になる。と同時に、アメリカ、ヨーロッパのための石油供給ゾーンでもある。中東とインドシナのどっちを選ぶかとなると、アメリカは断然、中東を選ぶ。現実的に見て、アメリカがインドシナを保持する国益は存在しない。アメリカはソ連の勢力拡大を阻止するために、これまでインドシナに介入してきた。しかしカンボジア、ヴェトナムで散々な目にあった」

Ｂ「しかし、そのことと中国が傍観していないということとは別個の問題だ」

Ａ「そうかもしれない。だから代償として、アメリカは中国に猛烈な軍事・経済援助をしてやる。中国はいま『四つの近代化』をスローガンにしているが、計画どおりには進捗していない。その進行速度の遅い中国に、アメリカが集中的に軍事・経済援助をする。アメリカが中国のスポンサーになることによってアジア、極東にニラミをきかせるのだ。他は捨てて、中国のみをアジア唯一にして最大の橋頭堡《きょうとうほ》にするという戦略だ」

Ｂ「それで米ソのバランスは保たれるかな」

Ａ「アメリカはソ連と、西側のＮＡＴＯ正面、東側の中国正面（中ソ国境線）で対峙する。効果的な戦略だ。一九七二年アメリカがヴェトナムから手を引いたとき、実はソ連との間に取引があったのだ。あのときアメリカはインドシナから手を引いたぶんだけ、中東とくにエジプトへ出ていった。それに歩調をあわせるように、ソ連はエジプトから手を引いている。エジプトとソ連が第四次中東戦争の前年の七二年に、なぜ喧嘩別れしたか、その原因は長く謎だったが、それも取引だったと知れてきたいま、辻褄《つじつま》があってくる」

B「米ソの取引が再び成立したとして、その場合、中東での米の軍事行動はどういうことになるか」

A「米軍介入の大義名分は自由主義陣営の防衛だ。しかし、事実は米軍のイラン進攻になるわけだから、やはりそこには前段階の手続きが必要だ」

B「介入の口実だ」

A「大国が小国に兵を出すときよく使う手だが、軍事力派遣要請をイラン政権から出させるのだ。そのためにはイランに内乱が起ってホメイニが倒れることが前提として必要だ。ホメイニの後には、恐らく民主国民戦線を中心とした親米政権ができる」

B「バクチアルがパリから戻ってくるわけか」

A「ナジも戻ってくる。この二人を軸にした親米政権が出来るのだが、この政権はツデー党を筆頭とする組織的な左翼勢力のゲリラ攻撃を受けて崩壊寸前になる。油田地帯に破壊工作が続出して再び内乱状態に突入するのだ。そのときバクチアル政権がアメリカに助力を、つまりアメリカに軍事介入を要請する。それを受けて米軍が行動を起すという筋書だ」

B「ツデー党など左翼勢力にそれだけの力があるだろうか」

A「左翼に力がなければ、CIAが民衆蜂起に力を貸せばよい。米ソが手を結べば、どんな工作だってやってのけられる。ソ連にしてもホメイニに手を焼いているのだ。シナリオとしては、まずイラン国内の親米、親ソ勢力がそれぞれに行動を起して、〝中世の亡霊〟ホメイニを内乱で倒す。そのあとに親米政権を立て、今度はその親米政権に親ソ勢力が破壊活動を行なう。もちろんこれはアメリカも承知の上での破壊活動で、アメリカ軍介入のための派遣要請を米ソの共同秘密工作で出させるわけだ。CIAにソ連の協力があれば、いかなる工作も可能だ」

B「ヨーロッパ、特にフランスは、アメリカのイラン出兵にどう対応するのか」

A「やはり事前の了解が必要だろう。このイラン出兵がアメリカの国益を目指したものでなく、西側自由主義経済を守るためのものであることを強く説得することが必要だ。場合によっては、共同出兵をもちかければよい。イギリス、フランスなどヨーロッパが出兵すれば、これは文字通りの〝石油十字軍〟となる。イスラムのジハード（聖戦）ではないが、このイラン出兵は西側陣営を守るための聖戦なのだ。しかし、ヨーロッパ諸国はこの共同出兵には乗ってこまい」

B「乗ってこないかな。乗ってこないだろうな」

A「ソ連は、アメリカに単独出兵させ、アメリカひとりを悪者にして、しかも大きな利益を引き出せるのだから、こんなうまい話はない」

B「しかしアメリカがソ連と取引することにヨーロッパは不安を持たないだろうか」

Ａ「それはある。現在のＮＡＴＯ正面はワルシャワ機構軍に比して弱い。ＮＡＴＯとワルシャワ軍の在来兵力（戦車など。核兵器を含まず）は、ワルシャワ軍が圧倒的優位に立っていて、もし戦端がひらかれれば、ワルシャワ軍は三十六時間でＮＡＴＯ軍を敗走させるだろう。その場合、東欧諸国が一枚岩にはなるまいというのがＮＡＴＯ側の希望的観測だが、いずれにせよ、ＮＡＴＯ正面に機甲一個師団ぐらいの増強を、特に西ドイツは望んでいる。ブレジネフがつい最近、東独駐留ソ連軍を一個師団引揚げると発表したのも、実はこうした情勢に対する牽制なのだ。ソ連としても、ＮＡＴＯ正面が強化されることを何よりも嫌っている。ソ連もまたアメリカと同様にヨーロッパ優先主義、ワルシャワ機構の強化が第一なのだ。……最近に読んだ資料を総合して判断するとそうなる」

Ｂ「アメリカは、イラン出兵の前にＮＡＴＯ正面を強化するか」

Ａ「西独などがアメリカにそれを要求する。しかしそれはソ連にとって最も不愉快なところだ。アメリカがどう対応するかだ」

Ｂ「アラブ諸国がどう出るかな」

Ａ「ものすごい反撥が起るだろう。しかしアメリカを向うにまわして武力で対抗しようとする国はあるまい。そしてこのことが重要なのだ」

Ｂ「なぜだ」

Ａ「ＯＰＥＣが石油の衣をきた張子の虎であるということだ。石油は強い。しかし戦力は石油よりも強い。そのことをOPECとアラブは知るだろう」
B「アラブ諸国が無抵抗だとしても、PLOが破壊活動に出るのではないか。特に世界同時革命を目指す武力破壊路線のPFLPは黙ってはおるまい。油田やパイプラインの破壊工作をやるだろう。アメリカ軍が占領しているイラン油田に手が出せなければ、サウジアラビア油田破壊のためのゲリラ活動に出るだろう」
A「その場合は、サウジにも出兵すればよい。それは意外にアメリカの望むところかもしれない。それにゲリラ活動といっても、ヴェトナムのジャングル地帯とはちがい一面の砂漠だから、アメリカの戦力をもってすれば、そう簡単に破壊活動は行なえまい」
B「どのくらいの期間、占領駐留するのか」
A「油田地帯を押える見込みが立てば、長期駐留する必要はない。おそらく国連総会でアメリカ軍即時撤退が可決されるだろうから、占領が短ければ短いほどよい。一カ月ぐらいでどうだろう。テヘラン政権に今度は撤退要請を出させればよいのだ」
B「現在アメリカがすすめている中東和平に影響が出るぞ」
A「エジプトとイスラエルはますます連帯を深める。スポンサーとしてのアメリカが中東に力を誇示するのだから。だが、依然としてパレスチナ問題は残る。おそらくアメリカはPLOを承認するだろう。イスラエルにもそれを押しつける。それだけでなく、ヨルダン川西岸のガザ地区にパレスチナ国家を建設させることを、アメリカはイスラエルに承服させる。すでにイスラエル側にはそれを容認するような声が出ている。イスラエルのパレスチナ国家建設容認はもう時間の問題だろう。PLO承認、つづいてパレスチナ建国となれば、〝パレスチナ難民救済〟というアラブ側の錦の御旗は消える。そうなればアメリカは中東でフリーハンドになる」

B「イラン出兵の前にアメリカがPLOを承認するのが第一段階だな」

A「それができれば、アメリカのイラン出兵ははるかに風当りが弱くなる。イラン出兵が純粋に西側自由主義経済の防衛であるという大義名分が明らかになるからだ」

B「PLO承認にこぎつけるまで、アメリカがイラン出兵を我慢することができるかどうかだ」

A「それはこれからの石油動向が決定する。石油危機が早ければ出兵も早い」

私の内なる二つの声はこのように対話していたが、さて具体的なアメリカ軍のイラン出兵作戦の輪郭については、専門家でない私には想像力の展開が困難だった。しかし専門家でないとはいえ、比較的その種の本を読んでいる私には、貧弱ながらいくらか知識があった。私の内なる対話はつづく。

A「米軍のイラン介入はやはり空挺部隊の降下だろう。一個師団、約七千〜八千人を落下傘で落す」

B「どこから持ってくるのか」

A「NATOの兵力をさくわけにはいかないから、アメリカ東海岸から直接持ってくるしかない。そのときはポルトガル沖にあるアゾレス諸島の米軍基地が輸送の中継地となるだろう。第四次中東戦争でも、イスラエルへの補給ルートとして使われている。輸送機はC130が百五十機もあればよい」

B「地上軍はどうなるのか。空挺作戦をやる場合には、地上軍との合流が不可欠ではないのか」

A「海兵隊一個師団一万二千〜三千人の兵力をペルシア湾から上陸させたいが、上陸用舟艇を発進させる基地をアメリカはペルシア湾に持たないそうだ。エジプト、イスラエルはいずれもペルシア湾に面していない。だから上陸作戦はとらない。ペルシア湾に浮ぶ空母からヘリボン作戦をとるしかない。空母には八機の武装ヘリコプターが駐機しているから、これで五個大隊、五百五十人の兵力を油田近くの要所に運ぶ。道路を確保して、この道路に装甲車などの大型機材をのせた輸送機が着陸する。そして降りてくる空挺部隊と合流する」

B「空挺作戦の対空掩護はどうなるか」

A「空母には八十機の艦載機があるから、これが全機発進する。空挺部隊が地上に降りたあとは常時滞空機が七、八機もいれば十分だ」

B「空母をどこに位置させるかだな」

A「空母の一艦をペルシア湾奥深く侵入させる。もう一艦の空母はホルムズ海峡のすぐ外に待機させる。空母二艦で中東に睨みをきかせるのだ。第七艦隊は空母二艦の編成だから、第七艦隊が総出動すればよい」

Ｂ「エジプト、イスラエルの基地は全然使わないですむかな」

Ａ「中東和平の問題もあって、エジプト、イスラエルを巻き込むことは得策でない。アメリカ第七艦隊だけで、これだけの作戦を決行するところに意味があり、またアメリカはそれをやれる力を持っている」

Ｂ「アメリカとイスラエルが組んで、イスラエル軍がシリア軍を誘い出して全面戦争に入り、アメリカは湾岸諸国の油田を守るという口実で軍事介入するというアラブ・プレス・サービス誌の報じた〝シナリオ〟は、それなりに説得力がある。なにしろ第四次中東戦争は、アメリカの演出したエジプトとイスラエルのなれあいだったという推測が強まっているからな。アメリカはどんな謀略でもできることがいまさらのようにわかった」

Ａ「あの〝シナリオ〟はアラブ側の推定で、甘い。ソ連の動向がまったく欠落している。ソ連を味方につけないことには、アメリカといえども中東で思い切ったことはできない。しかし、第四次中東戦争の内幕が立証したように、アメリカの謀略はソ連をも自陣営に引きこむだろう」

部屋の電話が鳴った。長谷順平が出たが、彼のペルシア語がすぐに日本語に変る。彼は私に視線を走らせた。

「ええ、ここに居られます」

受話器を私のほうにさし出しながら、

「テヘランの佐田支店長からです。なんだか声がへんです。支店長は、だいぶんあわてているようですが」

私は受話器を受けとった。

「山上さんですか」

たしかに向うの声は急きこんでいた。

「佐田です。あなたを革命委員会警察隊が探しています。逮捕すると言っていますよ」

「警察が、わたしを逮捕？」

私の大きな声に、長谷がびっくりして動きをやめた。

「どうして？　何のために？」

「スパイ容疑といっています。判事の逮捕令状を持ってきています」

私は声が出なかった。なんのことかわからず、茫然となった。

「山上さん。スパイの嫌疑に問われるような行動をしましたか」

「いや。していません」

「あなたは、アブドラー・アリ・モラーディという人を知っていますか」

「テヘランの絨毯商です。たしか外国に行くといって、もう出国しているはずですが」

「三日前、そのモラーディという人がアメリカに出国する間際に空港で逮捕されたのです。ニューヨークに居るイラン人のスパイと連絡をとっていたという嫌疑です。パーレビのスパイだというんです」

エドモンド・ハムザビの顔が眼の前に浮び上った。私は脳天を打たれたようになった。

「もしもし」

「……はい」

「聞えますか。山上さん、あなたが、そのニューヨークのスパイから極秘の連絡レポを持ってきてモラーディに渡したと、警察隊はいうんです。そういう事実がありますか」

「レポではありません。それは商用通信です。ニューヨークの絨毯商のハムザビという人から、わたしがテヘランに行くというので、その商用通信を預かったんです」

「それが暗号だったと警察隊は言っています。逮捕されたモラーディが自供したそうです。その自供であなたの名前を出したのです。警察隊は、たとえ日本人でも国家反逆罪の国内法を適用して緊急逮捕すると言っています」

「そんな、ばかな」

私は叫んだ。が、そう聞くと思い当るところがあった。

ニューヨークで、はじめは私に木で鼻をくくったような冷淡な態度だったハムザビが、ワシントンから引き返した私に電話をかけてきて、翌朝ホテルへわざわざやってきた。急に愛想よくなって頼んだのがモラーディへの商用通信だった。テヘランの商人を紹介してくれた手前、私も引き受けたが、ハムザビはじつに何気なくあの手紙を渡した。重要な手紙だから気をつけて持って行ってほしい、というような注意も何もなかった。

かえってテヘランのホテルにこの商用通信を受け取りにきたモラーディのほうが、丁重に私を市内一流のフランス料理店に招待してくれたものである。たかが商用の手紙一つを届けたくらいでそんな饗応にあずかるいわれはないと思ったが、モラーディは感謝に堪えなかった様子であった。一方のニューヨークのハムザビは、いともぞんざいにその手紙を私に託したのだが、あれは秘密の手紙でないように見せかけるためだったのだ。重要な手紙ほど、無造作な扱いにして見せるものである。

そういえば、その手紙を受けとったモラーディも私の眼の前でそれが秘密でも何でもないように封を切った。ちらりと見たところでは便箋に数字がいっぱい書きこまれていて、取引の仕切書か請求書のようであった。……あの数字が暗号だったのか。

いまにして思うと、モラーディはハムザビの手紙を気にしていた。その手紙を空港からの検問でパスダーによって開封されなかったか、とさりげなく訊いていた。権力を持つパスダーは教養が低い、連中が検問で何でも調べたがるのは困ったものだ、と呟いていた。が、開封されなかったと私が言ったときのモラーディの安心はその表情にあらわに出ていた。

もし革命委員会警察隊の言うのが事実とすれば、ニューヨークのハムザビは、テヘランのモラーディと、絨毯の取引に見せかけて、以前から連絡をとり合っていたことになる。アメリカに居るイラン人のほうが、イラン本国の民衆よりもイランの政治情勢に詳しい理由の一つが、なんだかわかったような気がした。

私は佐田に、手紙の一件をかんたんに説明した。

「山上さん。警察隊には、あなたがイスファハンやシラーズの観光に出かけていると言ってある。ペルセポリスなどを見物して回っているといってね。ぐずぐずできません。一刻も早く、国外に逃げてください」

佐田の声には激しい息遣いが混っていた。

「しかし、ぼくがテヘランに戻って警察隊に釈明すれば……」

「その説明が警察隊や法廷に納得されるまでには長い時日がかかります。いまの革命裁判の実態はご承知のとおりです。パーレビのスパイに加担したという容疑だと、どんな拷問をうけるかわかりませんよ。ハルハリ首席判事だと、どのような判決をするかわかったものではありません。あなたがテヘランに戻るのは危ないです。すぐに国外に逃げてください」

「国外というと?」

「そこからだと、トルコが近いです。イラン・トルコ間には鉄道があります。この前までクルド族のゲリラ活動で不通になっていましたが、現在は開通したということです」

「しかし、国境通過の際に捕まえられるでしょう」

私の心臓も波うっていた。

「国境の手前で列車から降りるのです。あとは徒歩で国境を突破するんです。山また山の中で、たいへんですがね。トルコ領に入れば、なんとかなります。こちらの大使館からアンカラの日本大使館に連絡するようにたのんでおきます」

「……………」

「問題は、その国境に出るまでの地帯がクルド族の居住地域ということです。しかし、日本人とわかればクルド族も手を出さないでしょう。長谷をあなたにずっと付けますよ。長谷にしたって、あなたと一緒に行動していたんだから、やはり警察隊にスパイ容疑でつかまります」

「……………」

「長谷と代ってください」

長谷が受話器をとった。彼は佐田からの指示を受けていた。

「えらいことになりました」

電話を終って長谷が私に寄ってきた。さすがの彼も顔色を失っていた。

「どうする?」

「どうするって、こうなればトルコへ行くしかないでしょう。タブリーズからトルコ領へ抜ける鉄道は、国境のイラン側になるラジというところに通関ゲートがあります。このラジ駅の駅員が武装ゲリラに捕えられて、列車は動かず、国境も閉鎖されたと一週間前にテヘランの新聞に出ていました。いまの支店長の話だと、三、四日前にゲリラが引揚げて駅員が解放され、列車が動き出しているということです。しかし、ぼくたちはラジ駅の一つ手前のザリ駅で降りたほうがいいと思います。あとは歩いて国境突破です。山岳地帯で難儀ですが、ザリ駅から国境まで、地図の上ですが、十キロ足らずの見当です」

「それまでに、クルドのゲリラに捕まるかもしれない」

「捕まったら、そのときのことですよ。日本人とわかれば、まさか殺すこともないでしょう。不意に撃ってこないかぎりはね」

「長谷君。わたしに付いてくれたばかりに、君には最後までたいへんな迷惑をかけます。申しわけない」

「いいえ。無事に通り抜ければ、面白い経験になります」

しかし、長谷の細い眼は、さすがに緊張でつり上っていた。


ザリの田舎駅に私と長谷とはこっそり降りた。列車ははじめ満員だったが、降りるころには、かなり空いていた。乗客は顔つき、服装からしてクルド族ばかりだった。私たちはじろじろ見られて、気味悪かったが、手出しはされなかった。大きなトランクはテヘランのホテルに預けているし、身のまわりのものを入れた小さなスーツケースはタブリーズのホテルに置いてきて、持つのは手提げのいちばん小さなカバン一つで、ほとんど着のみ着のままだった。

駅前の通りでも、クルド族がかたまって私たちを見つめた。女はほとんど姿を見せず、男ばかりだが、その幅広い、部厚い腰帯には実弾をこめた拳銃がかくされているように思われた。すでに山の中だった。

暑かった。タブリーズよりも酷熱だった。岩山と、まわりにひろがる岩砂漠とが灼けているのだ。岩山は尖っていた。

かくれて歩く場所もないので、たちまちクルド族に捕まったのは当然である。岩かげからとび出してきたのは十人ばかりであった。自動小銃をつきつけて誰何《すいか》した。服装はまちまちで、パジャマ風のシャツにチョッキを着合せ、だぶだぶのズボンに革の半長靴をはいた者、政府軍から取ったらしい軍服を着ている者、普通の服装に長靴をはいているだけの者など雑多だったが、一様なのは弾帯を腹に捲いていることだった。頭の「豆絞り」のターバンも変らない。私たちは哨戒線にひっかかったのを知った。「処刑」という言葉が私の頭の中をかすめた。

長谷がペルシア語で懸命に話したが彼らに通ぜず、彼らのクルド語は長谷にわからなかった。銃をつきつけた「兵士」五人に前後を囲まれて山道を五百メートルくらい歩くと、三十戸ばかりの集落に出た。窓の小さい家は土の厚い壁でできている。燃料にする乾した羊の糞が山積みになっている。土嚢《どのう》のバリケードが周辺に築かれ、バリケードの輪の中には、迫撃砲や重機関銃が据えつけられていた。「兵士」は四十人ぐらいがかたまっていた。手に自動小銃を持ち、腰に手榴弾をさげていた。

報らせを受けて、胸に飾りをつけた軍服の、体軀のいい四十ぐらいの隊長らしいのが出てきた。彼は、部下が押収していた私たちのパスポートやカバンの内容物など所持品を見ていた。隊長入口の暗い家の中から部下がぞろぞろ出てくる。八十人ぐらいは駐屯していそうだった。隊長は私の名刺入れを逆さにして振った。黄褐色の地の上に二十数枚の白い名刺が撒かれた。きびしい顔でその名刺を見ていた隊長の表情が変った。裏返しになった名刺の一枚を指で拾い上げ、その文字を熟視していた。その瞳には、あきらかに身分の上の者に出遇ったときと同じ敬意の表情が次第に現れはじめた。

隊長は私にむかって質問した。荒々しい口調ではなく、荘重な語調だった。これがペルシア語だったので、長谷は私に通訳した。

「あなたは、オスタード・モーリの知り合いか、と訊いています。ペルシア語のオスタードは、プロフェッサーの意味です」

名刺は、モントリオールの空港で貰った毛利忠一のものだった。正確にはメモ用紙代りに教授が名刺の裏にアラビア文字を書きつけたものである。

「毛利教授は、わたしの親しい知人です」

そう言ってさしつかえないことが隊長の表情で見きわめられたので、私は半分安心して言った。

隊長が私の顔を穴があくほど見つめて、うなずいた。

「オスタード・モーリはわれわれの友人だ、と言っています」

長谷が、成行きにおどろきながら通訳した。

隊長が私を見てつづけて何か言った。

「オスタード・モーリは、数年前にわれわれと生活を共にした、と言っています」

こんどは私がうなずいた。教授の話を思い出していた。

「オスタード・モーリは尊敬すべき学者で、われわれに深い理解を持っていた、と言っています」

私はうなずく。隊長の髭の口が動く。

「オスタード・モーリは、王さまのバザラニー・ホンスローの賓客だった、といっています」

「王さま?」

私は長谷の顔を見た。

「クルドの一種族の部族長のことでしょうね。長い伝統をもった部族長だから、キングと同じ意味を言っているのです。名刺の裏のアラビア文字は、その王さまの名前でしょう」

あ、バザラニー・ホンスロー!? ——私は、毛利教授が誰かを空港に迎えるまでの間、構内の食堂で、蔓草のようなアラビア文字でクルド族の首長バザラニー・ホンスローの名を自分の名刺の裏に書いたのを憶い出す。私は思いもよらずその部族に出遇ったのだ。

われわれの私語が終るのを待って、隊長はまた口を開いた。

「オスタード・モーリは、王子がアメリカに武器援助の交渉に行ったときに、王子をオタワの家に泊めて、お世話をしてくれた、と言っています」

私は、あっと思った。——そうだったのか。道理で毛利教授が、迎える「イラン人の客」の輪郭も私に話さないわけだった。武器援助の交渉に行った部族長の息子自身も、ホメイニ側に捕えられるのを避けるために、到着便を毛利には知らさなかったのだ。

「オスタード・モーリと親しい方だったら、粗略には扱えない。いまから王のもとにあなたがたをお連れする、と言っています」

隊長は椅子から立ち上り、右手を胸の前に当て、私に対して一揖《いちゆう》した。

「ご希望なら、王が部下に命じてトルコ領までお送りするでしょう、トルコのわれわれの同志のもとに。そうしてトルコの同志は、あなたがたを間違いなくアンカラまでご案内するでしょう、と言っています」

長谷が通訳する間、いかつい容貌の隊長は子供のような笑顔をつくっていた。

文庫版のためのあとがき

一九七八年九月八日（金）、わたしはイランの古代文化（アケメネス朝ペルシア）の取材で、イラン南部のシラーズにNHKの一行と居た。このとき同行していた案内役兼監視役の政府観光課の役人が、テヘランに民衆の暴動が起り、国内主要都市に戒厳令が布かれたことを政府との無線連絡で知った、と心配そうにわれわれに話した。翌日、ペルセポリスのホテルに行くと、テヘランの三菱商事支店からNHKスタッフへ入った電話連絡では、昨日、民衆と軍隊との衝突で多数の死傷者が出たということだった。その後、ペルセポリスに行くと、われわれの傭《やと》った車の運転手が、金曜日の暴動でイラン放送は死者四十九人と発表したが、英国系ラジオ放送は民衆の死者約二百人、負傷者千人以上と告げたという話をした。のちにいう「血の金曜日」である。そのあとテヘランに戻ると、シャー（イラン国王パーレビ）打倒を叫ぶ民衆のデモがバザール付近を行進しているとき、突然軍隊が機関銃で掃射し、その死者は千人にも二千人にも上ると噂はいっていた。その正確な数はいまもって分らない。とにかく夥しい遺体が軍用トラックによっていずれかへ運搬され、道路に流れた血は消防車が何台も来てホースで洗い流したという。

目撃はしなかったけれど、とにかくイラン革命勃発の直接原因となった「血の金曜日」には、わたしはイラン国内に確実に滞在していたのである。これがわたしをして「白と黒の革命」を書かせる動機となった。

イラン民衆のシャー打倒デモは、アメリカが在イランのCIA(米大使館内)に画策させたというのが今日の通説だ。原因は一九七三年にパーレビがイランの原油輸出価格を一方的に一挙に四倍に値上げしたことにある。オイル・ショックは世界各国を襲ったが、アメリカとメジャー(米国では主としてロックフェラー石油資本)とは、これをパーレビの驕慢から起ったと見た。CIAはその意をうけてシャーを懲らしめ、彼を「匡正《きようせい》」するためにイランの民衆に打倒シャー運動を起させたと考えられる。すなわちイランの民衆が起ち上る要素や原因はいくらでもあった。シャーはイランを徹底した軍事国家にし、彼の秘密警察(SAVAK)の網を全国に張りめぐらせた。反体制派をことごとく拷問死させたり地下牢に投獄したりした。脱れた者はパレスチナ難民の村落に逃げこんだ。シャーは外国にいる批判派の留学生まで欺して連れ戻し、これを虐殺した。SAVAKを恐れて口を閉じていた民衆はシャーを憎悪していた。シャー一家が独自の利権や汚職で私腹を肥やし、信じられないほどの贅沢をしていたからだ。

シャーは前に一度、左派のモサデクが首相のとき、モサデクによって国外に追放されたことがある。アメリカは謀略によりそのモサデク首相を倒し（五三年、ザヘディ将軍による軍部のクーデター）、そのおかげでシャーは帰国が叶った。アメリカとメジャーとは、この前例の再現を狙い、民衆の反体制運動激化を煽り、ふたたびシャーが国外に逃亡せざるを得ないようにさせ、もってシャーの独善不遜に「教訓」を与える。そのあとで民衆を鎮圧し、「改心」したシャーを帰国させる計画だった、と思う。が、このプランは現地CIAの不手際と、民衆運動を軽く見くびっていたために失敗し、追われたパーレビは二度とイランの土を踏むことなく、流浪のあげくにエジプトに倚《よ》り、癌《がん》で病死した。最近、ジミー・カーター前大統領が、当時テヘランからの情報が甘かったと告白したのはこうした事情による。パーレビが出国する前、中近東第一といわれるイランの軍事力をもって民衆を徹底的に弾圧するかどうか、国王側近の将軍連と、米軍事顧問団との間には激論が交わされたという。けっきょく駐イラン米大使は本国政府と連絡をとり、当分は軍事力を行使しないことに決定する。アメリカとしてはパーレビが外国に出ても、国内の情勢を変化させ、シャー帰国のチャンスがつくれると考え、これ以上当面の国内紛争を大きくしたくなかったのだが、これによりアメリカの軍事介入は遅れて遂に機を失い、パーレビは「アメリカに裏切られた」と憤慨した。

だが、アメリカの誤算は次にもあった。フランスに亡命している聖職者ホメイニの実力を低く評価したことである。八十歳をこえた老坊主ではタカが知れていると考えたにちがいない。かくてアメリカ側とイラン軍部との協議で、ホメイニの乗った飛行機を堂々と空軍基地に迎え入れた。ホメイニがフランスを出発する前、アメリカ側ならびにバザルガン政府とホメイニの間には、交渉によってある種の妥協が成立したと思われる。

が、イランに帰還したホメイニの人気はあまりに大きすぎた。軍部・バザルガン政府および アメリカのホメイニの人物に対する評価はかならずしも間違ってなかったが、彼に対する民衆のあまりにも熱狂的な人気を見抜けなかった。ホメイニが聖職者でなく、軍人・政治家・学者などだったら、こうまではならなかったろう。そこにイスラム教、とくに情熱的なシーア派の無気味な実態があり、ホメイニがカリスマ的な絶対権力を握る理由があった。ホメイニをそうさせたのは民衆である。ホメイニは、そのカリスマの分身である聖職者で側近をかためた。聖職者を政府の要職に就任させ、旧体制の行政官はことごとく追放した。有能なナジ石油公社総裁も追い出される。

——この小説の時点までを云えば、ざっと以上のようなことである。

「イラン革命」は民衆の蜂起によると書いたが、革命にはかならず中核分子が働いていなければならない。群衆《モツブ》だけでは、まとまりがなく、烏合《うごう》の衆にひとしい。身を挺し、死を賭して敵に突撃する尖兵部隊《コマンド》が働いてこそ、民衆は動き、組織され、戦闘化する。「イラン革命」の中核となった兵士こそ、さきにその父母がシャーの弾圧をのがれてパレスチナ人の難民村に行った息子たちであった。かれらはそこでPFLP(パレスチナ解放人民戦線)の激しい戦闘訓練をうけた。それが、イランへ送り返されて組織されたフェダイン・ハルク(日本の新聞では

「人民特攻隊」と訳されていた）である。

当時、イランには穏健派のＰＬＯ（パレスチナ解放機構）に属するモジャヘディン・ハルク（日本の新聞には「人民戦士団」と訳されていた）があり、イラン革命時にはフェダイン・ハルクと共同行動をとったが、その後は訣別している。ほかにはモサデク元首相系の民主国民戦線、共産党系のツデー党（シャー時代は非合法）がある。前者は保守的であり、後者はソ連の支援を受けている。がどちらも数は少ない（本書三六五〜三六八ページ参照）。

どこの場合でも多くがそうであるように、革命運動は大学のキャンパスから起る。フェダイン・ハルクはテヘラン大学の学生を組織し、ここに本拠を置いていた。

宗教革命を守る聖職者団と、全体革命をめざすフェダイン・ハルクとが遂には反目するにいたったのは当然の帰結であった。シャー打倒までは宗教者の尖兵だったフェダイン・ハルクも、そのあとはイスラム教右派勢力ならびに革命委員会（ホメイニの親衛隊的組織）民兵との間に闘争するまでになった。どちらもシャー体制時に崩壊した軍隊（主に陸軍）の武器を奪って、武装している。

ホメイニ体制になると、外国語の新聞はいっさい禁止された。弱ったのは、ペルシア語が読めない外国通信員たちである。これまでは英字紙やフランス語の新聞が、ケイハン紙（イランの代表的新聞）その他現地語の新聞の報道を翻訳して載せていたのだが、それがなくなると、すっかりお手上げとなった。

そこで、地下で英字紙が非合法で発行された。このアングラ英字紙は、イラン語紙の翻訳だけでなく、独自の鋭い情報を載せている。むろんホメイニ体制に都合の悪い部分が多い。小説では「プール・レポート」という名にしているが、じっさいは別の名である。

このアングラ英字紙を日本でいかに早急に入手するかが、この連載小説を毎月書くときのわたしの熱望だった。さいわいその熱望は、ある手段によって遂げられた。その方法を公開できないのは残念である。

この小説で、オートバイ（日本製という）に乗った怪漢によって聖職者たちが次々と狙撃される場面は、右のアングラ英字紙によった。暗殺者はフェダイン・ハルクの分子だといわれた。狙う対手《あいて》の家の前にオートバイを乗りつけて自動小銃を撃ち込んだり、路上通行中を射殺したりした。逃走が速いので革命委員会民兵も捕えることができなかった。

ところが、革命後、フェダイン・ハルクは分裂をくりかえして少数党となった。これに対してモジャヘディン・ハルクは正規メンバーが一万人（軍事部門が五千人）、支持者を含めると数十万人ともいわれる多数党となった。革命時にはPLO指導型で、右派寄りだったモジャヘディン・ハルクが反体制の急先鋒となったのは、ホメイニ体制がイスラム共和党（IRP）に指導されているという不満からである。IRPとツデー党とは、いまのところ親縁関係にある。本年（一九八一）六月末にIRP書記長ベヘシティ師が暗殺されたのは、モジャヘディン・ハルクによるものとみられている。つづいてラジャイ大統領、バホナール首相・IRP書記長

（ベヘシティ師の後任）を首相府にしかけた時限爆弾で爆死させた（八月三十日）のもモジャヘディン・ハルクだとみられている。さらには検事総長アリ・ゴドシ師を革命検察庁に設置した同じく時限爆弾で爆死させた（九月五日）のも、同分子だとされている。九月二十九日には、シーア派の聖地マシャッドでIRPのホラサン州本部長ハシェ・ミネジャト師が同党州本部内で手投げ弾で暗殺されたが、犯人はモジャヘディン・ハルクの一員で、犯人自身も覚悟の爆死を遂げた。分裂をくりかえしてきたフェダイン・ハルクは、その多数派が現体制を支持（シャーの旧勢力やアメリカ勢力が挽回し侵入するのを防ぐ意味で）しているため、少数派はモジャヘディン・ハルクといっしょになってテロ行為を行なっているという。——これがこの小説以後の情勢である。

かくてホメイニは有力な側近が次から次へと暗殺されて、手足をもがれて行っている。十四世紀の「山の長老」以来、暗殺はイランの特徴という感じだ。よく知られているように、assassination（暗殺）は、イランの暗殺集団が語源となっている。

パーレビは「悪国王」だったが、とにかくイランの近代化路線に熱心だった。彼はそれに燥焦《あせ》りすぎるくらい熱心だった。イランは近代化なくしては生きる道はないとわたしも思うが、ホメイニ体制になったイランは中世の教条的な宗教国に逆戻りしている。イランはいわば暗黒の中世の中にいる。

いまとなっては、イランの知識階級や市民層の間では、パーレビの独裁や一家の腐敗が記憶からしだいにうすれ、彼のとった近代化政策を憧憬的に回想しているのではなかろうか。現在フランスに亡命しているバニサドルが大統領だったとき、彼を支持していたのが知識階級、市民層だったことも理由のあることである。

イランは早く政教分離を行なって近代化の路線を歩むべきであろう。しかし、そうなるまでには、イランはさらに大きな試煉を受けなければならない。小説では、イランの内戦を暗示したところで終っている。そうなるかどうか、現実はこれからである。（一九八一・一〇・三記）

松本清張

（お断り）
本書は1981年に文藝春秋より発刊された文庫を底本としております。
あきらかに間違いと思われるものについては訂正いたしましたが、
基本的には底本にしたがっております。
また、底本にある人種・身分・職業・身体等に関する表現で、
現在からみれば、不当、不適切と思われる箇所がありますが、著者に差別的意図のないこと、
時代背景と作品価値とを鑑み、著者が故人でもあるため、原文のままにしております。

白と黒の革命

2015年7月26日　初版第1刷発行
2024年5月15日　第3刷発行

著者　松本清張
発行人　五十嵐佳世
発行所　株式会社　小学館
〒101-8001
東京都千代田区一ツ橋2-3-1
電話　編集　03-3230-9355
販売　03-5281-3555
印刷所　大日本印刷株式会社
製本所　大日本印刷株式会社
装丁　おおうちおさむ（ナノナノグラフィックス）

ISBN978-4-09-352224-3

P+D BOOKS